中央高校基本科研业务费专项资金资助

巴别尔短篇小说研究

谢春艳 著

中国社会科学出版社

图书在版编目（CIP）数据

巴别尔短篇小说研究 / 谢春艳著. -- 北京：中国社会科学出版社，2025.3. -- ISBN 978-7-5227-4669-2

Ⅰ. I512.074

中国国家版本馆 CIP 数据核字第 2025194VX5 号

出 版 人	赵剑英	
责任编辑	王丽媛	
责任校对	贾森茸	
责任印制	张雪娇	

出　　版	中国社会科学出版社
社　　址	北京鼓楼西大街甲 158 号
邮　　编	100720
网　　址	http://www.csspw.cn
发 行 部	010-84083685
门 市 部	010-84029450
经　　销	新华书店及其他书店

印　　刷	北京君升印刷有限公司
装　　订	廊坊市广阳区广增装订厂
版　　次	2025 年 3 月第 1 版
印　　次	2025 年 3 月第 1 次印刷

开　　本	660×960　1/16
印　　张	22
插　　页	2
字　　数	286 千字
定　　价	138.00 元

凡购买中国社会科学出版社图书，如有质量问题请与本社营销中心联系调换
电话：010-84083683
版权所有　侵权必究

目　录

绪　论　／001

第一章　俄罗斯短篇小说文体的演进与发展
　　第一节　民间口头创作时期至18世纪末：俄罗斯短篇小说文体的萌芽　／037
　　第二节　19世纪30年代：俄罗斯短篇小说文体的确立　／041
　　第三节　19世纪末20世纪初：俄罗斯短篇小说文体的成熟　／048
　　第四节　20世纪20—40年代：俄罗斯短篇小说文体的扬厉　／059
　　第五节　20世纪50—70年代：俄罗斯短篇小说文体的沉淀　／064
　　第六节　20世纪80—90年代：俄罗斯短篇小说文体的新变　／072

第二章　巴别尔与"敖德萨流派"
　　第一节　"敖德萨流派"的形成及其风格特征　／081

第二节　"敖德萨流派"的生成因素　／086

　　第三节　《敖德萨》与"俄罗斯文学的南方之都"　／089

　　第四节　《敖德萨故事》与"敖德萨流派"　／098

第三章　巴别尔短篇小说的主题意蕴

　　第一节　战争与革命名义下的暴力　／103

　　第二节　知识分子主题　／113

　　第三节　革命主题下的人道主义写作　／122

　　第四节　"父与子"主题　／128

第四章　巴别尔短篇小说的美学特质

　　第一节　美拯救世界——巴别尔的华丽文风

　　　　　　与"极简主义"美学　／137

　　第二节　景物与人物描写的"陌生化"美学　／145

　　第三节　巴别尔短篇小说中的"零度写作"　／155

第五章　巴别尔短篇小说的"复调性"与"狂欢化"诗学风格

　　第一节　"加冕—脱冕"：从狂欢化艺术思维到狂欢化

　　　　　　叙事结构　／163

　　第二节　狂欢式场景与筵席形象　／171

　　第三节　狂欢化人物与怪诞形象　／183

　　第四节　庄谐与复调：文体狂欢化与语言的杂糅　／202

　　第五节　时空体艺术结构下众声喧哗的审美狂欢　／215

　　第六节　音乐的"复调"与电影"蒙太奇"　／223

第六章　双重文化情结对巴别尔短篇小说创作的影响

第一节　童年叙事：犹太性与民族苦难记忆　/ 232

第二节　《敖德萨故事》：理想的犹太神话世界　/ 243

第三节　《骑兵军》与巴别尔的双重文化情结　/ 254

第七章　巴别尔短篇小说创作思维的内核

第一节　巴别尔短篇小说中的果戈理传统　/ 271

第二节　巴别尔短篇小说中的屠格涅夫传统　/ 292

第八章　巴别尔短篇小说与西方文学

第一节　"俄国的莫泊桑"与短篇小说《莫泊桑》　/ 308

第二节　从短篇小说《莫泊桑》看巴别尔的文学创作观　/ 310

第三节　短篇小说《莫泊桑》与莫泊桑笔下的"商品交换"情节模式　/ 312

第四节　短篇小说《莫泊桑》与《吉·德·莫泊桑的生平和创作》　/ 320

结　语 / 326

参考文献 / 332

后　记 / 347

绪　论

一　谜一样的存在：巴别尔其人

巴别尔，全名伊萨克·埃玛努伊洛维奇·巴别尔（Исаак Эммануилович Бабель）①，原姓"鲍别尔"（Бобель），最初的笔名为"巴布-埃尔"（Баб-Эль）。在布琼尼领导的红军第一骑兵军担任战地记者时，巴别尔以"基里尔·瓦西里耶维奇·柳托夫"（Кирилл Васильевич Лютов）作为化名。

一百多年前，当历史的滚滚车轮呼啸着即将碾入20世纪之时，俄罗斯迎来了她注定是最为动荡不安、巨变丛生的一段生命历程。巴别尔，这个一生充满了无常与变故，甚至充满不解之谜的短篇小说家、剧作家和记者，高尔基眼中"俄罗斯当代最杰出的作家"，便是降生在这动荡年代刚刚起步的1894年，蹒跚着开始了他几乎始终与整个国家命运同步的短暂的人生之旅。

巴别尔出生在敖德萨莫尔达万卡的一个犹太商人家庭。从小学习意第绪语②、俄语、乌克兰语和法语③，熟习《圣经》和《塔木德》（Талмуд）④。与许多犹太家庭一样，巴别尔的父母极

---

①　巴别尔的名字"Исаак"源自《圣经》中的人物"以撒"，但汉语习惯译为"伊萨克"。

②　意第绪语属于日耳曼语族。全球大约有300万人在使用，其中大部分使用者为犹太人。

③　巴别尔最初的作品系用法语写成，但没有保存下来。

④　《塔木德》是流传3300多年的羊皮卷，仅次于《圣经》的典籍，为犹太教口传律法的汇编。

为注重对其经商方面才能的培养,因此巴别尔最早接受的是财商教育。这是一条被犹太社会环境规训成为固化的、犹太人标准模式的"成功之路"。9 岁后,巴别尔曾就读于尼古拉耶夫商业学校和敖德萨的尼古拉一世商业学校。在这一时期巴别尔的阅读范围相当广泛,几乎囊括了所有俄罗斯文学经典作品。在《自传》(Автобиография,1924)中巴别尔对于这段时间的学习生活曾如此写道:

> 我在父亲的坚持下学习犹太语、《圣经》和《塔木德》,直到十六岁。在家里的生活很艰难,因为从早到晚都被逼着研习各门功课。我在学校才能得到休息。①

这里巴别尔所说的"休息"是指依据自己的意愿,享受难得的自由时光:课间休息时,他和同伴们常常跑到港口去游玩,去希腊咖啡馆打桌球,或者去莫尔达万卡的酒窖"喝廉价的比萨拉比亚②葡萄酒"。事实上,与学习从商之道相比,流传于街头巷尾的奇闻逸事、耸人听闻的谜之传说,盗匪出没、横行无忌的莫尔达万卡犹太区里真实上演的一出出千奇百怪、形形色色的现实版神话,对巴别尔构成了更加强烈的吸引力。少年时代对周围世界的悉心观察和用心体验成为推动巴别尔从事文学创作的主要动力,也是后来他写作早期小说与敖德萨系列短篇作品(цикл рассказов)的基石和素材资本。

巴别尔最初的文学启蒙来自敖德萨商业学校的法语教师瓦

---

① [俄]伊萨克·巴别尔:《巴别尔全集》第 3 卷,马海甸、刘文飞、靳芳译,漓江出版社 2016 年版,第 133 页。本书中以下出自《巴别尔全集》的引文均在正文括号内标注卷数和页码。

② 比萨拉比亚是指德涅斯特河、普鲁特河-多瑙河和黑海形成的三角地带。1812 年沙俄夺取了这个地区之后,用这个名称来区别于摩尔多瓦的剩余领土。该地区后来在历史上于罗马尼亚和苏联之间几易其手。

东，法国文学成为巴别尔文学入门的必读之书。从某种意义上讲，这所"商业"学校最大限度地激发了巴别尔对文学创作的兴趣，奠定了其文学修养的根基。按照沙俄法律规定，犹太人被严格限制接受教育。因此巴别尔失去了进入敖德萨大学学习的机会，1911年他考入基辅金融与商业学院。巴别尔青年时代对文学的兴趣并不仅仅来自课本。1934年，在《短篇小说的写作》（Работа над рассказом）一文中，巴别尔写道："十七岁的时候，我突然'中了邪'，开始大量地阅读和学习。一年时间学会了三种语言，读了许多书。直到现在我在很大程度上还在吃这些老本。"（第三卷，第175页）在大学时代的笔记本上，巴别尔详细地写下了自己对于许多作家、读过的书籍以及一些戏剧演出的感想和看法。仅从其中所列书目即可概见巴别尔读书之多、涉猎之广：弗拉基米尔·加拉克季奥诺维奇·柯罗连科（Владимир Галактионович Короленко，1853—1921）[1]、克努特·汉姆生（Knut Hamsu，1859—1952）[2]、巴尔扎克、左拉、约翰·亨里希·裴斯泰洛齐（Johan Heinrich Pestalozzi，1746—1827）[3]、列昂尼德·尼古拉耶维奇·安德烈耶夫（Леонид Николаевич Андреев，1871—1919）[4]、奥斯卡·王尔德（Oscar Wilde，1854—1900）[5]、托尔斯泰的中篇小说《克莱采奏鸣曲》（Крейцерова соната，1890）、德米特里·尼古拉耶维奇·奥夫夏尼科－库利科夫斯基（Дмитрий Николаевич Овсянико－Куликовский，1853—1920）[6]

---

[1] 弗拉基米尔·加拉克季奥诺维奇·柯罗连科——俄国作家、社会活动家。
[2] 克努特·汉姆生——挪威作家，1920年诺贝尔文学奖获得者。
[3] 约翰·亨里希·裴斯泰洛齐——19世纪瑞士著名民主主义教育家。
[4] 列昂尼德·尼古拉耶维奇·安德烈耶夫——俄罗斯作家。"白银时代"俄罗斯文学的重要代表作家之一。
[5] 奥斯卡·王尔德——19世纪英国最伟大的作家与艺术家之一，以其剧作、诗歌、童话和小说闻名。唯美主义代表人物，19世纪80年代美学运动的主力和90年代颓废派运动的先驱。
[6] 德米特里·尼古拉耶维奇·奥夫夏尼科－库利科夫斯基——俄罗斯文艺学家、语言学家。

关于托尔斯泰创作的评论、帕维尔·尼古拉耶维奇·米柳科夫（Павел Николаевич Милюков，1859—1943）①的《俄罗斯文化史纲》（Очерки по истории русской культуры，1896—1903）、西吉斯蒙德·冯·格尔贝尔施泰因（Сигиэмунд Фон Герберштейн，1486—1566）②的《莫斯科笔记》（Записки о Московии，1549）、亚历山大·尼古拉耶维奇·奥斯特洛夫斯基（Александр Николаевич Островский，1823—1886）③的《智者千虑必有一失》（На всякого мудреца довольно простоты，1868）和《僭称为王者德米特里和瓦西里·舒伊斯基》（Дмитрий Самозванец и Василий Шуйский，1866）、亨利克·易卜生（Henrik Ibsen，1828—1906）④的《爱的喜剧》（1862）、杰尼斯·伊万诺维奇·冯维辛（Денис Иванович Фонвизин，1745—1792）⑤的《纨绔子弟》（Недоросль，1781）、契诃夫的《三姊妹》（Три сестры，1900）、莎士比亚的《驯悍记》（1590—1600）、戈哈特·豪普特曼（Gerhart Hauptmann，1862—1946）⑥的《翰奈尔升天》（1894）等。⑦如果考虑到巴别尔就读于商业学院，加之至今留存下来的关于巴别尔生平与创作的史料极其有限，那么显然，上述书籍的种类和数量对于一名非历史学或语文学系的学生而言是相当可观的。

巴别尔文学人生最大的特点，就是文学与人生的同步。1913年巴别尔在基辅的《星火》（Огни）杂志上发表处女作、短篇小

---

① 帕维尔·尼古拉耶维奇·米柳科夫——俄罗斯政治活动家、历史学家、政论家。
② 西格蒙德·冯·格尔贝尔施泰因——神圣罗马帝国外交家、作家。
③ 亚历山大·尼古拉耶维奇·奥斯特洛夫斯基——19世纪俄罗斯著名戏剧家，被称为"俄罗斯戏剧之父"。
④ 亨利克·易卜生——挪威戏剧家。现代散文剧的创始人。
⑤ 杰尼斯·伊万诺维奇·冯维辛——18世纪俄国剧作家。
⑥ 戈哈特·豪普特曼——德国剧作家、诗人。
⑦ Смирин И. А.，И. Э. Бабель в литературном контексте：сборник статей，Пермь：Перм.гос.пед.у-нт.，2005，C.180—181.

说《老施莱梅》(Старый Шлойме)，该作品给他带来极大的声望，从此开始了他的"弃商从文"之路。1915年，巴别尔只身北上彼得堡，进入心理精神病学院法律系四年级学习。他一边读书，一边致力于文学创作，同时尝试向当地的一些杂志投稿。在这期间，巴别尔结识了高尔基。后者帮助巴别尔发表了一系列作品，对巴别尔走上文学创作之路起到至关重要的作用，成为巴别尔终生敬慕的文坛领路人。1916年底，在高尔基主编的《年鉴》(Летопись)上，巴别尔发表了两个短篇小说：《埃利亚·伊萨科维奇与玛格丽塔·普罗科菲耶夫娜》(Элья Исаакович и Маргарита Прокофьевна)和《妈妈、里玛和阿拉》(Мама, Римма и Алла)。高尔基在对巴别尔卓越的文学才能表示高度赞赏的同时，建议巴别尔"到人间去"，走入更加广阔的天地中去感受生活，汲取生活的养分和创作的源泉。高尔基的建议点亮了巴别尔的人生，激活了他的创作潜力，成就了巴别尔的文学传奇。

在此后七年的"人间"生活中巴别尔经历了无数艰难困苦，战乱之中他不停地为自己寻找着安身立足之地：他曾尝试从事多种职业，或同时做几份工作。1917年二月革命爆发，巴别尔志愿到罗马尼亚前线服役，十月革命后回到彼得格勒，加入契卡①，从事翻译工作。1918年巴别尔参加征粮队，加入抗击尼古拉·尼古拉耶维奇·尤登尼奇（Николай Николаевич Юденич，1862—1933）②的北方军，同时在高尔基主办的《新生活报》(Новая жизнь)担任专栏记者。1918年12月在巴别尔写给友人安娜·格

---

① 苏联情报组织"克格勃"的前身，1917年12月20日由费利克斯·埃德蒙多维奇·捷尔任斯基（Феликс Эдмундович Дзержинский，1877—1926）创立。全称为"全俄肃清反革命及怠工非常委员会"，简称"全俄肃反委员会"。"契卡"是"全俄肃反委员会"俄文缩写的音译。

② 尼古拉·尼古拉耶维奇·尤登尼奇——俄国步兵上将，苏俄内战和外国武装干涉时期白卫军首领之一。

里戈里耶夫娜·斯洛尼姆（Анна Григорьевна Слоним，1887—1954）的信中准确概括了自己这段苦难的生命历程："在我没有音讯的这段日子里，我历经千辛万苦，受尽了百般折磨：四处奔波，饱受疾病的煎熬，应征入伍。"（第五卷，第1页）

1920年巴别尔自愿参加布琼尼领导的红军第一骑兵军，以《红色骑兵报》（Красный кавалерист）战地记者的身份踏上苏波战争前线，在乌克兰西部地区与波兰军队作战。苏波战争的经历顽固地陈列在巴别尔的生命过程中，永远不会消失。这一段战斗生活后来淋漓尽致地表现在巴别尔的小说人物身上，成为其创作的源泉。一年后，巴别尔因病返回敖德萨做编辑。1922—1923年其在当地报刊上发表部分以描写"第一骑兵军"和敖德萨犹太黑帮为主题的小说。1922年国内战争结束后，巴别尔在格鲁吉亚等地做记者。1923年巴别尔在敖德萨结识马雅可夫斯基（Владимир Владимирович Маяковский，1893—1930），步入莫斯科文坛。随即在莫斯科的一些文学期刊上陆续发表了部分关于"第一骑兵军"的短篇小说。

1926年，巴别尔的34篇短篇小说结集为《骑兵军》（Конармия，1922—1937）[①]，首次以单行本的形式出版。该书一经推出，便立刻引起巨大反响，先后多次再版，并很快被译成20余种文字，传遍世界。巴别尔在短时间内迅速声名鹊起，跻身于当时最著名的作家行列。一时间在写作领域，巴别尔的人生几乎如顺风扬帆。然而，此时苏联军方威望甚高、叱咤风云的领袖人物、国内战争期间担任第一骑兵军司令的布琼尼在《十月》（Октябрь）杂志上发表公开信，谴责巴别尔的系列小说《骑兵军》恶毒诋毁骑兵军战士的英雄形象，诽谤红军。同年，高尔基在《真理报》上撰文回击布琼尼，坚决捍卫巴别尔。

---

① 《骑兵军》共包括38篇短篇小说，完成于1922—1937年。其中34篇创作于1925年之前。

1931年，在短篇小说集《敖德萨故事》（Одесские рассказы）出版之后，巴别尔的文学创作几近处于"休笔"状态，少有新作问世。此间，他惜墨如金，深刻地反思自己的创作，潜心于自己的文学训练，陷入"沉默"期。1934年，在第一次苏联作家代表大会上，巴别尔发言自嘲为"沉默派大师"。次年6月，作为新生苏维埃国家的文学代表，巴别尔与帕斯捷尔纳克[①]等人一道赴巴黎参加"捍卫文化与和平国际作家反法西斯大会"。在会上巴别尔发表了即兴讲话，获得了极大成功。谈及巴别尔在此次大会上的讲话，伊里亚·格里戈里耶维奇·爱伦堡（Илья Григорьевич Эренбург，1891—1967）[②]曾写道：

　　　　所有人都笑了，与此同时大家都不言自明，巴别尔所讲的一切既严肃又深刻，在那些听起来有趣的故事背后实则道出了我们俄罗斯人和俄罗斯文化的本质特征。[③]

　　20世纪30年代，苏联开始了史无前例的"大清洗"。对于巴别尔而言，起初一切似乎都显得风平浪静，时局的变换并未使巴别尔受到任何影响。1936年6月，巴别尔在莫斯科郊外的作家村——佩列捷尔金诺获得国家赠予的一栋别墅。他还得以多次出国探望侨居巴黎和布鲁塞尔的妻子、母亲和妹妹。

　　这一时期，在苏联的文学刊物上时常可以读到巴别尔的作品。此外，巴别尔成为苏联文学教父、文坛巨擘高尔基家的座上宾。后者是巴别尔写作生涯中的重要导师，被巴别尔尊为"亲密

[①] 鲍里斯·列昂尼多维奇·帕斯捷尔纳克（Борис Леонидович Пастернак，1890—1960）——苏联作家、诗人、翻译家。1958年获诺贝尔文学奖。
[②] 伊里亚·格里戈里耶维奇·爱伦堡——苏联犹太作家，曾先后两次获得斯大林奖金。
[③] Эренбург И., "Письмо с конгресса. Последнее заседание", Известия, 27 июня, 1935, № 149.

无间的良师益友、灵魂的审判者和永远的榜样"。(第五卷,第337页)1931年7月巴别尔在给妹妹沙波什尼科娃(Мария Эммануиловна Шапошникова,1897—1987)的信中所写的话充分证明了他与高尔基之间非同寻常的友谊:

……我感觉我的生活比从前更加快乐。我不记得,我是否写信告诉过您,阿列克谢·马克西莫维奇已在距离莫洛焦诺沃一公里处莫罗佐夫以前住的房子里定居下来(他们给他选了一个莫斯科郊外最好的地方)。通常情况下需要严格控制前来拜访他的人数,但像从前一样,只有我是个特例。所以,有时晚上的时候我可以到他那里去做客……与其为邻,倍感荣幸。毋庸置疑,他的谆谆教诲,让我受益终生……我们常常一道回忆起我的青年时代,多年前我们结下的深厚友谊至今依然如故……(第五卷,第476页)

然而,风云际会时往往危与机并存。在"大清洗"中,巴别尔最终未能躲过杀身之祸。1939年5月,巴别尔在佩列捷尔金诺住所以"反革命罪"和"间谍罪"被捕,1940年1月,斯大林亲笔签署命令,巴别尔被判处死刑,在莫斯科卢比扬卡监狱被枪决。1954年,巴别尔获正式平反。在1990年公布的克格勃档案中,巴别尔生前最后的话是:"我只有一个请求,那就是允许我完成我最后的作品……"[1]

对于自己的命运,巴别尔似乎早有预感。在1930年给《新世界》(Новый мир)杂志编辑维亚切斯拉夫·巴甫洛维奇·波隆斯基(Вячеслав Павлович Полонский,1886—1932)[2] 的信

---

[1] Скатов Н.Н.,Русская литература XX века.Прозаики,поэты,драматурги:биобибл.словарь:в 3 т.Т.1. А—Ж,М.:ОЛМА-ПРЕСС Инвест,2005,С. 147.
[2] 维亚切斯拉夫·巴甫洛维奇·波隆斯基——文学史家、批评家。《新世界》(1926—1931)杂志编辑。

中，巴别尔曾写道："有的作家事事一帆风顺，有的则命运多舛，一生坎坷（的确，还有的人毫无文学天赋，最终一事无成）。我属于后者——在我的人生道路上所有的起起伏伏、沟沟坎坎都无法用金钱来衡量。"（第五卷，第456页）

巴别尔个人的情感生活同样曲折丰富，跌宕起伏。他的一生经历了多次错综复杂的感情变故。其生命中有三位重要的女性：叶甫盖尼娅·鲍里索夫娜·格隆费因（Евгения Борисовна Гронфайн, ？—1957）、塔玛拉·弗拉基米罗夫娜·卡希里娜（Тамара Владимировна Каширина, 1900—1995）和安东尼娜·尼古拉耶芙娜·比罗什科娃（Антонина Николаевна Пирожкова, 1909—2010）。1919年巴别尔与其在基辅学习时结识的富商之女叶甫盖尼娅·鲍里索夫娜·格隆费因结婚。1925年叶甫盖尼娅离开俄国，赴法国定居。同年，巴别尔与梅耶荷德剧院①的女演员卡希里娜相恋，1926年卡希里娜生下一子。1928年两人分手，卡希里娜随即同作家弗谢沃洛德·维亚切斯拉沃维奇·伊万诺夫（Всеволод Вячеславович Иванов, 1895—1963）结合。巴别尔遗留下来的书信共371件，这些"幸存"的信件详细地记录了1918—1939年20年间巴别尔的生命足迹，其中他与卡希里娜之间的通信占有一半之多，他们之间最强烈的情感纠葛，以及他们举步维艰的物质生活窘境都借由通信从远处传达。1927年巴别尔赴柏林出差期间与文学编辑叶甫盖尼娅·所罗门诺芙娜·哈尤吉娜（Евгения Соломоновна Хаютина, 1904—1938）走到一起，1929年哈尤吉娜嫁给苏联秘密警察头目尼古拉·伊万诺维奇·叶若夫（Николай Иванович Ежов, 1895—1940），但巴别尔与她始终没有中断联系，哈尤吉娜于1938年自杀身亡。1929年巴别尔赴巴黎探亲，与叶甫盖尼娅·鲍里索夫娜·格隆费

---

① 弗谢沃洛德·艾米里耶维奇·梅耶荷德（Всеволод Эмильевич Мейерхольд, 1874—1940）——俄国导演、演员、戏剧理论家。

因重新团聚，生下女儿娜塔莉亚。同年，巴别尔结识莫斯科地铁工程师安东尼娜·尼古拉耶芙娜·比罗什科娃，两人结合。1937年比罗什科娃生下女儿利季娅。20世纪90年代末，比罗什科娃定居美国，2001年出版回忆录《与巴别尔相伴的七年》（Семь лет с Исааком Бабелем）。

自《骑兵军》发表到巴别尔被捕入狱直至含冤而死的十余年，巴别尔的人生经历了大起大落。从备受瞩目、享誉世界的一流作家，从辉煌的顶点，跌落至万劫不复的深渊。"巴别尔的身份和遭遇是充满悖论的，他仿佛是主流中的异端，又是异端中的主流。巴别尔的这样一种身份，使他在其祖国的文学地位大起大落，这反而凸显出了其命运对于他所属那一代俄国知识分子而言的典型意义和象征意义。"[1] 巴别尔"构成了20世纪俄罗斯文学中最难解的谜之一"[2]。他的一生短短四十六载，却浓缩了太多戏剧化的要素。"巴别尔短暂一生的悲剧，本质是他主动地表演了一出惨烈的戏剧，他让生活模仿艺术，文学覆盖了人生。"[3] 与同时代其他俄罗斯作家相比，巴别尔的生命历程富有更多的传奇性和争议性，其生前身后都留下很多未解之谜。"巴别尔的生活和创作，无论姓氏还是生死，无论身份还是爱情，无论经历还是文字，都像是'未完成体'。"[4] 尽管巴别尔的很多生平细节已越来越为世人所熟知，但在时代政治因素的制约下作家本人留下的一些生平自传不免存在虚构的成分，人们对于其中个别问题的历史真相、来龙去脉和基本缘由，仍然若明若暗，因此需进一步考证和辨别。此外，巴别尔错综复杂的矛盾人格和历史身份本身具备

---

[1] 刘文飞：《瑰丽奇崛 韵味悠长——巴别尔创作之世界意义》，《人民日报》2016年11月27日第7版。
[2] 潘少平：《巴别尔的"双重人格"》，《出版广角》2007年第7期。
[3] 俞耕耘：《写作和情爱是他抵抗恐惧的解药》，《文汇报》2017年1月24日第9版。
[4] 刘文飞：《巴别尔的生活和创作》，《中国俄语教学》2016年第1期。

可供探究和争议的诸多特质。因此，除上述可信的史料记载外，关于巴别尔的生平行迹尚有大量的模糊之处存在于真伪之间，难以考据。时至今日，对于巴别尔被害的原因，始终众说纷纭，猜测不断，许多相互矛盾的细节或说法反而令巴别尔之死越发扑朔迷离。其一，巴别尔"因文得祸"。苏波战争的失败是斯大林心中永远的一个痛点，而《骑兵军》揭开了斯大林讳疾忌医的伤疤，对于这一段历史的再现在某种程度上惹怒了斯大林。其二，巴别尔具有独特的生命特质。他是艺术世界的圣徒，也在生活中追求快乐，善于交际，率性结交朋友，人脉极广。他甚至一度想"有意缩小朋友圈的范围"（第五卷，第379页）。巴别尔的遇害与其政学两界涉陷皆深的朋友圈大有关系。在20世纪20—30年代的苏联，从文坛到学界，巴别尔可谓大名鼎鼎，人们以认识巴别尔、见过巴别尔，甚至以读过他的书为荣，巴别尔也极力将各种政界显要和文化名人纳入自己的交友范围之内。然而，在与巴别尔过从甚密的好友中间不乏日后被镇压和"清洗"的对象，同后者息息相关的巴别尔也因此遭到了唇亡齿寒的厄运。正所谓"城门失火，殃及池鱼"。其三，从初涉文坛开始，巴别尔便深得文学泰斗高尔基的赏识和提携。在当时的作家中，巴别尔是得到高尔基近乎最高评价的人。后者在去世前三个月写给斯大林的信中还称赞巴别尔为"我们所有文学家中最睿智的一个"。[①] 在高尔基的鼎力支持和帮助下，巴别尔的文学创作成就步步攀升，成为同代作家中的佼佼者。毫无疑问，在一定程度上，1936年高尔基的离世意味着巴别尔失去了唯一的庇护。其四，巴别尔曾供职于搜集秘密情报的间谍机构"契卡"，这段不无"危险的"经历也许是直接导致巴别尔招来不测之祸的主要原因。在巴别尔之死的

[①] Яковлев А.Н., *Власть и художественная интеллигенция.Документы ЦК РКП (б) - ВКП (б), ВЧК - ОГПУ - НКВД о культурной политике.1917 - 1953 гг.*, М.: МЕЖДУНАРОДНЫЙ ФОНД «ДЕМОКРАТИЯ», 1999, C. 300.

背后抑或暗藏着诸多惊天隐情。除此之外，巴别尔的文学写作本身、他留下的遗稿同样也存在重重谜团。据载，秘密警察在逮捕巴别尔时从其家中抄走了大量手稿。这些珍贵的手稿绝大部分也从此杳无音讯，它们的下落至今无人知晓。时至今日，公开出版和发表的巴别尔的作品极少，只有寥寥几十万字。在短暂的创作生涯中巴别尔究竟留下了多少文字，人们不得而知。

巴别尔被认为是继契诃夫之后，俄罗斯又一位重要的短篇小说大师，是20世纪俄罗斯短篇小说的代表性人物之一。巴别尔的小说超越了俄罗斯、犹太和西方文学资源，赢得了广泛的读者。博尔赫斯（Jorge Luis Borges, 1899—1986）[1]盛赞巴别尔的短篇小说优美如诗。卡尔维诺（Italo Calvino, 1923—1985）也对之仰慕不已。1975年《骑兵军》重新出版，并陆续译成20多种文字，震惊欧美文学界。许多批评家将巴别尔短篇小说誉为"革命后俄罗斯文学的明珠"，而将作家本人称为"20世纪最伟大的小说家之一"。巴别尔的作品显示出了创作的强烈独特性，具有巨大的生命力。作为一名作家，巴别尔的成就不在于其写作生涯的长短，也不在于其作品的数量，而在于他写过的作品中出了什么样的作品。短篇小说创作是巴别尔文学创作的核心。一本《骑兵军》，一本《敖德萨故事》，足以奠定其在俄罗斯文坛乃至世界文学史上不可撼动的地位。在一定程度上，巴别尔的名字改变了俄罗斯短篇小说的面貌。巴别尔的创作有意识地自成一体。在特殊年代里的风声鹤唳中，他凭借自身才华脱颖而出，为20世纪俄罗斯短篇小说注入了新鲜成分和活力，成为20世纪俄罗斯文学史上浓墨重彩的一笔。在他那支让语言舞蹈的妙笔下，俄罗斯短篇小说文体日益走向成熟。今天的俄罗斯文学乃至世界文学无法想象没有巴别尔的这份遗产。从这个意义上讲，巴别尔不仅仅

---

[1] 豪尔赫·路易斯·博尔赫斯——阿根廷诗人、小说家、散文家兼翻译家，被誉为作家中的考古学家。

是一流的短篇小说家，更是一位载入史册的文学大师。

二 巴别尔研究史

在俄罗斯文学长河中，在众多闻名遐迩的文学大家中，伊萨克·埃玛努伊洛维奇·巴别尔始终是一个独特的名字。尽管他过早地、悲剧性地离开了人世，但他对现实真实的反映、对生活深刻的思考和对俄罗斯语言精妙的运用都为底蕴深厚的俄罗斯文学和源远流长的世界文学宝库做出了巨大的贡献。德国"文学教皇"、著名文学批评家马塞尔·莱希·拉尼奇（Марсель Райх-Раницкий，德语 Marcel Reich-Ranicki，1920—2013）曾言，1933年巴别尔极有可能与其同胞伊万·布宁[1]一样荣获诺贝尔文学奖。[2]

作为20世纪世界文学史上公认的短篇小说大师，巴别尔富于个性的创作吸引了不同国家、不同立场、不同理念读者的浓厚兴趣。然而，近一个世纪以来，巴别尔在世界各地走过了一段并不平坦的历程。其作品在世界的传播轨迹与接受状况不可避免地带有特定历史时期的特点。其中充满了排斥、冷漠和误解，但更多的是理性的逻辑思考、真诚的学术探索和客观严谨的科学态度。

1. 巴别尔研究在俄罗斯

由于众所周知的历史原因，在苏联文学批评史上对于巴别尔创作的研究经历了一个断断续续的、矛盾重重的过程。20世纪20—30年代巴别尔的短篇小说一经推出便在世界文坛产生了巨大的轰动，引起了批评界的广泛关注，巴别尔当之无愧地跻身于革

---

[1] 伊万·阿列克谢耶维奇·布宁（Иван Алексеевич Бунин，1870—1953）——俄罗斯著名作家，1933年凭借作品《米佳的爱情》（*Митина любовь*）荣获诺贝尔文学奖，成为第一位获此殊荣的俄罗斯作家。

[2] Райнхард Крумм, *Исаак Бабель. Биография*, М.: Российская политическая энциклопедия（РОССПЭН），2008, С. 5.

命后年轻的俄罗斯文学中一流作家的行列。高尔基、别雷（Андрей Белый，1880—1934）、马雅可夫斯基、谢尔盖·亚历山德罗维奇·叶赛宁（Сергей Александрович Есенин，1895—1925）、富尔曼诺夫（Дмитрий Андреевич Фурманов，1891—1926）、法捷耶夫（Александр Александрович Фадеев，1901—1956）等都对巴别尔的创作给予过极高的评价。与此同时，他们对于巴别尔的文学才能也持有不同的看法。富尔曼诺夫指出，《骑兵军》中并没有完全涵盖现实世界的真实内容，法捷耶夫认为，巴别尔"至今仍然保留着用生物学的观点看待人的成分。这束缚了其创造才能"[1]。此外，维亚切斯拉夫·巴甫洛维奇·波隆斯基、亚历山大·康斯坦丁诺维奇·沃龙斯基（Александр Константинович Воронский，1884—1937）[2]、阿布拉姆·扎哈罗维奇·列日涅夫（Абрам Захарович Лежнев，1893—1938）[3]和维克多·鲍里索维奇·什克洛夫斯基（Виктор Борисович Шкловский，1893—1984）[4]不仅是巴别尔早期作品的编辑人，同时也是热心真挚、切中肯綮的批评者和推介者。他们对巴别尔的创作与文学成就的价值和影响具有清醒的认识，对巴别尔早期文学创作和评论作品的问世做出了重要的贡献，在巴别尔文学声誉的崛起中功不可没。与此同时，巴别尔卓越的艺术才能也给上述同时代研究者带来了非同寻常的影响：

> 巴别尔的创作甚至使像沃龙斯基这样真挚忠诚、信仰坚

---

[1] 杨育乔：《围绕巴别尔〈骑兵军〉的一场争论》，《苏联文学联刊》1991年第6期。

[2] 亚历山大·康斯坦丁诺维奇·沃龙斯基——文学批评家、《红色处女地》（Красная новь）杂志编辑（1921—1927）。

[3] 阿布拉姆·扎哈罗维奇·列日涅夫——文学批评家、"山隘派"文学团体成员。

[4] 维克多·鲍里索维奇·什克洛夫斯基——苏联文艺学家、俄国形式主义学派的创始人和领袖之一。

定的马克思主义者的文学批评专业水平得到了提高。值得注意的是，在论述巴别尔创作的著作中，沃龙斯基对于任何马克思主义者来说都极为重要的问题——关于巴别尔的作品是否"有益于"革命的问题明显地采取了避而不谈的态度，转而将重点放在巴别尔作品的诗学问题上。这是沃龙斯基所采取的惟一一次妥协的做法。在对阿列克谢·托尔斯泰、扎米亚京、皮利尼亚克等其他作家的评论中，他总是把作品在意识形态方面的缺陷与作品的艺术魅力清晰地区别开来。①

此外，巴别尔的创作吸引了大量专业批评家和学者的目光，其中包括纳乌姆·雅科夫列维奇·别尔科夫斯基（Наум Яковлевич Берковский, 1901—1972）、格里戈里·亚历山德罗维奇·斯捷潘诺夫（Николай Леонидович Степанов, 1902—1972）等著名文艺学家和文学批评家。

自 1940 年巴别尔蒙难开始其作品遭到封禁，巴别尔的名字从读者和文学批评界的视野中彻底消失，其作品成为苏联文学界的敏感话题，无人提起。此后长达数十年内，后世大多数读者对巴别尔的印象和文学界对巴别尔的官方评价也基本是定格到这一年为止。1954 年随着"解冻"时期的到来，巴别尔获得平反，并恢复名誉。其作品也开始陆续出版。1957 年由伊利亚·爱伦堡作序的巴别尔《作品选》（*Избранное*）问世。后者将巴别尔称为"20 世纪杰出作家之一，出色的文体家和短篇小说大师"。在随后 20 年的时间里该书一版再版，并被译成 20 余种文字，流传世界。尽管如此，这一时期苏联官方对巴别尔作品的评价始终是有所保留和十分审慎的。在学术气氛相对宽松，但批评界对巴别尔

---

① Сорокина И., "Бабель и советская критика: самосохранение таланта",...*Я хочу Интернационала добрых людей.* （*Материалы научного семинара, посвященного 100-летию со дня рождения И. Бабеля*）, Екатеринбург: Уральский государственный университет, Учебно-научная лаборатория иудаики, 1994, С. 30—31.

创作的态度仍如履薄冰、顾虑重重，肯定与批评并存的情况下，一些学者早于同时代人大胆探索，坚持学术真理，努力突破巴别尔生平与创作中一些无人涉猎的禁区，为"解冻"时期后的俄罗斯"巴别尔学"研究做出了开拓性贡献。伊兹赖尔·阿布拉莫维奇·斯米林（Израиль Абрамович Смирин，1925—1993）和列夫·雅科夫列维奇·利夫希茨（Лев Яковлевич Лившиц，1920—1965）便是这一时期最早开始从事巴别尔短篇小说创作研究的学者。20世纪50—60年代斯米林发表了一系列巴别尔研究成果。这些成果将巴别尔的创作置于俄罗斯文学传统和20年代具体的文学语境之下来考察，重点探究了巴别尔短篇小说系列化的原则、作者与叙述者间关系的类型、叙事特点和叙事风格等理论问题。在某种意义上讲，斯米林的学术成果成为"巴别尔学"研究领域无法绕过的必读文献，对于后人从事相关学术工作具有重要的导向作用。1957—1965年利夫希茨搜集和整理了大量用于撰写巴别尔生活与创作专著的资料。其中《伊萨克·巴别尔的创作历程》（К творческой биографии Исаака Бабеля，Вопросы литературы，1964，№ 4）一文在巴别尔研究史上首次确定了《敖德萨故事》和《骑兵军》真实的创作年表，对于深入探究巴别尔创作风格演变的过程具有重要意义。1963—1964年利夫希茨发表了多篇论述巴别尔创作的文章，同时编辑出版了许多鲜为人知的巴别尔短篇小说和剧作，并给予注释和品评。值得一提的是，1972年费奥多尔·马尔科维奇·莱温（Фёдор Маркович Левин，1901—1972）的著作《巴别尔：创作随笔》（*И.Бабель：Очерк творчества*）由莫斯科"文艺书籍"出版社（Издательство «ХУДОЖЕСТВЕННАЯ ЛИТЕРАТУРА»）出版。该书的问世在并不活跃的巴别尔研究领域显得格外突出。作者对巴别尔创作的思想意义和艺术价值的评价和分析具有极其重要的学术意义。整体而言，20世纪60—70年代在浓厚意识形态的遮蔽之下，俄罗斯学界对巴别尔作品的研究和解读普遍采取了一种犹豫不定、谨言慎行的态度，缺少客观公正的评价，因此成果不多，研究面较窄。

20世纪80年代中期至90年代初苏联发生社会转型，文坛相应地出现了"回归"与"开禁"现象。1987年巴别尔的《骑兵军日记》(*Конармейский дневник 1920 года*)首次出版，并被译成多种文字，在世界各地激起强烈反响。巴别尔的其他作品也相继得以再版发行，就此巴别尔重新进入批评界和读者瞩目的中心。其在20世纪俄罗斯文学史上的地位和成就开始逐渐得到理性的认识和客观的评价。1993年加林娜·安德烈耶夫娜·别拉娅（Галина Андреевна Белая，1931—2004）、叶甫盖尼·亚历山德罗维奇·多布连科（Евгений Александрович Добренко，1962—）和伊万·安德烈耶维奇·叶萨乌洛夫（Иван Андреевич Есаулов，1960—）共同撰写并出版了《伊萨克·巴别尔的〈骑兵军〉》(*«Конармия» Исаака Бабеля*，М.：РГГУ）一书。该书揭示了《骑兵军》中巴别尔创作个性的本质特点及其在20世纪俄罗斯文学中的作用。这是迄今为止关于巴别尔短篇小说研究最出色的著述之一。作者认为，尽管从表面上看《骑兵军》极具碎片化特点，但叙述者的个性特征、小说集的整体性和小说作者的审美指向使《骑兵军》构成了一个惊人完美的统一体。

1994年在巴别尔诞辰一百周年之时许多学者纷纷撰文，对巴别尔研究表现出极大兴趣和关注。为此《文学问题》(*Вопросы литературы*)杂志在1995年第1期上推出了纪念巴别尔的系列专题文章。此举在客观上极大地推动了"巴别尔学"研究的深入开展。这一时期其他有分量的文章还有《请听我说……》(Шенталинский В., Прошу меня выслушать... Москва, 1994, № 7)、《巴别尔短篇小说〈潘·阿波廖克〉中主人公的原型问题》(Фридберг М., К вопросу о прототипе героя рассказа

Бабеля "Пан Аполек", Вопросы литературы, 1996, № 5) 和
《胜利者的笑：巴别尔的幽默与讽刺》(Коган Э. И., Смех
победителей: Юмор и ирония И. Бабеля, Вопросы литературы,
1998, № 5) 等。

　　需要强调的是，巴别尔的"谜之身份"始终是"巴别尔学"研究中一个说不尽道不完的永恒话题。在 20 世纪 90 年代关于巴别尔生平遭际和创作历程的论著中，谢尔盖·尼古拉耶维奇·波瓦尔措夫（Сергей Николаевич Поварцов, 1944—2015）的著作《死因——枪决：伊萨克·巴别尔最后的日子纪实》(*Причина смерти—расстрел：хроника последних дней Исаака Бабеля*, М.: ТЕРРА, 1996) 最为惹人注目。此书系作者根据在卢比扬卡监狱搜集到的事实证据、文件资料和目击者的证明写成，不仅真实记录了伊萨克·巴别尔最后的日子，披露了巴别尔死亡事件不为人知的可怕真相，而且是对巴别尔最真挚、最特别的纪念。正如作者所言："在 21 世纪到来之际命运赋予我们诚实地表达自己的观点和发出自由声音的权利。"[①] 波瓦尔措夫以科学的态度还原了20 世纪 20—30 年代特定历史文化语境下巴别尔鲜活而精彩的个人形象，补足了读者对于巴别尔个人的艺术观念以及个人性情的认知。

　　在 20 世纪 90 年代的"巴别尔学"研究中，雅科夫·利沃维奇·利伯曼（Яков Львович Либерман, 1944— ）是一位较突出的专家。其专著《犹太人眼中的伊萨克·巴别尔》(*Исаак Бабель глазами еврея*, Екатеринбург：Изд-во Урал. гос. ун-та, 1996) 以犹太学研究为基础，从犹太历史、宗教和文化角度细致地探究了巴别尔创作中的犹太元素、文化认同与身份焦虑等复杂问题。

　　值得一提的是，这一时期为数不多的几篇副博士学位论文

[①] Поварцов С. Н., *Причина смерти-расстрел：хроника последних дней Исаака Бабеля*, М.: ТЕРРА, 1996, С. 3.

《20年代文学论争语境中巴别尔的〈骑兵军〉和〈敖德萨故事〉》(Химухина Наталия Игоревна, "*Конармия*" *и* "*Одесские рассказы*" *И. Бабеля в контексте литературной полемики 20 - х годов*, Москва, 1991)、《巴别尔的艺术风格(〈骑兵军〉)》〔Тарасова Вера Владимировна, *Стиль Исаака Бабеля (Конармия)*, Екатеринбург, 1999〕和《巴别尔短篇小说集〈骑兵军〉中的讲述和讲述体传统》(Подобрий Анна Витальевна, *Традиции сказового повествования и сказа - жанра в новеллах* «*Конармии*» *И. Бабеля*, Челябинск, 1999)都选取了新的视角，努力对巴别尔的创作进行多方位的、更深层次的解析。虽然20世纪80年代中期到20世纪末俄罗斯学界在"巴别尔学"研究方面取得了一定的进展，对巴别尔创作的分析、评价逐渐趋于客观化和理性化，但与西方学界已形成体系的成熟研究相比仍显得十分不足，研究队伍也较少。

21世纪俄罗斯的"巴别尔学"研究进入了一个相对活跃期。2006年《巴别尔全集》(四卷本) (*Исаак Бабель—Собрание сочинений в 4 томах*, М.: Время)的问世将俄罗斯学界对巴别尔作品的学理研究推向了一个全新的高度。在《文学问题》、《十月》和《莫斯科》(*Москва*)等著名学术期刊上相继刊发了一系列巴别尔研究论文，如《巴别尔传记的准备材料》(Поварцов С., Подготовительные материалы для жизнеописания Бабеля Исаака Эммануиловича, Вопросы литературы, 2001, № 3—4)、《伊萨克·巴别尔：真实的生活与伪造的小说》(Ковский В., Исаак Бабель: неподдельная жизнь и беллетристические подделки, Вопросы литературы, 2002, № 3)、《短篇小说集的逻辑性：巴别尔的〈敖德萨故事〉》(Есаулов И., Логика цикла: «Одесские рассказы» Исаака Бабеля, Москва, 2004, № 1)、《斯大林与巴别尔》(Сарнов Бенедикт, Сталин и Бабель,

Октябрь, 2010, № 9)、《巴别尔、爱伦堡与其他人》（Фрезинский Б., Бабель, Эренбург и другие, Звезда, 2014, № 6）等。这些文章既包括较详尽的作品分析，也涉及巴别尔生平资料的搜集和整理。

新时期在深入探讨和研究巴别尔创作问题的众多著述中，下列成果占据着十分突出与显著的地位：波瓦尔措夫的又一部力作《成为巴别尔》（Поварцов С. Н., *Быть Бабелем*, Краснодар：Кубаньпечать, 2012）讲述了巴别尔主要作品的创作历程，披露了作家生平史料方面的一些新发现，以及作家手稿的坎坷命运。从书名上可以看出，该书与著名以色列作家达维德·佩列措维奇·马尔基什（Давид Перецович Маркиш, 1939—）的长篇小说《成为柳托夫：作家伊萨克·巴别尔生活中的自由想象》（Давид Маркиш, *Стать Лютовым. Вольные фантазии из жизни писателя Исаака Эммануиловича Бабеля*, СПб.: Лимбус Пресс, 2001）相互之间构成了某种论战。在后一部作品中作者将巴别尔取名犹大·格罗斯曼，在参照大量巴别尔日记资料和其他罕见文献的基础上，以大胆、诡异的想象，构造出一个充满神话色彩的巴别尔生平故事。该书为进一步创作巴别尔的"生平小说"提供了一个绝好的范本。文艺学家纳乌姆·拉扎列维奇·列伊杰尔曼（Наум Лазаревич Лейдерман, 1939—2010）在《体裁理论》（*Теория жанра*, Екатеринбург: УГПУ, 2010）一书中将巴别尔与米哈依尔·肖洛霍夫（Михаил Александрович Шолохов, 1905—1984）、瓦西里·马卡罗维奇·舒克申（Василий Макарович Шукшин, 1929—1974）一同列专节予以讨论，重点分析了《骑兵军》的诗学特征问题。俄罗斯语文学家尤里·康斯坦丁诺维奇·谢格洛夫（Юрий Константинович Щеглов, 1937—2009）的《巴别尔〈骑兵军〉中的受戒和彼世主题》（*Мотивы инициации и потустороннего мира в «Конармии»*

Бабеля. Проза. Поэзия. Поэтика. Избранные работы, М.: Новое литературное обозрение, 2012）则从神话诗学（мифопоэтика）出发阐释了巴别尔作品的主题意蕴。该书代表了 21 世纪俄罗斯"巴别尔学"研究的一个新方向。

2016 年俄罗斯国家文学博物馆、俄罗斯科学院高尔基世界文学研究所、莫斯科犹太博物馆与宽容中心共同编辑出版了《21 世纪历史与文学语境下的伊萨克·巴别尔》(*Исаак Бабель в историческом и литературном контексте: XXI век*, М.: Книжники；Литературный музей）一书，该书的问世是新世纪"巴别尔学"研究的一个重大事件。书中收录了 2014 年巴别尔诞辰 120 周年国际学术会议的参加者——来自俄罗斯和匈牙利、德国、格鲁吉亚、以色列、美国、乌克兰、法国 7 个国家文艺学家的学术论文。论文的作者除巴别尔创作的研究专家外，还包括从事 20 世纪俄语文学和俄罗斯境外其他文学研究的诸多语文学家。这些论文将研究对象置于世界历史和文化的广阔背景下，采用不同的文学批评方法，从不同文艺流派的视角展开论述。在"《骑兵军》"这一专章里主要对作品结构、人物形象、围绕《骑兵军》展开的论争等问题进行了分析。同时，书中重点探讨了巴别尔作品的诗学问题、互文性问题及其对文学传统的继承性问题、关于巴别尔的创作与同时代作家之间的联系，以及"南俄流派"的历史等问题。除此之外，该书还回顾了苏联早期"巴别尔学"研究者之一利夫希茨的学术之路，以纪念在这一领域做出卓著贡献的学术前辈。该书是迄今为止出版的第一部巴别尔研究俄语文集。在一定程度上它是对半个多世纪以来国际"巴别尔学"研究成果的总结，代表了 21 世纪国际"巴别尔学"研究的最高水平。

俄罗斯的"巴别尔学"研究经历了一个不断深入的发展过程，在研究对象、途径、范围和分析范畴等方面都取得了长足的进步。在摆脱了意识形态的狭隘偏见之后，今天的俄罗斯学界更加注重从多角度、多侧面，利用多种方法对巴别尔作品的审美因素进行深入挖掘。

2. 巴别尔研究在西方

作为20世纪最重要的俄罗斯作家之一，巴别尔的文学声望大大超越了国家和地域的界限，赢得了罗曼·罗兰（Romain Rolland，1866—1944）[①]、海明威（Ernest Miller Hemingway，1899—1961）[②]、博尔赫斯和厄普代克（John Updike，1932—2009）[③] 等众多世界文学大师的广泛赞誉和一致认同。早在1929年《骑兵军》英文版就在伦敦和纽约首版发行，备受欢迎。巴别尔小说的悖论式艺术世界，优美精粹、简洁凝练的语言，迅速被译成多种文字，在全世界广为流传。从20世纪40年代开始在大量译介的基础上，西方的"巴别尔学"逐渐发展起来，至今热度始终未减，且无论在研究视角、研究内容、研究数量，还是在研究结论上，都始终走在俄罗斯前面，呈现出与俄罗斯极其相似但又有所不同的研究轨迹。

20世纪60年代法国学者斯托拉-桑多尔编著的《伊萨克·巴别尔：其人与其书》（J. Stora-Sandor, Isaak Babel: L'homme et l'oeuvre, Paris, 1968）是迄今为止关于巴别尔生平研究最全面、最详尽的著述之一。1972年在纽约出版的《伊萨克·巴别尔》（R. Hallett, Isaac Babel, Letchworth, 1972）与同年在俄罗斯境内问世的莱温的著作《巴别尔：创作随笔》形成了相互映照，两者对于深入探究作家的生活与创作问题具有同等重要的学术价值。

20世纪70—80年代西方巴别尔研究有一个突出特点是，研究者常常将对巴别尔生平史料的考据与对巴别尔创作的分析结合

[①] 罗曼·罗兰——法国著名思想家、文学家、批判现实主义作家。1915年诺贝尔文学奖得主。

[②] 欧内斯特·米勒尔·海明威——美国作家、记者，20世纪最著名的小说家之一，1954年诺贝尔文学奖获得者。

[③] 约翰·厄普代克——美国作家、诗人。

在一起。这种方式决定了在客观上不可能做到对巴别尔的整个创作情况进行较为详尽的考察。这一时期英美学者的《伊萨克·巴别尔的艺术世界》(P. Carden, *The Art of Isaac Babel*, Ithaca and London: Cornell UP, 1972) 和《伊萨克·巴别尔：俄罗斯短篇小说大师》(E. Falen James, *Isaak Babel: Russian Master of the Short Story*, Knoxville: University of Tennes-see Press, 1974) 两部著作探讨了巴别尔作品的语言、人物、结构、情节等诸多诗学问题。但基本上以描述性研究为主，缺少足够的学理评析。

20世纪80年代中期随着苏联国内大量有关巴别尔的秘密档案资料陆续解禁，西方的"巴别尔学"研究得到了迅速的发展。1986年著名"巴别尔学"研究专家之一、美国学者西歇尔在充分掌握了一系列珍贵文献资料的基础上，撰写了《巴别尔小说的文体与结构》(E. Sicher, *Style and Structure in the Prose of Isaak Babel*, Columbus Ohio: Slavica, 1986) 一书。书中论证了巴别尔作品的统一性问题，指出巴别尔的美学思想反映了在战争环境中人的内心矛盾、冲突和痛苦，认为在巴别尔笔下"景物描写的形象性和非同寻常的隐喻性"与其将道德因素介入作品的建构中有着极为密切的关系。[1] 美国著名历史学家、文化理论家、文学批评家哈罗德·布鲁姆（Harold Bloom, 1930—）的《伊萨克·巴别尔》(*Isaac Babel*, New York, New Haven, Philadelphia: Chelsea House Publishers, 1987) 汇集了俄罗斯、美国、英国、爱尔兰、以色列等国多位著名作家、文论家和巴别尔研究专家的学术论文，其中包括俄罗斯的什克洛夫斯基、爱伦堡、安德烈·西尼亚夫斯基（Андрей Донатович Синявский, 1925—1997）[2] 和康斯坦丁·格奥尔吉耶维奇·帕乌斯托夫斯基（Константин

---

[1] E. Sicher, *Style and Structure in the Prose of Isaak Babel*, Columbus Ohio: Slavica, 1986, p. 10.

[2] 安德烈·西尼亚夫斯基——笔名阿勃拉姆·捷尔茨，俄罗斯作家、文艺学家、文学批评家，持不同政见者。

Георгиевич Паустовский，1892—1968）关于巴别尔的评论文章。在某种程度上，该书堪称80年代国际斯拉夫学界巴别尔研究最高成果的一次集中展示，在世界"巴别尔学"领域占据十分重要的位置。美国学者施赖乌斯的专著《巴别尔的〈骑兵军〉中蒙太奇剪辑的过程》，无论是对于巴别尔创作的研究，对于电影艺术中的"蒙太奇"手法的探讨，还是对于现代主义艺术手法的挖掘都极具创新意义和学术价值。以《骑兵军》为基础，作者指出，在现代主义艺术中蒙太奇原理"在艺术作品的每一个结构层次都起着至关重要的作用"①。

20世纪末至今，西方的巴别尔研究逐渐由边缘走向中心，趋于全面成熟，带有明显的系统性、整体性、专题性研究的特点。一方面，西方学界对巴别尔作品的翻译几乎与俄罗斯国内的出版同时进行；另一方面，翻译介绍与学理研究高度结合。1994年巴别尔百年诞辰之际，俄裔美国文艺学家亚历山大·康斯坦丁诺维奇·若尔科夫斯基（Александр Константинович Жолковский，1937—）和米哈伊尔·别尼阿米诺维奇·雅姆波尔斯基（Михаил Бениаминович Ямпольский，1949—）合作撰写的学术专著《巴别尔》（Жолковский А.К.，Ямпольский М.Б. *Бабель / Babel*, M.: Carte Blanche，1994）的问世标志着西方学界开始愈加积极地面对20世纪20年代俄罗斯文化与文学史，正视历史悲剧。该书运用"元文本"理论、后结构主义文本理论和弗洛伊德的精神分析学说，在跨文本视域内重点对巴别尔的短篇小说《说明》（*Справка*）、《我的第一笔稿费》（*Мой первый гонорар*）和《莫泊桑》（*Гюи де Мопассан*）进行了解读。该书最具价值之处在于，作者讨论问题选取的新角度和得出的新结论。因此该书的学术意义远远超出了它所探究的学术问题本身，在俄罗斯和欧美

---

① M.Schreurs, *Procedures of Montage in I.Babel's "Red Cavalry"*, Rodopy, AmsterdamAtlanta, GA, 1989, p.8.

斯拉夫学界引发了强烈反响和热烈讨论。以色列著名语文学家、文艺学家、日内瓦大学教授希蒙·佩列措维奇·马尔基什［Шимон（Симон）Перецович Маркиш，1931—2003］[①]的《巴别尔与其他人》（Бабель и другие，Киев：Персональная творческая мастерская "Михаил Щиголь"，1996）是作者多年来对俄罗斯犹太作家创作研究的总结性著作。其中第一章重点评析了巴别尔、格罗斯曼和爱伦堡等犹太作家的作品。该书为进一步系统地审视和解读 20 世纪俄罗斯犹太文学奠定了基础。

在对大量资料进行考据和研究的基础上，德国政治学家和社会学家赖因哈尔德·克鲁姆撰写了《巴别尔传记》［Райнхард Крумм，Исаак Бабель. Биография，М.：Российская политическая энциклопедия（РОССПЭН），2008］一书，并相应地推出了该书俄语版。作者将巴别尔的创作置于整个欧洲文化的背景下进行考察，引述了许多与巴别尔相关的令人回味的史实。该书成为斯拉夫学界的首部巴别尔传记，被列入"斯大林主义的历史"（История сталинизма）系列丛书之中。

以色列学者达维德·罗森松（Давид Розенсон，1971—）的专著《巴别尔：其人与悖论》（Бабель：человек и парадокс，М.：Книжники，2015）通过深入探讨巴别尔独特而又复杂神秘的个性特点及其"另一个自我"——柳托夫的气质特征，回答了作家的创作是否带有自传性色彩、犹太主题在巴别尔的世界观和作品中的体现、犹太主题的意象和象征意义等问题。此外，该书首次向俄语读者介绍和分析了巴别尔的作品在巴勒斯坦的接受情况、20 世纪 20—30 年代希伯来语刊物对巴别尔的评价和巴别尔对当代以色列文学的影响等。

在近些年"巴别尔学"研究领域中，韩国学者李素英的专著

[①] 希蒙·佩列措维奇·马尔基什——苏联翻译家、语文学家、文艺学家。日内瓦大学教授（1974—1996）。达维德·佩列措维奇·马尔基什之兄。

《伊萨克·巴别尔的〈骑兵军〉和〈敖德萨故事〉：小说诗学》（Ли Су Ен, Исаак Бабель. "Конармия" и "Одесские рассказы", Поэтика циклов, М.: Мир, 2005）颇为引人注目。该书是第一部将《骑兵军》和《敖德萨故事》作为巴别尔创作中两个同等重要的组成部分进行考量的诗学研究专著。作者从《骑兵军》和《敖德萨故事》入手，总揽了巴别尔的整个创作情况，既分析了巴别尔的早期特写（очерк）《敖德萨》（Одесса，1916），也考察了继《骑兵军》和《敖德萨故事》出版之后巴别尔创作的其他短篇小说，以及剧本《别尼亚·克里克》（Беня Крик）。通过从诗学角度对《骑兵军》和《敖德萨故事》加以联类比照，揭示出二者在美学、哲学和文化学方面的联系，以及将二者视为一个统一艺术整体的依据。

综上，西方学者运用不同的批评方法，从不同的角度对巴别尔的作品进行了解读，展示出了巴别尔作品各个层面的不同内涵，形成了一个相对完整的"巴别尔学"文学批评体系。整体而言，西方学界的巴别尔研究呈现出一种全景式研究的特点。值得注意的是，西方学界对巴别尔研究表现出始终如一的浓厚兴趣，个中原因并不排除巴别尔特殊犹太身份背景的影响。"西方世界在接受巴别尔时对其犹太身份和在苏维埃体制下的遭遇有意无意的强调和放大，尽管在一定程度上妨碍人们将注意力集中于巴别尔的文学创作本身，却在客观上有助于扩大巴别尔的世界声誉。"[1]

3. 巴别尔研究在中国

巴别尔的作品最早于20世纪20年代末传入中国，几乎与巴别尔的创作在世界的传播时间同步。然而彼时，与巴别尔在俄罗斯国内以及在世界的文学声望相比，在中国文学批评界巴别尔并

---

[1] 刘文飞：《瑰丽奇崛 韵味悠长——巴别尔创作之世界意义》，《人民日报》2016年11月27日第7版。

不属于被热切关注的作家，只在极少数刊物上可以偶尔读到他的名字。1929年上海远东图书公司发行的《文学周报》第8卷合订本刊登了署名为"编者甲"的《巴倍尔（传略）》，这是国内最早的有关巴别尔的介绍文章。随后，鲁迅在1930年所写的书信和1933年"同路人"短篇集《竖琴》后记中曾先后两次提到巴别尔的名字。在巴别尔进入中国的最初20年间，翻译家周扬对巴别尔短篇小说的接受和传播起到了推广和建构的作用。20世纪30年代周扬先后发表了两篇关于巴别尔的译介文章，这是我国学界对巴别尔创作研究所进行的早期探索。1948年巴别尔的短篇小说《路》（Дорога，1932）由周扬翻译出版，后者充分肯定了该小说的创作技巧，与此同时，他认为《骑兵军》是一部浪漫的怪诞小说，堪比果戈理的《塔拉斯·布尔巴》（Тарас Бульба，1835）。1950年上海出版公司出版的《苏联作家自述》（孙用译）中以《巴倍尔》为题摘录了4条巴别尔对于文学创作任务的看法，并在译注中简明扼要地介绍了巴别尔的创作。[①] 从上述中国早期巴别尔作品研究中可以看出，与对同时代其他俄罗斯作家创作的关注相比，巴别尔的作品并不是我国学界热衷讨论的对象。20世纪50年代至70年代末在众所周知的大气候下巴别尔更是退出了中国文学批评界的视野，他的名字在中国几近消失。

20世纪80年代末90年代初随着思想解放的不断深入和改革开放的纵深发展，巴别尔的作品在中国翻译出版的数量开始逐渐增多，对巴别尔作品的研究状况也悄然发生了变化。这一时期学界相继出现了两本部分涉及巴别尔生平与创作的著述。不同著者对巴别尔创作的归类和文学史定位有着不同的处理。在《苏联小说史》（彭克巽，北京十月文艺出版社，1988）一书中作者指出，巴别尔的短篇小说纯熟地掌握了福楼拜、莫泊桑和契诃夫开创的19世纪短篇小说创作技巧。通过对《盐》（Соль）、《阿弗尼卡·

[①] 《苏联作家自述》，孙用译，上海出版公司1950年版，第8—9页。

比达》（Афонька Бида）、《契斯尼基村》（Чесники）和《基大利》（Гедали）4篇小说内容的介绍和艺术特色的分析，作者认为《骑兵军》来自巴别尔的亲身经历，充满浓厚的自然主义色彩，多线条地、从各种不同角度记录了国内战争场景，它"没有宏伟的历史构思，而是力求像一滴水反映大海那样去反映汹涌澎湃的时代生活"①。与此同时，作者特别强调，虽然《骑兵军》真实地反映了当时各阶层人物的心理面貌，但缺少典型概括和艺术深度。1990年上海外语教育出版社出版的《苏联二十年代文学概论》（江文琦）一书首次将"巴别尔及其《骑兵军》"列为专门一节，将巴别尔的创作放入20世纪20年代苏联小说的大背景下，与高尔基、马雅可夫斯基、肖洛霍夫及叶赛宁、米哈伊尔·阿法纳西耶维奇·布尔加科夫（Михаил Афанасьевич Булгаков，1891—1940）、安娜·安德烈耶夫娜·阿赫玛托娃（Анна Андреевна Ахматова，1889—1966）等并置而论。作者以《二旅旅长》（Комбриг）、《骑兵连长特隆诺夫》（Эскадронный Трунов）、《家书》（Письмо）、《多尔古绍夫之死》（Смерть Долгушова）、《泅渡兹勃鲁契河》（Переход через Збруч）和《我的第一只鹅》（Мой первый гусь）等多篇小说为例，从人物形象、语言运用、情节结构以及风景描绘方面探讨了《骑兵军》的艺术成就。在充分肯定巴别尔的现实主义创作和人道主义思想的基础上，指出巴别尔在艺术实践上的探索表现在对人物内心世界的刻画上。"巴别尔善于把对立的矛盾的东西组织在一个故事，一种性格中，以强烈的明暗对比造成独特的效果。"② 该书最大的成果在于揭示了巴别尔创作的多样性。尽管对作家的介绍和对作品的阐释较简略，但与此前国内的巴别尔研究相比更加客观，观点也

---

① 彭克巽：《苏联小说史》，北京十月文艺出版社1988年版，第56页。
② 江文琦：《苏联二十年代文学概论》，上海外语教育出版社1990年版，第319页。

更加独到。此外，1991年12月发表于《苏联文学联刊》的《围绕巴别尔〈骑兵军〉的一场争论》(杨育乔)一文对从1924年初"骑兵军"系列短篇小说开始发表，到1939年巴别尔蒙难，苏联文学界就《骑兵军》展开的大论战之前后经过、来龙去脉进行了较为详细的介绍和分析，指出表面上这场争论似乎以布琼尼的胜利而告终，但时至今日《骑兵军》的一版再版是对历史上这场争论所做的最公正的结论。1995年第10期《读书》杂志上发表了《"请让我申辩"——苏联作家巴别尔最后的日子》(蓝英年)一文。该文依据翔实的史料，较为完整地复原了巴别尔被捕的前后经过，对巴别尔的死因进行了细致的考证和分析。

中国读者最大范围地知道巴别尔是在21世纪之初。21世纪以来，巴别尔作品在中国的译介越来越多。作家的名篇不断有新的译本出现。《骑兵军》、《骑兵军日记》和《敖德萨故事》的中文版先后问世，尤其是《骑兵军》更以多种译本的形式与读者见面。值得一提的是，2016年巴别尔作品的翻译取得了突破性进展。漓江出版社首次推出《巴别尔全集》(六卷本)中文版。该书囊括了此前从未被译介进中国的多部巴别尔早期创作的短篇小说，以及剧作、书信等，成为迄今为止国内收录最完整、最全面的巴别尔作品集。毋庸置疑，巴别尔作品的不断译介为中国学者更全面、更客观地了解巴别尔及其创作提供了丰富的资料来源。

与此相应，巴别尔的创作吸引了许多学者的关注和研究兴趣。2005年译林出版社推出的《辉煌与失落：俄罗斯文学百年》(严永兴)一书将巴别尔归为"白银时代"俄罗斯文学代表作家之列，以"巴别尔惜墨如金"为题介绍了巴别尔的创作道路，指出巴别尔小说在艺术上的主要特征是文风简洁。

近年来，刘文飞老师撰写了一系列文章，对巴别尔的人生经历与身份之谜进行了详尽的剖析，并结合具体文本对巴别尔小说的艺术特色进行了精辟的评述和解释。在《巴别尔的"双重身份":〈敖德萨故事〉》一文中刘文飞老师选取《日薄西山》(Закат)、《耶稣之罪》(Иисусов грех)、《我的第一笔稿费》和《带引号的公正》(Справедливость в скобках)等作品,就巴别尔小说的风格发表了自己的看法,认为"他的小说是自然主义和浪漫主义的结合,是血腥和温情的结合。在《敖德萨故事》中,巴别尔的这种风格特征得到了鲜明的体现。……残酷和狂欢,忧伤和喜悦,苦难和浪漫,泪水和幽默,死亡和爱……最难以调和的东西被作者调和在了一起"[1]。特别是在《巴别尔的生平和创作》一文中刘文飞老师以巴别尔充满诸多变数的生活命运和独具特色的小说创作为对象,对巴别尔的生平经历、作品构成、小说风格和文学史意义等方面作了较为系统的叙述,指出巴别尔的生活和创作构成了关于一个时代具有狂欢化色彩的文学记录。[2] 该文揭示了巴别尔创作风格的复杂性,为从多角度、多层面正确认识和阐释巴别尔的文本提供了重要的理论和实践依据,对我国的巴别尔研究无疑具有重要的引导作用。

此外,王树福博士发表了多篇关于巴别尔研究的专题文章,对于巴别尔在西方、俄罗斯和中国的翻译和研究历史与现状进行了概括和梳理,指出俄罗斯学界对巴别尔的学理研究受意识形态影响较大。当代西方学界对巴别尔作品的译介传播表现出不同于俄罗斯学界的特点,经历了传播的发端期、深入期和综合期三个阶段。在《"局外人"与"热带鸟":巴别尔的身份认同与伦理选择》(王树福,《外国文学》2017年第2期)中作者重点讨论了巴别尔在身份认同与伦理选择方面的多元性和矛盾性特征,提出犹太文化、俄国文化、西欧文化以及民间文化共同构成了巴别尔身份谱系中的重要渊源。上述文章对于从不同角度解读和研究

---

[1] 刘文飞:《巴别尔的"双重身份":〈敖德萨故事〉》,《大公报》(香港版)2007年9月23日第8版。

[2] 刘文飞:《巴别尔的生平和创作》,《中国俄语教学》2016年第1期。

巴别尔的创作具有一定的指导意义。

其他比较重要的相关论文有《巴别尔的艺术想象——读〈骑兵军〉》（祖若蒙：《文艺争鸣》2010年第6期）、《消解英雄主义：反讽与直观——〈骑兵军〉阅读启示》（魏晶：《外语学刊》2011年第2期）和《时间的变奏：〈骑兵军〉中的文化选择与认同》（周湘鲁、俞航：《俄罗斯文艺》2013年第4期）等。俞航的《空间的拼贴：巴别尔〈骑兵军〉叙述结构分析》从小说叙述结构的角度对《骑兵军》的艺术世界进行了考察，得出结论："叙述结构直接参与作品意义建构：结构的设置与表现哥萨克文化与犹太文化对立冲突的主题相结合。"[①] 中国台湾学者鄢定嘉在《俄语学报》（2014年第24期）上发表的《〈我的鸽子窝的故事〉中认同情结之探讨》一文从叙事学中的"视角"与"聚焦"出发，以叙述者眼中的大时代、地方感受和文化认同为基础，详细分析了《我的鸽子窝的故事》（История моей голубятни）的主题意义，提出了该作品虽写于《敖德萨故事》和《骑兵军》之后，却可被视为两部短篇小说集之"序幕"的观点，认为认同的冲突是《路》中满怀希望地迎接"美好生活"的叙述者始料未及，也是《骑兵军》的叙述者柳托夫永远无法摆脱的痛。

值得注意的是，近年来，在国内巴别尔研究领域呈现出一个十分突出的现象：在一些读者面较广、影响力较大的文学类刊物上发表了很多随笔式短文、读后感、作家与学者的对话讨论等。这些随笔和评论大多着眼于对作家独特身世和生平遭际的解读，对作品韵味的意会和体悟更多源自审美直觉，个别观点在某种程度上不免带有一定的主观色彩和感性品评的特点。尽管如此，其中也不乏有分量、高品质的佳作。在2008年8月6日发表于《中华读书报》上的《莎士比亚+拉伯雷+莫泊桑+高尔基+海明威＝巴

[①] 俞航：《空间的拼贴：巴别尔〈骑兵军〉叙述结构分析》，《宁波大学学报》（人文科学版）2015年第3期。

别尔?》一文中,作者将巴别尔小说尊为"神品",认为巴别尔小说震撼人心之处不仅在于其故事的残酷,也不只是其叙事态度的冷酷,还离不开卓绝的语言技巧。巴别尔作为小说家是无法归类的。"莎士比亚,加拉伯雷,加莫泊桑,加早期的高尔基,再加点海明威,就成就了这个巴别尔,所以这个人是天纵奇才,独一无二。"[1]《天地不仁巴别尔》(江弱水《读书》2008 年第 12 期)一文将巴别尔的语言风格与莎士比亚进行了比较,同时揭示了巴别尔与陀思妥耶夫斯基在文学气质与情感基调上的不同之处。《和巴别尔发生爱情》(王天兵,凤凰出版社,2008)是国内第一本以巴别尔文学、艺术研究为专题的言论集。书中汇聚了多篇近年来国内著名作家、学者关于巴别尔创作的代表性评论及访谈。其中既包括王蒙、李泽厚、芦苇、江弱水、孙郁等极具影响力的作家和学者,也不乏"80 后"青年作家。该书以更广阔的视角、更鲜活的方式阐释了在中国译介《骑兵军》、《骑兵军日记》和《敖德萨故事》的社会、文化及历史意义,是对国内巴别尔著作研究的极大补充。

* * *

以上列举的国内外学界关于巴别尔及其创作的评述对于本书研究具有重要的参考价值。从这些论著可以看出,俄罗斯和西方评论界对巴别尔的创作进行了较为精到、详尽的阐释和分析,经历了从单调到多元的研究视角转变。然而,总体来看,目前国内学界对于日益活跃的国际"巴别尔学"研究的"回响"仍是较为低沉,与当代俄罗斯和西方学界巴别尔研究的"大声音"相比显得有些不够相称。首先,国内学界对巴别尔的学理研究尚处于起步阶段,存在不够系统和深入、数量不多、研究视角有限等问

---

[1] 江弱水:《莎士比亚+拉伯雷+莫泊桑+高尔基+海明威=巴别尔?》,《中华读书报》2008 年 8 月 6 日。

题。其次，作为一部影响力巨大的文学作品，《骑兵军》在中国文学界引起的评价与品读相对较多，现有的评论主要围绕《骑兵军》的创作风格展开讨论，而针对巴别尔的"自传体系列"小说、《敖德萨故事》等进行的研究则并不多见，对整个巴别尔短篇小说创作的总体特征尚缺乏比较全面的认知。至今还没有以巴别尔短篇小说的美学特质和诗学特征为主线，对其创作进行集中的系统阐释的文章或专著出现，特别对于巴别尔与俄罗斯文学传统，以及与西方文学之关系的研究，尚没有引起足够的重视。

三 本书的主要内容

本书包括绪论、8个章节与结语共10个部分。

在绪论中介绍了巴别尔的生平与创作之路，并对在俄罗斯、西方和中国关于巴别尔创作的研究情况进行了综述。

第一章从卷帙浩繁的俄罗斯文学史中抽取出短篇小说这一文体形式进行历史轨迹演变的研究，对俄罗斯短篇小说的发展历程作出了较为系统的描述、分析和概括，探讨了俄罗斯短篇小说的变迁和发展变化规律，力求呈现出一个相对完备的俄罗斯短篇小说创作史，以凸显巴别尔的创作成就在整个俄罗斯短篇小说发展史上的重要地位。

第二章通过阐释"敖德萨流派"的风格特征和生成因素，确定了"敖德萨流派"在俄罗斯文学史上的地位、价值和意义。同时，以《敖德萨》和《敖德萨故事》为例分析了巴别尔在"敖德萨流派"形成中所起的重要作用，指出巴别尔"敖德萨文本"的文学史意义。

第三章选取巴别尔短篇小说创作中最具代表性的"暴力"、"知识分子"、"人道主义"和"父与子"主题对其小说文本进行解读。

第四章从唯美主义、极简主义、"陌生化"和"零度写作"

几个方面入手考察巴别尔的作品，彰显出在巴别尔作为20世纪俄罗斯短篇小说大师的成就背后，维系着多元审美资源的汲取和表现。

第五章以巴赫金的"复调性"与"狂欢化"诗学理论来审视巴别尔的创作实践。从狂欢化艺术思维与狂欢化叙事结构、狂欢式场景、狂欢化人物与怪诞形象、文体狂欢化与语言的杂糅、时空体艺术结构等方面较为全面、细致地探讨了巴别尔短篇小说诗学的"狂欢化"与"复调性"两个核心问题。

第六章重点讨论了犹太文化与哥萨克文化双重情结对巴别尔小说思维的渗透与同化建构问题。

第七章通过探寻巴别尔短篇小说创作思维和审美意识同果戈理和屠格涅夫创作的关系，确定巴别尔短篇小说与俄罗斯文学、文化的联系，挖掘其本土文化之源。

第八章将巴别尔短篇小说置于世界文学的视域之下进行宏观的诗学观照，把对巴别尔短篇小说创作的研究放到与西方文学相比较的视野中，以巴别尔短篇小说《莫泊桑》及其他作品为例，分析莫泊桑对巴别尔创作的影响，确定巴别尔创作中的西方文化渊源，加深对巴别尔短篇小说创作独特性的认识。

在结语部分揭示巴别尔短篇小说创作的总体特征、学术价值和文学史意义，并指出在本书研究中尚可进一步探究、拓展和深化的一些问题。

第一章　俄罗斯短篇小说文体的演进与发展

说起俄罗斯文学的伟大成就，当首推19世纪中叶"以强大的小说家群体，特别是以俄罗斯文学的'三巨头'即屠格涅夫、陀思妥耶夫斯基和托尔斯泰为代表的作家群体和富于影响力的一流的长篇小说作品"①，借此俄罗斯文学得以后来居上，一举超越西欧，成为世界文坛的一支主要力量，在世界文学史上占据着不可撼动的地位。莫言曾写道："长度、密度和难度，是长篇小说的标志，也是这伟大文体的尊严。"② 在中外经典文学作品中，长篇小说（роман，英语 novel，法语 roman）体裁占有绝对的优势，它常常被作为衡量作家创作水平、创作实力和影响程度的一个极为重要的指标。两百年来俄罗斯文学的发展史证明了这样的文学现实。

然而，"小说的真正价值并不在长短，而在于其对历史人生的洞察力，对广阔时代的表现力"③。在世界文学史上，无论就艺术表现力，还是创作手段而言，短篇小说（рассказ 或 новелла，

---

① 朱宪生：《俄罗斯小说文体的演变与发展——19世纪三四十年代俄罗斯长篇小说》，《上海师范大学学报》（哲学社会科学版）2004年第4期。
② 莫言：《酒国》，上海文艺出版社2012年版，第1页。
③ 高玉、陈茜：《为什么短篇小说非常重要》，《文艺报》2015年7月29日第2版。

英语 short-story，法语 nouvel，意大利语 novella）都堪与长篇小说相媲美。从契诃夫、莫泊桑、马克·吐温、欧·亨利、博尔赫斯、爱伦·坡（Edgar Allan Poe，1809—1849）①，到川端康成、鲁迅、沈从文等，凭借不朽的短篇杰作雄踞文坛的中外作家不胜枚举。除专门从事或擅长短篇创作的小说家外，几乎所有长篇小说大师都留下了出色的短篇作品：雨果、福楼拜、托尔斯泰、屠格涅夫、陀思妥耶夫斯基、海明威、卡尔维诺等笔下不乏流传于世的经典短篇。许多小说家初登文坛，都是从短篇开始试笔。他们的处女作，往往不是中篇、长篇，而是短篇。"从某种程度上来说，短篇小说在整个文学发展史上取得的成果并不亚于长篇小说。"②

短篇小说是一个古老的文体，③ 从字面意义上理解，它是区别于诗歌、散文、戏剧、中长篇小说的一种体裁样式（жанр）。短篇小说是一种虚构性的散文故事，其篇幅较中篇小说（俄语 повесть，法语 nouvelle，意大利语 novelette）和长篇小说短，④ 一般只有几个人物，主题相对单一、集中。19 世纪中叶前在俄罗斯文学界并没有将"рассказ"和"повесть"清晰地区别开来。几

---

① 埃德加·爱伦·坡——19 世纪美国诗人、小说家和文学评论家，美国浪漫主义思潮时期的重要成员和美国短篇故事的最早先驱者之一，其创作以神秘故事和恐怖小说闻名于世，进而也被誉为推理小说和科幻小说的鼻祖。

② 高玉、陈茜：《为什么短篇小说非常重要》，《文艺报》2015 年 7 月 29 日第 2 版。

③ "文体"（或"语体"）（英语 style，俄语 стиль）一词含义极广。"既可指某一时代的文风，又可指一作家语言使用的习惯；既可指某种体裁的语言特点，又可指某一作品的语言特色。"（秦秀白：《文体学概论》，湖南教育出版社 1986 年版，第 1 页）文体是一篇作品的全部。它包括作品的形式技巧、主题思想和艺术风格等。

④ Петровский М.，"Повесть"，Под ред. Н. Бродского, А. Лаврецкого, Э. Лунина, В. Львова - Рогачевского, М. Розанова, В. Чешихина - Ветринского, *Литературная энциклопедия: Словарь литературных терминов: В 2-х т. Т. 2. П—Я*, М.; Л.: Изд-во Л. Д. Френкель, 1925, Стб. 596. 无论是外在篇幅，还是内在结构，短篇小说具有自身的审美规定性。但这种规定是相对的。长篇、中篇和短篇三种文体的美学区分通过三者之间相互参照对比来实现。

乎所有短小的叙事形式均被称为"повесть"①，而任何篇幅宏大的文体则被视为"роман"②。实质上，长篇小说和短篇小说的差别不单在篇幅上，更在于本身不同的性质。③ 短篇小说绝不仅仅意味着字数少而已，其更是代表了一种短小精悍、构思巧妙、以小见大创作的体裁。

在俄罗斯文学与西欧文学中短篇小说的出现与发展进程几乎是同步的。作为文类的"短篇小说"在不同历史时期的俄罗斯文学发展中呈现出不同的形态，其中有六个关键节点。它的萌芽最早出现于民间口头创作时期，历经数百年的孕育、积累，俄罗斯短篇小说体裁从19世纪30年代发轫，19世纪末20世纪初进入成熟阶段，当历史进入20世纪20—40年代之时短篇小说体裁逐步发扬光大。20世纪50—70年代是俄罗斯短篇小说文体的沉淀期，80—90年代探索创新、文体实验成为俄罗斯短篇小说艺术发展的基本态势。

第一节　民间口头创作时期至18世纪末：俄罗斯短篇小说文体的萌芽

俄罗斯短篇小说的源起可以追溯到叙事类民间口头创作，如壮士歌（былина）、神话（сказка）传说（предание）、寓言（басня）故事（сказание）等。一些基辅系列和诺夫哥罗德系列

---

① 俄语中"новелла"一词（意同"рассказ"，表示"短篇小说"）与其英语同音异义词"novella"的意义完全不同。在英语中，"novella"意为"中篇小说"（俄语为"повесть"）。

② Локс К., "Рассказ", Под ред. Н. Бродского, А. Лаврецкого, Э. Лунина, В. Львова-Рогачевского, М. Розанова, В. Чешихина-Ветринского, *Литературная энциклопедия: Словарь литературных терминов: В 2-х т. Т.2. П—Я*, М.; Л.: Изд-во Л.Д.Френкель, 1925, Стб.693—695.

③ 王蒙：《长篇小说与短篇小说》，《读书》1993年第9期。

的壮士歌，以及魔幻神话和日常生活题材神话中不乏个性鲜明的人物故事，在某种程度上，这些作品已经带有小说的意味。

在古罗斯文学中许多篇幅较短、有别于诗歌体裁的叙事散文形式通常被称作"повесть"（故事）①。可见，"故事""神话"等传统文学体裁与短篇小说之间存在天然的联系。"故事"产生于基辅罗斯时代，多为纪实作品，最初以历史故事为主。流传至今的俄罗斯最早的编年史、基辅罗斯时期最重要的著作之一《古史纪年》（Повесть временных лет）正是一部长篇历史故事。13—15世纪蒙古人入侵和16—17世纪莫斯科中央集权国家时期，出现了大量战争故事。在《拔都攻占梁赞记》（Повесть о нашествии Батыя на Рязань）、《顿河彼岸之战》（Задонщина）和《马迈大战记》（Сказание о Мамаевом побоище）等战争故事中开始带有一定的虚构成分，并注重人物形象的刻画，"故事"的叙事性明显增强。这些作品"情节完整，节奏分明，描写生动，富有戏剧性"②。16世纪杰出的作家和政论家、神父叶尔莫莱-叶拉兹姆（Ермолай-Еразм）创作的《关于穆罗姆的彼得与费芙罗尼娅的故事》（Повесть о Петре и Февронии Муромских）保留了口头创作的诸多手法，兼具圣徒传（жития святых）和神话传说两种体裁的特点，是迄今为止最为重要的古罗斯短篇故事之一。作品通过讲述费芙罗尼娅与穆罗姆的生平经历，充分肯定了《福音书》中"人人平等"的思想。17世纪大司祭阿瓦库姆（Аввакум Петров，1620—1682）的《阿瓦库姆行传》（Житие protopopa Аввакума, им самим написанное）被称为"俄罗斯文学史上第一部自传体作品"，同时也不失为一篇充满战斗激情的政论文。该书真实地描写了阿瓦库姆三次被流放西伯利亚、受尽折磨的苦难历程。其中坚定地追随丈夫远赴西伯利亚的阿瓦库姆

---

① 在俄语中该词现义为"中篇小说"。
② 任子峰：《俄国小说史》，北京大学出版社2010年版，第15页。

之妻成为俄罗斯古代文学中诸多优美的女性形象之一。"11—16世纪的俄国文学中,'历史主义'是其指导原则,不论编年史、英雄史诗、人物传记、历史故事、战争故事等都以历史事实、真人真事为基础,不主张虚构,这自然限制了小说的发展。"① 但是,在上述作品中,丰富的史实、故事情节的展开、感情与情绪的渲染、生动的人物形象、场景细节的描写以及虚构成分等诸多小说因素已初露端倪,它们或为小说提供了素材,或为小说积累了叙事经验。"古代文学总的说还没有作为文学从一般实用体裁(历史、布道讲话、书信、传记等)中独立出来,只是到了17世纪下半叶,随着社会经济的发展,出现了带有虚构的故事,这才为真正的文学创作创造了条件。"②

  17世纪随着俄罗斯文化的世俗化,俄罗斯文学逐步摆脱宗教的影响,更加贴近现实生活。"文学主人公也随之发生变化,……文学的民主主义和现实主义倾向增强。这种现象特别表现在17世纪涌现出许多以普通人为主人公的故事,按题材可分为教诲故事、世态故事和讽刺故事。"③ 17世纪中叶的《戈列-兹洛恰斯基的故事》(Повесть о Горе-Злочастии)用无韵诗体的形式创作而成,充满了浓厚的劝诫说教意味。其独特之处在于呈现了俄罗斯文学中第一个虚构的概括性艺术形象。《弗罗尔·斯科别耶夫的故事》(Повесть о Фроле Скобееве)所述内容与时代生活紧密相关,在刻画人物性格方面取得了实质性的进步。17世纪下半叶出现了一系列反映社会生活的讽刺小说,其中以《谢米亚卡法庭的故事》(Повесть о Шемякином суде)和《棘鲈的故事》(Повесть о Ерше Ершовиче, сыне Щетинникове)最具代表性。前者具有明显的现实主义和社会批判倾向,后者则以拟人化的手

---

① 任子峰:《俄国小说史》,北京大学出版社2010年版,第16页。
② 曹靖华主编:《俄苏文学史》第一卷,河南教育出版社1992年版,第24页。
③ 任子峰:《俄国小说史》,北京大学出版社2010年版,第17页。

法反映了农民和贵族之间的矛盾与斗争。这些作品为俄罗斯讽刺文学的出现奠定了基础,同时对于真正意义上俄罗斯短篇小说的诞生也带来了极其重要的影响。

1704年阿拉伯古代民间故事集《一千零一夜》的法文译本首次问世后,迅速传遍了整个欧洲,随即出现了大量模仿之作和"变体"作品。18世纪的俄罗斯文学及时地对这种"时尚"与"流行"的品味作出了敏锐的反应。对"神话"题材的热衷成为这一时期俄罗斯文学的一个突出特征。1766—1768年出版了米哈伊尔·德米特里耶维奇·丘尔科夫(Михаил Дмитриевич Чулков,1743—1792)的神话故事集《嘲弄人的人,或斯拉夫神话》(Пересмешник, или Славенские сказки)。书中的两个叙述者均为虚构的人物,而他们所讲的故事则源于希腊神话、《圣经》和《一千零一夜》等。随后米哈伊尔·伊万诺维奇·波波夫(Михаил Иванович Попов,1742—1790)的《斯拉夫人的古代时期,或斯拉夫王公们的奇遇》(Славенские древности, или Приключения славенских князей,1770—1771)和瓦西里·阿列克谢耶维奇·列夫申(Василий Алексеевич Левшин,1746—1826)的《关于光荣的勇士的俄罗斯神话故事》(Русские сказки о славных богатырях,1780—1783)相继问世。这些作品风格各异,其中隐约可见俄罗斯短篇小说的雏形。尽管如此,"18世纪以前,俄罗斯文学中没有出现作为独立体裁的小说作品"[①]。

18世纪90年代发源于英国的感伤主义文学传入俄国。从某种意义上,俄罗斯感伤主义文学的代表尼古拉·米哈伊洛维奇·卡拉姆津(Николай Михайлович Карамзин,1766—1826)的中篇小说《苦命的丽莎》(Бедная Лиза,1792)可被视为俄罗斯文学中的第一部小说作品。"就感伤主义小说的文体特征而言,它

[①] 朱宪生:《俄罗斯小说文体的演变与发展——19世纪三四十年代俄罗斯长篇小说》,《上海师范大学学报》(哲学社会科学版)2004年第4期。

是一种夹叙夹议的文体，在叙事的基础上展开抒情，其结构上有一种'抒情哀歌体'的诗歌特性。"① 但在严格意义上，《苦命的丽莎》只是一种从口头文学的讲故事脱胎而来的故事小说。至此，直到 18 世纪末小说作为一种独立的文学样式，在俄罗斯文学中尚不成规模，也没有产生很大的影响。

第二节　19 世纪 30 年代：俄罗斯短篇小说文体的确立

　　从整个世界文学范围看，短篇小说作为一种独立的文学体裁，其身份与地位直到 19 世纪初才真正开始确立。② 19 世纪 20—30 年代德国、美国、俄国和法国几乎同时推出了第一批真正意义上的短篇小说集。德国的海因里希·冯·克莱斯特（Heinrich von Kleist, 1777—1811）、恩斯特·西奥多·阿玛迪斯·霍夫曼（Ernst Theodor Amadeus Hoffmann, 1776—1822）、美国的华盛顿·欧文（Washington Irving, 1783—1859）、埃德加·爱伦·坡（Edgar Allan Poe, 1809—1849）和纳撒尼尔·霍桑（Nathaniel Hawthorne, 1804—1864）等先后成为 19 世纪上半叶世界文学史上最杰出的短篇小说作家。

　　在西欧文学的影响下，19 世纪 20—30 年代俄国爆发了一场小说创作和消费的双重热潮，自此时起，短篇小说从混沌一体的文学形态中分离出来，在俄罗斯文学体系中获得了相应的文体待

---

　　① 朱宪生：《俄罗斯小说文体的演变与发展——19 世纪三四十年代俄罗斯长篇小说》，《上海师范大学学报》（哲学社会科学版）2004 年第 4 期。
　　② Локс К., "Рассказ", Под ред. Н. Бродского, А. Лаврецкого, Э. Лунина, В. Львова - Рогачевского, М. Розанова, В. Чешихина - Ветринского, *Литературная энциклопедия : Словарь литературных терминов: В 2-х т. Т.2. П—Я*, М.; Л.: Изд-во Л. Д. Френкель, 1925, Стб. 693—695.

遇，成为其不可分割的有机组成部分。一时间俄罗斯文坛上出现了大批怪诞、恐怖、以描写神秘冒险故事为主的"哥特式"短篇小说。如弗拉基米尔·伊万诺维奇·帕纳耶夫（Владимир Иванович Панаев，1792—1859）的《假面舞会奇遇记》（*Приключение в маскараде*，1820）、亚历山大·亚历山德罗维奇·别斯图热夫（笔名马尔林斯基）［Александр Александрович Бестужев（Марлинский），1797—1837］的《血债血还》（*Кровь за кровь*，1825）和《可怕的占卜》（*Страшное гадание*，1832），以及亚历山大·亚历山德罗维奇·沙霍夫斯科伊（Александр Александрович Шаховской，1777—1846）的《意外的婚礼》（*Нечаянная свадьба*，1834）等。同时，随着欧洲浪漫主义文学的兴起，许多俄罗斯作家的短篇小说中都带有霍夫曼的影子。充满神秘、恐怖色彩的"霍夫曼式"主题和风格诡异的魔怪故事（быличка）① 流行一时，如弗拉基米尔·帕夫洛维奇·季托夫（Владимир Павлович Титов，1807—1891）的《瓦西里岛上的孤舍》（*Уединённый домик на Васильевском*，1829）、米哈伊尔·尼古拉耶维奇·扎戈斯金（Михаил Николаевич Загоскин，1789—1852）的《不速之客》（*Нежданные гости*，1834）、弗拉基米尔·费奥多洛维奇·奥陀耶夫斯基（Владимир Фёдорович Одоевский，1804—1869）的《奥尔拉赫的村姑》（*Орлахская крестьянка*，1836）和瓦列里安·尼古拉耶维奇·奥林（Валериан Николаевич Олин，1788—1841）的《奇怪的舞会》（*Странный бал*，1838）等。

19世纪30年代是俄罗斯小说史上一个重要的节点。这一时期，普希金、果戈理开始将创作视野转向短篇小说，他们将笔触

---

① "魔怪故事"常常成为文学作品情节的基础，如果戈理的《地鬼》（*Вий*，1835），或被列入作品文本中，如屠格涅夫将魔怪故事写进了短篇小说《白净草原》（*Бежин луг*，1851）中。

伸向底层世界，关注社会中最普通、最卑贱者的命运遭遇。他们的作品与此前德国和美国作家所采用的荒诞和传奇题材，以及"哥特式"和霍夫曼风格的小说形成了鲜明的对比。普希金的《别尔金小说集》(*Повести покойного Ивана Петровича Белкина*, 1830)由5部短篇小说组成。①"在普希金生前与身后从未有过形式如此准确、如此忠实于这一体裁诗学的短篇小说。"②《别尔金小说集》以及普希金的其他短篇作品成为俄罗斯经典短篇小说的奠基之作，代表了俄罗斯短篇小说体裁发展的基本方向。"在《别尔金小说集》中，普希金用诗歌的手法介入散文，从而创造出了俄罗斯诗意小说、心理小说的雏形。在这些篇幅不大的作品中，'诗以异常精美的形式从他最冷静的散文中生长出来'(梅里美语)，这种诗与散文的有机结合也以不同的方式渗透到以后俄罗斯长篇小说之中。"③

《别尔金小说集》中的《驿站长》开创了俄罗斯文学中的"小人物"主题，堪称俄罗斯短篇小说的典范。这部作品不仅在普希金的创作历程中占有十分重要的位置，它的出现对于整个俄罗斯文学也具有重大而深远的意义。20世纪著名俄国文史学家、批评家和文艺学家德米特里·彼得洛维奇·斯维亚托波尔克-米尔斯基(Дмитрий Петрович Святополк-Мирский, 1890—1939)指出，普希金的《射击》、《黑桃皇后》(*Пиковая дама*, 1833)和《我们在别墅里度过了一晚》(*Мы проводили вечер на даче*, 1855)是"浓缩的杰作"。这些作品"极度简练、紧凑、优美，具有完美的古典主义形式，甚至连普罗斯佩·梅里美这样最为简

---

① 《别尔金小说集》共包括《射击》(*Выстрел*)、《暴风雪》(*Метель*)、《棺材匠》(*Гробовщик*)、《村姑小姐》(*Барышня-крестьянка*)和《驿站长》(*Станционный смотритель*)5个短篇。

② Берковский Н. Я., *Статьи о литературе*, М.；Л.：Гослитиздат. Ленингр. отд-ние, 1962, С.257.

③ 朱宪生：《俄罗斯小说文体的演变与发展——19世纪三四十年代俄罗斯长篇小说》，《上海师范大学学报》(哲学社会科学版)2004年第4期。

约精练的法国作家也无法将其准确地直译过来,而是在其法语译文中添加了各种修饰语和注释"[1]。普希金短篇作品的问世标志着短篇体裁在俄罗斯文学的正式确立。

虽然普希金的创作涉及各种体裁,但他首先是一位抒情诗人。果戈理则更是一位小说家。果戈理的创作之路始于中短篇小说。正是在中短篇小说领域的伟大成就为他赢得了"文坛霸主"的地位,进而整个19世纪30—40年代在俄罗斯文学史上被称为"果戈理时期"。从充满浪漫主义神奇幻想的成名作《狄康卡近乡夜话》（*Вечера на хуторе близ Диканьки*,1831—1832)、带有浓厚现实主义色彩的《密尔格拉德》(*Миргород*,1835),到悲喜剧因素糅合为一体的《彼得堡故事集》(*Петербургские повести*,1835—1842),果戈理完成了从浪漫主义向现实主义的演变过程,将"果戈理式"的讽刺艺术——"含泪的笑"推向顶峰。在果戈理的上述三部中短篇小说代表作中,短篇小说《外套》(*Шинель*,1840)为最著名的篇目之一,是继普希金的《驿站长》之后俄罗斯文学史上描写"小人物"主题的又一经典之作。陀思妥耶夫斯基形象而准确地道出了这篇作品对后世作家与后世文学所产生的深远影响:"我们都是从果戈理的《外套》中走出来的。"

值得一提的是,19世纪中期以前俄罗斯作家对短篇小说这种文学形式的认识尚浅,无论是普希金还是果戈理,对一些篇幅不大的、今天称之为"短篇小说"的叙事作品均采用"中篇小说"(повесть)一词来表示,如普希金的《射击》《棺材匠》《黑桃皇后》《我们在别墅里度过了一晚》和果戈理的《马车》(*Коляска*,1835)等,而其他一些容量大、篇幅长、结构复杂的

---

[1] Мирский Д. С., *История русской литературы с древнейших времен до 1925 года*, Пер. с англ. Р. Зерновой, London: Overseas Publications Interchange Ltd., 1992, C. 186—191.

叙事作品则被归于"长篇小说"的范畴。自19世纪50年代开始，俄罗斯作家对"短篇小说"与"中篇小说"体裁的认识变得逐渐清晰。直到此时，"短篇小说"（рассказ）一词才在俄罗斯文学界被完全地界定下来，并作为一个正式文学术语被纳入文学领域中。对此，仅从这一时期托尔斯泰作品体裁的严格划分便可见一斑。其《暴风雪》（1856）被称作"短篇小说"，而《台球房记分员笔记》（Записки маркёра，1853—1855）的体裁则被确定为"中篇小说"。

在欧洲文学史上，19世纪下半叶是一个长篇文学巨著占统治地位的时代。短篇小说常常被视为一种独特的文学试验、一个在创作中长篇小说前的试笔和准备，并不具有文体学上的独特意义。屠格涅夫正是这一时期以长篇小说扬名世界文坛的俄罗斯作家。尽管如此，中短篇小说的写作却占去了屠格涅夫近2/3的创作精力。在其多部中短篇作品中，《猎人笔记》（Записки охотника，1847—1851）占据着举足轻重的位置。1852年屠格涅夫凭借系列短篇集《猎人笔记》一举奠定了其在俄罗斯文坛的地位。无论是农民和地主形象的强烈对比，还是对自然景色的精彩呈现，《猎人笔记》这部作品充分凸显出屠格涅夫超越前辈作家的过人之处。《猎人笔记》共包括25篇短篇小说和特写。在学界的讨论中，对于《猎人笔记》中各篇目的体裁属性问题说法不一，它们常被置于"短篇小说"的名下，但有时甚至同时出现在"短篇小说"和"特写"两个类目之中。[①]

尼古拉·谢苗诺维奇·列斯科夫（Николай Семёнович Лесков，1831—1895）是俄罗斯小说史上不可绕过的一个名字。他是19世纪少有的几个以中短篇创作见长的俄罗斯作家。其独特的"讲述体"（сказ）形式无疑是对俄罗斯文学的巨大贡献。

[①] Петров С. М., *Творчество И. С. Тургенева. Сборник статей*, М.: Просвещение, 1959, С.26.

德国现代卓有影响的思想家、哲学家和文学批评家瓦尔特·本雅明（Walter Bendix Schoenflies Benjamin，1892—1940）在关于俄罗斯作家列斯科夫的《讲故事的人》一文中强调了"讲述体"小说的价值和意义，将列斯科夫称为"讲故事的艺术家"。① 列夫·托尔斯泰则将列斯科夫视为同时代"最具有民族性"的作家。列斯科夫的中短篇作品结构严谨，情节生动，文笔质朴纯真，语言风趣，大量运用民谚俗语，具有浓郁的民间文学特征。"他的作品一个突出的特点是在农民、工匠、商贩、士兵、僧侣等普通人中间选择主人公和正面人物，描写他们的生活、情感和命运，在这一方面，19世纪的俄国作家无人能与之匹敌。"②

以长篇巨著闻名于世的陀思妥耶夫斯基，其最初的创作同样始于中短篇小说。《普罗哈尔钦先生》（Господин Прохарчин，1846）、《九封信的故事》（Роман в девяти письмах，1847）、《圣诞树与婚礼》（Елка и свадьба，1848）、《小英雄》（Маленький герой，1857）、《永恒的丈夫》（Вечный муж，1869）和《温顺的女性》（Кроткая，1876）等经典短篇以回忆录、笔记、书信等不同艺术形式写成，在探索复杂的人性、描写"小人物"的心理，以及小说诗学建构和叙事技巧方面与其长篇小说杰作相得益彰。

中短篇小说创作也是托尔斯泰文学之路的起点。虽然使托尔斯泰享誉世界文坛的是他的鸿篇巨制，但中短篇创作贯穿其文学活动的始终。托尔斯泰的短篇小说不仅涉及题材广泛，而且在一定程度上较之长篇小说更直接、更鲜明地反映了其思想观念及其矛盾。因此，中短篇小说也是托尔斯泰的文学遗产中至关重要的一部分。托尔斯泰早期关于克里米亚战争的短篇特写集《塞瓦斯

---

① ［德］本雅明：《讲故事的人：论尼古拉·列斯科夫》，载［美］汉娜·阿伦特编《启迪：本雅明文选》，张旭东、王斑译，生活·读书·新知三联书店2014年版，第95页。

② 任子峰：《俄国小说史》，北京大学出版社2010年版，第317页。

托波尔故事》(Севастопольские рассказы, 1855) 成为其日后创作史诗性长篇小说《战争与和平》(Война и мир, 1869) 在写作方法上的一个试笔。《琉森》(Люцерн, 1857)、《三死》(Три смерти, 1858)、《高加索的俘房》(Кавказский пленник, 1872)、《伊万·伊利奇之死》(Смерть Ивана Ильича, 1882—1886) 和《克莱采奏鸣曲》(Крейцерова соната, 1891) 等短篇小说题材迥异，主题多样。在材料的压缩技巧方面，列夫·托尔斯泰几乎比所有俄罗斯经典作家都更胜一筹：短篇小说《瓦罐阿廖沙》(Алёша Горшок, 1911) 仅用5页的篇幅讲述了主人公阿廖沙整个一生的故事。苏联著名诗人、两度出任《新世界》杂志主编的亚历山大·特里丰诺维奇·特瓦尔多夫斯基（Александр Трифонович Твардовский, 1910—1971）将这部作品称为"世界上最短的长篇小说"[1]。

在19世纪的俄罗斯文坛，长篇小说是最重要的文体，其热度远胜于短篇。"19世纪文学史上少有真正的现实主义短篇小说。在19世纪，经典现实主义中长篇小说占据优势地位，而短篇小说处于最边缘的状态。"[2] 长篇小说是19世纪俄罗斯作家文学创作成就最重要的标志，而短篇小说是尚未完全进入文学体系之中的边缘性文体。纵观19世纪的俄罗斯文学，短篇小说一直处于长篇小说的遮蔽之下。虽然早在19世纪初期俄罗斯文学中已出现了短篇小说这一文学样式，但在文体上尚处于一种"初级阶段"，尚欠完善。无论是普希金、果戈理，还是屠格涅夫和托尔斯泰，他们的短篇作品都还只是雏形，在风格上还不够纯粹，19世纪的俄罗斯短篇小说还未产生具有世界影响的作品。值得肯定的是，19世纪俄罗斯短篇小说的先行者为后世作家积累了丰富的

---

[1] Лакшин В., *Голоса и лица*, М.: Гелеос, 2004, С.188.
[2] Мелетинский Е.М., *Историческая поэтика новеллы*, М.: Наука, 1990, С. 164—244.

艺术经验，为俄罗斯短篇小说的进一步发展和短篇小说大师的出现打下了坚实的基础。

第三节　19世纪末20世纪初：俄罗斯短篇小说文体的成熟

自19世纪30年代俄罗斯短篇小说文体确立，到19世纪末的近70年时间正是俄罗斯社会与文化经历激烈变革的时代，俄罗斯文学从以现实主义为标志的"黄金时代"进入以象征主义为先导的、全面创新的"白银时代"。经过半个多世纪的发育，俄罗斯短篇小说于19世纪90年代末显现出稳定的文体形态，进入文体发展的成熟时期。其内在标志是：在历史、文化、宗教等领域内确立了特定的叙事板块，塑造个性独特的"小人物"，演绎别样的审美现代性形态，以表达独特的主旨。文体成熟的外在标志是：短篇小说已拥有相对稳定的"核心作家"群体，出现了大批以人的心理感受为直接审视对象的作品。这一时期俄罗斯短篇小说文体建构走向成熟是多种资源共同合力作用的结果：欧洲文化艺术的传播，俄罗斯传统文化的叙事承续，"原创性"文化理念的先锋启迪，理论家的文体倡导，以及创作主体的审美更新，等等。短篇小说文体自身的发展，加之以上资源的共同作用促使俄罗斯短篇小说体裁日趋成熟，完成了短篇小说的文体归属和文体成型过程。

"19—20世纪俄罗斯文学史发展的每一个周期均从小型文体（抒情诗和短篇小说）的'繁荣'开始，其次是中篇小说和长诗，随后往往是系列短篇小说集（новеллистические циклы）和诗集（книги стихов），最后顺应现实需要，出现了长篇小说。"[①] 在19

---

① Лейдерман Н.Л., Теория жанра : Научное издание, Екатеринбург: Институт филологических исследований и образовательных стратегий «Словесник» УрО РАО; Урал.гос.пед.ун-т.2010, С.214.

世纪末20世纪初这一重大历史转折和文化转型时期，在俄罗斯文学从"黄金时代"进入"白银时代"、由近代向现代转型的背景下，短篇小说成为文学实践的主流，并"在一定程度上预示了二十世纪俄罗斯文学乃至世界文学的走向"[①]。与中长篇相比，19世纪末20世纪初俄罗斯短篇小说堪称异军突起，独领风骚。特别是进入20世纪后，短篇小说展示出许多前所未有的多向度艺术变革指向，呈现出短篇小说体裁有史以来少见的繁盛局面。无论是作家群体的形成、作品数量之多、影响之大、艺术价值之高，还是艺术表现手法的多样，都是以往俄罗斯文学其他任何阶段无法比拟的。

这一时期现代主义、新现实主义和传统现实主义都在努力探寻短篇小说的各种写作方式和技巧，尽可能地丰富短篇文体的内涵。在每一种风格中短篇小说的思想意义和形式都发生了一定的"变形"：契诃夫的抒情心理小说、托尔斯泰"平民化的""民间"故事、索洛古勃[②]充满神秘色彩的象征主义小说，以及高尔基尖锐批判社会现实的现实主义小说等，内容和艺术手段完全不同、灵活易变的短篇小说和特写成为占据主导地位的文学体裁。

博尔赫斯指出，在19世纪末20世纪初世界文学领域中发生了短篇小说革命之后，短篇小说能够传达长篇小说所能传达的一切。[③] 19世纪末是莫泊桑和契诃夫的短篇小说文体革新时期。在他们笔下，短篇小说体裁的样貌发生了根本性变化。虽然短篇小说早已在19世纪初的俄罗斯文学实践中占有一席之地，但直到

---

　　① 《街上的面具：俄罗斯白银时代短篇小说选》，吴笛选译，河南大学出版社2014年版，序言。

　　② 费奥尔多·库济米奇·索洛古勃（捷杰尔尼科夫）（Федор Кузьмич Сологуб（Тетерников），1863—1927）——俄罗斯白银时代文学最具艺术成就的现代派作家之一。

　　③ Borges Jorge Luis, *Conversations* (ed.Richard Burgin), University Press of Mississippi, 1998, p.238.

19世纪末，俄罗斯短篇小说在文类意义上尚未形成一个统一的书写体制，直至契诃夫发起的短篇小说革命。契诃夫对短篇小说创作所做的强有力的实践示范，无疑是19世纪末20世纪初俄罗斯短篇小说创作走向繁荣，并取得成功的重要因素。"在俄国小说发展史上，契诃夫所建树的功勋在于：他把短篇小说这种艺术形式和写作技巧推向了前所未有的高峰。"[1] 如果说以屠格涅夫、陀思妥耶夫斯基和托尔斯泰为代表的19世纪长篇小说大师使俄罗斯文学跻身世界文学史前列，那么契诃夫则在短篇小说领域使俄罗斯文学跃居世界一流的位置。契诃夫以俄罗斯第一位重要的短篇小说家和"短篇小说之王"的美誉与法国的莫泊桑、美国的欧·亨利一道成为"世界三大短篇小说巨匠"。从契诃夫开始，短篇小说在俄罗斯文学中逐渐取得了文体中心地位，在20世纪初的俄罗斯文学中获得了前所未有的发展。

契诃夫一生共创作了近500篇小说。他将现实主义、现代主义和新现实主义有机地结合在一起，被称为俄罗斯文学"黄金时代"的终结者和"白银时代"的开创者。契诃夫的小说对于借鉴现代主义作家创作风格的新现实主义者产生了重大的影响。与注重情节铺垫与悬念设置的莫泊桑不同，契诃夫的短篇小说往往从日常生活的平凡小事入手，故事情节趋于弱化，省略背景交代，同时放大细节。精心策划的每一个细节起到了对内容进行压缩的作用。此外，具有一定象征意义的同一个典型细节反复出现，对于深化作品主题起到了其他表现方式所无法替代的强化作用。与此相应，在契诃夫笔下整个艺术体系发生了彻底的变化。契诃夫的作品大多以全知视角叙述和安排小说结构，借此巧妙地掌控小说的节奏和发展，对细节的讲述充满透视性。

"简洁是天才的姐妹"——契诃夫的这句名言成为许多后世作家的座右铭。契诃夫的一些篇幅不大的短篇小说堪称为一种独

---

[1] 任子峰：《俄国小说史》，北京大学出版社2010年版，第401页。

具特色的微型长篇小说（мини‐роман）。① 在《姚内奇》（Ионыч，1898）、《宝贝儿》（Душечка，1899）和《套中人》（Человек в футляре，1898）中，契诃夫将人的一生压缩成十几页的篇幅，亦庄亦谐，亦收亦放。《带小狗的女人》（Дама с собачкой，1898）和《未婚妻》（Невеста，1903）打破了传统短篇小说结尾的封闭性，通过设置悬念、中断情节、凸显矛盾等方式创造了开放式结局，使读者在对结局不确定性的思索中实现审美体验。在短篇小说《主教》（Архиерей，1902）中甚至隐约可见荒诞派的风格特点。意识流文学在美国的代表人物、诺贝尔文学奖得主威廉·福克纳（William Faulkner，1897—1962）将契诃夫的短篇小说视为篇幅短小、文体精确的范例，认为"与契诃夫的短篇相比，篇幅浩大的长篇小说成了一种'二流的体裁'"②。

"俄罗斯现代主义文学的三大流派——象征派、阿克梅派、未来派，在短篇小说创作领域同样取得了较高的成就。尤其是象征主义作家，如索洛古勃、勃留索夫③、别雷④、梅列日科夫斯基⑤、吉皮乌斯⑥等，不仅是出色的诗人，而且也是杰出的小说家。"⑦

---

① Милых М. К., *Проблемы языка и стиля А. П. Чехова*, РнД: Изд‐во Ростовского университета, 1983, С.82.

② ［美］福克纳：《文章，谈话，访谈，书信》，转引自俄罗斯科学院高尔基世界文学研究所《俄罗斯白银时代文学史》I，谷羽、王亚民等译，敦煌文艺出版社2006年版，第319页。

③ 瓦列里·雅科夫列维奇·勃留索夫（Валерий Яковлевич Брюсов，1873—1924）——19世纪末20世纪初俄罗斯象征主义诗歌的领袖和杰出代表。

④ 安德烈·别雷（Андрей Белый，1880—1934）——俄罗斯象征主义文学中最有影响力的作家之一。

⑤ 德米特里·谢尔盖耶维奇·梅列日科夫斯基（Дмитрий Сергеевич Мережковский，1865—1941）——俄国19世纪末20世纪初最有影响的作家、诗人、剧作家、宗教哲学家、文学评论家之一。

⑥ 季娜伊达·尼古拉耶夫娜·吉皮乌斯（Зинаида Николаевна Гиппиус，1869—1945）——俄罗斯"白银时代"最具个性、最富宗教感的女诗人之一。

⑦《街上的面具：俄罗斯白银时代短篇小说选》，吴笛选译，河南大学出版社2014年版，序言。

短篇小说是象征主义者创作实验的主要对象。他们的作品从风格、手法、形式和语言等层面呈现出文体探索和革新的艺术品格。索洛古勃是俄罗斯白银时代文学史上最重要的象征主义作家之一，也是一位重要的小说文体探索家和实践家。索洛古勃在描述周围的现实生活时，除结构宏大的文体样式——长篇小说外，还创作了大量短篇小说。由于其常常采用神秘和虚幻的方式折射现实世界，他的短篇小说接近于其他一些小型叙事体裁形式——宗教传说和神话故事。在索洛古勃象征主义艺术世界的形成过程中，短篇小说创作起到了至关重要的作用。"索洛古勃短篇小说的一个基本特色是在两个层面上展开叙述。在旧的短篇小说中，所有事件均容纳于单一的、完整的、紧凑的情节之中。首尾呼应，前后一致。只是有时留下那生发于其他层面的抒情印象。例如，在契诃夫的《黑衣修士》中所见到的那样。……在索洛古勃笔下，双重性随处可见，单一的层面无法建构成形，但第二层面并不是作为那令人感到突兀的牵强附会生硬地套进情节之中，而是以琐屑的、微小的细节被展示出来。在平淡无奇的细节之中涵纳着那种不寻常。"[①] 在索洛古勃的短篇小说中，情节退居次要位置，叙述中心往往转移到无关紧要的部分上。此外，似乎并不存在故事的讲述者，但故事从另一个角度，用另一种方式呈现在读者面前。

实质上，借助短篇小说的文体形式，索洛古勃在努力创造自己的神话，他的神话"具有揭示正在发生事件之隐秘含义的'语言'和'代码'的功能"[②]。"系列化"是象征主义诗歌与散文中一个十分常见的现象。"严格地说，索洛古勃所写的既非短篇小

---

① ［苏］巴赫金：《巴赫金全集》第七卷，万海松、夏忠宪、周启超、王焕生等译，河北教育出版社 2009 年版，第 145 页。译文略有修改。
② Минц З. Г., "О некоторых «неомифологических» текстах в творчестве русских символистов", *Поэтика русского символизма*, СПб.: «Искусство—СПБ», 2004, С.73.

说，也不是短篇小说集（сборник рассказов），而是系列短篇小说（цикл рассказов）。"① 索洛古勃把自己的短篇作品分成几个"系列"（цикл）：《变形集》（Книга превращений，1906—1908）、《离别集》（Книга разлук，1908）、《诱惑集》（Книга очарований，1909）、《追求集》（Книга стремлений，1901—1911）等。这些系列短篇小说集并不受制于某一固定主题，却是一个统一的整体。每一个系列都好似一根锁链，将不同作品联系在一起，而每篇作品又是其中不可或缺的一个环节。这些环节之间彼此相互阐释、互为补充。索洛古勃的所有系列短篇小说集讲述的都是生活的复杂性和多样性，以及生活的隐秘性一面。其每一部短篇小说都会将读者带入另一个世界中，在这个世界里，死亡是不可避免的。

在20世纪初的现实主义小说中，体裁样式、艺术风格和结构形态均发生了极大的变化。社会动荡、精神危机、对现实的惶惑和对未来的恐惧、对世界末日的强烈预感注定导致现实主义长篇小说地位的削弱。在某种意义上，追寻生命的奥秘、探索"宇宙法则"的长篇小说主人公的缺失大大降低了19世纪的成熟文体——长篇小说那种超越现实的哲理性思考成分。这一时期许多现实主义小说家的革新意识大为增强，他们致力于实验性写作，中短篇小说、特写成为最普遍、最流行的体裁。这些小型文体能够对正在发生的事件迅速地作出反应，从多个视角解读和阐释某一迫切问题，有效地拓展和延伸了文学主题的表现领域。

高尔基是白银时代俄罗斯现实主义散文最著名的代表人物。他的一生著作丰厚，作品类型和体裁多样。除自传体三部曲、《母亲》（Мать，1906）等享誉世界的名作外，短篇小说在高尔

---

① Мескин В. А.，"Ф. Сологуб：искания в жанре рассказа"，Вестник РУДН，серия Литературоведение，Журналистика，2010，№ 2，С.42.

基的创作中占有极其重要的地位。他共留下二百余部短篇小说。其早期短篇小说将现实主义、浪漫主义以及感伤主义三种不同的风格巧妙地杂糅在一起，自觉不自觉地进行着文学体裁形式的革新与实践，形成了他独特的文体风格。高尔基的作品经常混杂着散文、散文诗、诗歌，以及童话等多种文体因素，所以往往带有非小说的特点。高尔基的短篇小说常用"讲故事"的方式展开叙述，或自述，或采用第三人称叙述方式。处女作《马卡尔·楚德拉》(Макар Чудра，1892)和写于同一年的早期短篇代表作《伊则吉尔老婆子》(Старуха Изергиль，1892)、《小仙女与青年牧人》(О маленькой фее и молодом Чабане，1892)文体特征鲜明，在叙述方式上也十分相近。《马卡尔·楚德拉》具有诗化小说的特征，带有浓郁的抒情气息。《伊则吉尔老婆子》采取了"故事套故事"的方式，借用民间传说的情节和形象，讲述了两个摄人心魄的传说故事：关于极端利己主义者腊拉和关于英雄勇士丹柯的故事。关于"自由人"的问题是这部作品最重要的主题。高尔基将"自由"的概念与"真理"和"伟大的壮举"紧密地联系在一起。他最为珍视的不是"挣脱某种束缚"，获得自由，而是为何要去争取自由的问题。热烈、激昂地歌颂和赞美人的身上一切美好的东西使高尔基钟情于民间传说体裁。短篇小说《马尔华》(Мальва，1897)在结构和风格上都具有诗歌和音乐的特点，同时带有强烈的抒情色彩。诗化短篇小说成为构成高尔基浪漫主义风格的主要因素。

在《马尔华》、《柯诺瓦洛夫》(Коновалов，1897)、《切尔卡什》(Челкаш，1895)等短篇小说中，高尔基致力于展现生活在社会底层的人们复杂的内心世界，以及他们对"永恒的问题"的深入探寻。[①] 高尔基创作中后期的短篇小说集《罗斯游记》(По

---

① Мескин В. А.，История русской литературы «серебряного века»，М.：Издательство Юрайт，2014，С.252.

Руси，1912—1917)、《俄罗斯童话》(*Русские сказки*，1917)、《1922—1924 年短篇小说集》(*Рассказы 1922—1924 годов*，1924)、《日记片段》(*Заметки из дневника*，1924) 中的抒情性与其早期作品具有一脉相承的特点。

19 世纪末现实主义作家布宁、安德烈耶夫、库普林 (Александр Иванович Куприн，1870—1938) 有着刻意求新求变的自觉，他们看待生活的观点和创作方法都有所演进，他们的小说创作从经典现实主义走向新现实主义。"新现实主义者的创作特点是极度简洁和高度凝练：他们的短篇小说常常具有中篇小说的容量，而中篇小说则具有长篇小说的容量。"[①] 短篇小说是布宁最主要的创作体裁。《兄弟》(*Братья*，1914)、《旧金山来的先生》(*Господин из Сан-Франциско*，1915)、《阿强的梦》(*Сны Чанга*，1916)、《扎哈尔·沃罗比约夫》(*Захар Воробьёв*，1915)、《爱情的语法》(*Грамматика любви*，1915)、《轻盈的气息》(*Лёгкое дыхание*，1916)、《幽暗的林荫道》(*Тёмные аллеи*，1943) 等近 200 部短篇使他的祖国俄罗斯，使俄罗斯文学和布宁自己，在欧洲文学史乃至世界文学史上都占有极其重要的一席之地。布宁在短篇小说领域取得的成就也为其成为首位荣获诺贝尔文学奖的俄罗斯作家奠定了基础。20 世纪初短篇小说文体在布宁的笔下发生了深刻的变化。"这是由于他在作品中强调普世的和全人类的意义，力图看到世界的全貌，同时又不抹杀独特的与民族性的东西。在经典文学中，短篇小说的形式比较短小单纯，一般有一个中心情节，并以中心情节的'转折'而结束。而布宁成熟时期的短篇小说，正如研究表明的那样，却没有这样的中心情节，而常常'有一道道偶然的、涣散的光亮闪烁其中'。他的短篇小说中出现了许多整体与情节不相配合的情况，这使得短篇小

[①] Мескин В. А.，*История русской литературы «серебряного века»*，М.：Издательство Юрайт，2014，С.286.

说可以从内部克服'形式狭小'的限制,而表现'不朽的东西'。"① 为布宁赢得了空前声誉、确立了其在俄罗斯文坛重要地位的杰作《安东诺夫卡苹果》(Антоновские яблоки, 1900) 正是一部典型的"无情节",同时具有浓郁抒情性特征的短篇小说。值得注意的是,虽然在新现实主义文学里布宁是最激烈反对象征主义的作家。但是,布宁在不同时期分别写出了内容和形式都极具象征主义色彩的短篇小说,如《隘口》(Перевал, 1899)、《雾》(Туман, 1901) 和《寂静》(Тишина, 1901)。此外,布宁的短篇小说语言朴素自然,善于变换叙述视点。在《轻盈的气息》和《旧金山来的先生》中运用了倒叙和时间穿梭这种复杂的情节处理手法。在《耶利哥的玫瑰》(Роза Иерихона, 1924) 和《盲人》(Слепой, 1924) 中,叙事、抒情、人物的行为和心理变化浑然一体,情节退居次要位置,故事的开端、发展和结局等通过主人公的内心感受和体验等非情节因素展现出来。布宁短篇小说的文体风格对后世作家与后世文学产生了深远的影响。

在安德烈耶夫的文学遗产中,短篇小说占有相当大的比重。"如果说19世纪的作家们主要是写英雄型个性,他们与环境,与社会丑恶,甚至与自己的欲望孤军奋战(例如格里鲍耶多夫的恰茨基,屠格涅夫的巴扎罗夫和陀思妥耶夫斯基的很多主人公),那么,安德烈耶夫虽然并不完全拒绝这一传统,却将重点放在揭示平常人的生活悲剧上。"② 安德烈耶夫尤为关注的问题是,"人的精神,是人的精神一直在探索自己与永恒的关系,其中包括自己与永恒正义的关系"③。由此决定了安德烈耶夫的创作风格与契

---

① [俄] 俄罗斯科学院高尔基世界文学研究所:《俄罗斯白银时代文学史》Ⅱ,谷羽、王亚民等译,敦煌文艺出版社2006年版,第92页。
② [俄] 符·维·阿格诺索夫主编:《20世纪俄罗斯文学》,凌建侯等译,中国人民大学出版社2001年版,第105页。
③ [俄] 符·维·阿格诺索夫主编:《20世纪俄罗斯文学》,凌建侯等译,中国人民大学出版社2001年版,第107页。

诃夫、布宁和扎伊采夫等同时代作家迥然不同。后者善于通过色彩的不断变换烘托出"活生生的生活"气氛,而安德烈耶夫则往往展现某种荒诞不经、病态的冲动和黑白反差,强调内在体验和主观激情。安德烈耶夫的这种表现主义风格与陀思妥耶夫斯基和埃德加·爱伦·坡如出一辙:"他努力赋予自己的作品以象征内涵,增强感染力和强烈的感情色彩,深入人们心理最隐秘之处,用这些方法来弥补对现实日常生活具体图景描绘的不足。在这一类的形式中,即通过强烈的对比,几近荒诞的手法,轮廓式的描绘,安德烈耶夫艺术思维的独特性得到了最充分的表现。"[1] 在安德烈耶夫的短篇小说中时间常常被"压缩"。无论是寓言式小说,还是荒诞作品,安德烈耶夫用各种不同的风格形式来阐释时间。短篇小说《大满贯》(*Большой шлем*, 1899)、《小天使》(*Ангелочек*, 1899)、《谎言》(*Ложь*, 1900)、《墙》(*Стена*, 1901)、《警报》(*Набат*, 1901)、《曾经这样》(*Так было*, 1905)等最突出地体现了"安德烈耶夫式"风格的典型特征。

库普林继承了契诃夫的诗学传统,他善于描述最平常、最普通的事物和现象,挖掘日常生活表象下隐藏的激情,言说生活中的不幸和悲剧。在库普林笔下,小人物支离破碎的、枉然度过的一生被作为巨大的悲剧展现出来。许多主人公通过"顿悟真理的瞬间"与道德复活和死亡紧密联系在一起。叙述者处于全知全能的地位,是整个事件活动过程的参与者和见证人。"故事中的故事"的独特性情节设计给人以真实可信之感。此外,库普林还是一位出色的心理分析大师。他善于将主人公的感受传达给读者,使读者与主人公产生强烈的情感共鸣。短篇小说《生命之河》(*Река жизни*, 1906)和《雷勃尼科夫上尉》(*Штабс-капитан Рыбников*, 1906)尤以细致深刻的心理剖析见长,堪称库普林心

---

[1] [俄]符·维·阿格诺索夫主编:《20世纪俄罗斯文学》,凌建侯等译,中国人民大学出版社2001年版,第107页。

理小说的代表作。

20世纪初鲍里斯·安德列耶维奇·皮利尼亚克（Борис Андреевич Пильняк，1894—1938）、叶甫盖尼·伊万诺维奇·扎米亚京（Евгений Иванович Замятин，1884—1937）、阿列克谢·尼古拉耶维奇·托尔斯泰（1882—1945）、伊万·谢尔盖耶维奇·什缅廖夫（Иван Сергеевич Шмелёв，1873—1950）、米哈伊尔·米哈伊洛维奇·普里什文（Михаил Михайлович Пришвин，1873—1954）、谢尔盖·尼古拉耶维奇·谢尔盖耶夫-倩斯基（Сергей Николаевич Сергеев-Ценский，1875—1958）和鲍里斯·康斯坦丁诺维奇·扎伊采夫（Борис Константинович Зайцев，1881—1972）加入"新一代"新现实主义者的行列中。扎伊采夫的《阿格拉费娜》（Аграфена，1908）、皮利尼亚克的《他们生活的那一年》（Год их жизни，1917）和扎米亚京的《烈性人》（Кряжи，1915）等作品中都凸显出新现实主义的基本美学倾向。这些作品的主要诗学原则是"神话化"，即通过日常生活与"永恒"之间的对话关系来构建世界的形象。新现实主义在文体形式上的探索为20世纪50年代的"宏大叙事短篇小说"（монументальный рассказ）提供了经验和借鉴。

审视白银时代短篇小说创作的成就，不难得出这样的结论："天才成群诞生"的白银时代是俄罗斯现代短篇小说发育得最好的一个时期。这一时期作家对社会现实观照和表现方式发生了本质的改变，短篇小说的文体意识不断强化。在这个时代之内，俄罗斯短篇小说赖以生长的文化环境发生了前所未有的变化，为充分释放文体的美学潜能提供了巨大的可能性，使短篇小说文体在短短几十年的时间里逐渐走向成熟。白银时代的文学大师们对短篇小说文体风格多样化的选择与追求为这一时期的俄罗斯文学增添了新鲜的气质和特殊的活力。

第四节 20 世纪 20—40 年代：俄罗斯短篇小说文体的扬厉

俄国十月革命后的一段时间里出现了大量短篇小说、特写和短文等小型叙事文体，如高尔基、巴别尔、布尔加科夫、安德烈·普拉东诺夫（Андрей Платонович Платонов，1899—1951）、米哈伊尔·米哈伊洛维奇·左琴科（Михаил Михаилович Зощенко，1895—1958）、肖洛霍夫和康斯坦丁·亚历山德罗维奇·费定（Константин Александрович Федин，1892—1977）等的相关作品。这一时期的文学关注的核心问题是：革命的意义及其影响、国家的前途命运与文化的发展、个体与大众之间的关系、"新人"的诞生与成长等问题。

"在苏联短篇小说发展的道路上，20 年代是最光辉的时期之一。"① 20 世纪 20—30 年代这十年"创作出的一流短篇文学作品如此丰富，致使读者久可享用"②。20 年代无论是现实主义作家，还是现代主义者，都在以其各自独特的话语方式积极地进行着小说文体形式的实验。小说创作呈现出一系列新的特征，如文本的完整性被打破，分解为无数支离破碎的叙述片段，等等。许多作品显露出多文体相互混杂和融合的特点。短篇小说的系列化得到了迅速的发展，系列中短篇小说集变得十分流行。"以系列的形式组织文本拓宽了短篇小说体裁的表现范围，在 20 世纪 20 年代上半期这种形式得到了最大程度的发展：这一时期共推出了约

---

① 吕绍宗：《丹青千帧尽是情——读苏联 20—30 年代短篇小说》，《苏联文学联刊》1991 年第 6 期。

② [苏] 尤·纳吉宾《前言》（《20—30 年代苏联短篇小说》，真理报出版社，莫斯科，1990，第 6 页），转引自吕绍宗《丹青千帧尽是情——读苏联 20—30 年代短篇小说》，《苏联文学联刊》1991 年第 6 期。

300部完整的系列短篇小说集。"[1] 其中，巴别尔的《敖德萨故事》和《骑兵军》、肖洛霍夫的《顿河故事》(Донские рассказы, 1923—1926)以及左琴科的短篇小说最为出色，最具代表性。

自20世纪20年代至今，巴别尔的短篇小说始终是俄罗斯文学，乃至世界文学史上一个独一无二的现象。"巴别尔的小说缺少宏大的结构，有的只是对于细节、对于真实、对于战争期间小人物尚未完全泯灭的人性与良知的有力攫捏，这样的结果使我们在仰望托尔斯泰、肖洛霍夫等大家的鸿篇巨制的同时，又能在方寸之间得以窥视俄罗斯文学另外一番短小精悍的景象。"[2] 天才的表现力、奇异的想象力和文字的浓缩力使巴别尔的短篇小说获得了巨大的艺术魅力。巴别尔在与布琼尼的第一骑兵军生死相依、患难与共，远征波兰途中目睹的一切远远超出了他的生活经验和文化认知，令其感到震惊且难以置信。巴别尔以一个犹太青年的独特视角将这段军旅生活中所亲历的人与事，以及综合感受一一呈现在《骑兵军日记》中，随后写成了短篇小说集《骑兵军》。该书一举奠定了巴别尔在世界文坛不可撼动的地位，被称为"一部在全世界流行八十年，禁而不绝的奇书"。

巴别尔的出现标志着继契诃夫之后俄罗斯短篇小说再次问鼎世界文学之巅。俄罗斯著名作家法齐利·阿卜杜洛维奇·伊斯坎德尔[3]认为，巴别尔在短篇小说领域的创作才能和成就仅在契诃夫和布宁之下。早在1927年《骑兵军》即被译成法文。海明威读过法文版的《骑兵军》之后感慨至深："我看了巴别尔的小说

---

[1] Пономарева Е. В., *Стратегия художественного синтеза в новеллистике 1920-х годов*, Челябинск: Б-ка А.Миллера, 2006, С. 116.

[2] 《巴别尔：泣血的风景》，2014年7月16日，http://blog.sina.com.cn/s/blog_62b50a120102ux9r.html，最后访问日期：2017年4月25日。

[3] 法齐利·阿卜杜洛维奇·伊斯坎德尔 (Фазиль Абдулович Искандер, 1929—2016)——俄罗斯著名诗人、作家，阿布哈兹人，有"当代托尔斯泰"之称。苏联国家奖获得者、俄罗斯国家奖文学与艺术类奖项获得者。曾任俄罗斯国际笔会副主席。

之后，我觉得我自己的小说还可以再凝练一些。"① 海明威的小说一向惜字如金、简洁有力，但他认为巴别尔比自己的作品还要精简。

在 20 世纪俄罗斯文学史上，巴别尔无疑是一位短篇小说大家，虽然他的短篇创作量不高，但足以说明实力。作为后契诃夫时期最重要的俄罗斯短篇小说大师和俄罗斯现代短篇小说发展史上的核心人物之一，巴别尔以其客观冷静的创作手法和叙事风格而备受瞩目，在 20 世纪的大部分时间里直至今日仍拥有最广泛的读者群。他也因此成为世界文学史上为数不多的仅以短篇小说闻名于世的作家。"巴别尔的小说紧凑有力，他常常提起莫泊桑与契诃夫为他的导师，可是他的作品与契诃夫并不相同。他的作品有动人的情节、尖锐的行动与戏剧化的高潮。"② 巴别尔的短篇小说擅长运用诡谲的比喻和强烈的对照，将俄国文学、法国文学、犹太文学传统融为一体，在现实主义、自然主义、浪漫主义甚至现代主义多种笔法和风格之间不断游走和越界，在俄语、乌克兰语、敖德萨俚语等多种语言之间往来穿行，同时又交叉黏联于小说、戏剧、电影剧本等文类的边缘之处，在 20 世纪 20 年代的俄罗斯文化生态中张弛有度，在纪实与想象中完成其独特的短篇小说文学样式的转型和建构，完成俄罗斯短篇小说文体传统的创造性转化。《敖德萨故事》和《骑兵军》的形式和内容建立了一种声息相通的默契和对应关系，尤其显示了巴别尔短篇小说文体美学追求的新探索。

几乎在同一时期，年轻的肖洛霍夫以其富有浓郁草原气息的《顿河故事》走进苏联文坛。尽管这部作品创作于早期，属于肖洛霍夫的试笔之作，但已充分显示出其独特的写实风格。肖洛霍

---

① 王培元：《巴别尔之谜》，《读书》2005 年第 3 期。
② ［美］马克·斯洛宁：《现代俄国文学史》，汤新楣译，人民文学出版社 2001 年版，第 337 页。

夫根据自己的生活经历及其对于哥萨克族群在国内战争年代出现的新变化之体察与感受，犀利而尖锐地揭示了战争与革命的激流给生活在顿河草原上的人的心理带来的巨大冲击。"虽然《顿河故事》的创作在某种程度上流露出自然主义倾向，但总体上说，肖洛霍夫在此以其独特的悲剧意识来观照人与社会、家庭，人与历史、现实和未来的多重关系，在处理题材、熔铸主题、驾驭体裁、塑造形象、运用表现手法和文学语言等方面均形成了自己的特色，初步完成了其'严峻的现实主义'艺术体系的建构。"①《顿河故事》成为肖洛霍夫一生创作的重要成就之一，为其后来书写长篇"顿河史诗"，在更为广阔的社会背景和艺术空间内展现顿河哥萨克群体在特定的历史年代——十月革命和国内战争时期所走过的艰难历程奠定了基础。

左琴科的创作体裁多样，但尤以幽默讽刺短篇小说见长。左琴科的幽默讽刺艺术深受果戈理、列斯科夫以及契诃夫早期作品的影响，带有许多民间口头创作的成分。左琴科的幽默讽刺作品因在主题思想、情节结构、艺术表现形式等方面的创新而在苏联文学史上显得别具一格。左琴科对时代情绪有自己独特的认识和体察。他善于以自己身边的日常琐事为题材，对官僚主义、市侩习气和社会积习进行无情的、尖刻的嘲讽。以真实的生活为基础，深刻透彻、一针见血地描绘了一系列机智俏皮、活灵活现的具有时代特征的"左琴科式人物"。

需要指出的是，俄语中"рассказ"与"новелла"②均表示"短篇小说"之意。"новелла"一词的基本意义为"новость"，

---

① 李毓榛主编：《20 世纪俄罗斯文学史》，北京大学出版社 2000 年版，第 162 页。

② 俄语词"новелла"与英语词"novella"（源自意大利语"novelette"）的意义截然不同。英语的"novella"一词指"中篇小说"（俄语为"повесть"）。[《不列颠百科全书》（国际中文版）（第 12 卷），中国大百科全书出版社 1999 年版，第 260 页]

意为"新奇"。有学者认为，作为一种文学体裁，"новелла"的基本要素是非同寻常的意外事故、主人公的命运际遇等。通常，"новелла"的情节紧张、跌宕起伏，结局简洁有力，令人出乎意料又展现出主人公意想不到的性格特征。这样的结局在情节冲突中发挥着重要作用。在西欧文学中，"новелла"得到了最为充分的发展。薄伽丘（Giovanni Boccaccio，1313—1375）、梅里美（Prosper Mérimée，1803—1870）和莫泊桑等的很多作品均属于"новелла"的范畴。在俄罗斯文学中可以归为"новелла"体裁的作品包括普希金的《别尔金小说集》、布宁的《轻盈的气息》和巴别尔的《骑兵军》。① 作为文学术语，"новелла"在俄罗斯文学中出现的时间相对较晚。20世纪初许多俄罗斯文学家及文学批评家更倾向于使用"рассказ"一词来表示篇幅不长、十分完备的小说体裁。契诃夫的短篇小说全部采用"рассказ"来表示便是最好的例证。在早期苏联文艺学界对于"рассказ"与"новелла"两词之间的关系问题一度引发争议，其中形式主义诗学对此给予了极大的关注。苏联文艺学家、诗歌理论家、俄国形式主义诗学的主要代表人物之一鲍里斯·维克多洛维奇·托马舍夫斯基（Борис Викторович Томашевский，1890—1957）认为，"рассказ"是与世界文学术语"новелла"最为接近的俄语同义词。② 苏联著名文艺理论家、文学史家、俄国形式主义诗学的创建者之一鲍里斯·米哈伊洛维奇·艾亨鲍姆（Борис Михайлович Эйхенбаум，1886—1959）则持有完全不同的观点。他提出，应将"рассказ"和"новелла"两个概念严格地区分开来，其根据是："новелла"具有一定的故事情节和主题，"рассказ"则更注重揭示人物的心理，接近于无情节的"特写"。什克洛夫斯基则

---

① Давыдова Татьяна, Пронин Владислав, "Литературный словарь. Новелла, рассказ, очерк", *Литературная учёба*, 2002, № 5, С. 159.

② Томашевский Б. В., *Теория литературы: поэтика*, М: Аспект‐пресс, 1996, С. 243.

用更加形象的语言阐释了"рассказ"和"новелла"之间的差别：那种相互爱慕的、幸福的爱情绝非"новелла"描写的对象。"новелла"中所讲述的爱情故事必须要一波三折："A 爱 B，但 B 不爱 A，然而当 B 爱上 A 时，A 已经不爱 B 了。"①

　　整体而言，20 世纪 20 年代后，在文体观念和创作实践方面俄罗斯短篇小说开启了一个新的发展阶段。与 19 世纪末 20 世纪初俄罗斯短篇小说的创作形态进行比较考察，20 世纪 20—40 年代的经典短篇呈现出风格不同的文本范式，从创作实践的维度丰富和发展了现代短篇小说的文体观念。在体裁形式和语体风格方面，这一时期以巴别尔为代表的短篇小说作家更加走向与靠拢文体自觉，凸显出较为鲜明的艺术创新的文体特征。

第五节　20 世纪 50—70 年代：俄罗斯短篇小说文体的沉淀

　　任何一种精致完美的文体形式的生成都需要不断的沉淀和积累。俄罗斯短篇小说文体的发展同样走过了一个不断扬弃、不断超越的过程。仔细观察 20 世纪 50—70 年代的俄罗斯文学可以发现，在水波不兴的短篇小说领域，正在发生一些微妙、幽深的悄然改变。经过深厚的磨砺和积淀，这一时期在小说主题的呈现方面表现出艺术创新的文体品格。

　　20 世纪 50—60 年代"解冻"时期短篇小说创作相对平稳。肖洛霍夫的短篇小说《一个人的遭遇》（*Судьба человека*，1956—1957）的发表在世界文坛引起了巨大轰动。随即苏联著名演员谢尔盖·弗拉基米罗维奇·卢基扬诺夫（*Сергей Владимирович*

---

① Шкловский В.И., *Строение рассказа и романа*, https://www.opojaz.ru/shklovsky/strojenie_rasskaza.html, 最后访问日期：2017 年 4 月 14 日。

Лукьянов，1910—1965）在全苏广播电台播出了小说全文，愈加征服了千万读者。从表面上看，这部作品产生强烈震撼的原因似乎在于，在肖洛霍夫笔下普通苏联人的形象重新回归文坛。然而，20世纪40—50年代在诸多社会主义现实主义"经典"作品中与肖洛霍夫这部短篇小说主人公安德烈·索科洛夫相似的普通人形象并不少见。一些研究者认为小说取得成功的根本原因在于，肖洛霍夫善于"赋予主人公最大程度的艺术概括性特征"①，这部小说"体现了整个时代的哲学"②。这是一部"史诗性短篇小说"③。

小说《一个人的遭遇》的主要部分是主人公安德烈·索科洛夫的自述。作为"世纪同龄人"，安德烈·索科洛夫的自述蕴含着丰富的象征意义。虽然在俄罗斯短篇小说史上果戈理和契诃夫都讲述过主人公一生的故事，但在肖洛霍夫之前尚未出现过将个人的命运与时代、人民、国家乃至整个世界的命运如此紧密地结合在一起的短篇作品。"肖洛霍夫这部短篇小说的意义在于，它以前所未有的深度揭示了人在与家庭、社会和民族的关系中所具有的特点。悲剧情境更加凸显出人的力量及其坚韧不拔的精神。正因如此，《一个人的遭遇》以其对个体与社会和历史之间关系的深刻关注而可称之为'当代短篇小说的开端'。"④

在安德烈·索科洛夫的自述中，艺术空间被高度浓缩。同时，小说的结构、其中一些场景与俄罗斯短篇小说的传统资

---

① Павловский А. И., "Русский характер（О герое рассказа М. Шолохова «Судьба человека»）", Под ред. Н. И. Пруцкова и В. В. Тимофеевой, *Проблема характера в современной советской литературе*, М.Л.: Изд-во АН СССР.（Ленингр. отд-ние），1962，С. 260.

② Дымшиц А., *В великом походе：Сб. Статей*, М.: Сов. писатель, 1962, С. 223.

③ Якименко Л., *Творчество М.Шолохова*, М.: Сов.писатель, 1977, С. 601.

④ Кудряшёва А., "Рассказ как жанр", *Вопросы литературы*, 1970, № 11, С. 184.

源——哀歌（элегия）、神话传说和民间故事等古罗斯文学中的短篇体裁十分相近。此外，"解冻"时期问世的这部"宏大叙事短篇小说"接近于20世纪初新现实主义者扎米亚京、皮利尼亚克的短篇神话小说，但在本质上又并不完全相同。在新现实主义作品中具体的历史事件似乎消融在日常生活之中，而在《一个人的遭遇》中历史事件成为给主人公带来巨大痛苦和灾难的主要来源，俄罗斯国家的历史成为主人公人生经历与命运遭际的"地点和时间"①。

1962年《伊万·杰尼索维奇的一天》（Один день Ивана Денисовича）的发表使亚历山大·索尔仁尼琴（Александр Исаевич Солженицын，1918—2008）的名字迅速被苏联读者熟知。小说讲述了一个平平常常的普通人、主人公伊万·杰尼索维奇在劳改营里从早到晚一天的生活。② 《马特辽娜的家》（Матрёнин двор，1963）是60年代索尔仁尼琴创作的又一部短篇经典。在叙事方式和叙述视角方面，这篇作品与《伊万·杰尼索维奇的一天》形成了鲜明的对照。《伊万·杰尼索维奇的一天》打破了传统的平面式叙事方法，形成了一个立体化的叙事结构，通过描写一个普通囚犯平凡的一天，展露整个苏联劳改营内部的生活。《马特辽娜的家》则采用了一维的、线性的叙事模式，以女主人公生平经历为基础展开故事情节。"在俄罗斯文学发展史中索尔仁尼琴的短篇小说《马特辽娜的家》和《伊万·杰尼索维奇的一天》始终占据着极其独特的位置：它们处于俄罗斯文学回归古老的文学传统这一崭新道路的最前沿——即从全人类价值的

---

① Лейдерман Н.Л., Теория жанра: Научное издание, Екатеринбург: Институт филологических исследований и образовательных стратегий «Словесник» УрО РАО; Урал.гос.пед.ун-т, 2010, С. 190.

② 以篇幅长短为标准来区分短篇小说与长篇小说，在很大程度上是相对的、有条件的。虽然从篇幅看《伊万·杰尼索维奇的一天》接近于长篇小说，且具有长篇小说的一些特征：主题宏大，人物众多。但这部作品通常被界定为"短篇小说"。

角度研究世界体制和秩序，深入探索在这种世界体制和秩序中'普通人'、同时代人以及自愿或被迫参与到这一时代、这个地球和这个国家里一切曾经发生和正在发生的事件的人的精神感受所占的地位和作用。"①

上述两部短篇小说在"解冻"时期特定的时代氛围下掀起了一场关于"普通人"的命运和价值、"人的基本道德规范与行为准则"、人应如何与恶劣的生存环境进行对抗等问题的激烈思想论战。由此催生出一系列同类主题的短篇小说，很多作家通过作品发出了自己的声音，其中包括瓦尔拉姆·沙拉莫夫（Варлам Тихонович Шаламов，1907—1982）的短篇小说集《科雷马故事》（Колымские рассказы，1954—1973）、费奥多尔·阿布拉莫夫（Фёдор Александрович Абрамов，1920—1983）的《周年庆》（Бабилей，1980）、以描写诸多"怪人"形象著称的舒克申的短篇小说、弗拉基米尔·田德里亚科夫（Владимир Фёдорович Тендряков，1923—1984）的《帕拉尼娅》（Параня）和《两匹枣红马》（Пара гнедых），以及维克多·阿斯塔菲耶夫（Виктор Петрович Астафьев，1924—2001）的短篇小说《是否在晴天》（Ясным ли днём，1966—1967）和《度过一生》（Жизнь прожить）等。

沙拉莫夫的《科雷马故事》写于1954—1973年，但直到1988年，这部20世纪俄罗斯集中营文学的代表作品才得以首次在俄罗斯发表。在这部作品中，沙拉莫夫创造了一种既非文献又非散文，文献与散文相结合的"新型小说"形式。"沙拉莫夫有意使散文与诗歌、纪实与虚构、演说与叙述、'作者的'独白与故事情节之间相互碰撞、相互冲突，进而达到思想与现实、作者

---

① Лейдерман Н. Л., Липовецкий М. Н., *Современная русская литература - 1950—1990-е годы (В двух томах)，Том1（1953—1968），*М.：Издательский центр «Академия»，2003，С. 268.

的主观看法与生活的客观进程之间的相互影响和相互校正。与此同时，在这种碰撞与冲突的作用下产生了一种独特的体裁'融合'现象，这种体裁的'融合'为审视科雷马世界提供了全新的视角和方法。"①

舒克申的"农村散文"无疑是 20 世纪 60—70 年代俄罗斯短篇小说领域最为引人注目、影响最重大的事件之一。舒克申的文学生涯虽只有短短 15 年，但其在短篇小说文体方面的探索与创造，对于俄罗斯文学宏观的启迪意义却是十分明显的。"舒克申短篇小说的成就之一是他贡献给当代苏联文学画廊的独特的艺术形象群——'舒克申式的人'。在六七十年代的苏联小说中，就所提供的人物的多样性、生动性来看，舒克申的短篇小说可以说是首屈一指的。"② 在有限的十几年时间里，舒克申留下了 100 余部短篇佳作。与同时代作家相比，舒克申更善于捕捉和展现社会精神生活领域存在的深层问题，其别具一格的短篇小说为苏联文坛创建了一片独特的审美世界与艺术空间。

舒克申的作品反映了 20 世纪 60—70 年代整个社会的精神危机。其小说集中关注农民进城的主题，对城市与乡村、生存与生活等诸多题材进行诗意审视和立体思考。以短篇小说《在那遥远的地方》(Там вдали, 1966)、《妻子送丈夫去巴黎》(Жена мужа в Париж провожала, 1971) 为代表，舒克申的作品在乡村与城市文化的二元对立中深刻地剖析了农民进入城市后被欲望俘虏而产生的精神堕落。此外，他的笔触不仅仅聚焦于农民的生活和精神世界的变化，而是更多地切近现实中的人物，真实细致地描写他们在城市的生活故事。舒克申善于深入主人公复杂而幽暗

---

① Лейдерман Н. Л., Липовецкий М. Н., *Современная русская литература - 1950—1990-е годы（В двух томах），Том1（1953—1968）*，М.：Издательский центр «Академия», 2003, С. 328.

② 张建华：《谈谈舒克申笔下的"怪人"和"外人"》，《苏联文学》1983 年第 2 期。

的精神世界中，琐碎、乏味、沉重的世俗生活使其笔下的主人公常常徘徊在生活的十字路口，不知何去何从，进而衍生出对"活着的意义"这一问题的思考。举止奇特、滑稽可笑、心地善良的"怪人"和冷酷无情、自私自利的"外人"是舒克申小说庞大的人物形象体系中最为典型的两种类型。前者体现了民间笑文化和民众狂欢式的世界感受，即高雅与低俗、笑与哭、生与死的辩证统一。①

与前辈文学家巴别尔相同，舒克申是一位在文学与电影两个领域天赋超凡的创作者。在其小说中融入了鲜明的电影艺术特点。舒克申塑造人物的手法简洁质朴，较少使用肖像描写，"以口语语言为特色的人物对话和自白几乎是惟一的表现手段。土话俗语，朴实甚至有些粗俗的比喻，民歌民谣以及不尽规范的语法、词汇的使用，再加上作品鲜明的地理环境特色形成了作品浓郁的乡土气息。这种乡土气与诙谐幽默略显怪诞的格调相结合形成了外表淡泊、内质深沉的舒克申风格"②。上述创作特征同时存在于舒克申的短篇小说与电影剧本中，因此，在某种程度上其小说文本无须改动即可直接搬上银幕。

提及20世纪60—70年代俄罗斯短篇小说在叙事方式上的革命性转变，无论如何，尤里·卡扎科夫（Юрий Павлович Казаков，1927—1982）的创作都是一个绕不开的话题。卡扎科夫是20世纪俄罗斯文学史上屈指可数的几位专事或擅长短篇创作的小说家之一，"是苏联六七十年代抒情'小散文'或'小小说'体裁的主要代表。按作家自己的话说，他想致力于'复兴俄罗斯短篇小说的传统'，目的在于要与海明威等同时代西方短篇

---

① Лейдерман Н.Л., *Теория жанра：Научное издание*，Екатеринбург：Институт филологических исследований и образовательных стратегий «Словесник» УрО РАО；Урал.гос.пед.ун-т，2010，С. 201.

② 张建华：《谈谈舒克申笔下的"怪人"和"外人"》，《苏联文学》1983年第2期。

小说家们竞争"①。在日益被重读的苏联文学中,作为 20 世纪 60—70 年代俄罗斯短篇小说体裁领域的代表人物,卡扎科夫的创作值得深入探索。卡扎科夫的创作起步源自 20 世纪 30 年代末俄罗斯文学传统的"新感伤主义"(неосентиментализм)。他进一步完善了始于 19 世纪俄罗斯文学"黄金时代"的现实主义主要表现手法——心理分析艺术,构建了自己独特的诗学体系——人的内心状态与自然界状态之间的心理平行诗学(поэтика психологического параллелизма)。以心理平行法为基础,卡扎科夫创作了艺术技巧最为精湛的几部短篇小说:《橡树林里的秋天》(Осень в дубовых лесах,1961)、《在岛上》(На острове,1962)和《两个人在十二月》(Двое в декабре,1962)。②

卡扎科夫的文字明亮、清新、自然,充满诗意。短篇小说《猎犬阿尔克图尔》(Артур-гоний пёс,1956)的问世成为当时轰动文坛的重大事件,其影响丝毫不亚于最优秀的长篇小说和中篇小说。③ 卡扎科夫认为"短篇小说篇幅短小,迫使作家必须遵循一定的创作原则,学会用印象主义的方法来审视一切——注重瞬间的感觉,准确地捕捉事物瞬间的变化。无论创作何种主题——无论描述幸福还是不幸:只要轻轻一笔——瞬间即定格为永恒,一个词便概括了人的整个一生。此外,短篇小说的语言必须千变万化"④。卡扎科夫的短篇小说继承了布宁的传统,带有布宁散文那种特有的对生命短暂、转瞬即逝的感怀。印象主义笔法

---

① 吴晓都:《俄苏文学经典与菲琴先生的翻译》,《中华读书报》2017 年 10 月 18 日第 13 版。
② Лейдерман Н. Л., Липовецкий М. Н., *Современная русская литература - 1950—1990-е годы (В двух томах)*, Том1 (1953—1968), М.: Издательский центр «Академия», 2003, С. 347.
③ Сенчин Р. В., *Пламя искания. Антология критики. 1958—2009*, М.: Литературная Россия, 2009, С. 217.
④ "Единственно родное слово" (Интервью с Казаковым М. Стахановой и Е. Якович), *Лит. Газета*, 21 ноября, 1979.

成为卡扎科夫所有散文作品的典型特征。但是，卡扎科夫的创作不仅对布宁那种浓郁的印象主义诗学风格进行了吸收和借鉴，而且在此基础上走得更远。在短篇名作《波莫里亚女人》（Поморка，1957）、《曼卡》（Манька，1958）、《无稽之谈》（Трали-вали，1959）中，卡扎科夫将创作视角转向了丝毫未受到社会思潮浸染与影响的"自然人"（природный человек）形象。2000年为纪念卡扎科夫诞辰75周年暨逝世20周年，《新世界》杂志特别设立了"卡扎科夫文学奖"（Премия имени Юрия Казакова），旨在奖励优秀俄语短篇小说创作。这是迄今为止俄罗斯唯一的短篇小说奖项，被公认为是目前俄罗斯最具权威、影响力最大的文学奖项之一。

20世纪60年代在著名文艺学家和批评家西尼亚夫斯基和诗人、翻译家尤利·马尔科维奇·达尼埃尔（Юлий Маркович Даниэль，1925—1988）的"地下"散文中形成了一种新的表现样式——"幻想现实主义"（фантастический реализм）。这是始于果戈理、运用现代主义怪诞手法间接传达的另一种现实主义传统的重新复归。西尼亚夫斯基的短篇小说《普赫恩茨》（Пхенц，1957）、《房客》（Квартиранты，1959）、《你和我》（Ты и я，1959）、《审判进行时》（Суд идёт，1956）、《写作狂》（Графоманы，1960）和《薄冰》（Гололедица，1961），以及尤利·达尼埃尔的短篇小说《莫斯科反科学学院来的人》（Человек из МИНАПа）复活了以索洛古勃、列米佐夫、扎米亚京等为代表的俄罗斯文学现代主义怪诞风格传统，加入了当时一些最新的西方现代主义元素，运用了大量后现代主义互文性创作手法。借助不合逻辑的混沌叙事、荒谬至极的情节，以及怪诞离奇的手法传达"如履薄冰"的社会—心理气氛是达尼埃尔和西尼亚夫斯基创作风格的共同特点。①

---

① Лейдерман Н. Л., Липовецкий М. Н., *Современная русская литература - 1950—1990-е годы（В двух томах），Том1（1953—1968）*, М.: Издательский центр «Академия», 2003, С. 363.

20世纪50—70年代"新感伤主义"和"幻想现实主义"短篇小说的发展，成为20世纪末转型时期俄罗斯文学走向多元化、多样化的前奏。

第六节　20世纪80—90年代：俄罗斯短篇小说文体的新变

在文学发展进程中短篇小说鲜明的文体特征决定了其在很大程度上扮演着文学变革之"先导"的角色。20世纪80—90年代苏联解体前后是俄罗斯文化的重要转型阶段，也是文学创作发生转向的时期。这一时期精英文学逐渐丧失了广泛的读者和市场的支持。在各种文学观念不断更新、文学思潮不断更迭的过程中，短篇小说在一些方面有所突破和进展，呈现出诸多艺术创新的显著特征，成为俄罗斯文学格局中的主要文类，显示出更加自信和稳定的创作态势。

80—90年代俄罗斯短篇小说的诸多特点与俄罗斯当代文学的整体发展进程紧密相关。短篇小说文体本身在变，体量和形态越来越多样，大批短篇特写和系列短篇小说集的出现成为考察这一时期短篇小说艺术变革的一个重要参数。这一时期短篇小说创作队伍庞大，而且成为一支相当活跃的力量。伊斯坎德尔、加琳娜·尼古拉耶夫娜·谢尔巴科娃（Галина Николаевна Щербакова, 1932—2010）、弗拉基米尔·谢苗诺维奇·马卡宁（Владимир Семёнович Маканин, 1937—2017）、维克多利娅·萨莫伊洛夫娜·托卡列娃（Виктория Самойловна Токарева, 1937—）、鲍里斯·彼得洛维奇·叶基莫夫（Борис Петрович Екимов, 1938—）、柳德米拉·斯特凡诺夫娜·彼得鲁舍夫斯卡娅（Людмила Стефановна Петрушевская, 1938—）、柳德米拉·

叶甫盖尼耶芙娜·乌利茨卡娅（Людмила Евгеньевна Улицкая，1943—）、维亚切斯拉夫·阿列克谢耶维奇·皮耶楚赫（Вячеслав Алексеевич Пьецух，1946—）和塔吉雅娜·尼基季奇娜·托尔斯泰娅（Татьяна Никитична Толстая，1951—）等众多作家的短篇作品吸引着读者的注意。

20世纪90年代以来，随着苏联的解体，在多元文化背景和格局中，俄罗斯文学从宏大叙事方式转变为个体生命伦理的书写。索尔仁尼琴的创作即充分诠释了这一点。这一时期索尔仁尼琴创造了一种别具特色的短篇小说文本——"两部分小说"（двухчастный рассказ）。索尔仁尼琴共创作了8部"两部分小说"：《毛头小伙》（Молодняк，1993）、《甜杏果酱》（Абрикосовое варенье，1994）、《娜斯坚卡》（Настенька，1993）、《艾戈》（Эго，1994）、《在边缘》（На краях，1994—1995）、《无所谓》（Все равно，1995）、《在转折处》（На изломах，1996）和《热里亚布格新村》（Желябугские выселки，1995—1999）。这些作品具有相同的结构特征。每篇小说均由两部分组成，两部分之间是既相对独立，又相辅相成的有机统一体。

马卡宁的《高加索俘虏》（Кавказский пленный，1994）是一篇难得的短篇佳作。该作品与普希金的浪漫主义长诗《高加索俘虏》（Кавказский пленник，1821）和托尔斯泰的短篇小说《高加索俘虏》（Кавказский пленник，1872）之间的互文性问题，以及其对陀思妥耶夫斯基"美拯救世界"这句名言的不同阐释，在俄罗斯文学评论界引起了激烈的争议，成为90年代俄罗斯文学中一个颇引人瞩目的事件。

苏联解体后"成群诞生"的女性作家成为20世纪80—90年代俄罗斯文坛短篇小说创作的一支重要力量，在客观上她们为新时期短篇小说文体的兴盛带来了希望。尽管女性作家的作品并不足以全面反映后苏联文学短篇小说的创作全貌,但依然不失一定的代表性。托卡列娃的创作始于20世纪60年代,其处女作、短篇小说《没有谎言的一天》(День без вранья, 1964)承继和发展了盛行于"解冻"时期的短篇创作、源自契诃夫小说的重要主题之一——展现"庸俗人的庸俗世界"。随后推出的第一部短篇小说集《未曾发生的故事》(О том, чего не было, 1969)引起了重大反响。托卡列娃随即成为备受读者欢迎的女作家。托卡列娃的短篇小说着眼于揭示现实生活中人的情感世界、人与人之间的关系、女性的命运等。其写于20世纪80—90年代的《百万富翁的生活》(Из жизни миллионеров, 1982)、《心理平衡》(Центровка, 1987)和《幸福的结局》(Счастливый конец, 1987)等则表现了各种"爱"的主题。

与托卡列娃相同,彼得鲁舍夫斯卡娅的文学之路起步于60年代。短篇小说和戏剧是彼得鲁舍夫斯卡娅的主要创作体裁。80年代后许多新的文学现象与彼得鲁舍夫斯卡娅的名字密不可分。"别样小说"(другая проза)、"新感伤主义""新自然主义"(неонатурализм)、"女性文学"(женская проза)等概念总是与彼得鲁舍夫斯卡娅的作品联系在一起。自80年代末第一部短篇小说集《不朽的爱情》(Бессмертная любовь, 1988)问世之后,迄今为止,彼得鲁舍夫斯卡娅已先后推出了30余部短篇小说集。彼得鲁舍夫斯卡娅短篇小说的创作题材广泛,善于书写"极端的、非同寻常的、荆棘丛生的,就其情感层面而言最刺激、最尖锐的状况和情势"[1]。彼得鲁舍夫斯卡娅小说中的主人公大多为女性。女性的命运遭际,她们在生活中遇到的种种不完美、不如意与不平衡常常成为其极力表现的对象。在20世纪80—90年代俄

---

[1] [俄]鲍格达诺娃:《当代俄罗斯文学语境下的后现代派文学(二十世纪六十至九十年代至二十一世纪初期)》,转引自孙超《二十世纪八、九十年代俄罗斯中短篇小说研究》,人民文学出版社2014年版,第90页。

罗斯文学"非经典化"的创作流向中，彼得鲁舍夫斯卡娅的许多短篇不乏经典文学品质，值得关注和研究。其短篇小说《新鲁滨逊》(Новые Робинзоны，1989) 和《卫生》(Гигиена，1990) 为当代俄罗斯反乌托邦小说的重要代表。

托尔斯泰娅被誉为"仅凭二三部短篇小说就声名远扬"[①] 的"活着的经典作家"。凭借《在金色的台阶上……》(На золотом крыльце сидели...，1983)、《索尼娅》(Соня，1984)、《奥凯尔维利河》(Река Оккервиль，1985)、《亲爱的舒拉》(Милая Шура，1985)、《彼得斯》(Петерс，1986)、《夜》(Ночь，1987)、《雾中梦游人》(Сомнамбула в тумане，1988) 和《林姆波波》(Лимпопо，1991) 等 20 余部短篇作品，托尔斯泰娅奠定了在当代俄罗斯文坛的显赫地位。"托尔斯泰娅在形式和语言风格上是后现代的、非传统的，但在价值体系上却一方面继承了俄罗斯古典文学的人道主义精神，一方面也在消解俄罗斯文化中的某些定型思维。"[②] 托尔斯泰娅的短篇小说充满了奇幻瑰丽的想象和隐喻。复杂多变的诗学体系、颠覆传统的后现代叙事手法，使得对其作品的解读和阐释异常困难。

乌利茨卡娅是当代俄罗斯文学最具影响力的女作家之一，与托尔斯泰娅和彼得鲁舍夫斯卡娅并称为俄罗斯女性文学的"三套马车"。乌利茨卡娅从 19 世纪俄罗斯经典文学关注"小人物"的基点上承传和前行，注重展示主人公的内在精神世界，尤其是女性丰富与复杂的人性和灵魂。尽管中篇小说《美狄娅和她的孩子们》(Медея и её дети，1996) 和《快乐的葬礼》(Весёлые похороны，1998) 成为其跻身当代俄罗斯一流作家行列的代表性作品，而长篇小说《库科茨基医生的病案》(Казус Кукоцкого，

[①] ［俄］巴赫诺夫：《冷眼看人》，转引自孙超《二十世纪八、九十年代俄罗斯中短篇小说研究》，人民文学出版社 2014 年版，第 143 页。

[②] 陈方：《俄罗斯文学的"第二性"》，北京语言大学出版社 2015 年版，第 208 页。

2000）更为其赢得了布克文学奖，但作家本人坚称，短篇小说是其最衷爱也最擅长的文体。乌利茨卡娅早期创作的短篇小说集《穷亲戚》（Бедные родственники, 1994）多次再版，充分证明了其在短篇体裁创作方面的功力和艺术力量。

每个时代的作家印证着每个时代的鲜明历史特征，创作队伍的更替意味着文学流向的改变。当代俄罗斯文学经历了多重复杂和重大的转变，短篇小说也呈现出较大的发展变化，尤其是短篇小说艺术形式的变革更为明显，如今很难再用一种潮流去汇总和提炼。当代俄罗斯作家所关注的更多是从自身出发，注重对于自我的建构和个人艺术脉络的延伸，同时他们正在努力寻找尚未被其他艺术家探讨过或写过的新方式。由此，无论从题材、表现形式，还是从艺术语言等方面当代俄罗斯短篇小说都出现了难以归为某一总类的现状。

* * *

与中长篇小说相比，短篇小说更注重叙事技巧和语言表达。作为一种特别的文体样式，在文学史上，多数情况下短篇小说起着文本创新和引领、提升整体文学创作水平的特殊作用。在两百年的俄罗斯文学发展历程中出现了一大批致力于短篇创作的杰出作家，形成了强劲的文学传统，积累了丰富的创作经验，带动了中长篇小说乃至其他文体的写作实践。俄罗斯短篇文体的发展历史、现状和未来对俄罗斯小说乃至整个俄罗斯文学起着不可小觑的作用。回顾和梳理俄罗斯短篇小说的演变轨迹、内在规律和文体特征，可以做出如下总结。

第一，如果说19世纪俄罗斯文学中最为经典的人物画廊之一——"多余人"的形象大多出自长篇体裁，那么彰显俄罗斯文学深厚人道主义激情的"小人物"之代表作则主要表现为短篇小说形式。

与其他体裁相比，在某种意义上，短篇小说更精致，更具文学的审美意义和价值。从小处着眼，从小人物、小事情着笔，揭示大主题、大道理是俄罗斯文学的特质之一。从普希金笔下的"驿站长"维林、果戈理《外套》中的巴什马奇金开始，借助短篇小说体裁，现实主义文学最重要的人物之一——"小人物"形象贯穿整个19世纪俄罗斯文学，并在随后的发展中继续以短篇小说为载体，历经诸多变异，不断获得新的、多重意蕴。因此，从文学史意义上讲，俄罗斯文学中的短篇小说是一个值得关注的文体。

第二，相对于中、长篇小说而言，目前在我国文学批评界俄罗斯短篇小说是一种"安静"的文体，尚未得到应有的重视。从文体的角度切入来研究俄罗斯文学是极其重要和有意义的工作。

一般而言，文学批评界大多只是按照小说、诗歌、戏剧三种不同文体形式来审视作品，短篇小说常常隐没在"小说"这个大类之中。"在当代文学的各种文体中，小说处于最显赫的位置，但这并不意味着只要是小说就有地位。事实上，短篇小说就相对来说被忽略，中国是如此，西方也是如此。"①虽然，国内文学批评界偶有对俄罗斯文学史上一些重要短篇小说家的单个作品、单个现象的评论，但整体性、规律性的研究十分鲜见，缺少对俄罗斯短篇小说文体进行系统的阐释，对于长短篇同时擅长的作家及其作品的解读和研究也往往偏重于其长篇小说，对于他们的短篇创作，虽然偶有关注，但大多也只是把短篇依附到作家的中长篇小说的解读之中。真正把俄罗斯短篇小说视为独立的小说文体进行专题研究还比较薄弱。

根据现代文学批评的观点，文学史在本质上主要表现为以文体为中心的演变史。某一时期文学的整体风貌、基本形态、审美

---

① 高玉、陈茜：《为什么短篇小说非常重要》，《文艺报》2015年7月29日第2版。

特质、修辞技法不可避免地映射到文体上。19世纪以来的俄罗斯文学史就是一个现代文体构建、发展和不断走向成熟的动态过程。因此，以俄罗斯短篇小说创作成就为基本点，对俄罗斯短篇小说文体进行系统性、专题性、学理性研究，考察俄罗斯短篇小说文体发展的历史脉络、总体趋势及其对其他文学体裁的影响，归纳出俄罗斯短篇小说独特的艺术规律、审美属性及其微观表现，个案作家短篇小说的文体特征是一个极其重要和有意义的研究取向。

第三，俄罗斯短篇小说文体在漫长的发展过程中逐渐形成和丰富，为我国当下短篇小说创作提供了可资借鉴的经验，对于改变目前我国长篇小说独大、短篇小说边缘化的文学态势具有很大的启示作用。

"短篇小说是文学的根基，从某种程度上说，短篇小说艺术所达到的高度就是一个民族、一种文学所达到的高度。"[1] 20世纪90年代以来，我国当代作家大多倾向于将创作重点转到长篇小说上。在我国一度作为现当代主导文体的短篇小说，在作家、文学批评界和读者大众中间遭到冷遇。很多作家认为，衡量一个作家实力的重要标准是看其所创作的长篇小说数量，而并非中短篇小说。[2]

令人欣喜的是，近年来，国内文学界一度掀起对短篇小说文体地位的讨论。特别是在2013年被誉为"当代短篇小说大师"的加拿大女作家爱丽丝·门罗（Alice Munro，1931—2024）荣获诺贝尔文学奖这一重大事件在中国激起了格外强烈的反响。许多当代著名作家、文学批评家纷纷就目前国内短篇小说的创作状

---

[1] 段崇轩：《亮点与问题——2011年短篇小说述评》，《黄河文学》2012年第4期。

[2] 周思明：《作家的自我价值与"长篇焦虑症"》，《河北新闻网》，2015年4月3日，https://hebei.hebnews.cn/2015-04/03/content_4675107_2.htm，最后访问日期：2016年11月19日。

况、发展态势以及存在的问题发表看法。当代鲜有以短篇小说见长的作家、在当下中国短篇小说读者数量不多等问题已越来越引起文学界的极大关注。有鉴于此，全面揭示俄罗斯短篇小说的发展轨迹，对俄罗斯短篇小说文体的艺术特征和美学价值进行深入剖析，多视角、多层次地探讨各个时期俄罗斯短篇小说的思想主题、人物特征、艺术形式和叙事风格，以及短篇小说文体与长篇小说之间的互动关系，对于引导和提升我国短篇小说创作，创造新的短篇小说叙事形态和风格显然是大有裨益的。

第四，众多俄罗斯短篇小说作家为中国作家和读者所谙熟，更为中国年轻作家的创作带来了至关重要的影响。从这个意义上讲，剖析俄罗斯短篇小说的艺术经验，把握其审美价值，考量其文体观念和创作实践中的艺术创新之处，将为我国短篇小说体裁的发展提供一定的启示。

长期以来，中俄两国文学一直相互借鉴，彼此影响。近年来，很多当代作家在访谈中先后提到了契诃夫、布宁、巴别尔等俄罗斯短篇小说家对其创作产生了潜移默化的影响。随着中俄文学交流的不断深入，国内文学界的视野愈加扩展。以俄罗斯短篇小说大师的创作道路和艺术世界为坐标系，采用比较、分析、归纳的方法，发现目前我国短篇小说创作中存在的问题，强化短篇小说的文体意识，探索中国当代短篇小说创作的前景，对于当代作家的创作实践具有极其深远的导向意义。

第二章 巴别尔与"敖德萨流派"

如果在欧洲的政治地图之外，还有一幅汇集欧罗巴各地最具代表性、最富影响力之文化要素的文化地图，那么毋庸置疑，敖德萨的名字当之无愧的理应赫然在列。这个历史悠久的、多民族、多语言、多文化、多种文明的交融之地堪称欧洲最独特、最非同寻常的城市之一。从文化意义讲，在某种程度上这座黑海沿岸最大的港口城市、俄罗斯南部的"巴尔米拉"①完全可与俄罗斯的"双都"莫斯科和彼得堡比肩而立。"彼得堡与敖德萨两座城市同为俄罗斯'面向西方的窗口'，但彼得堡面向寒冷的北方，而敖德萨则面向芳香的南国。"② 历史上，在音乐、文学、电影等领域从敖德萨走出了众多闻名世界的艺术家，如 20 世纪世界最伟大的钢琴大师之一斯维亚托斯拉夫·捷奥菲洛维奇·里赫特（Святослав Теофилович Рихтер，1915—1997）、苏联最杰出的小提琴家之一大卫·费奥多罗维奇·奥伊斯特拉赫（Давид Фёдорович Ойстрах，1908—1974）、苏联著名钢琴家埃米尔·格里戈里耶维奇·吉列尔斯（Эмиль Григорьевич Гилельс，1916—1985）、著名导演亚历山大·彼得罗维奇·杜甫仁科（Александр

---

① 叙利亚沙漠上的一片绿洲，位于大马士革的东北方，处于公元 1—2 世纪多种文化的交汇处，是古代最重要的文化中心之一。

② Stanton Rebecca Jane，*Isaac Babel and the Self-Invention of Odessan Modernism*，Evanston，Illinois：Northwestern University Press，2012，p. 17.

Петрович Довженко，1894—1956）和世界电影先驱、蒙太奇大师谢尔盖·米哈伊洛维奇·爱森斯坦（Сергей Михайлович Эйзенштейн，1898—1948）等。在文学领域以巴别尔、列夫·伊萨耶维奇·斯拉温（Лев Исаевич Славин，1896—1984）、伊利亚·阿尔诺利多维奇·伊里夫（Илья Арнольдович Ильф，1897—1937）和叶甫盖尼·彼得罗夫（Евгений Петров，1902—1942）①、尤里·卡尔洛维奇·奥列沙（Юрий Карлович Олеша，1899—1960）、瓦连京·彼得罗维奇·卡塔耶夫（Валентин Петрович Катаев，1897—1986），以及爱德华·格奥尔吉耶维奇·巴格里茨基（Эдуард Георгиевич Багрицкий，1895—1934）等为代表的"敖德萨流派"（Одесская школа）更与19世纪果戈理、陀思妥耶夫斯基开创的"彼得堡小说"一南一北，遥相呼应，成为俄罗斯文学史上最有主导性的两大地域性文学之一。

第一节 "敖德萨流派"的形成及其风格特征

"敖德萨流派"又称"西南流派"（Юго-западная школа）、"南俄流派"（Южнорусская школа），是20世纪20—30年代以敖德萨为中心形成的一种独特的文学资源之统称。"敖德萨流派"不仅仅局限于自身封闭的空间地域，而是迅速进入了俄罗斯文学版图。这一时期，一批从敖德萨走出的作家因在文学创作中体现出别具一格的审美价值、审美意识和审美理想而同时闪亮于苏联文坛。这种突出的文学现象立即引起文学批评界的广泛关注和热烈讨论。1933年1月5日俄国形式主义学派的创始人和领袖之一什克洛夫斯基借巴格里茨基的第一部诗集《西南》（Юго-Запад，

---

① 叶甫盖尼·彼得罗夫——真名为叶甫盖尼·彼得罗维奇·卡塔耶夫（Евгений Петрович Катаев），作家瓦连京·彼得罗维奇·卡塔耶夫之弟。

1928）的题目在《文学报》（Литературная газета）上发表了同名文章《西南》（Юго-Запад）。在该文中什克洛夫斯基对于"敖德萨流派"的含义和特质做了富有洞见的开创性界说："西南"文学流派的中心为敖德萨，因此相应于当时业已存在的敖德萨"南俄艺术家协会"，"西南流派"可称为"南俄流派"，或"敖德萨流派"。同时，他明确指出，巴别尔、斯拉温、伊里夫和彼得罗夫、奥列沙、卡塔耶夫和巴格里茨基7位作家为"敖德萨流派"的主要代表。

长期以来，学界对"敖德萨流派"的研究存在着激烈争议，对于是否存在"敖德萨流派"这一问题说法不一。实际上，与20世纪初俄罗斯文学领域相继出现的众多流派不同，"敖德萨流派"具有独特的地域性和个性化身份特征。它不是一个严密的文学团体，不具有明确的文学主张，没有统一的文学纲领，只是一个具有一定数量和代表人物的作家群。他们在创作实践上形成了共同的鲜明特色，创作内容和表现方法相近，作品风格类似。因而，"敖德萨流派"指一种风格现象，是由创作者与城市之间特有的精神联系中发生的，是一种创作者对特定文化的体验和感受方式。作为在20世纪俄罗斯文学史上一个特殊的文学现象，形成于20世纪20—30年代的"敖德萨流派"于特定的政治文化语境中另辟蹊径，生成了与当时的时代特征相"错位"的风格特点和文学品格。

从普希金和莱蒙托夫的"南方叙事诗"、果戈理的"乌克兰"系列作品、托尔斯泰笔下关于高加索和克里米亚的中篇小说，到布宁的敖德萨系列文本[①]、库普林的短篇《甘布里努斯》（Гамбринус，1907）、高尔基的"流浪汉"小说和《伊则吉尔老婆子》，可以说，19世纪俄罗斯文学"黄金时代"以及19世纪

---

① 包括《乡村》（Деревня）、《力量》（Сила）和《圣诞节故事》（Святочный рассказ）等。

末20世纪初"白银时代"的浪漫主义文学均发源于地理意义上的南部边区：敖德萨、高加索和克里米亚。洋溢着异国情调的"南国"为俄罗斯浪漫主义文学创作提供了丰富的资源和广阔的平台。在浪漫主义作品中大量描述了远离中央腹地的、雄伟奇异的俄罗斯南国风光：蛮荒的森林，广袤的平原，苍茫的大海，人迹罕至的崇山峻岭。浪漫主义文学中那些心向自由的非凡人物往往驰骋于大自然中间：他们置身于无底深海、一望无际的草原与茂密的森林紧密相连的地方，或奔向游牧民族策马扬鞭、自由狩猎的广阔天地。作家们抓住了俄罗斯南方本体特性和南方社会的实质，通过描写俄罗斯南方生活和思想中的悖论与冲突，对俄罗斯南方文化进行思考与评估，试图揭示一个有地域差异和民族多样性的异质的、复杂的南方。由此，"南方主题""南方文本"构成了俄罗斯文学中最浪漫、最阳光、最充满生机的一页。巴别尔是使集中书写俄罗斯南方世界的"敖德萨流派"成为有价值的风格现象的第一人。在"敖德萨流派"中，巴别尔率先摆脱了19世纪末20世纪初俄罗斯现实主义小说所固有的高度思想性和教育性，强调艺术直觉和想象力，使浪漫主义艺术风格在有着浓厚个人主义色彩的"敖德萨流派"的文学创作中孕育而生。"从俄国文学地理学的角度看，如果说果戈理、陀思妥耶夫斯基奠定了'彼得堡小说'的基本风格，马雅可夫斯基、布尔加科夫和茨维塔耶娃使得独立于19世纪彼得堡传统的'莫斯科文学'得以形成，屠格涅夫、布宁等是俄国腹地风土人情的文学显现者，普里什文是俄国北方的文学发现者，那么，巴别尔及其'敖德萨流派'就是20世纪俄国南方文学的主要代表。"[1]

"敖德萨流派"之所以能够成为20世纪20—30年代俄罗斯文学史上一个具有一定实力和影响的、显赫的文学流派，其特殊性在于迥异于其他流派的文学风格。然而，对于"敖德萨流派"

---

[1] 刘文飞：《巴别尔的生活和创作》，《中国俄语教学》2016年第1期。

风格的理解、认识，甚至总体概括却是一件极其复杂的事情。在拟于1923年出版的《敖德萨青年作家作品集》①序言中，巴别尔曾试图给出"敖德萨流派"的总体特征，但未能实现。原因是，"敖德萨流派"作家虽有不少相通之处，但在实际创作中表现出不尽相同的艺术特色和创作个性。尽管如此，将"敖德萨流派"的作品集中到一起阅读，在俄罗斯文学的历史语境下还是能够从中清晰地分辨出如下几个方面的独特属性。

首先，"敖德萨流派"具有独特的审美艺术性。主要体现在两个方面，一是艺术对象的地域化。"敖德萨流派"地方色彩十分鲜明，在文学内容上以敖德萨人及其生活空间为题材，写敖德萨社会生活中的人与事，表现敖德萨的"民间生活"，带有强烈的底层或边缘色彩。二是文学语言的方言口语化。"敖德萨流派"以俗白、风趣的敖德萨方言作为主要语言材料，让敖德萨人说敖德萨话，用敖德萨话叙述敖德萨的故事，表现具有浓郁"敖德萨"色彩的风俗文化，使作品的内容和形式完全融为一体，不仅逼真地摹写出敖德萨的人情世态，且鲜活生动，幽默诙谐。"敖德萨流派"有两个显著的、标志性的意义：其一是对敖德萨文化的集中表现；其二是对多民族混居的敖德萨各民族特性的深刻揭示。前者包括对敖德萨社会的多方位刻写，对敖德萨人群像的生动描绘，对敖德萨特有的风俗民情的多层面展示，以及地道纯正的敖德萨方言土语的鲜活表达，等等。

其次，"神话色彩"是"敖德萨流派"的第二个风格特征。"敖德萨流派"使读者回瞥到一种独一无二的和不可重复的地缘文化景观。在艺术表达方法上，浪漫主义作品往往具有强烈的抒情性质和浓重的神话色彩，充满了大胆的夸张与幻想，以及离奇

---

① 包括7名青年作家：谢苗·盖赫特（Семён Григорьевич Гехт，1903—1963）、斯拉温、康斯坦丁·帕乌斯托夫斯基、伊里夫、巴格里茨基、奥西普·科雷切夫（Осип Яковлевич Колычев，1904—1973）和格里戈里·格列勃尼奥夫（Григорий Никитич Гребнев，1902—1960）。

的情节。如果说在俄罗斯经典文学作品中惨雾、淫雨、白昼赋予北方的彼得堡一种独特的现代神话意蕴，那么灿烂的阳光则使南部的敖德萨幻化为一个光怪陆离、色彩斑斓的神话世界。无论在巴别尔的早期特写还是在后来的《敖德萨故事》中，巴别尔都在创造关于敖德萨的神话——一个以原始、奔放的形式展露出强大生命力与繁盛生殖力的神话。在巴别尔笔下敖德萨是"绿色"的，它永远生机勃勃，它象征着丰饶和生长，以及新鲜活力与和谐之美。因此，这里的一切服从于大自然的安排，这里的人生活在由物质法则和自然法则共同掌控的变化无常的世界里。与此同时，敖德萨人的物质世界与精神世界既是对立统一，又是密不可分的。对此，巴别尔的话极具代表性："……而在离此辽阔的海洋再远些的地方，工厂的烟囱在冒烟，卡尔·马克思依旧在开展他的日常工作。"（第一卷，第5页）

此外，"狂欢化"是"敖德萨流派"的重要风格之一。一方面，敖德萨具备狂欢的文化背景与主体心态。敖德萨独特的历史文化背景形成了狂欢化的场所和狂欢的主体。敖德萨人始终过着自由不羁的狂欢式"第二种生活"。另一方面，20世纪20—30年代混乱的文化与心理状况也为时代"新美学"——"狂欢美学"的产生提供了土壤。敖德萨出现狂欢文化氛围的一个主要原因首先是，19、20世纪之交以来文化主体身份等级制度瓦解，被彻底平民化和平权化。其次，敖德萨"黑帮社会"的出现使人变成了强盗、暴民和杀手。"地下人"身份优势使他们可以任意妄为，无须为自己的所为负责。由此，"敖德萨流派"写作的伦理与此前俄罗斯文学经典的写作伦理迥然有别。"敖德萨流派"作家独到的民间视角和反叛的先锋意识在对狂欢化诗学风格的追求上得到了内在的统一。"敖德萨流派"的狂欢化特色主要体现在：人物形象的狂欢化，情节结构和场面的狂欢化，风格体裁的狂欢化，语言、象征、讽刺、对比等艺术的狂欢化方面。巴别尔的短篇小说及其所代表的狂欢化叙事成为"敖德萨流派"最为重要的标志之一。伊里夫和彼得罗夫合著的长篇小说《十二把椅子》（Двенадцать стульев，1928）完美地继承了果戈理的"乌克兰"传统，戏谑荒谬的语言、讽刺否定和自由狂欢后面隐藏着超越时代的审美和文化意义。《十二把椅子》的续篇《金牛犊》（Золотой телёнок，1931）和卡塔耶夫的中篇小说《雾海孤帆》（Белеет парус одинокий，1936）中狂欢化形象的使用，构成了作品意象鲜明奇特而又诙谐滑稽的特点，传达出追求自由、反抗禁忌的狂欢节世界感受。

第二节 "敖德萨流派"的生成因素

作为一种文学现象，"敖德萨流派"可以被视为文化现象的一部分。它是一种定位于敖德萨、定时于 20 世纪 20—30 年代的特定地缘文化景观。地域文化是形成"敖德萨流派"的重要基因。

"敖德萨流派"的孕育和生成基于敖德萨悠久的历史文化传统与积淀，经历了一个漫长的过程，是多种因素综合作用的结果。在成为俄罗斯的一个边区前，敖德萨曾相继处于希腊罗马世界、威尼斯共和国和热那亚共和国的统治之下。18 世纪前，敖德萨州的历史名城伊兹梅尔曾是奥斯曼帝国北部的重要军事要塞。只是在克里米亚汗国覆灭、1790 年苏沃洛夫（Александр Васильевич Суворов，1730—1800）[①] 指挥的俄国军队攻占了坚固的土耳其伊兹梅尔要塞之后，黑海沿岸地区才开始归属于俄罗斯帝国。可见，黑海沿岸绝非俄罗斯民族生命的渊源和根柢所在。

[①] 亚历山大·瓦西里耶维奇·苏沃洛夫——俄罗斯历史上的常胜将军之一，俄罗斯杰出的军事家、军事理论家、统帅，俄罗斯军事学术的奠基人之一。

由于自然条件、地理环境、人文因素以及历史传统的影响，这里形成了与俄罗斯其他地区质态不同的区域文化。

敖德萨位于地中海"尾部"的黑海沿岸，地中海文化与俄罗斯文化的接合部，历史上一向是两种文化冲突、角逐的前沿。敖德萨文化植入了大量地中海文化要素。地中海对敖德萨城市文化发展的影响不论在范围、强度还是深度方面都是空前的。但上述两种不同质的文化始终在此平行发展，前者并没有把后者同化吸收，后者也没有把前者取而代之，而是通过"杂交""嫁接""互补"融为一体。此外，特殊的地理位置又使敖德萨不可避免地将古希腊-罗马文化及意大利和法国等西欧文化交织在一起，由此形成了几个世纪以来城市精神文化的多元性。同时，多民族错杂交融更为这个港口城市带来了浓烈的异域风情。十月革命前，敖德萨的人口构成中包括各种国籍和不同族群的人。犹太人、乌克兰人、意大利人、希腊人、俄罗斯人、摩尔达维亚人、亚美尼亚人、保加利亚人、卡拉伊姆人①及德国人等混居一城。像很多东欧城市一样，犹太人是敖德萨最大的族群。因而，敖德萨又被称为"俄罗斯的耶路撒冷"。敖德萨人的生活方式甚至思想形态都受到地理及气候等自然因素的影响，有极其浓厚的实用主义色彩。他们时常奔波于各种聚会，穿梭在数不清的婚礼之间。他们酷爱航海、冒险出洋、猎鱼、经商，热衷于在海关供职和从事走私活动。对此，巴别尔曾写道：

> 敖德萨的每个青年只要尚未结婚，就一定想去远洋轮船上做水手。驶进我们港口的那一艘艘轮船，会用对美丽新大陆的渴望点燃我们这一颗颗敖德萨人的心灵。（第一卷，第

---

① 卡拉伊姆人是一个奇特的突厥语民族，世界上最古老的民族之一。在信仰、性格、习俗等方面既有犹太人的特点，又与穆斯林有共同之处。卡拉伊姆人现已所剩无几。

19页）

长期以来，俄罗斯南方地区并未参与到北方文学的历史进程中，或者说南方文学远离俄罗斯的文化趣味，没有被正式纳入俄罗斯文学的现实版图。这里所敬奉的上帝与其说是古希腊文学之神缪斯，不如说是奥林匹斯十二主神之一——商人的庇护神赫耳墨斯和酒神、纵欲之神狄奥尼索斯。充满感性、明朗、欢快色彩的多神教赋予古希腊文化和艺术丰富多彩、雄大活泼的特质。古希腊的浪漫主义基因——自由奔放、富于幻想、崇尚智慧和力量，以及追求现世生命价值、崇尚个人地位和尊严的古希腊文化价值观念根植于敖德萨人的灵魂深处，催生出他们生机勃勃、富有狂欢化色彩的气质个性，使敖德萨形成了一种富有人本主义色彩的、独特的对话式开放语境——文艺复兴时期法国伟大作家、人文主义代表弗朗索瓦·拉伯雷（Francois Rabelais，约1493—1553）式的幽默，超然物外，狂野恣意，以游戏的方式对社会万象进行戏谑和嘲讽。

黑海区域文化不仅对于作家的性格气质、艺术个性、审美情趣和表现手法等产生了潜在的影响，而且滋养和孕育了"敖德萨流派"这一带有特定"文化基因"的作家群体。在《西南》一文中，什克洛夫斯基将敖德萨作家与埃及的最大海港、地中海沿岸亚历山大城的希腊语诗人进行了比较，指出"敖德萨流派"的形成根植于西方地中海文化。"敖德萨流派"不仅再现了地中海艺术的表面风貌，而且蕴含着地中海文化的内在精神气质。"敖德萨流派"的艺术世界是古希腊早期喜剧代表作家阿里斯托芬（约前446—前385），意大利文艺复兴运动的杰出代表薄伽丘，英国作家、讽刺文学大师乔纳森·斯威夫特（Jonathan Swift，1667—1745）和拉伯雷所构筑的那种明朗欢快、荒诞不经的感性和肉欲的世界，是处处充满华丽的节日风景的世界。"敖德萨流派"诞生的思维基础是戏谑与狂欢,以及欧洲中世纪末期取材于《圣经》的宗教神秘剧。其文学血管里一半流淌的是拉伯雷式的狂欢血液。在"敖德萨流派"的创作中,拉伯雷式的乐观主义、狂欢的笑,拉伯雷式的粗犷无处不在。巴别尔的《敖德萨故事》和《骑兵军》、斯拉温的剧作《武装干涉》(Интервенция, 1932)、帕乌斯托夫斯基的"敖德萨"短篇小说、米哈伊尔·阿尔卡季耶维奇·斯韦特洛夫(Михаил Аркадьевич Светлов, 1903—1964)[①]和巴格里茨基的早期诗歌无一例外地充满了浪漫主义的夸张、虚构和想象,随处可见浓郁的抒情和负载着强烈情感的感叹。巴别尔笔下那些横行霸道的强者既是胆大妄为、不顾生死的亡命之徒,又是开心快活、乐天知命者,身怀绝技的骗子,劫富济贫、行侠仗义的罗宾汉式传奇英雄。《十二把椅子》和《金牛犊》中的主人公则是果戈理笔下那种乞乞科夫式彻头彻尾的、机敏的行骗者和大胆的冒险家。"敖德萨流派"作家们用热情奔放的语言、瑰丽的想象和夸张的手法所塑造的这些形象也正是德国作家鲁道尔夫·埃里希·拉斯伯(Rudolf Erich Raspe, 1737—1794)的童话《吹牛大王历险记》(1786)中的主人公之翻版,他们口若悬河、大话连篇、自吹自炫,善于制造各种荒诞不经的冒险故事。

第三节 《敖德萨》与"俄罗斯文学的南方之都"

巴别尔之于敖德萨,正如普希金之于俄罗斯。"巴别尔之所以是巴别尔,不光由于他那俄国犹太人的双重身份,更因为他是一个地道的敖德萨人,天生一喉三声、一语双关。"[②] 在特写《敖

[①] 米哈伊尔·阿尔卡季耶维奇·斯韦特洛夫——苏联诗人、剧作家、记者。
[②] 王天兵编著:《和巴别尔发生爱情》,凤凰出版社 2008 年版,第 136 页。

德萨》中,巴别尔开篇便用诙谐的方式描述了敖德萨人俏皮幽默、与众不同的语言风格:"敖德萨是个人欲横流的城市。这是尽人皆知的。那里不兴说'巨大差别',而代之以'差别之两端'或'那边和这边'这样的说法。"(第一卷,第3页)① 敖德萨是一座建立在文学上的城市,整个城市的气息带有一种特殊的文学腔调。不管从时间还是空间维度来看,敖德萨都独具文学之都的潜质。20世纪20—30年代在"敖德萨流派"诞生与繁荣时期有一句话流传甚广:想当作家,要生在敖德萨;要成为一名作家,则需走出敖德萨。深厚的文化底蕴和文化传统使敖德萨成为"俄罗斯文学的南方之都"。敖德萨滋养并成就了巴别尔的文学创作,同时巴别尔的书写也影响和改变了敖德萨的样貌。在巴别尔的书写之后,敖德萨已不再是之前的敖德萨。在敖德萨可以索骥巴别尔的历史、触摸其作品的灵魂。

1894年6月,巴别尔降生于敖德萨建城一百周年之际。一百年,对于人类历史而言,不过一瞬。但18世纪末由叶卡捷琳娜二世建立的这座"通向黑海的窗口"在一百年来却以惊人的速度发展起来。19世纪末敖德萨已成为俄罗斯帝国的贸易、工业和科技中心之一,一个在人口和经济实力方面仅次于圣彼得堡、莫斯科和华沙,位居俄罗斯第四的繁荣都市。无论在农奴制度统治下的沙皇俄国,还是在刚刚摆脱农奴制羁绊的俄罗斯,敖德萨始终在欧洲占据着举足轻重的位置,被誉为"俄罗斯的马赛",一个生机勃勃的"欧洲的绿洲",一座"一流的城市,很好的城市"。(第三卷,第9页)然而,巴别尔全家来到敖德萨之时正值它走向衰落之日。

巴别尔的出生地、距离市中心不远的莫尔达万卡犹太聚居区是一个被忽视的,却是真实存在的敖德萨。混乱不堪、复杂的空间和社会环境,危险丛生的莫尔达万卡成为滋生犯罪、暴力和抢

---

① 敖德萨被誉为乌克兰的"幽默之都"。自1974年开始举办"敖德萨幽默节"。

劫的苦难与罪恶之源。在这个多元的、多维的城市里巴别尔出生、长大、接受教育,在这里形成了他作为公民和文学家的气质,这里的所见所闻使他得到了最初、最强烈的丰富的生活感受。这里的人与景成为其日后作品的原型。在自传体短篇小说《童年·与祖母相处的日子》(Детство. У бабушки., 1915)开篇一段中,巴别尔目光温情地审视着故乡敖德萨,描绘了这片他生命中永存的光明之地,表达了对敖德萨的无比挚爱:

> 我熟悉所有的招牌,房屋的基石,商店的橱窗。这是一种特殊的熟悉,是为了我自己才去熟悉的,我深信我洞烛它们主要的、隐秘的,即我们成年人所谓的本质。一切都牢牢地镌刻于心。……正是店铺、熙来攘往的行人、气息、剧院的海报,构成了我亲如骨肉的城市。我至今记得这座城市,感觉得到这座城市和爱着这座城市,我感觉得到它,就如我们感觉得到母亲的气息、抚爱的气息和欢声笑语,我爱它,因为我生于斯,我在它的怀中有过幸福,有过忧伤,有过幻想,而且那幻想是多么的热烈,多么的独一无二。(第一卷,第144—145页)

巴别尔就在这样的光与声中长大,一望无际的黑海、咸腥的海风、醉人的浪漫气息、灿烂耀眼的阳光等自然的神奇与魔幻流淌在他的血液里,最后幻化成他笔下的文字或者故事的底色——他的作品几乎一半以上是在写故乡敖德萨,写敖德萨人,写敖德萨故事。

一个生活在19世纪的俄罗斯伟人说过:古老美丽的敖德萨与布拉格老城别无二致。宏伟华丽的敖德萨国立歌舞剧院完全可与富丽堂皇的维也纳国家歌剧院相媲美。敖德萨文脉源远流长、文学名家荟萃、文化资源丰富。作为俄罗斯文学的重要发祥地之一，丰富的文学资源和深厚的文学积淀使敖德萨的文学声望堪与"俄罗斯文学的北方之都"——彼得堡比肩，高居俄罗斯文化史上具有重要影响力的"文学之都"的地位。除巴别尔、伊里夫和彼得罗夫、奥列沙和卡塔耶夫等外，"文学的敖德萨"也是安娜·阿赫玛托娃、犹太复国主义思想家、作家弗拉基米尔·叶甫盖尼耶维奇·扎博京斯基（Владимир Евгеньевич Жаботинский，1880—1940）、讽刺作家米哈伊尔·米哈伊洛维奇·日瓦涅茨基（Михаил Михайлович Жванецкий，1934—）等的故乡。此外，从19世纪上半叶开始，年轻的敖德萨吸引了无数作家、艺术家和音乐家。19世纪20年代敖德萨成为十二月党人自由思想的发源地。1823年普希金在敖德萨流放期间完成了巨著《叶甫盖尼·奥涅金》（Евгений Онегин）的前两个章节，创作了叙事诗《巴赫奇萨赖的泪泉》（Бахчисарайский фонтан，1821—1823）和30多首抒情诗，同时在这里开始写作长诗《茨冈人》（Цыганы，1827）。在敖德萨，果戈理创作了《死魂灵》第二卷。亚历山大·尼古拉耶维奇·奥斯特洛夫斯基（Александр Николаевич Островский，1823—1886）、列夫·托尔斯泰、契诃夫、柯罗连科、高尔基、布宁、库普林、亚历山大·格林（Александр Стеианович Грин，1880—1932）、弗谢沃洛德·伊万诺夫和鲍里斯·皮利尼亚克等众多文学大师都曾在此生活和创作。库普林创作了许多以敖德萨为主题的短篇小说和特写。在敖德萨，库普林完成了《石榴石手镯》（Гранатовый браслет）、《决斗》（Поединок）、《神鱼》（Господня рыба），以及独具敖德萨风情特点的短篇小说《甘布里努斯》。在短篇小说《久克船长》（Капитан Дюк）、《依法办事》（По закону）和《意外的收入》（Случайный доход）中，格林描绘了敖德萨城的独特风貌，将敖德萨称为自己"人生远航的起点"。马雅可夫斯基则根据自己对于敖德萨的印象写成了传世之作——长诗《穿裤子的云》

(Облако в штанах, 1915)。此外，俄罗斯新犹太文学的奠基人缅杰列·莫伊赫尔－斯福里姆（Менделе Мойхер－Сфорим, 1835—1917）、著名犹太作家和幽默大师、被誉为"犹太的马克·吐温"的肖洛姆·阿莱汉姆（Шолом Алейхем, 1859—1916）、杰出的乌克兰文化活动家、女诗人列夏·乌克兰卡（Леся Украинка, 1871—1913）[①]、美国批判现实主义文学的奠基人马克·吐温（Mark Twain, 1835—1910）、美国现代小说的先驱和代表作家之一西奥多·德莱塞（Theodore Dreiser, 1871—1945）[②]等都曾在敖德萨留下了自己的足迹。

19 世纪 20 年代，距巴别尔出生 70 年前，在敖德萨初建之时，流放中的诗人普希金来到这座年轻的城市。在《叶甫盖尼·奥涅金》之《奥涅金的旅行片段》（Путешествие Онегина）后半部分，普希金详细描述了彼时敖德萨的城市面貌：

> 那时我住在多灰尘的敖德萨……
> 但是那儿经常有晴朗的天空，
> 那儿一条条大船扬帆出发，
> 那儿的贸易往还繁忙而兴隆；
> 处处像欧洲，处处是欧洲气派，
> 那儿一切闪烁着南国的光彩，
> 到处是五光十色的生动画面。
> 金子般响亮的意大利语言，
> 在愉快的街头上到处可闻，
> 有骄傲的斯拉夫人，有人来自希腊、
> 亚美尼亚、法兰西、西班牙，

[①] 女诗人列夏·乌克兰卡与 17 世纪领导乌克兰民族起义反抗波兰统治的哥萨克首领博格丹·赫梅利尼茨基（Богдан Хмельницкий, 1595—1657），以及乌克兰著名诗人塔拉斯·舍甫琴科（Тарас Григорвевиц Шевченко, 1814—1861）齐名。

[②] 西奥多·德莱塞被认为是同海明威、福克纳并列的美国现代小说三巨头之一。

>　　还有笨重的莫尔达维亚人，
>　　还有埃及土地的儿子摩拉里，
>　　那退隐的海盗，都在这儿聚集。
>　　……
>　　噢，我说到多尘土的敖德萨。
>　　我不妨说：敖德萨非常肮脏——
>　　……
>　　敖德萨每年有五六个星期，
>　　按照狂暴的宙斯的心意，
>　　用堤坝堵住，被洪水包围，
>　　陷在深深的泥泞之内。
>　　……①

普希金将敖德萨定义为"多尘土的"城市，随后又补充了"非常肮脏"一词。但是，在第二个诗行里他转而仰望苍穹，深深地赞叹道："但是那儿经常有晴朗的天空。"毋庸置疑，在这里"晴朗"一词不仅指天气清明、太阳高照，它更代表了敖德萨这座非同寻常的城市所特有的精神氛围。

在巴别尔留下的有限文字中，《敖德萨》《敖德萨札记》（Листки об Одессе，1918）和《"敖德萨的每个青年……"》（В Одессе каждый юноша…，1923）3 篇为献给故乡敖德萨的特写，其中每一个语句都饱含真挚的情感，对故乡敖德萨的热爱贯穿全篇。在《敖德萨》中，巴别尔一语道破了敖德萨与俄罗斯其他城市之间的不同之处："我认为有关俄罗斯帝国这座举足轻重的迷人城市还是有许多赞辞可以加之其身的。这座城市是了不起的，居住在这座城市里，生活轻松，光明。"（第一卷，第 3 页）

---

① ［俄］普希金：《普希金小说戏剧选》，智量译，人民文学出版社 1994 年版，第 264—266 页。

显然，巴别尔所言之"轻松"绝非意指敖德萨的日常生活闲暇安适，这里的"轻松"被赋予了更加深刻的思想意蕴。成年后的巴别尔曾多次回到故乡敖德萨。在写给亲人和朋友的书信中，巴别尔在字里行间渗透着对阳光与大海环抱中的故乡敖德萨的思念和赞美之情：

> 这里的海还像过去一样，依旧那么美，盛开的洋槐花散发着醉人的芳香。我感觉自己的状态非常好。……这里的夏天非常美，周围的一切都会让我想起难忘的童年和青少年时代。（第五卷，第135页）

> 我在这里生活得很好，游泳、晒日光浴，我亲爱的、被冻僵的莫斯科人，敖德萨的阳光就是在梦里你也很少能见到。（第五卷，第137页）

> 我已从基辅州的集体农庄考察归来，在敖德萨已经住了三周的时间……。这里总是阳光明媚。想必身体的不适正是我的故乡、我心中美丽迷人的"上帝之城"对我离它而去的惩罚。敖德萨拥有滋养身心的、丰富的自然资源——充足的阳光。在这里每天平均日照时间长达10个小时……（第五卷，第555页）

> 我们的敖德萨贫穷落后，破旧不堪，城市发展与建设始终毫无起色，然而它依然如从前一样美丽。这里气候宜人，并不十分炎热。（第五卷，第561页）

在许多宗教中，"太阳"被视为拯救人类摆脱黑暗的伟大的天神。在基督教文化中，"太阳"更获得了"永生"和"复活"的象征意义。[①] 阳光与大海使敖德萨处处充满无限生机和永恒的创造力，培育出敖德萨独特的文化和精神气质。对于巴别尔而言，敖德萨是沉淀浮躁、过滤灵魂的心灵家园。无论身处何方，故乡敖德萨都是巴别尔魂牵梦萦的精神归宿，从这里他总能找到激发情感和治愈创伤的神奇力量。因而，在直白的思乡文字中，巴别尔骄傲地将敖德萨视为与"上帝之城"相媲美的人间天堂。对巴别尔来说，"北方之都"彼得堡与黑海之滨的敖德萨构成相互对应的两个世界。严肃、阴郁、冷漠的彼得堡吞噬着人的存在。而在敖德萨奇妙的欢乐充溢在海天之间，感性的快慰与荣耀让他时刻体悟到生命的力量。这是一个任何人都无法拒绝和否定的鲜活的世界。巴别尔成长于毗邻地中海的黑海沿岸，在某种程度上，地中海文化对巴别尔的个性塑造、文化意识、文学风格的形成等产生了非同寻常的影响，使巴别尔体现出一种有别于同时代俄罗斯作家的灵魂特质。地中海的阳光与海水赋予巴别尔多元、多样的生活体验。尊重人性、热爱生命、崇拜肉体、讲求均衡、注重现世生活，这种以古希腊文化传统为核心的"地中海思想"贯穿巴别尔的整个思想体系，成为滋润巴别尔一生的创作源泉，使其相信激情与爱能够驱除绝望。巴别尔的作品自然而然地流露出积极的古希腊式生活哲学，充满对古希腊人那种贴近自然和生命本身、对地中海式生活方式热情洋溢的赞颂。

在某种意义上，"敖德萨流派"的出现使俄罗斯文学呈现出两种不同特性的文学话语——"南方话语"和"北方话语"。前者幽默谐谑、自由即兴、任情放纵、不拘一格，呈现出杂糅的美学风格与多元的文化表达。后者则充满神秘肃穆的宗教色彩，正统、经典、精致、纯粹，体裁形式、风格技巧严格，带有一种与生俱来的贵族气质，堪称传统贵族审美文化的精髓代表。欢快与

[①] [德]汉斯·比德曼：《世界文化象征辞典》，刘玉红、谢世坚、蔡马兰译，漓江出版社2000年版，第341页。

忧伤、戏谑与虔敬、广场与圣殿、多神教与东正教形成了一南一北截然对立的两种俄罗斯文学话语范式。以"敖德萨流派"为代表的"南方文学"与以陀思妥耶夫斯基为代表的忧郁、沉重的俄罗斯北方文学在艺术风格上形成了鲜明对比。

"巴别尔不仅在生活中寻找阳光,在文学中同样如此。"① 在巴别尔笔下,彼得堡是一座没有阳光的、晦暗的、肮脏的城市:"彼得堡的阳光好似没有生气的玻璃一般横在色泽暗淡、不怎么平的地毯上。"(第一卷,第202页) 在《敖德萨》一文中,巴别尔如此写道:

> 我在对敖德萨发表了一通看法后,我的思维转向更深层次的事物。如果你仔细想想,难道对于浩如烟海的俄罗斯文学还未对太阳做过真正欢乐、明朗的描述不感到惊讶吗?(第一卷,第6页)

对巴别尔来说,唯有敖德萨是明朗耀眼的"阳光"的同义词。在《敖德萨》中,巴别尔将果戈理的清新明快、绚丽多姿、充满诗意的"乌克兰形象"与阴郁低沉、深邃厚重、缺少阳光的"彼得堡"文学对立起来。巴别尔认为,"在俄罗斯的文学作品中,第一个谈及阳光的人是高尔基,谈得激昂,热情,……"(第一卷,第7页) 然而,"他不是阳光的歌颂者,而是真理的喉舌",因为"高尔基知道他为什么爱阳光,为什么必须爱阳光"。(第一卷,第7页) 巴别尔以那一时代罕见的勇气大胆地写下了这段文字。按照巴别尔的观点,俄罗斯应寄望敖德萨这一"和平与阳光"的城市,而非彼得堡。他坚信,敖德萨在俄罗斯文化中占有不可替代的特殊地位。敖德萨以其天然优势为俄罗斯文化送去了最不可

---

① Аркадий Львов, *КАФТАНЫ И ЛАПСЕРДАКИ*. Сыны и пасынки : писатели-евреи в русской литературе, М.: Издательство «Книжники», 2015, С. 257.

或缺，同时又是最缺少的"光明与轻松"："《歌舞》杂志洋溢着敖德萨气息，洋溢着敖德萨亲手创造的文字的气息。"（第一卷，第16—17页）因此，"诺夫哥罗德省很快会步行到敖德萨来求教的"。（第一卷，第5页）巴别尔断定，漫天大雪、万物凋零、寒冷萧瑟的冬季使北方的俄罗斯人强烈地向往南部的异域风土和阳光海水："我意可强制俄罗斯人移居南方，移居海滨，移居至阳光下。"俄罗斯人已经认识到"更新血液已是其时。人们已濒于窒息。期待了那么长久而始终未能盼到的文学弥赛亚将从那边，从有大海环绕的阳光灿烂的草原走来"。（第一卷，第8页）在《圣经》中，"弥赛亚"代表着犹太人对未来的期许，象征着救赎或拯救。显然，在这里"弥赛亚"寓意着年轻的巴别尔对俄罗斯文学之未来的期许。他预言自己必将担负起拯救俄罗斯文学的历史使命。从此，巴别尔始终坚守自己这一神圣的文学理想，追寻着属于自己的文学风格。时隔不久，"敖德萨流派"的出现使敖德萨城一跃成为俄罗斯文学史上与彼得堡并驾齐驱的"南方之都"。巴别尔的作品以独特的审美视角、审美价值和审美意识为"敖德萨流派"的形成做出了不可替代的重要贡献。

第四节 《敖德萨故事》与"敖德萨流派"

如果说中篇小说《哥萨克》（Казаки，1863）的完成意味着"最清醒的现实主义者"——托尔斯泰变为一名真正意义上的浪漫主义者，那么《敖德萨故事》则标志着巴别尔给原本充满浓厚浪漫气息和无限魅力的敖德萨罩上了一层越发浪漫的色彩。

敖德萨是巴别尔熟知的背景和气象，是巴别尔的生身故乡，也是他的精神家园。犹太地下黑帮的故事他了然于心。除了法国文学和俄罗斯文学，莫尔达万卡犹太强徒之神话传说给巴别尔提供了最初的文学滋养，帮助他写就一部重量级的小说。在《敖德萨故事》中，巴别尔调动了所有的童年记忆和生活经验，嵌入了自己的故乡、自己的成长环境和生活背景。小说中他注入那些神奇，用文学的方式打开了一座异域的"地下迷宫"，展现了犹太民族命运的流转变迁：在反犹环境下求繁衍，在不同文化的夹缝中求生存。"富饶的福地莫尔达万卡的生活"构成了巴别尔直接描写的内容与对象，或成为其作品中贯穿始终的母题之一，或成为其作品的主要环境背景。"在这种生活里随处可见吃奶的婴儿、晾晒的尿布和以大兵式的不知疲倦的耐力忙着男欢女爱的其味无穷的城郊之夜。"（第一卷，第48页）巴别尔创作的第一篇短篇小说《老施莱梅》的主人公便是一个"足不出户地"在敖德萨生活了60年、拒绝皈依新的上帝的犹太老人。1925年巴别尔本人负责编辑，将《国王》（Король）、《此人是怎样在敖德萨起家的》（Как это делалось в Одессе）、《父亲》（Отец）和《哥萨克小娘子》（Любка Казак）4个短篇结集出版，取名《敖德萨故事》。在随后的创作生涯中巴别尔一直在不自觉地书写故乡敖德萨，从未间断过。

作为"敖德萨流派"的标志性作品，《敖德萨故事》是一部尝试揭开敖德萨社会隐秘部分的小说。其中莫尔达万卡为人们所瞩目的是叫嚣乎东西，隳突乎南北的黑帮。他们割据一方、为所欲为，构成了一股左右敖德萨的社会力量。敖德萨长期以来一直在谈论黑道，人们对此津津乐道。而少年巴别尔便是在这样的讲述中成长并确立了自己人生之初的"英雄梦"。在《敖德萨故事》中黑帮人物全部正面出场，但与其说他们是真实的存在，不如说是活跃在作家巴别尔的想象与言说中，特别是在巴别尔精心编织的充满传奇色彩的神话世界中。令人惊讶的不仅仅是这种不正常的地下势力，而是巴别尔对他们的评价，是他们如何被讲述。

巴别尔对敖德萨灰色地带的书写，对敖德萨社会亚文化与边缘人的叙述都引人注目。其笔下的敖德萨既有最质朴和最原始的美，又呈现出喧哗与骚动。虽然它是一个溢满南国风情的海滨胜地，但这里的生活绝非风平浪静，一片安详。巴别尔注重描写一些反常的生活场景，描写打破常规、逸出常轨的事件，如《国王》中的婚礼盛宴，《此人是怎样在敖德萨起家的》中神奇的死亡、隆重的葬礼，《父亲》中激烈的男欢女爱，《带引号的公正》中的夜半打劫和《弗罗伊姆·格拉奇》（Фроим Грач）中血腥的杀戮，等等。这些奇闻逸事使敖德萨犹太人的生活暂时摆脱了制度化生活的约束，如同节日一般，处于令人迷狂的、非常化状态之中，它们赋予巴别尔的作品以别具一格的"狂欢化"诗学风格。

《敖德萨故事》取自莫尔达万卡，多了一股西南风，而恰是这股西南风才使这部作品多了俄罗斯西南部的浪漫、豪情和悲壮，不仅仅是背景多了大海和阳光，而且每个人物形象里也多了西南部的悲壮浪漫之情愫。19世纪末20世纪初俄罗斯专制恶化、世道混浊，民不聊生。声名显赫的黑道枭雄们练就一身通天彻地之能。他们纵横黑白两道、浪漫冲动、快意恩仇、爱恨热烈、生死自由。他们有时乐于助人，有时又"欺人太甚"。他们甚至组织起来保家自卫，共同打击屠犹活动。小说中不仅敖德萨强徒的故事天马行空，富有层次感，每一个主人公形象都"看点"十足。不同的故事背后贯穿了一股强劲而欢快的生命动力。现实中的敖德萨黑帮在巴别尔的想象中幻化成别尼亚·克里克、"哥萨克小娘子"柳布卡、弗罗伊姆·格拉奇等一个个民间传说中心狠手辣、贪心不足，同时又劫富济贫、行侠仗义、庇护弱者的"罗宾汉式"英雄人物。这里盛行着一套与现行法律秩序相悖的非法地下秩序，有自己的"国王"。他绝非现实世界的沙皇，却将他人的生死握于股掌之间。因此，按照巴别尔构建的敖德萨神话，在莫尔达万卡任何渴望保持原有社会角色、维护世道稳定的尝试终将遭到失败。在《父亲》中，卡普伦太太竭力坚守属于自己的一方世界，护卫世代相传的产业。其结果却是火灾不断、夜半枪声、家道日渐败落。

别尼亚杀人放火、抢劫越货，在此消彼长的争斗中，迅速在"地下"崛起，在莫尔达万卡占下一席之地，成为敖德萨黑帮的"无冕之王"。他生性勇猛豪迈、重情重义，"像国王别尼亚这样的人没有第二个。他在消灭欺骗的同时，寻找公正，他既寻找带引号的公正，又寻找不带引号的公正"。（第一卷，第 73 页）在他的威压下，闻名全城的富商塔尔塔科夫斯基为被别尼亚手下误杀的管事穆金什泰英举行了隆重的葬礼，并许以重金，为后者的母亲养老送终。"敖德萨四万窃贼的真正掌门人"、独眼龙弗罗伊姆·格拉奇炸毁工厂和金库，袭击志愿军和苏维埃的部队。他敢作敢为，赤手空拳挺身而出，直面契卡主席，要求后者释放自己手下的人。这些精彩的"人物画"既是巴别尔对敖德萨"地下"生活的独特理解，也是作家艺术上的独特表现，体现了巴别尔对敖德萨犹太人生活理想化的追忆和叙述。《敖德萨故事》中主人公身上的野蛮和血性体现出来自民间的生命激情。叙述者以意味深长的口吻礼赞永存在敖德萨莫尔达万卡的先人们，立足民间立场的讲述又给予了这些人任性、平易的品格。在人物的塑造和情节的选择上都鲜明地体现出对民间价值的真正认可。正因这样一个建立在真正认可民间价值的创作倾向上，别尼亚的爱恨分明、敢作敢当，以及其他人物放纵不羁的个性行为才自然地展现出一种酣畅淋漓的美。别尼亚"是巴别尔用狂欢化的手法在小说中实现的犹太造神运动。由于巴别尔的'敖德萨故事'，色彩斑斓的敖德萨从此成为俄国文学史中的一处名胜"[1]。《敖德萨故事》使"上帝之城"敖德萨凝结成为一件时光的浮雕。这是一种透肌浃肤的描述，它甚至能够将所写的敖德萨抽象出来，变成一个"俄

---

[1] 刘文飞：《巴别尔的生活和创作》，《中国俄语教学》2016 年第 1 期。

罗斯南方城市",同时揳入俄罗斯小说史与城市史。

  巴别尔的血液里流淌着敖德萨赋予的多种文化基因。其创作这部被视为"敖德萨流派"经典之作的小说之"野心"与主旨十分了然：展现敖德萨传统文化的范式与美学。《敖德萨故事》是一种对逝去的敖德萨犹太文化的礼赞与悲歌，具有一种史诗般的品格。敖德萨地下世界的强徒藏于民间，不向世俗力量屈服，他们的存在使混乱的世道似乎有了正道，有了希望，有了价值与意义。巴别尔以一个灰色、陌生但可感触的群体为视角，对20世纪初俄罗斯世事变迁之时的敖德萨犹太生活进行了一次另类追忆，用诗意的文学语言展现了一股以暴力的方式平衡社会的精神力量。巴别尔正是用这部作品确立了自己心中真正的"敖德萨精神"。

＊＊＊

  衡量一个流派在文学史上地位高低的标尺是其代表作家的创作成就。"巴别尔赋予俄罗斯文学某种新的、极其浓郁的南方色彩。他创立了一种新的写作方式并将其传给了'敖德萨流派'的大多数作家。"[①] 巴别尔短暂的一生留下为数不多的作品，却足以擎起20世纪俄罗斯短篇小说之冠，为"敖德萨流派"赢得不朽的声誉，使"敖德萨流派"所代表的"南方文学"超越地域，以迥异于"北方文学"的生动活泼的姿态屹立于俄罗斯文坛。

---

  ① Орлов В.，"Разгадали Бабеля？"，26 июня，2015，http://elegantnewyork.com/orlov-babel-bykov/.

第三章　巴别尔短篇小说的主题意蕴

巴别尔生长于昔日"犹太人的天堂""时尚之都"敖德萨，亲历国内战争，其写作有着丰厚的生活积累，许多作品就是其个人生活经验的超越。在巴别尔笔下，19世纪末20世纪初敖德萨社会的种种变迁、国内战争场景都得到了全景式的呈现。巴别尔创作的题材领域主要包括"敖德萨系列""骑兵军系列"和"彼得堡系列"作品。战争、革命、暴力、死亡与勇气、"父与子"是他最钟爱的主题。同时，如果要对20世纪初俄罗斯知识分子的灵魂世界进行观照，巴别尔的作品是可以参照的文本。

第一节　战争与革命名义下的暴力

俄罗斯是世界历史上对外战争次数最多、胜率最高的国家之一。在某种意义上，俄罗斯民族史就是一部战争史。战争激发文学灵感。每一场战争过后都预示着文学的繁荣。在某种程度上，俄罗斯文学史可以被视为一部战争文学史。从《伊戈尔远征记》（*Слово о полку Игореве*）到《上尉的女儿》（*Капитанская дочка*，1836），从《战争与和平》到《静静的顿河》（*Тихий Дон*，1928—1940）、《这里的黎明静悄悄》（*А зори здесь тихие*，1969），以战争为题材的作品成为俄罗斯文学不可或缺的重要组成部分。

"迄今为止,战争与革命决定了 20 世纪的面貌。"[①] 在某种意义上,战争与革命也构建了 20 世纪俄罗斯文学的样态。久远而深厚的俄罗斯战争文学传统在 20 世纪文学领域得到了延展。20 世纪以战争为题材的俄罗斯文学作品数量之多,形式之丰富,内容之深邃,是世界其他语言文学难以比拟的。1918—1920 年的国内战争被认为是 20 世纪最残酷、最惨烈的战争之一。以布宁和马雅可夫斯基为代表的许多作家曾借助文学创作就这一时期革命对人的心理意识产生的影响发表了各自不同的看法。弗谢沃洛德·伊万诺夫的《铁甲列车》(Бронепоезд 14—69,1921)、马雷什金(Александр Георгиевич Малышкин,1892—1938)的《攻克达伊尔》(Падение Даира,1921)是描写国内战争的早期作品。随后,富尔曼诺夫的《恰巴耶夫》(Чапаев,1923)(又译作《夏伯阳》)、绥拉菲莫维奇(Александр Серафимович Серафимович,1863—1949)的《铁流》(Железный поток,1924)和法捷耶夫的《毁灭》(Разгром,1927)成为表现"十月革命"后新生苏维埃政权与反革命白军之间激烈战斗的名篇。1926 年《骑兵军》首次完整出版。伴随作品的成功,巴别尔的荣誉也随之加身。巴别尔声名鹊起的原因与这本书表达的主题密不可分。彼时,国内战争、红军战士的形象还远未成为历史,同时代人尚记忆犹新。在《骑兵军》中,年轻的巴别尔以参加苏波战争的亲身感受和深刻印象为基础,还原了隐藏在历史背后令人震惊的真相:战争的暴力性、残酷性、对文化传统的颠覆性破坏。相比同时代革命历史故事往往采用人性化、日常化的叙事策略,这部小说酣畅淋漓、毫无避讳地呈现了革命过程中的无序、混乱、流血与暴力。

"暴力"是指强制力量。战争是暴力的极端形式。"暴力在历

---

① [美]汉娜·阿伦特:《论革命》,陈周旺译,译林出版社 2011 年版,第 1 页。

史中还起着另一种作用，革命的作用；暴力，用马克思的话说，是每一个孕育着新社会的旧社会的助产婆；它是社会运动借以为自己开辟道路并摧毁僵化的垂死的政治形式的工具。"① "革命是历史的火车头"②，暴力是一个与人的命运息息相关的问题。对于暴力的讨论历来存在于各种艺术样式中。人们以种种可能的话语形式，将自己和自己所处的时代对于暴力问题的理解、认识和看法投射到笔端。战地记者的身份为巴别尔提供了大量的机会深入不为人知的角落，在或荒诞或骇人的暴力故事中，他渐渐发觉人性的多变无常，开始对"罪"与"罚"模糊的边界产生了兴趣。《骑兵军》便是这般观察与思考的产物。

提到《骑兵军》中的暴力，读者的第一反应就是《小城别列斯捷奇科》(Берестечко)。在这篇小说中，巴别尔运用"直播式镜头"全景呈现了一段杀人场景：

> 在我窗前，有几名哥萨克正以间谍罪处死一名白发苍苍的犹太老人。那老人突然尖叫一声，挣脱了开来。说时迟，那时快，机枪队的一名鬈发的小伙子揪过老头的脑袋，夹到胳肢窝里。犹太老头儿不再吱声，两条腿劈了开来。鬈毛用右手抽出匕首，轻手轻脚地杀死了老头儿，不让血溅出来。事毕，他敲了敲一扇紧闭着的窗。
>
> "要是谁有兴趣，"他就，"就出来收尸吧。这个自由是有的……"（第二卷，第93页）

哥萨克士兵杀死犹太老人的暴虐事件是这篇小说的中心情节，但

---

① ［德］恩格斯：《反杜林论》，载《马克思恩格斯选集》（第三卷），中共中央马克思恩格斯列宁斯大林著作编译局编译，人民出版社1995年版，第527页。

② ［德］马克思：《1848年至1850年的法兰西阶级斗争》，载《马克思恩格斯选集》（第一卷），中共中央马克思恩格斯列宁斯大林著作编译局编译，人民出版社1995年版，第456页。

所占篇幅极其有限，巴别尔只淡淡几笔就戛然而止，转而去写更多与此无关的内容。然而，这正是巴别尔类似于简笔画的写作风格，它看似简单而随性，营造出的暴力恐怖氛围却触目惊心。巴别尔用极致简约的笔法写了一段干净利落的施暴情节，动作紧凑、一气呵成。其犀利的"长镜头"和精准的节奏感使人产生强烈的视觉感受，将"杀人不见血"的"血腥"画面镀造得极具文艺感，仿佛是没有感情色彩的一场杀戮游戏的记录，越发叫人齿寒。

然而，暴力并不仅仅是常规意义上的流血事件。相形之下，《泅渡兹勃鲁契河》似乎显得比较"平易近人"，几乎看不到任何技巧的把玩，也没有晦涩难懂的距离感，它的着力点在于叙述，由表及里、由果至因。如果说《小城别列斯捷奇科》好似直播的电影镜头，全景式地展现了犹太老人惨死的全过程，《泅渡兹勃鲁契河》则通过读者内心对事件的猜测，从侧面烘托出暴力叙事达到的效果。《泅渡兹勃鲁契河》是《骑兵军》中的第一篇，也是全书 38 篇作品中篇幅"超短"的几个之一。故事情节并不复杂。小说主要讲述了主人公"我"随骑兵军队伍驻扎在诺沃格拉德市的一个场景。"我"被安排住在一户赤贫的犹太人家里。屋子里有一个孕妇、两个"红头发、细脖子"的犹太男子和一个在角落里"酣睡"的犹太男人。"几个柜子全给兜底翻过，好几件女式皮袄撕成了破布片，撂得一地都是，地上还有人粪和瓷器的碎片，这都是犹太人视为至宝的瓷器，每年过逾越节才拿出来用一次。"（第二卷，第 4 页）一条破烂的褥子铺在地板上……如此场景完全可以猜想这里曾经爆发了怎样的疾风骤雨。细读文本，细思极恐。夜深人静、无声无息似乎与屋内杂乱不堪、一片狼藉的整个氛围显得冲突，似乎这便是暴风雨前的宁静。暴力与血腥跃跃欲试，噩梦降临在这看上去与往日无异的夜晚，所有揭露都隐遁在表面平静的文字下。在淡然无极、精练至极的文字中，巴别尔将善与恶、生与死、月亮与人头同时呈现在读者面前，令人难以解读其字里行间欲表达的真正创作意图。

这篇小说散发着巴别尔一以贯之的风格魅力——集中的铺陈、急遽的爆发。在阴郁和冷漠中隐藏的整个故事的闸口，由"我"无意中可能犯下的"过错"打开，一发不可收拾。就在作品儿近结尾处沉浸在美梦之中的主人公"我"突然惊起：犹太女人大声责怪"我"在梦里踢到了"睡"在一旁的她的父亲。这是小说女主人公的第一句话，故事在平淡之中继续。紧接着，犹太女人用瘦骨嶙峋的腿支起怀着孕的肚子，起身掀开父亲的被子，"只见一个死了的老头儿仰面朝天地躺在那里，他的喉咙给切开了，脸砍成了两半，大胡子上沾满了血污，藏青色的，沉得像块铅"。（第二卷，第5页）"我"定睛一看，方才恍然大悟，原来，眼前这个被波兰人杀死的孕妇的父亲被我靠在身上睡了一段时间。突然间犹太女人令人心神俱灭的嗓音一箭穿心道出了巴别尔的表达落点——关于暴力："我想知道，在整个世界上，你们还能在哪儿找到像我爹这样的父亲……"（第二卷，第5页）在这篇作品中，巴别尔并没有极限地表现血腥和暴力。开头的景物描写，犹太人家里的遍地狼藉，一系列安静的文字之后直到犹太女人撕裂时空的呐喊，小说才被拉入正题。这里并没有对犹太女人的父亲被砍杀过程的详细记述，但不寒而栗的恐惧始终浸泡着每个细胞和整个空气，显得格外沉闷压抑，全篇透出一股死寂和肃杀，让读者知道必定有某种暴力行为的发生。女性角色几乎令人窒息的嘶吼无疑是在与不可撼动的暴力大环境进行无力的对抗。犹太女人撼天动地、绝望抗争的声波足以震颤方圆千米之内每一个生灵的神经，令人印象深刻，也为小说添上了最精彩的一笔。值得注意的是，小说只有叙述者"我"和犹太女人两个主要人物，场景限制在一个极小的屋里，却有极大的容量。巴别尔运用波澜不惊的克制性叙述来表现惊天动地的大不幸，几乎拖到最后一秒才引出了女主人公，将气氛烘托到最高，瞬间收尾。这段叙述铺垫的不留痕迹，对比强烈，结构张弛有度。

《盐》是《骑兵军》最具代表性的篇目之一。小说的情节十分简单：在一个名叫法斯托夫的"民风刁恶"的火车站，倒卖粮盐的"背袋贩子"①活动猖獗。一个怀抱"婴儿"的"挺体面的"妇女跑到满载红军战士的车厢前，用动情的语言"诚恳地"央求后者允许她搭车去外地找她的丈夫。妇女凄楚与悲伤的哀求声叫人无法拒绝。主人公、叙述者尼基塔·巴尔马绍夫不禁动了恻隐之心。随后，巴别尔不加任何粉饰、毫无夸张地将红军战士的心理面貌原汁原味地展现了出来。他们用下流话来对眼前这个"抱小孩"的妇女开起了玩笑。巴尔马绍夫恳求战士们尊重眼前这位正在哺乳的母亲。哥萨克们被巴尔马绍夫这番"充满真理的话""烧得心头火辣辣的"。全排战士一致保证让这位"受苦受难"的妇女"完好无损"地如愿回到丈夫身边。然而，妇女怀里的"婴儿"将巴尔马绍夫引入谜团，他彻夜未眠，开始对"体面的"母亲产生了怀疑。清晨，他终于按捺不住，一跃而起，走到妇女跟前，从她手里夺过"孩子"，扯开"孩子"身上的布片。原来里面包着整整一大包盐！"体面的"妇女瞬间变成了一个罪犯、人民的公敌。随即，在一股紧张到凝固的气氛中小说给人一种特殊的刺激，所有读者都期待着接下来情节如何发展。女盐贩子不但毫无悔意，还极力狡辩道："亲爱的哥萨克弟兄们，原谅我，……骗人的不是我，骗人的是我遭的罪，是我心头的愤恨……"（第二卷，第99页）这些话语触及国内战争时期严重的食盐贩私问题，以及在战争环境下衡量一个人道德的基准问题。盐是战争中的必需品，战争的胜负常常取决于敌我双方对盐的掌控程度。一方面，在战争年代投机倒把行为本身是令人不齿的行

---

① 俄国在十月革命后的内战时期，大批贩子从乡下把粮盐等食品用袋子背至城市贩卖，这种投机行为史称"背口袋买卖"，称贩子为"背袋贩子"。——译注

径。巴尔马绍夫认为，所有盐贩子无一例外都是无形无声地腐蚀革命事业、消磨革命意志的反革命分子。另一方面，盐又是这些"人民的公敌"养家糊口的活命之源。

　　巴尔马绍夫和女盐贩子之间的一段对话充分展示了水火不容、不可调和的两大敌对阵营之间的尖锐斗争。巴尔马绍夫坚信，他所做的一切都是为了"遍体鳞伤"的俄罗斯，而女盐贩子坚称，与其他人一样，巴尔马绍夫"是在救犹太佬的命"。（第二卷，第100页）随即，尼基塔·巴尔马绍夫把这个"该千刀万剐的""坏心肠的女人"、卑鄙的女盐贩子扔下了飞驰的列车。如果只写到这儿，故事讲的不过是一个女盐贩子的罪有应得。然而，巴别尔将情节再加拓展。出乎意料的是，女盐贩子竟奇迹般毫发无损，安然无恙：她"像铁打的一样，坐了一会儿，拍了拍裙子，又去走她那条卑劣的路"。此情此景令巴尔马绍夫怒火中烧，他如此描述自己此刻的心情："我想跳下车去或者自杀，或者把她杀死。"在哥萨克们的鼓动之下巴尔马绍夫当机立断，"从壁上拿下那把忠心耿耿的枪，从劳动者的土地上，从共和国的面容上洗去了这个耻辱"。（第二卷，第100页）如此残忍的行为，巴尔马绍夫做得如此心安理得，似乎还完全合情合理、冠冕堂皇。如果说，杀戮是人性的本质之一，那么，此刻人性最真实的面目赤裸裸地呈现在读者眼前。仅这一细节便使得作品非同寻常，更上层楼。

　　战争与革命总是有不解之缘，两者都使用暴力。激进的暴力革命目标具有历史号角般的魅力，给贫穷的、走投无路的底层阶级带来无比的吸引力，他们骨子里"造反"和"改朝换代"的潜意识尤其强烈。在历史的裹挟之中他们束手无策，被动地卷入历史的车轮而不自知。战争与革命的现实将每一个用语言无法表述的狂热个体推至时代大舞台上，出演一个全新的角色。巴尔马绍夫便是其中之一。这是一个绝对忠诚于革命事业，绝对狂热，为了捍卫革命事业不惜牺牲一切的"钢铁战士"。与成百上千万哥萨克骑兵相同,巴尔马绍夫将革命事业视为自己独一无二的利益、独一无二的思想和激情。参加"革命"是其唯一的心愿,也是他的整个身心和全部兴趣所在。正如法捷耶夫所言,巴尔马绍夫具有"革命的道德"。与法捷耶夫《毁灭》中的主人公相同,巴尔马绍夫及其战友们对自己残酷无情,对他人亦是如此。他们时刻准备赴死,时刻准备亲手消灭一切反革命。在他们看来,只要能够促进革命事业发展,一切都是合乎道德的。反之,一切阻碍革命进程的行径,都是不道德的,一切危害革命事业的人都是阶级敌人。小说的结尾写得慷慨激昂、义愤填膺。巴尔马绍夫对女盐贩子的杀戮是在"二排全体战士"默许下的、以革命的名义实施的群体性暴力,而非个人暴力行为,这是一种以集体的高度统一性为前提,不经过理性思考之后的集体无意识。当哥萨克们"劝"巴尔马绍夫"给她一枪"时,一个人的暴力演变成全体哥萨克的暴力。因此,巴尔马绍夫代表全排战士郑重庄严地宣誓:"我们对待一切叛徒绝不可心慈手软,因为他们要把我们推入泥潭,使河水倒流,使俄罗斯死尸枕藉,荒草遍野。"(第二卷,第100页)这些话语充分流露出巴尔马绍夫对自己刚刚"为共和国""洗去耻辱"之"伟大壮举"的充分肯定与褒扬:杀敌就是立功,立功就是杀敌。巴别尔以对巴尔马绍夫简洁而深刻的心理描写使《盐》在整个《骑兵军》系列短篇小说中独树一帜。博尔赫斯认为,"《盐》取得了只有诗歌才能获得的成就,散文很难达到这样的境界:许多人都能将它背出来"[1]。

在巴别尔晚期创作的短篇小说《弗罗伊姆·格拉奇》(1934)中,主人公徒手只身一人闯入敖德萨契卡大楼,试图与契卡主席西缅协商,要求后者释放自己的手下人。不料西缅暗中命令两个

---

[1] [阿根廷]豪尔赫·路易斯·博尔赫斯:《伊萨克·巴别尔》,载博尔赫斯《文稿拾零》,陈泉、徐少军等译,上海译文出版社2017年版,第305页。

红军战士将弗罗伊姆·格拉奇枪杀。事后，其中一个年纪大的战士欣喜若狂地说着："简直是头熊，……力气大得没说的……这老头儿不把他毙了，他还有得活呢……他一连吃了十颗子弹，可他还在爬……"另一个年轻的红军战士坚持认为："死就是死，全都一样……都是一样的嘴脸，我分不出谁是谁……"（第一卷，第93页）对于冷血麻木到杀人不眨眼的后者来说，"敌人"都是千篇一律的面孔，他更喜欢枪毙"全都一样"的敌人。

随后，西缅与侦查员鲍罗沃伊——两个初出茅庐、乳臭未干的革命者之间有一段耐人寻味的对话：

西缅走到他跟前，握住他的手。

"我知道你在生我气，"他说，"可是萨沙①，我们是政权。我们是国家政权，这一点你得记住……"

"我没生气，"鲍罗沃伊扭开脸去，回答说，"您不是敖德萨人，您不可能懂得这个老头儿关系到整个敖德萨的历史……"

他们两人，一个是年方二十三岁的主席，一个是他的下属，并肩而坐。西缅把鲍罗沃伊的手捏在自己的手里。

"请你作为一名契卡工作人员，作为一名革命者回答我，在未来的社会里，干吗需要这样一个人？"

"我不知道，"鲍罗沃伊没有动一动，眼睛直视着前方，"大概，不需要……"（第一卷，第93—94页）

诚然，在这里问题并不在于鲍罗沃伊是敖德萨人，也不在于他的首长、23岁的西缅只是不久前刚从莫斯科来到这里的"外人"。甚至问题不在于，极富传奇色彩的强徒之首弗罗伊姆·格拉奇未经审判即被处决。事实上，在这篇小说问世之前，成千上万"全都一样"

---

① 萨沙，鲍罗沃伊名字的昵称。——译注

的人已经在大规模的"阶级清洗"中成为被消灭的对象。

短篇小说《普里绍帕》(Прищепа)的主人公是一个混杂了多重身份的人物,一个"死乞白赖的滥小人,被清洗出党的共产党员,无忧无虑的梅毒患者,撒谎不打草稿的牛皮大王,日后只配收收破烂的家伙"。(第二卷,第80页)小说的叙事重心是年轻的库班哥萨克普里绍帕替双亲复仇,以恶还恶、以暴制暴的故事。小说汉译不到千字,但血腥场面令人发指:

> 普里绍帕挨家挨户地走访邻居家,他的鞋底在他身后留下一路血印。这个哥萨克在谁家发现他母亲的东西,或者他父亲的烟袋锅,就把这家人家的老婆子钉死,把狗吊死在井辘轳上,把畜粪涂在圣像上。……(第二卷,第81页)

巴别尔创作了独一无二的《骑兵军》,展现了国内战争中旧世界与新世界的悲剧性冲突。没有这部作品,俄罗斯文学对国内战争的书写就可能是不完整的。[①] 直面暴力,直接描述死亡,对于暴力的冷叙述和零度情感介入是巴别尔作品中常见的暴力写作方式。巴别尔小说中对暴力的描写和展现只是一种手段,而非目的。在其暴力叙事艺术中、在生理化的暴力之上负载着对暴力的富有哲学意味的严肃思考。巴别尔揭示了暴力在国内战争的广泛存在,对官方意识形态的合理性提出质疑。因此,巴别尔的小说才显得更加动人心魄,发人深省。

---

① Алешка Т. В., *Русская литература первой половины XX века. 1920—1950-е годы*, Минск: БГУ, 2009, С. 20.

第二节　知识分子主题

　　书写知识分子的生存处境和生命状态、灵魂漂泊和精神成长，一向是俄罗斯文学的自觉。"多余人""特殊人""新人""虚无主义者""地下人""无神论者"……众多徘徊于生活的十字路口、在寻找自我与探寻灵魂的归宿中彷徨的知识分子形象构成了俄罗斯经典文学的主要骨架。"19 世纪以来的几乎所有俄罗斯作家都在自己的创作中涉及到俄罗斯知识分子问题，致使这一问题最终成为俄罗斯文学史中一个不断出现、历久弥新的特定题材，成为俄罗斯思想有关'现代性'思索的最佳艺术载体。"[①]两百年来的俄罗斯文学也是俄罗斯知识分子的艺术画卷。

　　"俄罗斯知识分子既是俄罗斯历史文化的建构者，又是它的载体和解构者。他们具有强烈的使命感、精英意识。对于道德伦理和美学的至高追求；他们在文化上的'无根性'以及极端主义都使得俄罗斯知识分子在俄罗斯现代化道路选择上历经坎坷。"[②]面对俄罗斯社会生活中的不幸与苦难、痛苦和毁灭，19 世纪俄罗斯作家提出了"谁之罪"和"怎么办"两大永恒的"俄罗斯式"问题，此后，这一问题成为一直困扰着俄罗斯知识分子的斯芬克斯之谜。1917 年十月革命前后的社会巨变和文化转型促使众多文学家对于"知识分子与革命"的问题进行深刻的思考。20 世纪 20 年代革命与国内战争、激烈与残酷的现实斗争形势迫使知识分子不得不作出艰难的抉择。与此同时，知识分子的身份地位和精神气质也发生了相应的变化。我是谁、我在哪里、我要往何处

---

　①　傅星寰、刘丹：《俄罗斯文学知识分子题材形象集群及诗学范式初探》，《外语与外语教学》2010 年第 3 期。
　②　傅星寰、刘丹：《俄罗斯文学知识分子题材形象集群及诗学范式初探》，《外语与外语教学》2010 年第 3 期。

去——一系列自我追问是这一时期长存于俄罗斯知识分子心中永恒的哲学命题。知识分子的身份认同以及战争背景下知识分子的精神世界和精神动向成为20世纪20年代俄罗斯文学的核心问题之一。

在《骑兵军》中，巴别尔继承了俄罗斯经典文学传统，将焦点对准了包括主人公——知识分子柳托夫在内的人的精神世界，锁定了知识分子的"灵魂"问题，关注对知识分子精神维度的探讨和追索。对国内战争中知识分子经验世界的残酷挖掘和零距离书写，构成了巴别尔小说创作的重要内容。"《骑兵军》是继《铁流》之后，在《毁灭》之前闻名于欧洲的苏联文学作品。"① 然而，《骑兵军》并非一部表现国内战争初期革命与反革命之间殊死较量的"铁流式"长篇小说。这是一部颠覆国内战争传统叙事，探讨人与人、人与生命之间基本关系的振聋发聩之作。近40篇独立的故事全面展现了苏波战争中战地日常生活的各个角落和细枝末节，许许多多鲜活的人物和形形色色的事件还原出最真实的个体与战争的关系。小说自始至终贯彻着对战争中知识分子的观察与再现。主人公——知识分子基里尔·柳托夫不是唯一一个第一人称叙述者，但他是贯通《骑兵军》大部分篇目的唯一角色。柳托夫兼有师司令部"文书"、战地记者、第一骑兵军战士多重身份。《潘·阿波廖克》(Пан Аполёк)的主人公、古怪的圣像画家阿波廖克称柳托夫为"文书先生"。而在《夜》(Вечер)和《拉比之子》(Сын рабби)中柳托夫则是《红色骑兵报》的一名记者。柳托夫扮演着革命中暴力流血事件的观察者、见证者和记录者的角色。然而，柳托夫不仅仅是一个叙述者，小说的主脉络伴随柳托夫的成长，从初出茅庐的战地记者到历经血与火洗礼的骑兵军战士。巴别尔给主人公起了一个寓意深刻的名字。在

---

① 彭克巽：《苏联小说史》，北京十月文艺出版社1988年版，第56页。

俄语中"柳托夫"一词不仅意为"狂暴的",而且意指"值得怜悯的"①。柳托夫向往"狂暴"的哥萨克世界,但是柳托夫本人的相貌、气质和体量却在某种程度上更接近于其名字的第二层含义——"值得怜悯的":他身材短小,鼻子上架着一副不受哥萨克战士们喜欢的细圆边眼镜,颜貌老成,郁郁寡欢。显然,柳托夫是一个富于冥想而内心深刻的人。为了进入哥萨克群体,柳托夫付出了沉重的"道德"代价乃至心灵的安宁。作品借由柳托夫这个"知书达理"(第二卷,第184页)的"彼得堡大学法学副博士"、心事重重的知识分子内在精神的反省批判,探讨了残酷的时代悲剧下知识分子道路选择的意义。

柳托夫来到布琼尼战士中间,在某种程度上既是偶然,也是自愿。他目睹了用以实现革命的各种赤裸裸的手段和途径。他从外部观察骑兵队伍,又竭力从内部理解这支队伍。作为革命的局外人,柳托夫特定的身份与立场使其能够不带任何偏见,冷静、理性、客观地看待革命和战争,表达自己对于革命和战争的观点。血腥、野蛮和残酷是"革命"最突出的特征之一,却是秉承人道主义立场、尊重和关怀个体生命尊严的知识分子柳托夫无论如何都无法接受的。在《通往布罗德之路》(*Путь в Броды*)中,柳托夫坦言:"日常暴行的记录像心脏病那样,时时刻刻憋得我透不过气来。"(第二卷,第49页)面对杀戮与死亡,在狂热、粗野和丑陋中,经过困惑、茫然、焦虑、痛苦的历练与思索,柳托夫对于生存的意义和生命的价值做了自己的界定,对战争中的人道主义问题重新作了注解。

在战争中人褪下了一切文明的外衣,变成了野蛮动物……生

---

① Словарь древнерусского языка (IX-XIV в): В 6 т., М.: АН СССР, Т.IV, М., 1982, Цит. По: Подобрий А. В., "Культурно - религиозная составляющая концептов «милосердие» и «жестокость» (на примере произведений И. Бабеля и Л. Леонова)", *Вестник ЧГПУ*, 2009, № 11, С. 285.

命价值变得如此低廉，杀人毙命、骨肉相残、你死我亡成为稀松平常之事。在《家书》中，红军战士库尔丘科夫向柳托夫讲述了加入白军的父亲如何亲手杀死了自己当红军的儿子，库尔丘科夫的另一个哥哥又是怎样捉住父亲、结果了父亲，为自己的亲兄弟报仇雪恨的经过。令人不寒而栗的是，在回忆上述情形时，库尔丘科夫语气平静、冷漠，不带任何感情，仿佛在讲述一段见怪不怪、与己无关的事情。在库尔丘科夫眼中，哥哥谢苗是他崇拜的英雄，是全家的骄傲，原因是谢苗作战勇敢，全团拥戴他做团长，布琼尼甚至下令发给他两匹马、上等军服、一辆专用于拉东西的大车和一枚红旗勋章。库尔丘科夫坚信，只要全力以赴、全心全意地为新政权服务，未来注定会过上高高在上、衣食无忧的生活，到时便可以想要什么就有什么，想干什么就干什么。库尔丘科夫的价值观念既是真实中的怪诞，也是怪诞中的真实。他不无骄傲地向妈妈炫耀，如果哪个街坊邻居胆敢欺辱她，他的哥哥、红军团长谢苗"就可以要他的小命"。在《两个叫伊万的人》（Иваны）中，车夫的一段话道出了《骑兵军》中所有主人公这种貌似怪诞，却又极为合理的价值观之根源所在："如今的世道人人都是法官，……判个人死刑，小菜一碟……"（第二卷，第135页）《家书》的结尾可谓全篇的点睛之笔。对全家福上库尔丘科夫两兄弟形象的描述，正是知识分子柳托夫为《骑兵军》中全体哥萨克所作的写真：四肢发达，头脑简单，愚昧无知，勇武至上。这是一些在柳托夫眼中缺乏人类最原始、最纯正道德情感的"非常态"人群，巴别尔用"特写镜头"的方式将他们在国内战争这一特定时代下的真实面目定格在了胶片上。

在《骑兵连长特隆诺夫》中，柳托夫被拉进一个无辜的杀戮与死亡场景之中。一次战斗之后，柳托夫正在将波兰俘虏一一登记造册之时，"头部已经挂花，头上缠着破布"，鲜血从头上就像雨水般滴落下来的骑兵连长特隆诺夫坚持要从俘虏里甄别出侥幸活下来的波兰军官。他挑起一顶军官制帽，扣到其中一位身份颇为可疑的老人头上，"随即举起马刀一刀捅进俘虏的喉咙。老头儿仰天倒下，两只脚乱蹬着，红似珊瑚的鲜血冒着气泡从他喉咙里像河水般涌出"。(第二卷，第 124 页) 紧接着，就在另一名俘虏被拉到一边的瞬间，特隆诺夫"肚子贴地爬着，手里握着卡宾枪"，"从二十步外的地方一枪把那青年的脑壳打得粉碎，波兰人的脑浆溅到我①手上"。(第二卷，第 126 页) 在小说中，特隆诺夫最终为了引开敌机，掩护全连同志而战死沙场。柳托夫既不能接受骑兵军的暴戾恣睢，同时也不否定他们的英勇无畏。在柳托夫眼中，特隆诺夫既是一个冲锋陷阵、功勋卓著、令人敬畏的"全世界的英雄"，也是一个残忍虐待俘虏、令人胆寒的杀手。柳托夫始终以人性为最高标准来审视骑兵军战士的一言一行、一举一动："可是他，帕萨，死了，世上再也没有人来审判他了，我②是所有人中间最后一个审判他的人。"(第二卷，第 135 页) "为建立未来光明的生活"，每一个战争的参加者都无一例外地可以"酌情剥夺各色人等的性命"(第二卷，第 76 页)——这是令柳托夫百思不得其解的问题。柳托夫对于现实世界的态度是矛盾的。与《基大利》中的主人公——犹太老人基大利一样，柳托夫对"好心人的共产国际"充满了幻想。与此同时，他又清楚地认识到基大利的理想是"可笑的"，注定无法实现的。

国内战争彻底摧毁了知识分子的心理防线，知识分子面对战争、苦难之时的认同、异己和迷失，对知识分子精神世界的探究正是巴别尔创作《骑兵军》的动机之一。巴别尔所构筑的柳托夫的内心世界，其中一个重要的维度，便是"孤独"。"孤独、忧郁是知识分子的精神特质和人格症候，也是理解这一群体的钥

---

① 指柳托夫。
② 指柳托夫。

匙。"①"孤独""忧郁"正是柳托夫的精神气质特点和独有的标志。在1920年6月4日的《骑兵军日记》中，巴别尔真实地写下了自己彼时的心境、思考和感觉："我感到厌倦，孤独感突如其来，生命离我而逝，而它的意义何在？"（第二卷，第218页）《我的第一只鹅》被称为《骑兵军》的"第一"名篇。小说突出地展现了知识分子柳托夫从个体的"我"走向集体的"我们"之心路历程。柳托夫的血液里有一种抑制不住的强烈愿望，那就是加入群体革命的行列中，与同自己的命运息息相关、休戚与共的骑兵军战士们紧紧融合在一起，成为他们心中的"自己人"。小说一开始，柳托夫到师部报到的一段证实了主人公柳托夫的心理状态。初次见面，后者便被师长萨维茨基着实奚落了一番："还架着副眼镜。好一个臭知识分子！……他们也不问一声，就把你们这号人派来了，可我们这儿专整戴眼镜的。"（第二卷，第41页）师长的尖刻挖苦将革命后对知识分子的蔑视、厌恶和不信任态度展露无余。与哥萨克战士不同，作为一名知识分子——彼得堡大学法学副博士、战地记者，柳托夫并不扮演战争中的核心角色，他并不是可以用来攻击对手、奋勇杀敌的普通一兵。由此，哥萨克们将他视为一个有缺陷的、不完整的人，一个戴眼镜的异类。于是，掌握多种语言、满怀美好情感的文化人柳托夫落入一个对知识分子从轻视发展到充满敌意的人群中。哥萨克们对他不屑一顾，嗤之以鼻。一个战士先是把他的箱子扔到了院外，里面的手稿和衣物扬个满地。他们还不住地使出低俗的伎俩，拿他取笑。"功劳再大的人在这儿也会气得肺都炸裂。"为了在残酷的生存环境中立足，为了取得战士们的好感，柳托夫决定按照设营员的"善意"提醒和建议，去"给娘们儿点颜色看看"：他猛地拔刀而起，朝房东老太婆"当胸就是一拳"。随即，猛地上前用靴

---

① 谢晓尧：《以创新来自我补偿和克服孤独》，《深圳特区报》2015年5月5日第3版。

底一脚把正在院子里"端庄地""踱着方步"的鹅头踩碎,一边大声叫骂,一边用马刀拨弄着鹅,喝令房东给他烤熟。哥萨克们始终一动不动地坐在原地,直到其中一个不慌不忙地吐出一句:"这小子跟咱们还合得来",并开始亲切地称柳托夫为"老弟"。而另一个哥萨克则从靴筒里掏出一把备用的匙,递给了柳托夫,邀请他坐下来和大家一起用餐。毫无疑问,在哥萨克眼里只有为了洗刷耻辱而不顾一切、干净利落地杀死鹅的柳托夫,方算得上是他们真正的"同路人"。"骑兵军"成为助推柳托夫脱胎换骨的孵化器。在"我"杀死鹅的一瞬间最恰当地表达了柳托夫要求融入骑兵军战士中的鲜明态度和坚定决心。柳托夫用实际行动证明了自己由一个格格不入的"外人"终成为"自己人"。他得意扬扬地"像个亢奋的聋子那样扯直嗓门"为哥萨克们读起报纸上的内容。然而,对于"文化人"柳托夫而言,杀鹅和杀人从方法到本质上毫无二致。一幅幅杀生害命的画面萦绕在柳托夫的脑海里。无论如何,他不能原谅自己用极端手段达到目的的行为。他纠结于矛盾的内心而无法释怀,最终没能逃脱梦魇的折磨:"我做了好多梦,还梦见了女人,可我的心却叫杀生染红了,一直在呻吟,在滴血。"(第二卷,第 44 页)"对自我灵魂的深刻剖析正是善于自省的柳托夫与所有骑兵军战士的不同之处。"① 柳托夫得到骑兵军战士的认可,被集体接纳不过是表象而已。事实上,他不能放弃知识分子的良知和道德职守,无法摆脱传统价值观念,因此,无论如何他都不可能成为与骑兵军战士真正"合得来"的"自己人"。对于后者而言,柳托夫永远是一个"外人"。

小说《千里马》(Аргамак)的一开篇"我"坚持要下连队。闻得此话,师长顿时眉头紧皱,几句话犹如当头棒喝:"你这是

---

① Подобрий А. В.,"Образ Луны в «Конармии» Бабеля", *Вестник Челябинского государственного университета*, Серия 2, Филология, 1997, № 1, С. 126.

往哪儿钻？……你一张嘴——他们就会把你整成狗屎堆……"（第二卷，第176页）柳托夫被安排到骑兵连里，并幸运地得到了一匹"千里马"，但其糟糕的骑术招致哥萨克的鄙夷、愤恨和辱骂："四眼，马叫你给废了。"柳托夫甚至每晚反复做起同样的梦，梦见自己骑在马上，"跨着千里马小跑"，但是哥萨克们根本不看他一眼。最后，柳托夫终于得以圆梦成真。他学会了哥萨克式骑术，赢得了哥萨克们的认同和好感。尽管如此，小说结尾骑兵连长的一番话句句切中柳托夫的痛点，道出了哥萨克群体对以柳托夫为代表的知识分子深入骨髓的剖析和根深蒂固的看法，再次说明柳托夫与这场战争和参与战争的人永远是格格不入的：

"我可看透了，"他说，"我从骨子里看透了你……你巴望活在世上太太平平，没一个敌人……你用出吃奶的力气朝着这方面去做——千万不要有敌人……"（第二卷，第182页）

在"巴尔马绍夫式"的"普通一兵"中，没有与作家本人相近的、"柳托夫式"的思考者、怀疑者和内省者。柳托夫承认："我在这些人之间是孤家寡人一个，我没法得到他们的友情。"（第二卷，第181页）在这沉重的话语中折射出柳托夫的心理双重矛盾困境。虽然柳托夫不得不转入另一个骑兵连，但一切注定依然如往：柳托夫注定处于一种永恒的孤独之中，他注定将会遇到同样的问题。

现实的残酷性使柳托夫前途渺茫，生死未卜。找寻不到精神上的指归和依附造成了他绝望而又希望的迷失的精神动向。俄罗斯文学中的"知识分子形象很少是'快乐'的，他们带着各种各样的先天的苦恼。……任何一次变革都会切切实实地引起人们的切肤之痛，而作为先锋、代言人、园丁的知识分子，则不同程度地有着自觉的苦闷，反映在文学中，他们笔下的主人公经常陷入苦闷之中，面临着精神上的困境：这种种困境或许是来自于信仰的选择，或许是来自于人生道路的选择，或许来自于对自身存在的疑问……"① 与俄罗斯文学中的传统主人公——严于自省、富于良知的知识分子相同，柳托夫的命运充满了偶然性，在人生重要时刻被卷入历史的旋涡之中，在新的现实世界里苦苦寻找属于自己的坐标。战争的悲剧落在主人公们身上，也落在叙述者柳托夫身上。在拥有了丰富的现实生活经验，经历了血火奔流的战争洗礼之后，柳托夫对现实秩序有了新的体认与判断。他看到了革命中不仅有力量，还有"泪与血"。

知识分子与战争的结合并不是绝对新鲜的尝试，但《骑兵军》的巧妙之处在于，它将战争中的人性、人道主义问题与对特殊年代、特殊身份的知识分子的心灵剖析融合到了一起，最后落到知识分子固有的人文立场和人文情怀的表达上，超越了此前俄罗斯文学中同类主题的格调局限。

《骑兵军》以一个道德良知和文化价值的守护者、一个睿智超群的知识分子柳托夫的视角俯瞰整个杀戮的国内战争。在《骑兵军日记》中有一段文字证明，巴别尔始终在试图搞清骑兵军的基本组成部分——哥萨克的心理本质："我们的哥萨克是些什么人？他们有很多层面——吵闹，剽悍，职业军人，革命本性，兽性的残忍。我们是先锋队，但目的呢？"（第一卷，第255页）而"知书达理"的基大利的追问也正是令柳托夫百思不得其解的难题："我们，有学问的人，都仆倒在地，高呼：我们在遭难呀，让我们过上好日子的革命在哪里？……"（第二卷，第38页）"可以说，知识分子问题构成了俄罗斯文学发展的一条重要线索。它既记录了在不同历史时期为俄国社会寻求救世良方的知识分子的人生轨迹和心路历程，更在一定程度上成为不少作家

---

① 张晓东：《苦闷的园丁——"现代性"体验与俄罗斯文学中的知识分子形象》，人民文学出版社2009年版，第22—23页。

们的精神自传。"① 从这个意义上讲,《骑兵军》这部作品也是巴别尔的精神自传。它触及了一系列深刻的主题,展现出巴别尔用尖刀刺向问题核心的魄力。巴别尔不是深切地感受战争,而是亲身经历战争,因此他对知识分子的写作具有更真切的底层经验的质感。

第三节　革命主题下的人道主义写作

从文化史角度看,人道主义与欧洲文艺复兴紧密相关。"文艺复兴时期人道主义的永恒价值中可以为今天的人道主义接收过来的特点是:它坚持使知识摆脱宗教的控制;它具有广漠浩瀚的理智活力;它具有充分完备的人格的理想;尤其是,它强调人在这个世界上应尽情享受生活。"② 在一定程度上,人道主义强调以人为中心。文学的核心要义就是对人的描述。关于人道主义的思考是俄罗斯文学的永恒主题。人道主义也是20世纪20年代俄罗斯文学所表现的若干重大问题之一。如何表现人道主义主题,不同作家或不同文学显示出不同的特点。

对于《骑兵军》的魅力何在这一问题,希蒙·佩列措维奇·马尔基什曾有一段精辟的论述:

巴别尔被成功地载入20年代苏联文学史中。在题材方面,《骑兵军》与弗谢沃洛德·伊万诺夫笔下描写游击队的中短篇小说、富尔曼诺夫的《恰巴耶夫》、法捷耶夫的《毁

---

① 谢周:《从"多余"到"虚空"——俄罗斯文学中知识分子形象流变略述》,《俄罗斯文艺》2008年第3期。
② [美] C. 拉蒙特:《作为哲学的人道主义》,古洪等译,商务印书馆1963年版,第33页。

灭》，以及其他大量关于国内战争的作品比肩而立。《骑兵军》中的自然主义与残酷的、愚昧的、自发的、以革命的名义而采取的过激的、横行无忌的行为丝毫不比弗谢沃洛德·伊万诺夫与阿尔乔姆·韦肖雷[①]的作品更可怕。《骑兵军》辞藻华丽，笔法夸张，但丝毫不比安德烈·普拉东诺夫那魔幻般的词语结构，或"谢拉皮翁兄弟"[②]的大胆实验和《静静的顿河》中无与伦比的艺术色调更浓烈、更绚丽。[③]

显然，与同时代其他作品相比，《骑兵军》的独特之处不仅在于巴别尔的写作风格和艺术手法，更重要的是，其对周围世界的独特认识和与众不同的态度。

《骑兵军》的中心是探讨投身到为新生活而战的革命中的人的问题，其中很多篇目都表达了巴别尔对于革命中人道主义问题的思考。人道主义思想是贯穿《骑兵军》的一条主线。人性与战争、革命与自由、暴力与战争的合理性、无产阶级专政与无产阶级的人道主义等几乎成为《骑兵军》中每一篇作品所讨论的基本问题。柳托夫的知识分子情怀是巴别尔人道主义思想的重要载体。短篇小说《基大利》中有一段柳托夫与犹太智者基大利之间关于革命与俄罗斯的命运、个体生命价值与群体利益之间如何选择的问题的对话。小说借基大利之口提出了一个关于共产国际和革命这一问题的颠覆性观点：人们是就着火药、用最新鲜的血当佐料吞食共产国际的。《基大利》得出的结论是：革命在本质上是暴力行为，是流血冲突，在革命中杀人是正当合理的。《多尔古绍夫之死》是《骑兵军》中极少正面描写战斗场景的小说之一，也是最能够完全体现巴别尔人道主义思想的作品。小说写的

---

① 阿尔乔姆·韦肖雷（Артём Весёлый，1899—1938）——俄罗斯作家。
② 苏联文学团体。1921年初成立于彼得格勒。名称取自德国浪漫主义作家霍夫曼的同名小说集。
③ Маркиш Ш., *Бабель и другие*, М.: «Михаил Щиголь», 1997, С. 6.

是传统价值观与"新人道主义"之间的激烈冲突。在一场血腥惨烈的激战后,电话兵多尔古绍夫被炮弹炸得"肠子掉到了膝盖上,连心脏的跳动都能看见"。多尔古绍夫自知伤势严重,不肯被俘受辱,恳求柳托夫"花"一颗子弹在他身上。然而,无论如何柳托夫都不能把枪口对准自己的战友,即使后者在重伤濒死之际苦苦哀求,甚至责骂,他也无从下手。柳托夫忍痛悲绝策马飞奔离去。与柳托夫相反,排长阿弗尼卡·比达毫不犹豫地举枪满足了多尔古绍夫的请求,阿弗尼卡对于柳托夫的胆怯行为报以鄙夷的眼神和恶毒的谩骂,甚至几近一枪除掉后者:

"阿弗尼卡,"我把车撵到这个哥萨克跟前,苦笑着说,"我可下不了手。"

"滚,"他回答说,脸色煞白,"我毙了你!你们这些四眼狗,可怜我们弟兄就像猫可怜耗子……"

他随即扣住扳机。

我一步步驾着车走了,头也没回,只觉得后背一股寒气,死亡在逼近我。(第二卷,第59—60页)

小说的主旨与多尔古绍夫之死紧密地联系在一起。在这里不能不注意到一个艺术细节——阿弗尼卡出场时"夕晖使他头上环绕着一圈光环"。"夕晖"是"红"与"黑"的混合色。红色是失去理智和控制力、被仇恨或血腥蒙蔽的恶魔的眼神,而黑色则象征着恐怖。在这里,日暮前的余晖——"夕晖"是魔鬼般恐怖的象征。阿弗尼卡是或主动或被动地参加到战争中的无数个体之一。阿弗尼卡的绰号"比达"意为"不幸、灾祸",他正是柳托夫眼中"灾难"的象征。在阿弗尼卡看来,战场上只有"战士"、残酷和决绝,没有"自我",没有怯懦,没有恐惧,更不能有怜悯之心。杀人对于阿弗尼卡来说不过是易如反掌之事。他意欲处死柳托夫的原因是，眼前这个"戴眼镜的"知识分子不配称为一名合格的"战士"，而只是一个尚未完全脱离原有生活习气的"文人"，柳托夫的"苦笑"正是内心懦弱的表现。柳托夫对不幸的多尔古绍夫给予了不必要的"慈悲"。此刻对多尔古绍夫生命的敬畏与怜悯于多尔古绍夫本身而言，无疑是有害无益的。在肉体和尊严相冲突时，多尔古绍夫选择了尊严。在小说中，巴别尔并没有简单地一味强调人道主义的作用，因为在这里无论柳托夫"帮助"，还是拒绝多尔古绍夫，都不可能使后者脱离生命危险，其结果注定都是把他推向深渊。因此，小说从更高层面上体现了巴别尔对人道主义问题的反思。

　　面对即将逝去的生命，阿弗尼卡没有表现出丝毫怜悯与惋惜之情，更无任何挽救之心，柳托夫对此无法接受，从此他失去了阿弗尼卡这个最好的朋友。然而，小说的结尾笔锋一转，别有深意：见证了多尔古绍夫之死全过程的骑兵战士格里舒克递给柳托夫一个"起皱了的"苹果。显然，这是对后者的同情和敬意。柳托夫的悲剧在于，他深信生命面前人人平等，任何人无权决定他人的生死，任何冠冕堂皇的借口都不能成为剥夺他人生命权利的理由，更何况将枪口对准"自己人"，但是因此，他却受到阿弗尼卡的贬斥和痛恨。巴别尔将"流星"和"银河"并置在一起，寓意了"短暂"与"永恒"的对比："流星在空中划出一道粉红色的尾巴，随即消失了。银河横卧在繁星之间。"（第二卷，第59页）银河亘古如斯，跨越时空，相比之下，人的生命是如此短暂和渺小。在这句自然景色描写的上、下文中困扰格里舒克的问题——"娘们儿辛辛苦苦图个啥？……"分别出现了两次，用以强调生命苦短，而在战争中生命却变得更加脆弱和卑微。

　　在国内战争题材的文学作品中，常常探讨的一个最严肃的人道主义问题是：在突围和快速撤退时如何处理重伤病员的问题。

带上伤员，将会面临全军覆没的危险；遗弃伤员，因得不到及时救治，他们随时面临死亡的威胁，抑或把他们就地枪杀？这是否符合人道主义精神？这是摆在指挥员面前的一个无解的难题。现实世界充满了各种偶然性和复杂性，或许因此所有人全部牺牲，或许所有人安全脱险。许多研究者将《多尔古绍夫之死》与表现国内战争的另一部名作——法捷耶夫的《毁灭》进行比较。在《毁灭》中，"生来不同寻常的、永远正确的""特殊类型"的人——队长莱奋生和斯塔申斯基在游击队撤离前商讨如何安排重伤员弗罗洛夫的一段占有极为重要的位置。这里几乎完全复制了《多尔古绍夫之死》中的人物格局和矛盾冲突设置。法捷耶夫描写了两位主人公内心的困惑和疑虑。经过一番激烈的思想斗争后，为了全体队员的生命安危，他们只能被迫选择牺牲弗罗洛夫一人。知识分子出身的游击队员密契克无意中偶然听到了莱奋生和斯塔申斯基之间的谈话。在后者即将把毒药倒进弗罗洛夫杯里的那一刻，密契克试图阻止他的行为。巧合的是，此时密契克的举动在斯塔申斯基身上引发的反应与阿弗尼卡·比达对柳托夫的态度如出一辙：

"等一下！……您在干什么？……"密契克大喊一声，吓得圆瞪着两眼向他奔过去。"等一下！我都听见了！……"

斯塔申斯基①颤抖了一下，转过头来，手哆嗦得更厉害了。……突然，他迈步走到密契克面前，额上一根青筋可怕地膨胀起来。

"滚！……"他用暗哑的低语凶狠地说。"我宰了你！……"

密契克尖叫了一声，魂不附体似地从小屋里跑了出

---

① 译名略有修改。

去。……①

最终弗罗洛夫平静地接受了命运的裁决。知识分子密契克被视为游击队里的一个"外来人"。在《〈毁灭〉后记》中，鲁迅对密契克的内心世界进行了深度剖析，并做出过一段精辟的论述。鲁迅指出，密契克不认同别人的做法，但自己也找不到万全之策。由此，他便显得"高尚""孤独"，然而柳托夫本人也意识到了自己的这一"缺点"。②为了赢得哥萨克的信任，柳托夫可以去杀鹅，但当他不忍举枪瞄准奄奄一息的战友多尔古绍夫时，他又重新失去了哥萨克的信任。相比之下，密契克从未得到过信任。"《骑兵军》不刻板和保守地服务于政治和历史，概念化解读主人公。相比同期的另一名作家法捷耶夫所写的《毁灭》，《骑兵军》的文学成就要远远高于它。原因在于，《骑兵军》里没有将所谓'新旧人道主义'对立，未将阶级仇恨视作最高道德准则，未将知识分子视为敌对势力。"③虽然无法确定在《毁灭》中法捷耶夫是否借鉴了巴别尔的创作方法，但可以肯定的是，巴别尔和法捷耶夫在对两位主人公的描写上存在很大差别。巴别尔明显地表现出对柳托夫的同情，即便是由于后者的形象带有巴别尔自传的色彩。相反的，在法捷耶夫笔下，密契克的行为完全是胆怯、懦弱、可耻的表现。法捷耶夫对以密契克为代表的知识分子的人道主义立场持否定态度，对从"新人道主义"出发牺牲弗罗洛夫一人的做法表示赞同。与《骑兵军》不同，《毁灭》的主人公们有意无意地宣传了一种与所谓"抽象人道主义"相对立的、官方褒扬的"新人道主义"伦理美德。这种"新人道主义"的评价尺度

---

① ［苏］法捷耶夫：《毁灭》，磊然译，人民文学出版社2002年版，第102页。
② 鲁迅：《〈毁灭〉后记》（1931年1月），《鲁迅全集》（第十卷），人民文学出版社1980年版，第331页。
③ 孙越：《用生命索取时代的秘密》，凤凰网博客，https://weibo.com/ttarticle/p/show?id=2309404440648441790617，最后访问日期：2019年11月20日。

与知识分子的传统人道主义有本质的区别。"那么,在巴别尔和法捷耶夫之间,究竟哪一个更接近于绝对意义上毋庸置疑的人道主义?这是一个残忍的提问,至今没有答案。"①

小说结尾,格里舒克给予柳托夫那只暖心的苹果让人类以如此多样的形态存在于世界上。小说到此戛然而止,而关于人道主义问题却留给读者无尽的空间去回味与思考。事实上,反人道的战争所带来的悲剧注定是巨大的人道主义灾难。因此,关于柳托夫的人道主义选择、战争中人道主义伟力的问题只能是一种奢谈。

第四节 "父与子"主题

有一个经典的笑话,讲的是一个犹太人来到拉比②面前问道:"拉比,我的儿子接受了基督教,我该怎么办呢?"拉比答曰:"上帝会同情您的,但是上帝也有同样的问题。""父与子"是人类血缘关系中最本质、最核心、最重要的一环。"在一定意义上,希伯来文化的第一个主题便是'父与子'的冲突,它存在于整个《旧约》文献,甚至被理解为人类创造之前就已注定了的超验模式。"③"父亲"一词蕴含着极其丰富的文化历史意义。它往往象征着"生命""权威""秩序""传统""历史""中心""文化本原"等。而"父与子"则同"历史与现实""传统与现代""中心与边缘"等一系列范畴之间具有相似性和一致性。

父子冲突一向被视为人性的根本问题之一,也是西方文学的

---

① 孙越:《用生命索取时代的秘密》,《凤凰网博客》,https://weibo.com/ttarticle/p/show?id=2309404440648441790617,最后访问日期:2019年11月20日。
② 犹太教牧师。
③ 刘洪一:《"父与子":文化母题与文学主题——论美国犹太文学的一种主题模式》,《外国文学评论》1992年第3期。

一个重要主题。在文学作品中，父子关系从来就不是单纯的血缘意义上的"父与子"。在中国神话传说中，父子关系大多呈现为父弑子的形态，但在俄狄浦斯的神话中却是子弑父。无论是弑父夺权的宙斯，还是杀父娶母的俄狄浦斯，父子冲突一向是西方文化中最典型、最突出的主题之一。由此，弗洛伊德（Sigmund Freud，1856—1939）①更用"俄狄浦斯情结"来探究其中隐含的深层原因。

人类历史和文明正是从"父"到"子"代代相传，才得以延续久远。在一定程度上，俄罗斯文学沿袭了"父与子"文化母题的原始形态，并逐渐发展成为一种普遍化的主题模式。不同俄罗斯作家对"父与子"这一主题有不同的理解和阐释。从普希金的《驿站长》、果戈理的《塔拉斯·布尔巴》、屠格涅夫的《父与子》（Отцы и дети，1861）、陀思妥耶夫斯基的《卡拉马佐夫兄弟》（Братья Карамазовы，1880）、托尔斯泰的《战争与和平》（Война и мир，1865）、到别雷的《彼得堡》（Петербург，1911—1913）、帕斯捷尔纳克的《日瓦戈医生》（Доктор Живаго，1945—1955）等，众多作家从不同视角对"父与子"这一母题进行了独特的运用和生发，努力在文字中呈现、诠释、建构父子主题，探究其中寄寓的道理。在《塔拉斯·布尔巴》中，"父亲"拥有无可置疑的统治权和支配权、"父亲"起主导作用的世界被彻底毁灭。这是"父亲神话"和宗法制度的崩溃。面对出卖信仰和灵魂、违逆父权、背弃"伙伴精神"的亲生儿子，塔拉斯的父亲形象释放出一种不可名状的权威性和强大的震慑力。此时此刻，塔拉斯之子安德烈不仅威胁到全体哥萨克的利益，而且直接挑战父子秩序。于是"父爱子"化为义无反顾、毫不留情地对儿子的判罚和处决，甚至在某种程度上，父亲塔拉斯在儿子面

---

① 西格蒙德·弗洛伊德——奥地利精神病医师、心理学家、精神分析学派创始人。

前扮演着至高无上的上帝的角色。但是，小说中父权统治的时代已经结束，塔拉斯正在失去精神引领的价值。

巴别尔所处的时代是一个精神和文化分裂的时代。时代的分裂引发无法愈合的家庭悲剧——亲子弑父、恶父弑子。由此，巴别尔的艺术世界呈现为父辈的绝对权力和威严走向衰落和崩溃，子辈取代父辈登临历史舞台。从表层看，在巴别尔的文本中对于父子冲突、"反抗父法"的描写和对"父亲"的塑造超越了传统，并对"父亲"形象进行了残酷的解构和颠覆。事实上，父子之间从亲近、顺从，到矛盾、悖逆、决绝，其深层所折射的却是特定情景下人类文化模式转型、对话、更新、求变的过程，也是人类文明发展的历史不断由自在、自发状态走向自觉、自为状态的演进过程，其中体现的是人的尊严、自由、个性得以发现、认同和确立的过程。从这个意义上讲，父子冲突、对话、和解也是人类文化冲突、对话与和解的历史。巴别尔小说的主要人物结构印证了从人的普适价值出发重构父亲形象的可能性。在此，巴别尔并不意在进行道德价值的正负判断，而是以道德分裂的状况寓言式地理解和呈现文化变迁的事实。

《家书》作为《骑兵军》的经典篇目，一直吸引着研究者的注意力。小说是主人公瓦西里·库尔丘科夫口述的一场特殊时代背景下"父杀子""子弑父"的惨绝人寰的家庭悲剧，集中体现了"父与子"的母题。库尔丘科夫是一个稚气未脱、乳臭未干的少年。与两个哥哥相同，他加入了红色骑兵军，成为布琼尼战斗集体中的一员。库尔丘科夫的父亲季莫菲伊·罗季翁奈奇则走上了一条与三个儿子完全相悖的反革命道路：在反抗苏维埃政权的邓尼金部队当了连长。"父与子"变成了势不两立、不共戴天的仇人。在家信中，库尔丘科夫向母亲和亲属一一问候之后，便开始事无巨细地问起"斯捷普卡"的情况来：

请您来封信吧,告诉我,我的斯捷普卡活着还是嗝儿屁了,求您好好照料它,写封信来告诉我——它绊蹄伤了的那条腿好了还是没好,还有它两条前腿上的疥疮好了吗,给它钉马掌没有?我求您,亲爱的妈妈叶甫多基娅·费奥多罗芙娜,天天都给它用肥皂洗前腿,我留了块肥皂在家里,搁在圣像后边,要是叫爹用光了,就劳驾您上克拉斯诺达尔去买一块,您做了好事,上帝不会抛下您不管的。(第二卷,第11页)

库尔丘科夫给予"斯捷普卡"无微不至的关怀,如此亲切,如此温暖,令人感动。行文至此,读者定会认为"斯捷普卡"是库尔丘科夫家中的一员。事实上,"斯捷普卡"是一匹牡马的名字。接着,小说将"父子反目"这一世间最悲凉、最可怕的画面冷静地呈现在读者面前:父亲亲手杀死了落入其手中的俘虏、他的儿子、红军战士费奥多尔,父亲"一边割,一边骂:浑球,红色狗腿子,狗娘养的,还有其他许许多多脏话。他一刀一刀割,直割到天黑"。(第二卷,第12页)库尔丘科夫不紧不慢、不慌不忙,用冷酷无情的口吻仔仔细细地讲述着一个似乎与自己绝无关联的、残忍至极的故事,漠视残酷的凌迟。父亲的暴虐招致另一个儿子谢苗的激烈报复,后者用绝对异端的弑父方式来反抗父权、反抗绝望。巴别尔对"父与子"母题的移用,遵循了传统的"父与子"结构程式。以"革命"为父与子冲突的焦点,对革命的不同态度构成了巴别尔笔下父子冲突的主要标志。

然而,短篇小说《家书》中真正的可怕,不是父子反目、骨肉相残的人伦惨剧本身,而是库尔丘科夫对此所做的反应。故事的精彩之处正在于,在库尔丘科夫身上丝毫感受不到稚气少年的人格设定,反而拥有与其年龄不相符的老练和沉稳。父亲与兄长之死在他的眼里变得平淡无奇,他用同一种表情讲着不同的事情，语调中不带一丝情感，没有任何态度。畸形的时代带给主人公库尔丘科夫畸形的生命价值评判尺度。在库尔丘科夫心中，亲人的死与马腿上的疥疮、父子相残与宰头小花猪没有什么本质区别，它们都属于生活中一些琐碎之事，毫不足怪，也不新奇。"父弑子"与"子弑父"同样情无可原，理无可恕，但在小说中骇人听闻的悲剧却不过是顺便提及而已。值得注意的是，库尔丘科夫所述"家书"的内容首先是其以特有的农民式思维一件件细数家常琐事。显然，库尔丘科夫对于维持基本生存必备的家什和家业兴旺的象征——"马"的关切程度远胜于对家人的亲情关爱。虽然库尔丘科夫没能亲眼见证哥哥除掉父亲的最后一幕，虽然外表稚嫩、人性尚未完全泯灭的库尔丘科夫远不能像谢苗那样用最残酷、最精妙的杀人手段取父亲的性命，为兄报仇。但库尔丘科夫将作战勇敢、杀敌致果的哥哥谢苗奉为英雄，将战斗功绩、名誉、声望以及由此带来的物质利益置于首位，毫无疑问，库尔丘科夫的未来将会何去何从，这是巴别尔留给读者深思的一个问题。

库尔丘科夫将自己与哥哥一起落到父亲手中时所遭受的痛苦，与上帝之子耶稣基督承受的苦难进行比较绝非偶然。至高无上的上帝把自己唯一的儿子奉献给人类，耶稣基督之死是为世人赎罪，而库尔丘科夫兄弟遭遇父亲的毒手，只因为他们三人与父亲分道扬镳，站到了"红军"一边，成了"红色狗腿子"。他们的选择寓言式地表达了对"父亲"的叛离和反抗，意味着"父亲"的权威遭到了拆解。叙述者柳托夫既没有对群起抗父、杀父的库尔丘科夫兄弟给予评价，也未对发誓"为了正教，我要把我的骨肉一个不留地干掉"的父亲表示任何态度。然而，沉默本身就是一种最强烈的态度表达。

《日薄西山》是《敖德萨故事》的中心作品之一，讲的是在别尼亚·克里克"称王"之前，其与弟弟廖夫卡、姐姐特沃伊拉联合起来反抗"出了名的凶神恶煞"——父亲门德尔·克里克的故事。小说最核心的冲突来自父与子,包括权威和反权威的冲突。"重生"是小说有别于巴别尔其他作品的最突出特点,它表现在"父与子"没有陷入一种无休止的对抗之中,而是通过抗父,最终相互达成了和解。小说一开场便呈现出一个残酷无情、专制暴虐的父亲形象,直接颠覆了亲情的神话,有暴力感,带有冲突对峙意味,直接奠定了小说的主题与基调:克里克家弟兄中排行最小的廖夫卡与柳布卡的女儿塔勃尔邂逅,三天三夜离家不归。第四天刚一回到家里便告知父亲,他看中了可爱的塔勃尔,没想到迎头遭到父亲的一顿咒骂。在克里克家中,父亲生性残暴,父权主宰一切。维持人类社会正常运行的人伦法则在他身上完全不起作用——父亲心中没有任何禁忌。他常常以堂而皇之的声音斥责儿子,对他们实施严格的管教。似乎因为强大的血缘传承,天不怕地不怕的廖夫卡"听他父亲这么说,立刻卷起袖子,抡起一只连神都敢打的手向父亲挥去"。(第一卷,第75页)值得注意的是,此时父子关系中难以分离的另一元——廖夫卡的母亲戈罗勃奇克太太则"坐在丈夫身旁东张西望,那模样活像一个杀手"。她嚯地一跃而起,插到父子二人中间,尖叫着怂恿丈夫:"给我扇廖夫卡一个耳光!这个孽种一下子吃掉了我十一个肉饼……"(第一卷,第75页)廖夫卡在父亲那里得不到精神上的安慰和认同。为了免遭伤害,他背弃了自己的亲生父亲,选择了逃离和反叛。他与长兄别尼亚聚在一起,对父亲既痛恨又恐惧,因为与父亲有源自血缘的同性。"报复心像发酵那样越胀越大",最终他们决定为大众除害,狠狠地教训一下独裁的、歹毒的父亲,取而代之:

咱们下手吧。大伙儿都会感激得跪下来吻我们脚的。咱俩除掉老爸,这个门德尔大伙儿都不再叫他门德尔·克里克

了。莫尔达万卡都管他叫屠犹者门德尔。咱俩动手把老爸干掉，还有什么可等的？（第一卷，第 75 页）

父亲克里克的欲望无边，垄断了所有资源。克里克弟兄们觊觎父亲的特权，但他们的欲望无法得到满足。暴戾的父亲无疑成为儿子们嫉妒的对象。于是父子间展开了一场"改朝换代"的生死决战：

"街坊们，老板们！"门德尔·克里克用低得几乎听不见的声音打了声招呼，放下了鞭子。"瞧我的亲骨肉，他们要对我动手。"

老头说罢，跳下马车，扑到别尼亚跟前，朝着他的鼻梁就是一拳。这时廖夫卡冲了过来，尽其全力将他父亲一顿乱打。他把他父亲的脸当作一副新纸牌，洗了又洗，括了又括。可老头是用魔鬼的皮缝制成的，而且缝皮用的是钢丝。老头一把将廖夫卡的臂肘扭脱臼，把他摔倒在他哥哥脚边。他骑到廖夫卡胸脯上，女人们都闭上了眼睛，免得看到老头儿牙齿被打光了的嘴和鲜血淋漓的脸。就在这一瞬间，住在无奇不有的莫尔达万卡的居民们听到了特沃伊拉快步跑来的脚步声和吼叫声。

"为了廖夫卡，"她喊道，"为了别尼亚，为了我特沃伊拉，为了所有的人。"随即抡起漏勺死命地朝老头儿的脑袋砸了下去。（第一卷，第 80 页）

一边"父子大战"，另一边父女抡勺相向。在众目睽睽之下，一场相生相克的父子角力逐步升级。最后，这场在莫尔达万卡空前绝后的"三打一"混战以父亲的"完蛋"和"报销"而告终。这一段堪称全篇绝对的高潮，带有强烈的戏剧效果。父亲被暴打后几欲昏厥,脸上一道道伤痕,落下了残疾。他被逼无奈,只得告饶:"儿子把我往死里打。让儿子他们当家吧。"通过联合,克里克兄弟们有勇气去做并做成了单凭他们个人的力量无法完成的事情,终结了以父亲为主导的父权家长制家庭形态。最后的胜出者别尼亚接替父亲,成为"门德尔·克里克父子货运公司"新的掌门人。"不认输"的别尼亚·克里克重振家业,登顶自己商业帝国的主宰者和莫尔达万卡地下世界的"国王"。克里克家房子上挂上了"光华四射"的蓝底金字的新招牌。父子间一段沉积日久的历史恩怨终于了结。以上所述为小说表层文本的基本形态,但巴别尔明显不满足于此,他另外还为小说增添了一层象征意义。"在犹太文学传统中,父亲常常是以一个失败者,抑或是以丑角的身份出现的。"[1] 小说题目"закат"意为"日落;暮年、末日、终结",隐喻了父辈的地位江河日下,正在无可挽回地走向没落。一个旧时代的结束,新时代的开始。

需要强调的是,"父子之争"在犹太文化根源和历史经验上得到了深刻的反映。巴别尔小说中隐喻的"父与子"主题与其双重文化身份存在着密不可分的关系。如果放在犹太宗教背景下去理解《日薄西山》中的情节,便会发现其逻辑依据。"父与子"文化母题,即《旧约》中亚伯拉罕和以撒[2]的主题,是犹太文化的重要内容。一切以父亲为支柱的家庭成就了既传统又独立的犹太世界。《日薄西山》是反映犹太文化及"父与子"主题的典型作品,其中的父子关系具有深刻的犹太文化内涵。它既是对犹太文学传统中"父与子"这一历时性主题的移位运用,又以其鲜明的特点异于传统的父子关系。巴别尔借助于"父与子"主题,将犹太人的困境、《旧约》世界的日渐式微和遭遇解构作为整个人类困境的象征,对20世纪20年代俄罗斯社会文化状况进行了深

---

[1] 乔国强:《美国犹太文学》,商务印书馆2008年版,第105页。
[2] 《圣经》神话中亚伯拉罕和撒拉的儿子。

邃、执着的哲理性思考，显示出超越种族、时空和国界的世界性普遍意义。

* * *

巴别尔的短篇小说存在着并行不悖的多个主题，这些主题背后隐藏着统一的人道主义思想。以人道主义为基础，巴别尔不仅描绘了一幅国内战争参与者鲜活的全景图，也透视了每一个细节中隐藏的权力矛盾、文化斗争和政治对立。巴别尔的每一篇小说，无论其背景是在敖德萨，还是在国内战争前线，无论其题材是战争，还是莫尔达万卡地下世界的真实生活，都试图通过夸张、奇崛的浪漫主义文学语言展现一种远远不同于过去文学叙事中的世界图景。通过对新题材和新语言的开掘，巴别尔自觉或不自觉地对正统"国内战争"叙事背后的伦理尺度进行了一定高度的反思。在此意义上，巴别尔的作品被视为20世纪20年代俄罗斯文学中最具革命性的一道风景。从人道主义的主题中又衍生出了知识分子主题和暴力主题。此外，在广阔的文化历史语境中，巴别尔对"父与子"的文化母题进行了整体观照。巴别尔以写实的方式和尖锐的发问逼近现实世界，直接劈开生活的肌理，借助多种小说元素提升"父与子"主题的分量，凸显出其对这一母题的独特思考与思维倾向。上述多个主题互相强化，形成了巴别尔小说的复调特征。

第四章　巴别尔短篇小说的美学特质

在某种意义上，为小说家巴别尔画一幅精准的"画像"绝非易事。如同一切真正伟大的艺术品一样，巴别尔的作品是难于理解和阐释的。在有限的创作生涯中，巴别尔为读者所提供的不仅仅是可供反复品味的经典作品，还是一种具有鲜明个性和强烈独创特点的美学品质。用任何基本的文学原理都难以全面概括和阐释巴别尔超群的雄文和神品小说。尽管如此，从唯美主义、极简主义、"陌生化"、零度写作等方面入手考察巴别尔的作品，还是可以一窥巴别尔创作的内在精神本质，进而彰显出在巴别尔作为20世纪俄罗斯短篇小说大师的成就背后，维系着多元审美资源的汲取和表现。

第一节　美拯救世界——巴别尔的华丽文风与"极简主义"美学

巴别尔天性自由，喜爱交友，终日东奔西走。但就在这种忙忙碌碌的常态生活中，他仍能把自己拘禁于写作之中，始终独守自我写作个性的坚持，以富有辨识度的文字确立自己的艺术风格。巴别尔与文学结缘的经历，以及其作品巨大的原创性使其成为俄罗斯文学中无法被湮没的"这一个"，成为俄罗斯文坛上一个少见的惹眼的异数。这个"异数"最让人难以理解的现象或许是艺术至上,追求完美与极致这种一以贯之的美学态度。

巴别尔的现实主义源于唯美主义的极致追求。他的小说故事短小,但格局宏大。巴别尔的小说语言在唯美的基调之下带有诡谲瑰丽的浪漫色彩,与此同时,简洁有力的语言富有强烈的形式感。冷峻、疏离的笔触,体现了巴别尔极端的小说风格。其落笔的每一句话,每一个词,甚至是每个标点符号都是有用的,能够让人感觉到在或简单或华丽的文字背后所蕴藏的力量。

在《我的第一笔稿费》中,巴别尔借叙述者"我"之口表达了自己将文学巨擘托尔斯泰尊为至高审美标准的恒心:

> 我自小把全部精力都用之于酝酿小说、剧本和数以千计的故事。我打好了这些作品的腹稿,令其伏于心中,一如癞蛤蟆之伏于石头。自尊心像魔鬼一般附在我身上,不到时间我不愿把这些作品形诸笔墨。在我看来,写出来的东西要是不及列夫·托尔斯泰,那就是白写。(第一卷,第188—189页)

巴别尔一直认为自己是"世界上创作速度最慢的人"。(第五卷,第496页)尽管在当时巴别尔的影响力和知名度已经很高,但他始终在创作上保持着自己的节奏,"步履悠闲",处于"不紧不慢"、不疾不徐的写作状态中。在20世纪30年代,他甚至为自己规定了一段"文学沉默期",以深入省思自己创作中存在的辞藻过于华美,形象不免堆砌的问题,锤炼文体,使之质朴无华。虽然"低产"致使巴别尔时常生活拮据,靠东挪西凑勉强维持生计,但他从不降低自己的写作标准,不放弃创作原则。这正是其对每一个句子、每一个词语进行仔细打磨和反复锤炼的主要原因。在巴别尔书信中可以找到许多与此相关的内容:

> 我非常想加快写作速度，马马虎虎拼凑一些东西赚点外快。但是无论如何我都做不到，不管我多么煞费苦心，想尽一切办法，我就是做不到。（第五卷，第341页）

> 我一直在坚持写作，但写作量不大，当然，我不是一个多产的作家。但现在我的创作比从前更讲求方法。我担心，上帝可别因此而惩罚我！然而，无论如何我都会忠实于自己的创作体系。（第五卷，第350页）

> 同过去一样，我依旧不能快速地、整页整页地创作，而只会慢慢地、一个词一个词地写。……我的确总是为此浪费大量时间和精力，因为在创作方面我从不马马虎虎地应付了事，所以我可能会白白丢掉几个月的宝贵时间。（第五卷，第421页）

这就是巴别尔终生对待创作的态度——虔诚而严谨。在帕乌斯托夫斯基的回忆中曾提到，虽然巴别尔的短篇小说《哥萨克小娘子》不过十几页的篇幅，但其最初手稿长达百页，包含有多种不同的写作方案。巴别尔从不接受任何外部强加于自己的写作期限，不断延迟交稿已成为其创作的常态。在给《新世界》杂志编辑维亚切斯拉夫·波隆斯基的信中，巴别尔甚至如此写道："您可以下午4点的时候在科米亚斯尼茨基街上用树条抽打我，但我绝不会交出我认为尚未完成的手稿。"（第五卷，第441页）

巴别尔对自己创作的要求近乎于严苛。面对粗暴地否定美、践踏美、毁灭美的现实世界，巴别尔努力将陀思妥耶夫斯基"美拯救世界"的主张付诸文学实践，赋予最可怕的世界图景以信仰和希望的色彩，正所谓"万物之中，希望至美，至美之物，永不凋零"。从儿时起，巴别尔从未停止心灵寻美的脚步。对于巴别尔来说，敖德萨唯美的建筑与自然风景正是人与周围世界和谐共处的象征。短篇小说《德·葛拉索》（Ди Грассо）即以主人公对无比美好的周围世界之感受结束全文：

> 突然间，我从未如此清晰地看见杜马的圆柱高高耸立，也从未如此清晰地看到林荫道上照得亮晃晃的树叶和普希金青铜头像上月亮幽暗的反光，我第一次看清了我身边一切事物的真实面貌——平静和难以言表的美。（第一卷，第180页）

精致优美的词语、唯美诗意的句子成为巴别尔对抗破坏性自然力、"日常暴行"的主要方式。在不完美的现实中，巴别尔追求和谐、追寻至美，形成了"苦中作乐"的独特的生死美学，对于"美"巴别尔有着自己独特的哲学思考和接受角度。在巴别尔的生死美学意识中，永恒的公式并不是悲观绝望的"死—生—死"，而是"向生而死"，即"生—死—生"，在生与死之间的无限轮回中，生永远战胜死亡。美蕴含于万物之中。在对万物之美的描写中包含着巴别尔对存在与虚无的感知和对唯物主义哲学观的体认。因此，巴别尔甚至能够在丧心病狂的屠犹帮凶和刽子手身上发现美："一个面孔涨得绯红的漂亮女人跑过小巷。"（《我的鸽子窝的故事》）（第一卷，第130页）巴别尔甚至用审美来观照苦难："……泪的世界那么广袤，那么美好，以致所有的一切，除了泪水之外，都离开了我的双眸。"（《在地下室里》，В подвале）（第一卷，第164页）与俄罗斯经典作家不同，巴别尔不是用一双忧郁的眼睛去观察世界、评价世界，而是用乐观的态度去面对世界，从根本撇去痛苦，进而寻得真正的非短暂的快乐。在巴别尔笔下，暗淡的色彩幻化为鲜明亮丽的光泽，转眼就是另一片阳光。

第四章　巴别尔短篇小说的美学特质

"文学语言是支撑一个作家风格独立的重要标志。"① 谈论巴别尔，探讨其创作题材、风格、表现手法、主题意蕴而不谈语言，无疑是不可思议的。对于在语言运用上遵循的艺术原则，巴别尔写道：他在挑选词语时要求"一要有分量，二要简单，三要漂亮"。（第三卷，第227页）显然，"有分量""简单""漂亮"是巴别尔选词的唯一标准，也是维系其文学审美的核心要素。三者相辅相成、缺一不可，共同构成了巴别尔作品的语言风格。"有分量"是巴别尔选词的第一要务，同时，准确简单的语言与主观诗意的语言并行不悖。要"极简"，还要不失"惊艳"。"既要'有分量'又要'走相反的路'，即用'简单的'词来表达'华丽的东西'，或者相反，用'华丽的词语'来表达'简单的'东西。巴别尔小说的独特魅力在一定程度上就源于他对词语的'挑选'，源于他小说语言中的此类'矛盾组合'。"② 经巴别尔精心"滤过"、细致打磨出的文学语言诗意而丰满、魅力而生动。其短篇小说文辞华美绚丽、语言诗化、写景状物技艺精湛。无论是修辞的运用，还是句式的变化，华丽语言的表征极为明显而突出。

"简洁"是短篇创作中备受推崇的品格。契诃夫所言"简洁是天才的姐妹"被巴别尔奉为圭臬，甚至在这一意义上巴别尔更胜于契诃夫，堪称俄国文学中文字最为简洁的作家。以"电报体"著称的海明威曾言，读过巴别尔，他觉得自己还能更凝练。巴别尔在与青年作家交流写作经验时曾如是说：

　　我开始写短篇小说的时候，常常用两三页纸罗列出一篇小说应有的词语，但不给它们喘息之机。我大声朗读这些文

---

① 朱中原：《今天我们究竟需要什么样的文学语言？》，《文学报》2017年8月3日第7版。

② 刘文飞：《巴别尔的生活和创作》，《中国俄语教学》2016年第1期。

字,尽量让它们保持严格的节奏,与此同时使整篇小说紧凑到能一口气读完。(第三卷,第 172 页)

短篇小说亲近于巴别尔的创作观念、感受方式、艺术气质和表达欲求。读起来让人有一气呵成又意犹未尽的感慨,正是巴别尔短篇小说的创作准则之一。在《敖德萨故事》和《骑兵军》的汉译本中,最短的《科奇纳的墓葬地》(Кладбище в Козине)仅几百字,最长的一篇《我的鸽子窝的故事》不过数千字。巴别尔的几段话充分彰显了促使其从事短篇小说创作的三个内在动因:其一,短篇小说创作适合于时代需求和读者需要。(第三卷,第 175 页)其二,与长篇小说大师托尔斯泰相比,短篇小说体裁更契合于巴别尔的天性。(第三卷,第 222—223 页)其三,在短篇小说创作领域,法国文学已远远走在俄罗斯文学前面。除契诃夫外,俄罗斯再无出色的短篇小说家。总体而言,俄罗斯短篇小说"写得很差"。(第三卷,第 224 页)

俄语作为表音文字,本身不具备内蕴性,在俄语文学中长单句极为常见。因此,要在读者接受的层面造成"距离感"与"陌生化"效果,必须反其道而行之,即"制造"短句。短句的出现会给人一种耳目一新的感觉,引发读者的注意力,并激起读者去探讨词语背后深层的意蕴。"简洁"是巴别尔小说的整体结构和句法特征。巴别尔的大多数篇章是那种短之又短、简而又简的语言。洗练睿智、奇崛瑰丽、腾挪多姿的语言,"悖论式的叙述方式以及电影画面般形象的描述给人以强烈的视觉冲击和独特的心理体验"[①]。此外,巴别尔对人与物的刻画乃大写意中的大写意,笔线简略、平淡至极。对唯美主义、极简主义的追寻让巴别尔把握了某些抽象美的特色,执迷于"华丽""极简"的大美。寥寥

---

① 王俊:《特立独行巴别尔》,2016 年 6 月 27 日,http://www.gpdywx.com/Dywx/ShowArticle,最后访问日期:2016 年 12 月 8 日。

几笔，已把人与物的某种深沉的精神特质渲染到极致。"无论出于何种动机，就整体结构而言，巴别尔的短篇小说写作无疑具有明确的体裁创新意识。为了达到密实、凝缩的结构，他还引入了蒙太奇、突转等电影和戏剧表现手法。"①

《巴格拉特-奥格雷和他的公牛的眼睛》（Баграт-оглы и глаза его быка）是巴别尔篇幅最短的小说之一。和谐优美的声韵、绚烂艳丽的辞藻、变换多彩的形象，写得华丽之至，华丽之极。"《公牛的眼睛》就像是莎士比亚的遗稿流落人间，由巴别尔签名发表。"② 小说字里行间满是莎士比亚的声音：

> 在你的公牛的眼睛里，我找到了对咱们的邻居梅梅德-汗永不熄灭的仇恨的映像。在它们泪汪汪的深处，我发现了一面镜子，镜子里燃烧着咱们的邻居梅梅德-汗背信弃义的绿色篝火。在这头残废的公牛的瞳仁里，我看见我被扼杀的绝望的青春，冲过冷漠多刺的篱笆的成年。在你公牛的眼睛里，我三次踏遍叙利亚、阿拉伯和库尔德斯坦的道路。全世界的憎恨都爬进了你公牛张开的眼窝里，啊，巴格拉特-奥格雷，在它们平坦的沙碛中不曾给我留下任何希望。（第三卷，第72页）

这一段辞采飞扬，但严谨精准，绝非无所节制的随性而为，语句压缩到"极简"。随后，下文便是莎士比亚作品中那种异国、异地风情画卷的再现，文字又是那种无法言语的机巧，这是一个强大的个体在面对客体时感受到的距离和体验到的新鲜生动的冲击。小说结尾突然瞬间给人一种醍醐灌顶、蓦然清醒之感：

---

① 刘文飞：《巴别尔的生活和创作》，《中国俄语教学》2016年第1期。
② 江弱水：《天地不仁巴别尔》，《读书》2008年第12期。

> 特拉别宗达的集市和特拉别宗达的地毯呈现在我眼前。一个年轻的山民在城市的拐角处迎着我，他伸直的手臂上仁立着一只用链子系着的青燕子。山民步履轻盈。太阳在我们的头顶浮起。蓦地，宁静降临到我这漂泊者的心中。(第三卷，第73页)

巴别尔对莎士比亚的执迷有另一篇作品为证。莎士比亚的悲剧《裘力斯·恺撒》是描写童年生活的短篇小说《在地下室里》"喜好海吹神聊的孩子"、主人公"我""此生最喜爱的诗章"。为伙伴高声朗诵此文是最令"我"心花怒放的时刻，每每让"我""激动得喘不过气来"。

与莎士比亚相同，巴别尔笔下的所有人物都具有较高的修辞敏感度，个个都是滔滔不绝地讲故事的高手和莎士比亚式天才的雄辩家。"我先开的口。"——这是《此人是怎样在敖德萨起家的》开篇之言，颇具海明威式特点，与注重简洁明快，崇尚简约唯美的"极简主义"小说美学特征如出一辙：简短、少叙、开放性结尾、文本具有"张力"和"威胁感"。小说下文紧接着用一句话概括了整个故事："阿里耶-莱伊勃拉比，我们来谈谈别尼亚·克里克。谈谈他闪电式的发迹和可怕的收场。"(第一卷，第32页) 巴别尔先是少用华丽的辞藻，以平铺直叙的方式开场，但随后又以华彩绚丽、汪洋恣肆般的狂欢化叙事语言，用典型的莎士比亚口吻描述了无人知晓的敖德萨强徒：

> 我在对此进行探究时，有三个阴影横在我的路上。弗罗伊姆·格拉奇是其中之一。他的举止坚韧如钢，难道这钢经不起跟国王的手腕较量？再拿科利卡·帕科夫斯基来说。此人的疯狂使其拥有称王称霸所需的一切。还有哈伊姆·德龙格，难道他竟然也没有发现新星的光芒？(第一卷，第32页)

巴别尔小说的声调、韵律与莎士比亚的抑扬格五音步诗剧亦十分相似。"西哈尔说巴别尔的文章就像是从法文翻译过来的……难道不也像从英文,特别是从莎士比亚,翻译过来的么?……巴别尔有着捕捉标准俄语里的某种异国风味的独门秘诀。"①

不可否认,透过生动华丽、简洁明快、鲜艳传神甚至富有异国情调的词语,还是能够发现从不把自己的情绪投入文本的巴别尔的唯美追求与极简主义美学理念。巴别尔短篇小说的魅力正是源自每个词语和句子中散发出来的那种有态度的精致审美和精品风范。

第二节 景物与人物描写的"陌生化"美学

"陌生化"(остранение)是 20 世纪 20 年代俄国形式主义文论的一个核心概念。在《作为手法的艺术》(*Искусство как приём*,1917)一文中,什克洛夫斯基提出了"陌生化"的概念。所谓"陌生化"是指在文学创作中为了拖长审美欣赏时间,加强感受的高度和难度,采取一种在内容与形式上打破常理,在艺术上超越常规的表现手法,于不经意中给读者带来出离日常经验的、新奇的审美体验。"陌生化"手法对于揭示表象之下的现实本质具有独特的优势。巴别尔显然深谙此道。其精心修改、反复打磨的文字向读者展示了一个不被重复的世界。他的短篇小说极力挣脱惯有的思维方式,通过运用极富视觉冲击力的语词和有效的陌生化手法,在审美意象的传达上起到了奇妙的效果,给读者以强烈的震撼和体验。

艺术容量常常是一部作品生命力强弱的决定性因素。巴别尔小说的篇幅极短,故事极其简单,但容量超凡。原因之一在于巴

---

① 江弱水:《天地不仁巴别尔》,《读书》2008 年第 12 期。

别尔的文字表达出的感觉无处不在。他总是善于用细节的巧妙设置和精彩描写来传达感觉。巴别尔的"简洁"并非"简单",不只是简单地删减。相反,相较于其他作品,巴别尔的小说往往读起来"很吃力",有的还会给人以不适应之感。换句话说,阅读巴别尔,要比读一般短篇小说慢得多,不是因为它晦涩,而是因为它质地紧实、细密,不存在闲笔,处处都可遇到"沟沟坎坎"——文字的"结实",信息的密集,意象的饱满让时间变缓,使读者的阅读节奏变慢,它们构成了巴别尔短篇小说的灵魂特质:"以小见大""以短见长"。巴别尔小说的这种神奇魔力正是得益于什克洛夫斯基所言"陌生化"元素的大量存在。巴别尔擅长用客观冷静的情绪、深藏不露的陌生化叙述反衬强烈的内心感受或态度体验。作为一种艺术手段和特质,"陌生化"渗透到巴别尔文本的语言、结构乃至题材选择等各个方面。

巴别尔小说惜字如金,但每篇都必然出现景物描写。凡是读过巴别尔对景物的描述,都不能不为其文字所传达的那种新异的、陌生的感受所触动。生动传神、别具一格的景物描写是巴别尔小说最亮的"名片",也是巴别尔小说不可忽视的重要艺术特色。在巴别尔的短篇小说中,大自然的形象承载着特殊的象征意义,极具诗意特征。巴别尔的写景大多用墨不多,三言两语化为意境纷呈的精彩篇章。高超的写景艺术成为巴别尔制造陌生化效果的核心手段。巴别尔的陌生化技巧充分体现在景物、人、想象三位一体的结构和华丽的语言外壳下跳跃的意象上。

一些作家在写景时,景是景,人是人,人与景分离。但是,在巴别尔的小说中万物生而有灵,其中人与景是混融合一的,景具有人的性格与脾气。在《醒悟》(*Пробуждение*,1931)中借小说人物之口,巴别尔写道:"一个不与自然界息息相通的人,就像置身于自然界中的一块石头,或者一头畜生,一辈子也写不出两行值得一读的东西……你写的风景就像在描写舞台背景。"（第一卷，第 172 页）巴别尔常常给"物"赋予人或动物的特性，即使"物"人格化或动物化，有意识地夸张地提高其动作，使其成为现实主体。这样，在巴别尔笔下不仅自然风景与物体有了生命，而且它们变得和人、动物一样具有动作和感情：

太阳用他行将消失的手指触摸着山羊皮的书脊。（《莫泊桑》，第一卷，第 202 页）

迷雾似波浪般成对翻搅向前，夜行人如妖魔嗥叫于随雾浪沸腾的道壁之间，马路截去了雾中行人的双脚。（《莫泊桑》，第一卷，第 208 页）

四蹄朝天的马尸用蹄子支撑着行将塌陷下来的天空。（《路》，第一卷，第 214 页）

夜晚用它苍茫的被单将我裹在提神醒脑的湿润之中，夜晚把它慈母的手掌按在我发烫的额头上。（《我的第一只鹅》，第二卷，第 44 页）

这个小城已被战火毁坏得像个衣不遮体的女叫花子。[《一匹马的故事》（История одной лошади），第二卷，第 82 页]

此人周身流着酒鬼的血液和油腻的腐液。他的肚子好似一匹肥硕的雄猫躺在包银的鞍桥上。（《阿弗尼卡·比达》，第二卷，第 107 页）

黑暗把它湿淋淋的花冠戴到了我头上。[《战斗之后》（После боя），第二卷，第167页]

　　黑夜驾驭着无数欢蹦乱跳的马朝我飞袭而来。……星星从黑夜凉飕飕的腹内爬了出来，……(《两个叫伊凡的人》，第二卷，第132页)

　　月亮在天空中漂泊，像是在行乞。[《寡妇》（Вдова），第二卷，第143页]

在巴别尔的作品中，月亮、太阳、星星的形象隐喻十足地多次出现，它们成为考察主人公的精神世界及内心感受的象征符号。在上述引文中，陌生化的语言运用随处可见。巴别尔借用一双"另类的"眼睛，以比喻、夸张、扭曲、拉长、缩短、颠倒、同质异构等变形手段使普通的日常语言成为新鲜的陌生化语言，同时意象承载的感受相异于常规的感受，甚至与之完全相对，进而审美对象变得反常和奇异。此时，读者的感觉停留在视觉上，拉远了主体与对象之间的审美距离，于是，作品呈现出诸如悖论、反讽、怪诞等众多独特而又陌生的艺术效果。借助"陌生化"手法巴别尔使事物的展现方式与人们的惯常认识完全背道而驰。巴别尔的感受是纯粹个人化的。这种纯粹个人化的体验，是与众不同的、不被重复的感受。

　　在《此人是怎样在敖德萨起家的》中有一段奇异的景物描写："别尼亚·克里克讲完这番话后，走下土冈。众人、树木和墓地的叫花子们都鸦雀无声。"（第一卷，第43页）在这里除众人、叫花子们之外，"一言不发"、默默地听着别尼亚讲话的还有静止不动的"树木"，换言之，"树木"与人获得了平等的地位。如果说将有生命的"树木"与人并置尚在读者的阅读经验之内，那么"黄昏""残阳""夕晖",甚至"笑声""寂静""琴声""村子"等这些非生命现象和物质全然"活动"了起来,则大大超出读者的审美体验。在巴别尔笔下,它们不仅获得了人的行为和神态,甚至情绪和情感,而且奇迹般拥有了一种独特的"说话"能力。这就是超凡入圣的、典型的"巴别尔式""陌生化"写景策略。如"战争的赤地在窗外无所事事地闲待着"[《拉比》(Рабби),第二卷,第48页];"死气沉沉的犹太小镇紧靠在波兰贵族庄园的脚下"[《机枪车学》(Учение о тачанке),第二卷,第55页];"于是寂静,主宰一切的寂静,便登上了这个小城镇的宝座"(《小城别列斯捷奇科》,第二卷,第92页);"管风琴声停息了一会儿,忽又用低音哈哈大笑起来"[《在圣瓦伦廷教堂》(У Святого Валента),第二卷,第115页];"只见仇恨正在追逐这个穿橙黄色长袍的人,……"(《在圣瓦伦廷教堂》,第二卷,第118页);等等。对"叛变"的体验更是被巴别尔描述得细致入微,极具形象感:

> 叛变时时刻刻从窗口朝我们挤眼,时时刻刻嘲笑着大大咧咧的无产者,……叛变从窗口讥嘲我们,叛变脱掉鞋子在我们屋里来回走动,叛变把鞋子搭在肩上,生怕把被劫一空的房子里的地板踩得嘎吱嘎吱地响……[《叛变》(Измена),第二卷,第155—156页]

这里出现的一些意象完全是主人公尼基塔·巴尔马绍夫眼中的物象。因为他对"叛变"恨之入骨。在他眼中"叛变"无孔不入,无所不用其卑鄙阴险恶毒之手段,千方百计不达目的誓不罢休。它与"讥嘲我们"有了联系,成了"脱掉鞋子在我们屋里来回走动",时刻危及"我们"生命安全的敌人。巴别尔的语言传递出浓烈的视觉气氛,给读者带来了足够的视觉刺激和心理暗示。主人公的感受似乎自然而然，顺理成章。然而，普通读者只有突破惯常的体验方式和思维局限才能真正理解小说人物巴尔马绍夫所作的语言选择之动因。于是，读者自然因陌生而震惊，进而不由自主地深入寻味和思索。

　　景物描写也成为巴别尔小说的文本结构和布局达到陌生化的途径。一般而言，传统叙事作品中情节结构占主体地位。这种小说叙事结构随处可见，缺乏惊异感和奇特感，读者对此习以为常，自然也就无法满足接受主体的审美愉悦感和审美期待视野。巴别尔的小说常常采用"陌生化"艺术手段，依靠景物描写的方法，打破传统的叙事结构，把相关的场景、细节拼接起来，构建起以写景为主导的故事框架，以此实现时空的自由转换。在写景过程中，将确信无疑的事件放在人们熟知的生活和惯性思维之外，使二者保持一定距离，进而使读者产生全新的审美感受。巴别尔的景物描写往往置于小说结构中最关键的位置，"或在开头或在结尾，或在情节突转点或在有意省略处，让它们发挥着重要的结构支撑作用"①。巴别尔尤其善于将景物描写放在小说结尾处。如《契斯尼基村》的结尾："风像一只发了疯的兔子在枝丫间跳跃着飞掠而过"（第二卷，第 161 页），《巴格拉特-奥格雷和他的公牛的眼睛》的结尾："太阳在我们的头顶浮起。蓦地，宁静降临到我这漂泊者的心中。"（第三卷，第 73 页）而《意大利的太阳》（Солнце Италии）结尾一段的景物描写则与开头两段的景物描写相互照应，形成了一种结构上的联系，给读者以丰富的想象空间："……就是这样一个夜晚，彻夜传来遥远、锥心的钟声，在一片泛潮的黑暗中，有一方亮光，亮光下是西多罗夫那张死人般的脸，像是悬在昏黄的烛光下的一副没有生命的面具。"（第二卷，第 34 页）

　　景物描写贯穿全文，这是巴别尔作品中最常见的结构陌生化

---

① 刘文飞：《巴别尔的生活和创作》，《中国俄语教学》2016 年第 1 期。

技巧之一。这种结构在《哥萨克小娘子》和《日薄西山》中十分突出,正是这种结构彰显了巴别尔不同于古典小说以理性和顺序为发展线条的那种叙述式单一的小说结构形式,从而奠定了短篇小说全新的诗学理论。如在《哥萨克小娘子》中几句写景撑起了整篇架构:"太阳升至中天后,像只被酷热折磨得软弱无力的苍蝇,打起抖来……高悬空中的太阳就像干渴的狗伸出在外的舌头……白昼驾着华美的单桅帆船,向黄昏航去,直到5点钟,柳布卡才迎着晚霞从市区回来。"(第二卷,第60页)时间流转于景物描写之间,三句写景完成了从正午到黄昏的时间过渡。这种写景方式明显起到了时空压缩、叙述节奏加快的作用。小说《寡妇》以人物在特定场景中富有个性化的对话构成作品的主体,而夜风、星星、月亮、朝霞则是推动情节发展和转折、擎起小说完美结构框架的重要支点。它们与主人公一路同行,一路见证了蔑视生命、不惧死亡、不畏上帝的荒谬世界。师长的马车夫列夫卡结束了对往事的回忆,"洁净的夜风孜孜不倦地展着歌喉,悦耳地撩拂着人们的心灵。星星在黑沉沉的夜空中浮游,好似订婚的戒指……"(第二卷,第141页)列夫卡与萨什卡在野草上"热乎","月亮慢腾腾地从乌云后边爬出来,停留在萨什卡赤裸的膝盖上。……雾蒙蒙的月亮在空中漂泊,像是在行乞。远处的炮火声在空中回荡。针茅草在不安的大地上沙沙作响,八月的星星坠落到草丛中"。(第二卷,第143页)当三位主人公终于到达包扎所,"怯生生的朝霞在女兵的鬓发上跳动";在小说结尾列夫卡"狠狠地收拾"萨什卡的场景中,风"送来"列夫卡对骑兵连长说的只言片语。至此,景物描写与情节相互交织、穿插和糅合起来。在《日薄西山》中,更加强烈而清晰地传达出写景与情节演进之间存在着既相互依存、又相互呼应的关系。在这里,"时间"变成了可以"行走"的、有生命的独立个体,从一开始便与小说各色主人公"一路同行",与他们一起活动,亲眼目睹并共同

"参与"到事件中："它，时间，自古代起就当出纳员了，走了一程又一程。它在途中遇见了国王的姐姐特沃伊拉，遇见了马车夫马纳谢和俄罗斯姑娘玛鲁霞·叶甫图申科。"(《日薄西山》，第一卷，第75页)而"晚霞""夕阳""繁星"的活动则成为故事的叙述线索，出现在情节转折的关键时刻，推动情节的发展。

前面言及巴别尔景物描写对于小说结构带来的陌生化效果，至于景物描写中对比反差手法形成的陌生化效果更是随处可见。巴别尔醉心于观察一切存在的事物，痴迷于现实世界中蕴含的任何一种奇妙事物。他善于将符号化所具有的隐喻特征纳入其作品的写意性、抒情性中，同时在文字中发掘到一种既有诗意，又有视觉美感和冲击力的东西，换言之，重新赋予文字与符号新的生命力。密集的枪声，惊慌失措、四散奔逃的人群——在《我的鸽子窝的故事》里噩梦般的恐怖场景中，一只美丽的"百鸟之王"孔雀赫然挺立在读者面前：

> 我把鸽子藏到怀里，看着人们四散逃离猎人广场。孔雀站立在伊凡·尼古季曼奇的肩上，最后一个离去。但见孔雀站在那里，一如太阳立于潮湿的秋空中，它站在他肩上，一如七月，赤日炎炎的七月，立于玫瑰红的河岸上，立于凉飕飕的深草丛中。(第一卷，第129页)

在精确的叙事中呈现出一系列具有感性激情的原真的审美意象。阅读这一段的时候，快感强烈，因为巴别尔做到了把自己化在语言和故事之中，不是直接讲意义，而是通过隐喻来完成。用"我"的独特视角展现了养鸽者和抢鸽人的一系列行动，简洁的叙述衬托出清晰准确的意象画面。充满诗意美感的"孔雀"所具有的先天隐喻性，在巴别尔的视野与表达中得到了最恰当的形式呈现，巴别尔特有的诗性语言又增添了隐喻的诗意美。然而，华贵、优雅的"幸福鸟"瞬间幻化为另一种血肉模糊的、惨不忍睹的飞鸟——鸽子的形象,被打翻在地的"我"看到了一个破碎的、残缺不全的世界图景:"这个世界又小又可怕。我眼前是一块小石头,上边坑坑洼洼的,活像下巴奇大的老太婆的脸,不远处有一段细绳,以及一捧还在颤动的羽毛。我的世界又小又可怕。"(第一卷,第132页)这种在同一个故事,甚至同一个画面中将美与丑、高雅与低俗、狂欢与痛苦等对立的因素平行并置、相互交织、相互纠缠正是巴别尔对艺术真理的追求所在。"孔雀"与"鸽子"形象的强烈反差客观上制造了"陌生化"效果,将读者的审美体验提升到更高的境界。

《泅渡兹勃鲁契河》开篇展现了一幅清新开阔的自然景色画面:哥萨克骑兵军浩浩荡荡,车水马龙,从远处向"前景"走来。然而,在巴别尔特有的"强光"与"暗影"的交织之中,战争与和平、残酷与壮美形成了强烈反差:"橙黄色的太阳"和"被砍下的头颅","血战的腥味"和"死马的尸臭",胜利的喜悦与残酷的代价之强烈对比,使小说的气氛开始变得越发紧张起来。紧接着,小说转向封闭的室内空间,从"我"的主观视角出发,在极具犹太日常生活气氛的场景中,通过两位主人公的对话,将犹太老人遇难的前情——陈述。仅仅两个调度简单的场景,就将巴别尔的美学野心表现得淋漓尽致。此外,巴别尔的短篇小说常常喜爱在日常叙述中加入一些符号,以表达更为抽象或形而上的理念。《泅渡兹勃鲁契河》中同样运用到了这些元素,如被兜底翻过的柜子、撕成了碎布片的女式皮袄、破碎的瓷器等,但巴别尔更为可贵的创作意识在于,虽然他通过特写等"镜头"对这些元素进行了强调,但它们并没有与故事发生的大环境相脱离,而似乎是自然而然地出现在画面中,漫不经心地被"镜头"扫过。符号成为小说的一部分,补充并加强了故事的隐喻性和陌生化效果。若有若无的对话、寂静无声的环境、好似黑白二色的肃杀基调造成的心理压抑感，皆预示着小说接下来的氛围与之后犹太女人凄凉的命运。在巴别尔十分节制的"镜头"中，小说缓慢地将犹太女人的身世与经历托出，甚至有意地"逼迫"读者在凝固的"镜头"中审视诺沃格拉德市毫无血色的月夜。

然而，值得一提的是，短篇小说《莫泊桑》中诸多色彩鲜明、耀眼炫目的语句令人惊讶于初涉文坛的巴别尔如此热爱阳光，一时间给人以某种错觉，认为巴别尔善于写明媚的阳光和湛蓝的天空，但事实上并不尽然。仔细品读巴别尔的短篇小说，便会发现，他更为喜爱的是夜晚的星辰。在《敖德萨》中，巴别尔曾如此描述敖德萨春夜月光下的美景："敖德萨的春夜是甜蜜的，令人陶醉的，金合欢树的芳香沁人心脾，月亮将其令人倾倒的银辉均匀地铺在黑沉沉的海上。"（第一卷，第5页）在后来的创作中，对月光与星辰的追寻更使巴别尔创造性地采用了各种奇巧的比喻手法，把寻常的月光与星辰陌生化，运用逆反思维达到出人意料的陌生化审美效果，如"月亮像个廉价的耳环，挂在院场的上空"（《我的第一只鹅》）；"月亮爬到了水塘上空，绿得好似蜥蜴"（《小城别列斯捷奇科》）；"美不胜收的夜景映满了天幕。天幕上缀满了油灯一般大的星星"（《盐》）；"星星在黑沉沉的夜空中浮游，好似订婚的戒指"（《寡妇》）；等等。

在人物形象的描写上，巴别尔也常常实验性地使用陌生化的手法，刻意扭曲，将人物描写动物化，如"他用稍大的声音又说了一遍，连气都喘不过来了，像只被逮住的耗子那样尖叫了一声，放声大哭"（《阿弗尼卡·比达》，第二卷，第109页）；"她走路时像一只被打断了腿的狗，一瘸一拐地打着转"（《在圣瓦伦廷教堂》，第二卷，第115页）。而在《意大利的太阳》开头两段的景物描写中，人与景、人与自然已不分彼此、浑然一体：

此时，成了一片焦土的城市——断柱像凶悍的老虔婆抠到地里的小手指——我觉得正在向天上升去,显得那么舒适、飘逸,好似在梦境之中。月色如洗,以其无穷无尽的力量,向城市注泻。废墟上长了一层湿漉漉的霉菌,煞像剧院长椅的大理石椅面。我渴盼着罗密欧,那光滑如缎子的罗密欧,歌唱着爱情,从云朵后面出来,但愿此刻在侧幕后面,无精打采的灯光师已把手指按到月亮的开关上了。(第二卷,第30页)

"陌生化"的关键是重视接受者与表现客体之间的"距离"。巴别尔的短篇小说就是这样的作品。在巴别尔的短篇小说中,陌生化主要通过结构、意象、修辞等技巧赋予了语言感性的色泽和丰富的意境,从而升华读者对其作品的审美体验,使读者产生不同于以往的审美感受。从结构表面上看,巴别尔的小说常常以景物描写为起点,也以景物描写为落脚点。这种"景物描写型"的小说结构正是巴别尔对传统小说结构的陌生化塑造。巴别尔把各种不同的语言结成一个丰富多彩的整体,创造了独一无二的言语奇迹。距离产生美。陌生化技巧拉开了读者与文本之间的距离,激发了读者的新奇感,同时也成就了巴别尔的作品在文坛的经典地位。

第三节 巴别尔短篇小说中的"零度写作"

罗兰·巴特(Roland Barthes,1915—1980)[①] 在其名作《写作的零度》(1953)中借助语言学研究方法,以加缪(Albert

---

[①] 罗兰·巴特——法国符号学理论大师、结构主义思想家。

Camus,1913—1960)[①]小说为例,提出了"零度写作"的概念。"零度写作"是一种非感情化的、"不介入的"、中性客观的写作方式,是一种沉默性叙事风格,一种"摆脱了特殊语言秩序中一切束缚的写作"[②]。"零度写作"是一种机械的陈述,不夹杂任何个人的态度和想法,是对古典写作的有力反驳。

巴别尔似乎深得"零度写作"的精髓和要旨。一方面巴别尔崇尚华丽的文风;另一方面其擅长冷静的描写,简洁到位,不做过多修饰,用最少的文字和最短的句子交代纯叙述性的地方。巴别尔的一些短篇小说善于采用反转的方式增加故事的震撼性,而另一些作品则极力淡化短篇小说的故事性,用克制而隐忍的笔触去勾勒出一幅现实生活图景,但在文字的背后却波涛暗涌,令人读后心惊不已。巴别尔的冷静与客观出离读者的想象。他的小说视角像一台摄像机冷峻客观地记录着发生的一切,让读者与之保持一定距离,让后者自行感受物象背后的意义和人物的内心。与此同时,巴别尔总是似乎冷冷地、随意丢下一句话,或抛出一个故事,然后若无其事地走开。在"零度写作"美学的调和下,巴别尔并不匆忙地妄下结论,而是更多以"白描"的手法给出自己的观察,任凭读者去解读。他仿佛在书稿上分别给出了一个句号和一个逗号,自己只做见证者,以不变应万变,将审判权交给读者,一切解读与评价留待后者自行填补。这样的短篇也更凸显出巴别尔似乎在维持一种作为旁观者的矜持距离。

在巴别尔的小说叙写中,暴力、血腥是一个不可缺少的主题或表现手段。在《泅渡兹勃鲁契河》中,巴别尔对暴力的思考冷静而庞大。他总是以一种十分极端的方式凸显和放大特定年代特

---

① 阿尔贝·加缪——法国作家、哲学家,存在主义文学、"荒诞哲学"的代表人物,于1957年获得诺贝尔文学奖。
② [法]罗兰·巴尔特:《符号学原理》,李幼蒸译,生活·读书·新知三联书店1988年版,第102页。

定场景下发生的暴力。所有不能承受的生命之重、生命之轻，巴别尔每每轻轻带过，却在读者心中掀起惊涛骇浪和无尽想象。阅读巴别尔是一次心灵的震撼。他的作品"震掉了你的文化背景，震掉了你的道德预期，也震掉了你的自我。……里边的故事特别残酷，但真正令人震惊的是作者的态度，简直冷酷"[①]。约翰·厄普代克称赞巴别尔的小说"似闪电，又似不眨眼的目击者"。在表现暴力、血腥的场景中，巴别尔在叙述语言上总是以静制动。巴别尔的处理是多见纯净的叙述，不见单纯的描写。在"旁观式的第一人称叙述"的作品中，不露出一丝作者的痕迹。无论是场景的描绘，还是交代具体事件，都是一种平淡中见温凉的冷静。小说《泅渡兹勃鲁契河》篇幅极短，汉译不过千字，只有叙述者"我"和女主角两人。在完美的表象下，在乏味的文字背后字里行间透出一种阴郁和冷酷的情绪，隐藏着一股令人心惊的暗流和随时可能袭来的不稳定，读者时刻会感到迎面而来的张力。巴别尔没有让柳托夫表露出对他人痛苦的态度，也并未急于揭示柳托夫的心理特点，但在这里明确暗示了冷血的叙述者柳托夫的性格特征：隐忍和克制，甚至到了绝情寡恩的程度。对于不幸的犹太女人的自述，柳托夫是冷静的。对于读者而言，这种冷静甚至是残酷的，猝不及防地将战争最真实的一面展示出来。小说叙述的沉闷和压抑的程度令人窒息，阅读时，读者的精力甚至难于一次性读完整篇作品，但合上书后只剩下一种陌生的感觉和诧异不解，读者因此不寒而栗。

一部作品真正的高超之处在于，读者根本没有亲身经历过它所讲述的故事，但在阅读时会产生一种巨大的、身临其境的真实感，这就是文学的艺术真实带来的力量，《小城别列斯捷奇科》就是这样一篇杰作。这是《骑兵军》中当得上"惊心动魄"四个字的小说之一。相较于《泅渡兹勃鲁契河》，它老辣、冷静得可

[①] 江弱水：《天地不仁巴别尔》，《读书》2008 年第 12 期。

怕。对杀戮情节的描述，没有一滴血腥，读者已经血脉贲张，但作者不动声色。对这段场景的处理，巴别尔采用了第三人称。以遇害的犹太老人"他"作为直接导体，延展开来。作者书写的文字便是事件本身，没有加工，没有夸饰。小说的叙述只是把事情的过程毫无保留，毫无修饰，原原本本地呈现在读者眼前，而自己不带一丝情感，仿佛杀戮是他者的行为，而叙述人只是一个无关紧要的旁观者。巴别尔在书写犹太老人的死时，那般从容与沉静，似乎这便是生活本身，井然而自然。因此，随即扔出一句与此时气氛毫不相干的话："哥萨克们拐过街角走掉了。我跟在他们身后，开始观光别列斯捷奇科的市容。"（第二卷，第93页）这真叫"杀人不眨眼！""我"的举动传达给读者冷彻骨髓的寒意，与"我"在骑兵连长葬礼之后的表现惊人地相似："我用嘴唇碰了一下特隆诺夫围在马鞍中的前额后，便去观光笼罩在瓦蓝色尘埃和加利奇忧伤情调之中的哥特式风格的索卡利市的市容。"（第二卷，第121页）

在短篇小说《路》中，火车上一对新婚的犹太教师一路畅谈教学方法，睡梦中两人十指交叉地紧紧握在一起。突然列车停了下来，报务员上车查验证件，不料只扫了一眼夫妇二人的证件，便拔枪射向男教师。站在报务员后面的一个人，解开死者的裤裆，用一把小刀割下死者的生殖器，塞进教师妻子的嘴里，"教师妻子柔软的脖子一下子粗了起来。她一声不吭"。（第一卷，第213页）巴别尔也一言不发，笔锋陡转，接下来竟抛出一句读起来无关大碍的景物描写："列车停在草原上。高低起伏的积雪闪耀着极光。"（第二卷，第212页）似乎任何事情都没有发生过。没有语言，没有心理描写。没有愤怒，也没有用力表态，暴力变成了一种见怪不惊的常态。巴别尔对叙事节奏的掌控，适可而止，举重若轻。对于战争的残酷并未作过度的渲染，甚至连最可以大写特写的一个画面，也保持了冷静与克制。然而，"一声不吭"足以承载了犹太教师夫妇及整个犹太民族不能言说的痛苦和屈辱的受难史。《道德经》有言,大象无形,大音希声。于无声处,更是一股道劲,它冲击心灵的力量,甚至胜过千军万马。而作者似乎坐视不理,静观其变。所有的想象力在这里都显得苍白无力,所有的道德判断突然间全部失去了效用。在这里,一词一句都是纯粹的陈述,巴别尔似乎要把最真实的暴力展示在读者面前,展示个人在历史"暴力"中的身不由己,以及默默的忍受与抗争。

在《家书》中,当了白军的父亲刀割参加红军的长子费奥多尔,另一个儿子谢苗抓到了父亲,主人公、弟弟库尔丘科夫在给母亲的信中平静地转述哥哥谢苗与父亲之间一段骇人的对话:

"爹,落到我手里好受吗?"
"不好受。"爹说,"我要遭罪了。"
于是谢苗问他:
"那么费奥多尔呢,他落到您手里,叫您一刀刀宰割,他好受吗?"
"不好受。"爹说,"费奥多尔遭殃了。"
于是谢苗问他:
"爹,您想过没有,您也会遭殃的?"
"没有,"爹说,"我没想到我会遭殃。"
于是谢苗转过身子对着大家,说:
"可我想到,要是我落到爹手里,您决不会饶我。现在,爹,我们就来结果您的性命……"(第二卷,第15页)

这段文字不动声色,不见血光,不可思议。它突破了读者的道德底线和情感认知,无比冷酷,无比虐心。巴别尔仿佛是一个站在世界之外的观者,始终与人物保持一定的距离。他隐藏在行文背后，用超然冷静的态度和极其残酷的手法描述着战争对家庭、亲情的毁灭，对人性的摧残和嬗变，以零度的笔触对人物和事件进行客观描绘，将思考和判断权留给读者。这些描述丝毫不带感情色彩，零度叙述的效果是库尔丘科夫作为"人"的属性被剥离殆尽，变为被巴别尔放在显微镜下细致而精确地描绘的一件"物"品。

巴别尔在进行暴力、血腥以及死亡叙述时一向"冷若冰霜"。其文字中丝毫找不到充满感情的、热情澎湃的句子。他的小说一反传统小说的全知观点和直接插入界说和判断，尽量对"人"与"物"进行客观、从容的书写，弱化情节，避免意义和价值强加于叙事。冷漠的叙述近乎让巴别尔置身于暴力世界之外，在非人格化的描写中取得了暴力表达的陌生化审美效果。

事实上，罗兰·巴特最终指出，绝对零度的创作是不存在的，任何作品都不可能实现绝对零度。巴别尔所描述的暴力、血腥和死亡事件不带有任何感情色彩，事实上，巴别尔对暴力表现出了一种有距离的客观态度，他的这种"零度写作"并不是缺乏感情，而只是把内心的情绪压在理性之下，让理性升华，感情降至冰点。

* * *

巴别尔的作品对短篇小说美感体验进行了先锋式探索。受西方现代派影响，其美学特质具有强烈的现代主观意识、鲜明的反传统倾向，艺术上自觉地求新求变。展读巴别尔的短篇小说，唯美主义和极简主义美学不仅是一种普遍的文学存在，也构成了其文学诗情的重要内容。巴别尔继承了现代派小说的精髓和零度写作的要旨，在反传统的基础上，借助各种意象和象征性表达手法，刻意摆脱古典写作的樊篱，极力跳出古典写作磁场。这些努力使其作品呈现出迥异于同时代其他作品的美学境界，获得了陌生化的审美特征。

第五章　巴别尔短篇小说的"复调性"与"狂欢化"诗学风格

"复调"本是一种音乐体裁，指两个或两个以上声部或旋律同时展开，相互层叠，但保持各自的独立性。苏联著名文艺学家、文学批评家米哈伊尔·巴赫金（Михаил Михайлович Бахтин，1895—1975）借用音乐学中"复调"这一术语，在研究陀思妥耶夫斯基小说的基础上提出了"复调小说"理论。巴赫金概括了陀思妥耶夫斯基小说的诗学特征，指出陀思妥耶夫斯基笔下的世界是完整统一的，但正如音乐中的复调一样，他的作品绝不是一个人感情意志的统一。它是由互不相容的各种独立意识，各具完整价值的多重声音组成的，旨在展现具有同等价值的、不同意识的世界。陀思妥耶夫斯基的"复调"小说迥异于已经定型的、独白型的欧洲小说模式，它的特点在于作品中一切都是开放式的和未完成的。其中多条线索同时发展，又彼此交织在一起。多个独立的声音、故事不分等级，共生并存。

"狂欢"一词源于意大利语"carne vale"，意为"告别肉"（或"谢肉"）。"狂欢节"（Carnival）（又译"嘉年华"）[①] 始于欧洲中世纪。古希腊罗马的农神节可被视为其前身。该节日曾指复活节斋期前的纵情作乐。在美学中，"狂欢"是一种感受世

---

① 东斯拉夫人也把"狂欢节"称为"谢肉节"或"忏悔节"。

界的方式。巴赫金从欧洲各种狂欢节庆典活动出发,将"一切狂欢节式的庆贺、仪礼形式的总和"称为"狂欢式"①。"狂欢式"逐步变为一种价值观,转化为文学语言,即形成"狂欢化"的艺术世界。

"狂欢化"是巴赫金狂欢诗学理论中一个核心术语。在分析拉伯雷的作品和中世纪民间诙谐文化（笑文化）时,巴赫金提出了"狂欢化"的概念。除社会生活领域的狂欢现象外,狂欢化文学从文学层面解释了"狂欢"的内涵。巴赫金在欧洲文学史中发掘出被长期覆盖于主流文学之下的狂欢文学悠久绵长的历史和伟大的传统。他揭示了狂欢化文学的艺术原则和狂欢化诗学的内涵：艺术思维的狂欢化——用狂欢节的视角观察世界；鲜明的指向性——针对权威语言、风格和体裁等；从底层发动文学革命——借助于被官方文化贬低的小丑、傻瓜、骗子等诙谐滑稽的特定体裁面具实现意义表达；杂语性——不同文体、不同语言和不同风格杂糅在一起。巴赫金认为,充溢着狂欢化色彩的小说少独白,多对话,少教条,多变通,最具创造性和开放性,最富有生命力。

从巴赫金的狂欢化诗学审视,巴别尔短篇小说的文体具有典型的狂欢化特征。"巴别尔是行动的诗,是血,是生命,是阳光。阳光的东西是指身体的东西。巴别尔对生命的感觉,有着拉伯雷式的'生命的飞扬的极致的大欢喜'。"② 狂欢式世界感受和诙谐精神渗透到巴别尔文学语言的表达中,赋予其作品狂欢化的叙事风格,产生狂欢式的喻意文本,形成狂欢化的文学样式。民间诙谐文化的美学风格通过大量狂欢化形象体现出来,这些形象构成了巴别尔短篇小说诗学的核心。巴别尔的小说追求复调叙述的众

---

① ［苏］巴赫金：《巴赫金全集》第五卷,白春仁、顾亚铃译,河北教育出版社2009年版,第157页。
② 江弱水：《天地不仁巴别尔》,《读书》2008年第12期。

声喧哗,主人公之间、故事与故事之间形成了一种多元对话,体现出鲜明而有序的复调结构。在文体风格上,巴别尔的小说亦庄亦谐,恣肆戏谑,符合巴赫金所言的庄谐体。在小说结构的多层次和小说主题的多重性上,类似于"复调小说"。此外,形成巴别尔小说文体风格的精神根源,也与狂欢化文体的内在特性贯通一致。

第一节 "加冕—脱冕":从狂欢化艺术思维到狂欢化叙事结构

"加冕—脱冕"是狂欢节的一个重要仪式。通常,在狂欢式庆典中全民选出狂欢节理想的"国王",然后参加狂欢的人们笑谑地为"国王"举行"加冕"仪式:给其戴上王冠,穿上王袍,递上王杖,令其扮演国王。在狂欢节结束前受加冕者注定将被"脱冕":"国王"身上的衣冠被众人全部剥光,所有服饰、道具等权力象征物被夺回。"王冠"的移交意味着"脱冕"的开始。此刻,被脱去"新装"的曾经的"国王"如罪人一般受到狂欢群体的讥笑、唾骂和殴打,有时甚至会被象征性地处死。人们以此方式纵情享受暂时摆脱现实社会等级秩序、权力和禁令的束缚后,那种自由欢乐、无拘无束的生活。这样的狂欢式生活拉近了人与人之间的距离,使人与人之间产生一种平等、随意和亲昵的关系。

"加冕"和"脱冕"是相互转化、不可分离、合二为一的双重仪式。"加冕"的同时自然蕴含了"脱冕"的意义,而"脱冕"本身也必然包孕着新的"加冕"。在"加冕—脱冕"过程中,神圣与粗俗、伟大与渺小、高贵与卑贱、生与死、上与下、大与小之间的界限被打破,二元对立的价值观念变得含混、模糊。由此,"加冕—脱冕"仪式具有深刻的象征意义和积极的创造意义,它鲜明地体现了狂欢节中交替更新的精神,即世间万物生生不息,周而复始,无限循环。一切都是相对的、暂时性的。从这一意义上讲,"加冕—脱冕"仪式是一种在欢笑中形象和意义的新生,具有强烈的狂欢式的颠覆、解构和革命意味,其中包含着肯定和否定的双重指向,即对生动鲜活、富有相对性的民间话语的肯定和对严肃的、充满绝对性的官方话语的否定。

中世纪的狂欢庆典活动及其欢快、诙谐的气氛深刻地影响了人的生活与思维方式,为许多作家带来了狂欢化艺术思维。从拉伯雷、塞万提斯(Miguel de Cervantes Saavedra,1547—1616)[1]、司各特(Walter Scott,1771—1832)[2]、歌德(Johann Wolfgang von Goethe,1749—1832)[3]、雨果(Victor Hugo,1802—1885)[4]等的作品中突出地反映了狂欢式庆典对世界文学带来的显著影响。巴赫金认为,狂欢节的"加冕—脱冕"仪式对文学的艺术思维产生了极其巨大的影响。它决定了一种脱冕型结构。同时,"脱冕"具有至关重要的两重性和两面性。[5] 在狂欢节仪式之外,"加冕—脱冕"逐步深入人的思维观念,进而被植入狂欢化文学中,转化为一种艺术结构,作家以此来审察周围世界、表现日常生活题材。艺术思维的狂欢化正是狂欢式中"加冕—脱冕"结构在作家创作心理上的反映,它体现为作家对边缘世界、边缘性情境表现出超常的关注和格外的敏感性。

在文学作品中,"加冕—脱冕"体现为人物命运的突变,瞬

---

[1] 米格尔·德·塞万提斯·萨维德拉——文艺复兴时期西班牙小说家、剧作家、诗人。
[2] 沃尔特·司各特——英国著名历史小说家和诗人。
[3] 约翰·沃尔夫冈·冯·歌德——德国著名思想家、作家、科学家。
[4] 维克多·雨果——法国作家,19世纪前期积极浪漫主义文学的代表作家,被称为"法兰西的莎士比亚"。
[5] [苏]巴赫金:《巴赫金全集》第五卷,白春仁、顾亚铃译,河北教育出版社2009年版,第162页。

第五章 巴别尔短篇小说的"复调性"与"狂欢化"诗学风格　　165

间发生的逆向转折。通过反讽、戏仿、降格等手段在高低之间的升降和转换中制造出一种狂欢的气氛,以摧毁官方意识形态赋予事物的神圣面具,还原事物的本来面目,展露其双重性和相对性。"加冕—脱冕"构成了巴别尔短篇小说重要的情节结构。短篇小说《国王》《此人是怎样在敖德萨起家的》《父亲》《哥萨克小娘子》等正是巴别尔运用狂欢化思维创作而成的独具艺术个性的作品。这些文本具有明显的狂欢空间,其深层叙事结构恰是狂欢节的"加冕—脱冕"仪式。《国王》位列《敖德萨故事》之首,是全书的开篇,其地位与作用不言而喻。《国王》不仅仅是一部小说,更是一个传奇,讲述了从警察段长"加冕为王",到其"被脱冕",别尼亚跃居黑帮"老大"的全过程。小说的题目直接映射出作品的狂欢化叙事结构——"加冕—脱冕"型艺术结构。"国王"一词代表了官方世界的统治者和莫尔达万卡地下黑帮的主宰者——警察段长和别尼亚·克里克。其中,主人公别尼亚·克里克在民间诙谐文化中极具典型性和传统性。小说一开始,警察段新段长扮演着象征国家权威的"国王"角色。他新官上任的第一件大事便是指示全段警察立刻除掉别尼亚·克里克,"因为既然有了沙皇陛下,就不得再立国王"。(第一卷,第24页)于是,他决定在啸聚为王的强徒别尼亚的姐姐特沃伊拉举行婚礼时对别尼亚实施围捕行动,"将他一网打尽……"警察段出动了40名警察前来抓捕别尼亚一伙,但刚走十几步,警察段便着起火来。莫尔达万卡真正的"国王"别尼亚以自己的方式向头号死敌、竞争对手——警察段长进行了报复,对后者实施了"脱冕"。

　　在狂欢节上,"国王"与狂欢人群的关系时刻处于变换之中。"更看重"自己"尊严"的敖德萨的"国王"——警察段长胸有成竹,胜券在握,却功败垂成,因为"打搅了别尼亚办喜事,他一恼火,就会血肉横飞",而"别尼亚出动之时就是警察完蛋之日"。警察段在一片大火中被摧毁，警察段长最终遭到别尼亚的"脱冕"惩罚。在巴别尔民间节日诙谐意识的渗透下，残酷的权势角力为大众狂欢拉响了前奏。就在警察段长大脑轰鸣，眼神呆滞，始料未及之间，精明过人的放火者别尼亚的再次出现，给整个争斗更增添了狂欢化色彩。他把自己扮演成一个若无其事、不明就里的"傻瓜"，表现出大仇得报的陶醉和狂人的激情。从警察段长变貌变色、手足无措的举止中，别尼亚看出了"脱冕"的千真万确和不容置疑。在别尼亚对警察段长"毕恭毕敬"的"行礼"和"满怀同情"的话语中，无不显示出讽刺、嘲笑的口吻与得意忘形、幸灾乐祸的态度。他亲手制造了这场大火，他就是掌控莫尔达万卡生死命脉的"大王"。在别尼亚对警察段长身份的玩笑与嬉戏中，貌似神圣的一切被"降格"，后者遭到了侮辱性的失败——从荣耀的"国王"还原为狂欢舞台上的"小丑"，沦为被莫尔达万卡狂欢世界里真正的"国王"别尼亚耻笑的对象。

　　警察段建筑物上冲天的烈焰极具象征意义。在欧洲的狂欢节结束时有一个传统习俗，通常要对一个装有狂欢仪式上所用各种杂物、被称为"地狱"的特殊处所进行焚毁。根据巴赫金的观点，在狂欢节上，"火"的形象带有深刻的两重性："火"象征着旧世界的毁灭，同时也代表新世界的诞生。在《国王》中，"火"的形象同样具有狂欢的性质，它将现实世界带入狂欢化的世界中。不熄的烈火寓意着特沃伊拉婚礼的万无一失，同时意味着别尼亚和他的同伴们对旧秩序的顽强斗争，标志着旧秩序的彻底颠覆与新秩序的迅速建立。警察段的焚烧坍塌象征着大众自由狂欢的开端。警察段长是"王权"的代表，实际上，火烧警察段正是下层民众对上层权贵的反抗与"脱冕"。它使官方权力相对化，具有明确的指向性意义，矛头直指现实世界的"国王"。在胜利者——地下世界的"国王"别尼亚面前，警察段长痛心疾首、抱憾不已，其"直愣愣地望着熊熊燃烧的建筑物，吧嗒着嘴皮子"

的画面与小说最后一个场景相互照应：特沃伊拉"饧着一双春意荡漾的眼睛睨视着"自己的"猎物"——埃赫巴乌姆出钱买来的孱弱的大男孩，"那模样活像一只把老鼠叼在嘴里，用牙齿轻轻地咬住品味的雌猫"。

在《国王》中，"警察段长""全段警察"和"消防队员们"每个人都是与莫尔达万卡地下世界相对抗的异己或"外人"。新上任的警察段长试图恢复法律秩序的计划，以别尼亚火烧警察段、"外人"的彻底失败而告终。事实上，在向别尼亚暗递消息的年轻人难以掩饰的笑声中隐藏着一个严肃的权力问题。在这里，"自己人"和"外人"之间冲突的过程也正是"加冕—脱冕"的全部过程。事实上，小说开篇第一个对话——"谁都不认识的年轻人"与别尼亚之间的谈话并非关于举办莫尔达万卡"强徒"与巨商富贾的狂欢庆贺——特沃伊拉婚礼的话题，而是商议"狂欢节"上的"加冕—脱冕"行动：非法的，却是"自己人"的"国王"如何推翻掌握现实社会的合法权力，但对敖德萨地下社会来说却是"外人"的"国王"。与之相反，正所谓"自己人好算账"。以打家劫舍为生的法外之人别尼亚与埃赫巴乌姆之间的冲突完全属于"自己人"内部的"矛盾"，最终以别尼亚与埃赫巴乌姆女儿齐莉娅缔结婚约这种"自己人之间的方式"圆满解决。

如果说《国王》写的是别尼亚对莫尔达万卡现实世界的"国王"、警察段长的"脱冕"，那么《敖德萨故事》的第二篇小说则讲述了别尼亚如何从一个"籍籍无名"的鼠辈"闪电式的发迹"，"登上了绳梯的顶端"，变成"国王"，正式被"加冕"的故事。在某种意义上，小说的题目《此人是怎样在敖德萨起家的》完全可以换成《此人是怎样在敖德萨"加冕"的》。偷袭塔尔塔科夫斯基的店铺，误杀账房穆金什泰英——这是别尼亚对莫尔达万卡的富翁、"双料犹太人"塔尔塔科夫斯基采取的"脱冕"

行动。因为后者的"狠心和金钱是犹太人一个人的体积所容纳不了的。他比敖德萨最高的警察还要高,比最胖的犹太婆娘还要沉"。(第一卷,第 34 页)塔尔塔科夫斯基"在敖德萨满世界呼号"正是对自己失去权力的哀痛。"明白事理的人"对他的哭喊和反问"警察到什么时候才行动?""别尼亚到什么时候才完蛋?"给出了回答:"别尼亚出动之时就是警察完蛋之日。"在小说最后,目送着别尼亚扬长而去的汽车,"说话咬舌儿的莫伊谢伊卡"的一句话为狂欢化文本中的"加冕"仪式画上了句号:"这就叫国王"。

列宁说过:"革命是被压迫者和被剥削者的盛大节日。"①《骑兵军》则证明:对于哥萨克而言,革命也是他们难得的节日。革命不仅与流血牺牲紧密相连,革命也是刺激他们纵欲狂欢的反作用力。革命意味着一场破坏旧世界,建立新世界的特别的狂欢。在塑造深受革命英雄主义熏陶的哥萨克群体形象时,巴别尔有意识地将创作视角转向普通民众的生活。在这个"翻了个的"生活中,昔日的被奴役者开始了精神和肉体上的狂欢。他们全身心地投入火热的革命洪流中,陷入"同仇敌忾"的梦幻里,仿佛如果不加入这场革命的狂欢中人生就会暗淡无光、平凡庸碌。在这种充沛的革命激情背后隐藏的正是普罗大众迷狂般的集体狂欢。这是潜藏于生命本能欲望之中的一种无意识的、最原始的快乐与冲动,也是面对绝望与无奈时采取的乐而忘忧的心理机制。在刻画哥萨克战士的形象时,巴别尔正是遵循了狂欢节中反常态的、戏谑化的"加冕-脱冕"逻辑,将在官方话语中被戴上皇冠、叱咤风云、威震天下的英雄——红色骑兵军战士、哥萨克勇士们拉下神坛,直白地展现了他们的原始野性、生命狂力和作为"人"的不完美。褪去一切光环,真实面貌的骑兵军究竟是怎样

---

① [苏]列宁:《列宁全集》第九卷,中共中央马克思恩格斯列宁斯大林著作编译局编译,人民出版社 1959 年版,第 98 页。

一个群体,作为独立个体的他们背后藏着怎样的故事,切近的了解,正是在这本《骑兵军》之中。

哥萨克战士高高位于权力话语之上,对于官方思想他们有自己独特的理解。他们在无意识之中将崇高的官方话语贬低、降格,使其肉体化。他们在推翻旧世界的同时,也使它遭到空前惨烈的破坏。在与骑兵军战士"零距离"接触的基础上,巴别尔把他们还原为本质意义上的、"接地气"的普通人,让他们回归真实的生存状态。巴别尔亲眼看到了骑兵军队伍本身鱼龙混杂、良莠不齐,在众声喧哗中激浊扬清。年轻的库班哥萨克普里绍帕便是其中一个典型代表。他集多种身份、多种角色于一身:"他是个死乞白赖的滥小人,被清洗出党的共产党员,无忧无虑的梅毒患者,撒谎不打草稿的牛皮大王,日后只配收收破烂的家伙。"(第二卷,第81页)食色性是《骑兵军》的主线之一,自始至终联结着全篇。高喊着"为了共产主义和酸黄瓜前进"的哥萨克骑兵、《家书》中每天晚上躺下睡觉时肚子饿得咕咕叫、对家里那头花斑公猪肉垂涎已久的库尔丘科夫、《我的第一只鹅》中冲着"我"故意大放响屁的骑兵军战士;将能够弄到一个像样的女人或可以解决填饱自己肚子问题的人视为同道的哥萨克、《多尔古绍夫之死》中在太阳地里打呼噜,在睡梦中大喊大叫的团长维嘉卡伊钦科、《寡妇》中吧唧着嘴,嚼着肉,喘着粗气,打着饱嗝,与奄奄一息的团长舍弗列夫的女人"热乎"的马车夫列夫卡;《拉比之子》中把自己"不知掩饰的雌性动物的罗圈腿抵着地板",死死地盯着奄奄待毙的红军战士"蔫不拉唧、阴毛鬈曲的阳具"的两个女打字员……还有普遍存在的纵欲、强奸事件、疯狂革命又疯狂性爱等。与大多数对英雄人物英雄壮举的正面描绘不同,巴别尔更多地展示了骑兵军战士身上鲜为人知的方面,以游戏的方式和狂欢化的文本策略对他们进行了平民化的表现。这是一个去价值化、去高尚化的过程。在这里,作为社会意识形态的代表，骑兵军战士变为人们可以平等对待，甚至可以讥讽的对象。高大魁伟、战功赫赫的萨维斯基"两条修长的腿包在紧箍至膝弯的锃亮的高筒靴内，美如姑娘家的玉腿"。（第二卷，第40页）这个比喻在凸显主人公生命活力的同时，诙谐逗趣，惹人发笑。萨维斯基对知识分子柳托夫表现出厌恶、排斥和鄙夷的态度。骑兵军战士们本应是新思想、新理念的承载者和播种者。但他们更多地显露出野蛮、粗鄙的思想和行为方式。巴别尔有意突出了骑兵军战士身上粗俗的率真与勇敢，以及蒙昧、鲁钝、狂妄无知的一面。在战场上，他们革命意志坚定、战斗纪律严明。但是在战场之外他们却完全"易容"，精神气质发生了戏剧性的颠覆，从头到脚写着轻佻浮夸，如萨维斯基身上的香水味和清甜的肥皂味、床单做成的斗篷、外形夸张的灯笼裤等。

巴别尔用30余篇不同的故事组成的这部"长篇小说"，将一支野蛮勇猛、战无不胜，掌控上层话语权力的强大军队置于一个依照狂欢化逻辑构建的艺术世界里，让这支队伍的每个成员都参与到这个世界不断更新的过程中来。通过戏拟和嘲讽，实现对他们的"加冕"和"脱冕"。在现实生活里哥萨克头顶象征权力的王冠，但在"加冕—脱冕"结构下，在狂欢化世界里一切都脱离了常规，生活方式、道德观念和行为规范全部被颠覆。哥萨克的身份被还原为普通大众，被脱冕成为将官方权力相对化的广场演员、小丑。因此，在巴别尔笔下哥萨克战士的形象更为真实可信，鲜活丰满。他们最圣洁最龌龊，最美丽也最丑陋，最英雄好汉也最懦夫小丑。事实上，这是一种形式上充满悖论的狂欢，在解构宏大叙事的同时，也有力地颠覆了英雄传奇。哥萨克身上的原始生命力体现了人的本性。在哥萨克被推向前台、被冠以时代英雄的同时，已经蕴含了相对性意义。主导一切的、强大的官方话语遮蔽了所有其他的声音。巴别尔用狂欢化的逻辑颠覆了这种一元化的现实，使其变得相对化，让多重声音参与到世界更新的过程中来,更为直接地揭示了人类生生不息的真理。

巴别尔的文学世界充满了辱骂、诅咒、殴打、焚烧、血战、杀戮和死亡,这个世界在毁灭的同时又开始了再生的过程。"加冕—脱冕"是对世界矛盾本质的模拟隐喻。"加冕—脱冕"共生共存、相互交替转换,凸显出多元化、不确定性是事物真实存在的基本状态。巴别尔对情节结构乃至具体人物形象的"加冕—脱冕",正是通过对真与假、精神与肉体、崇高与卑贱的重新评判,隐秘而深刻地揭示了社会历史转型期的颠覆式价值更替逻辑。在这一过程中,巴别尔思维方式的狂欢化得到了最直接的体现。

第二节 狂欢式场景与筵席形象

狂欢广场是狂欢节演出的主要活动舞台,它不受空间的限制,是全民性的象征。在广场上,人们不拘形迹地自由接触,亲昵互动。根据巴赫金的理论,在狂欢化文学中"广场"带有双重性质,它既是亲密交际和表演的场所,也是小说情节发展的地点。甚至任何供人们相聚和交际的其他活动场所,如街道、酒馆、澡堂、轮船甲板等都具有一种狂欢广场的意义。筵席形象同肉体形象紧密联系在一起,它是所有民间节庆不可分割的元素。筵席形象是人的欲望完全得到满足之后,展现出的一种狂喜、欢乐的生命状态,是人类在运用智慧,战胜自然,获得食物之后,站在食物链最高点在饮食方面与世界进行的欢快隆重的相会。

《敖德萨故事》以相当大的篇幅描述了民间狂欢广场和筵席形象,这些形象主要出现在别尼亚的姐姐特沃伊拉·克里克的婚宴、大张旗鼓、招摇过市的强徒车队和穆金什泰英的丧礼等狂欢化场景中。这些场景无疑都是民间底层社会所特有的狂欢精神最大程度的凸现,充满了权力的转换与更新,严肃的等级被轻松愉快的气氛代替。

一

婚礼是莫尔达万卡生活中最重大的事件之一。在《敖德萨故事》中，狂欢节的时间就是婚礼的时间。小说《国王》中描写了两大婚礼：别尼亚与埃赫巴乌姆的女儿齐莉娅的婚礼、别尼亚的姐姐特沃伊拉·克里克与"孱弱的大男孩"的婚礼。对于前者，文中并未给予具体的描写，但字里行间隐含着富庶和丰盈的意蕴："新婚夫妇在富饶的比萨拉比亚，在葡萄、佳肴和爱的汗水中度过了三个月。"（第一卷，第 27 页）这桩婚事使与埃赫巴乌姆较力的"国王"别尼亚在"本已胜券在握"之时，又一次赢得了胜利。由"国王"一手操办的第二个婚礼昂贵奢华，充满了欲望、激情和鲜血，无异于一场幽默逗趣的滑稽表演。所有人都无拘无束，自由平等，日常生活中的一切等级观念、礼仪、禁令均不复存在。筵席的座次不按年龄大小、辈分高低和财富多少安排。这是一个与官方政权和传统文化相背离的、不同于现实社会的另类世界。这个世界的建立者、当之无愧的"国王"别尼亚用埃赫巴乌姆的钱为自己长着畸形的"粗脖子、鼓眼珠的年届四十的"姐姐特沃伊拉换得了未婚夫。（第一卷，第 29 页）如果说比萨拉比亚的富饶给别尼亚·克里克与齐莉娅的婚礼带来了活力，充满了生命感，那么在特沃伊拉的婚礼中，女主人公畸形的粗脖子和鼓眼珠则赋予莫尔达万卡的现实世界鲜明的狂欢化特征。此外，穿着深红的坎肩、棕红色外套、天蓝色皮靴的莫尔达万卡贵族形象之鲜活无异于 16、17 世纪意大利文艺复兴时期假面喜剧中的主角。特沃伊拉·克里克的婚礼也是对《圣经·福音书》内容的庄严改造和讽刺性模拟：别尼亚的"橙色西装"对应于耶稣被罗马士兵戏弄、侮辱时所穿的"朱红色袍子"（《新约·马太福音》第 27 章第 28 节），埃赫巴乌姆"立时小中风，幸好挺了过

第五章 巴别尔短篇小说的"复调性"与"狂欢化"诗学风格　　173

去"则与耶稣在加利利所行的第二件神迹——医治迦百农大臣患病垂死的儿子相映照(《新约·约翰福音》第 4 章第 46—54 节)。①

除直接描写节日庆典外,《敖德萨故事》中也有广场聚会的场景,这些场景尽情地体现出狂欢的世界感受,传达着激情狂欢的情绪。在短篇小说《父亲》中,一众强徒乘车前往约西卡·沙穆埃尔松妓院的场面被巴别尔以夸张戏谑的语调写来,壮观之极,引人入胜:

　　他们全都瞪圆双眼。一只脚踩着踏脚板,一条铁臂伸得笔直,手里拿着一束用卷烟纸包着的鲜花。他们漆得油光锃亮的轻便马车缓缓而行,每辆车坐一个人,手里拿着花,马车夫坐在高高的驭者座上,打着蝴蝶结,就像婚礼上的男傧相。(第一卷,第 47 页)

戏谑是狂欢的基本逻辑,它构成了制度化生活的权威逻辑的反面。强徒们"阵容庞大",一路风光,浩浩荡荡,喜气洋洋,好似载着新人的一列迎亲车队正在赶赴婚礼现场途中。巴别尔用夸张、变形、幽默的手法对热闹欢腾的"婚礼车队"加以讽刺性模拟,借此展现了莫尔达万卡荒诞而又真实的狂欢世界,同时弥补了小说中对别尼亚·克里克与芭辛卡·格拉奇婚礼描写的缺失。

在《敖德萨故事》中,筵席形象的作用尤为重要。小说《国王》开篇便呈现出一幅婚筵前热火朝天、万物勃发的场景:

　　但见婚宴的餐桌已尽院场的长度一字儿排开。餐桌多得尾部穿过院门,摆到了医院街上。铺有天鹅绒台布的餐桌,

---

① Жолковский А.К., Ямпольский М.Б., *Бабель/Babel*, M.: "Carte Blanche", 1994, C. 283.

活像在院场内扭曲游动的蛇。蛇腹上打着五颜六色的补丁。这些个补丁——橙色或红色的天鹅绒补丁——在用浑厚的嗓音唱着歌。

住房变成了厨房。从熏黑了的门洞里,冒出油滋滋的火焰,那是醉貌咕咚、脑满肠肥的火焰。(第一卷,第23页)

"在与拉伯雷同时代的文学中,饮宴和厨房的形象并非狭隘的生活细节,它们或多或少地具有包罗万象的意义。"① 巴别尔运用象征性手法,将具有包罗万象的宇宙性意义的厨房和炉灶的形象放大,拓展了文本的艺术空间。"尾部穿过院门"的、奢侈的婚宴餐桌"悍然"占据了院场的所有位置,成为狂欢空间"爆棚"的象征。巴别尔甚至将视觉的体验转换为听觉的享受——台布上五颜六色的补丁放声欢唱,汇成了一首充满狂欢韵律的锅碗瓢盆交响曲。同时,夸张的语句营造出一种普天同庆、万民同乐的节日气氛。

"筵席作为胜利和新生的庆典,在民间创作中经常起着完成的职能。在这方面它同婚礼(生产行为)是等价的。这两种完成的结局,往往在'婚宴'形象中融合成一起,民间创作也往往以此作为结束。"② 喜筵上泉香酒洌,美味佳肴应有尽有,传达着富足、收获、喜庆、丰饶多产的气息:

这晚喜筵上的菜有:火鸡、烤鸡、烤鹅,填馅的鱼和鱼汤,……各色洋酒烧得肠胃发烫,……两天前由塞得港驶抵的"普鲁塔尔赫"邮轮上的一名黑人厨师,瞒过海关,送来了一大堆牙买加大肚瓶的罗姆酒、发光的马德拉葡萄酒、皮

---

① [苏]巴赫金:《巴赫金全集》第六卷,李兆林、夏忠宪等译,河北教育出版社2009年版,第206页。
② [苏]巴赫金:《巴赫金全集》第六卷,李兆林、夏忠宪等译,河北教育出版社2009年版,第322页。

尔彭特·摩根种植园的雪茄烟和耶路撒冷近郊产的橙子。这就是敖德萨海滨飞沫四溅的拍岸浪冲上岸来的奇珍异馐,这就是敖德萨的乞丐有时能在犹太人的喜筵上讨到的东西。(第一卷,第 28 页)

这一段文字充满了对食物的丰盛和诱人的极力展示。食物的浓香氤氲在字里行间,这是一种欢欣、饱满而丰裕的气息。幸福动人的饮食形象带有全民节庆的热烈气氛。庞大固埃似的大块吃肉、大碗喝酒是人无所畏惧地面对世界,对世界充满强烈占有欲和征服快感的表现。在整体意蕴上,小说中的筵席同劳动与收获、人民与广场紧密相关。筵席的形象象征着轻松自如、富足优裕、无忧无虑的幸福生活。它被巴别尔写得流光溢彩,与此同时,也与节庆期间珍馐美馔、开怀畅饮、纵情狂欢的喧闹场景联系在一起。因此,筵席形象是民间狂欢形象体系中最重要的形象之一,它凸显了食物对于生命的本源意义。巴别尔对饮食的书写传达了一向被高度意识形态化的文学作品所遮蔽和遗忘的身体欲求。

筵席上,人在进食时产生的无比愉悦感,激发出随心所欲、为所欲为的狂欢的放纵。酒足饭饱、狂吃暴饮之后,饕餮盛宴上"食物"蕴含的强大生命能量转化为情绪的总激发和大释放:犹太乞丐们"活像犹太教禁食的猪猡,灌饱了罗姆酒后,死命地敲起叫花棒来,声震屋宇。埃赫巴乌姆解开坎肩,眯缝着眼环顾了一圈觥筹交错的场面,美滋滋地打了个饱嗝。乐队演奏着礼乐。乐声很像师团检阅时奏的乐曲。除了这种礼乐,其他什么也不奏"。(第一卷,第 28 页) 起初,强徒们一个挨一个坐在一起,显得很拘谨的样子,但很快便躁动起来。于是,一个惊险刺激又疯狂的婚礼,一场狂欢大戏正式拉开帷幕:

列瓦·卡察普举起伏特加酒,把酒瓶在他情妇头上砸得粉碎。莫尼亚·阿尔季列里斯特拔出枪来,朝天开枪。然而这还不是狂热的顶点,顶点是在宾客们按古老的习俗向新人馈赠礼品时才达到。犹太教会堂的沙玛什①们纷纷跳上餐桌,在激昂的礼乐声下,一一报出收到的礼金——卢布和银匙的数量。这时,与国王称兄道弟的朋友们开始摆阔,要让人看看贵族血统何等不同凡响,莫尔达万卡区骑士风度怎样不减当年。他们以漫不经心的手势把金币、嵌宝戒指、珊瑚串扔到银托盘里。

……

赠礼仪式行将结束,沙玛什们的喉咙喊哑了,大提琴和小提琴也都荒腔走板,合不上拍子了。(第一卷,第28—29页)

谈谈唱唱、说说笑笑、打打闹闹是婚礼喜筵,也是民间诙谐文化中不可或缺的一部分。宾客们个个上蹿下跳,手舞足蹈,婚礼现场俨然成了热闹的集市和典型的大众狂欢广场。

特沃伊拉的婚礼筵席大有群贼聚首重新抱团之势。这里"高手如云",个个身怀绝技,气度不凡。警察段"直刺天空"的火舌令他们惊恐不安,他们开始蹿动起来:左顾右盼,彼此互递眼色,站起身来,紧张地嗅着空气。他们的婆娘则惊恐异常,失声尖叫了起来。就在此时,前来报信的年轻人立时使所有人从剑拔弩张的气氛中解脱出来:

谁也不认识的年轻人嘻嘻地笑着说,"真可笑,警察段像根蜡烛一样烧了起来……"

小铺老板一个个惊得目瞪口呆。强徒们吃吃地冷笑着。六十岁的玛妮娅,斯洛鲍德卡区土匪的女头目,把两根手指

---

① 犹太教会堂的工作人员。——译注

第五章 巴别尔短篇小说的"复调性"与"狂欢化"诗学风格　　177

> 塞进嘴里,打了个呼哨,其声之响,震得她的几个邻座身子都晃了。
>
> ……
>
> 带来这个惊人消息的年轻人,仍止不住在笑。(第一卷,第30页)

烈火让众人看足了热闹,最后共同上演一场大笑的狂欢。强徒们发自内心的笑声给婚礼筵席增添了狂欢的气氛。权威、特令、等级暂时消除,别尼亚的一场杀身大祸也随即化解。在这一段中,节庆的、欢乐的、狂欢式的"笑"占据主导地位。它以巨大的创造力量和两重性特征消解了绝对化、凝固化的世界。震天响的口哨声、止不住的戏谑笑语把警察段遭大火吞噬的惨痛悲剧转移到轻松快活的音区。一场喜庆的婚礼、漫天的大火顿时演变成众人群嘲的狂欢。这是与警察段大火同时进行的,因此它带有一种庆贺的成分,一种大难不死尽情享受的玩世意味,以及报复性的狂喜色彩。由此,敖德萨民间社会的精神自由和生命激情得到了最大程度的释放和敞开。

殴打、混战是狂欢节上典型的滑稽游戏,是一次欢快的脱冕过程,渗透着放纵的民间狂欢化精神,具有象征意义和双重性特点。一方面,殴打、混战寓意着旧的权力和垂死世界的结束;另一方面,殴打、混战又具有"创造"意义,意味着新事物、新生命、新世界的快速诞生。巴别尔笔下的殴打、混战行为不少。它是主观激情的最直接、最强烈的爆发,也是压抑的反抗情绪的突然释放,蕴含着浓郁的狂欢意味。

在中世纪的狂欢节中,节日只是暂时取代了现实生活。与中世纪的狂欢节不同,革命的"狂欢"是骑兵军战士生命存在的原生态形式。革命与战争一向有着不解之缘。战争本身同样带有浓重的狂欢化倾向。在这个意义上,屠杀的战场就是一个狂欢的广场，节日般的嬉戏游乐被战争中的疯狂屠戮取代。在巴别尔的小说中，战争将人置于一个特殊的时空场域——战场。在这个特殊的情境下，特定的机缘促发所有在战争中的人物随时挣扎在生死边缘，体验生与死之间的"临界快感"。在《多尔古绍夫之死》中，叙述者"我"在战场上"浑身上下感到濒临死亡的亢奋"，已然充分地说明了革命与战争把人迅速带入边缘情境中的巨大魔力。《骑兵军》中英雄的高大形象建筑在以暴制暴、杀人如麻的狂欢幻觉中。正所谓"哪里有压迫，哪里就有反抗"。压迫越深，反抗越大；压迫越重，反抗越暴烈。在"狂欢前的"、过去的生活中越被奴役，便越残忍越血腥，越无条件地、疯狂地实施荒诞式的暴力狂欢和极端化的复仇。革命的狂欢往往以鲜血和生命为代价。因此，其与真正意义上的西方的"狂欢节"相比，散发着一股浓烈的悲壮感和血腥气。革命与战争打破了束缚哥萨克的条条框框，使他们走上了一条叛逆不羁的造反之路，沉浸在癫狂的、复仇的快感中，如《马特韦·罗季奥内奇·巴甫利钦柯传略》（Жизнеописание Павличенки，Матвея Родионыча）中的马特韦，"把老爷尼基京斯基翻倒在地，用脚踹他，踹了足有一个小时，甚至一个多小时"；《两个叫伊凡的人》中的伊凡·阿金菲耶夫，以折磨、戏弄他人为乐，视杀戮、死亡为儿戏；《家书》中的谢苗，充满原始同态复仇意识、对杀害亲哥哥的父亲狠心难平，鞭打、虐杀父亲；为了替父母报仇，普里绍帕挨家挨户地将邻居家洗劫一空，把狗吊死在井辘轳上，把畜粪涂在圣像上，毫不眨眼地一路杀人，身后留下一路血印……革命在他们身上造成的变化是巨大的，革命使全民开启了狂欢节模式，成为他们破坏、更新、激情狂欢的盛典。永不停歇，没有休息，没有怜悯。革命的一幕幕，残酷、悲惨，令人毛骨悚然，不可思议。在恐怖与恐怖中前进的革命者，以亢奋的状态完成着对革命事业忠贞不渝的行动，他们自己也变得令人畏惧，变得鄙陋粗俗，他们的面孔因疯狂而变得扭曲。在巴别尔笔下，革命留给读者就是这样一种疯狂的感觉。虐与被虐、揍与被揍、杀与被杀已成为骑兵军战士的生存常态。

《敖德萨故事》中也有很多殴打、混战场景，如《国王》中强徒们醉酒打人、对天鸣枪；《哥萨克小娘子》中柳布卡拳打马来人；《带引号的公正》中别尼亚殴打楚杰奇基斯；《日薄西山》中"三个打一个"——别尼亚兄妹群起暴打父亲克里克；等等。《父亲》中柳布卡对醉汉的迎面重击可被视作典型的"婚礼殴打"①："她捏紧一只拳头，像擂鼓一般擂着那人的脸，另一只手则抓住他，不让他把头往后昂。"（第一卷，第52页）在民间节日的形象体系里，殴打本身带有欢乐的性质，它是通过笑谑来进行和完成的。② 这一段就是对笑谑游戏主角的狂欢化虐待。将醉汉的脸比作色彩性很强的节奏打击乐器"铃鼓"，以及巴别尔对柳布卡一系列动作的注释，使上述场景显得愈加滑稽可笑。然而，最为滑稽的是，小说结尾突然一转，展现给读者意想不到的结局。"婚礼殴打"变为"夜半枪声"——别尼亚与强徒们打家劫舍的突袭行动拉开帷幕。其结果便是打造了一场莫尔达万卡的狂欢世界中史无前例、空前绝后的葬礼。

二

死亡代表着生命的终结。在现实世界里死亡充满悲剧性色彩，是一件严肃而庄重的事情。然而，在狂欢化世界里死生一体、循环往复，死亡的同时意味着新生，死亡的终极意义被消解，它与新生命的诞生相邻，同时又与"笑"紧密相连。这正是

---

① ［苏］巴赫金：《巴赫金全集》第六卷，李兆林、夏忠宪等译，河北教育出版社2009年版，第227页。

② ［苏］巴赫金：《巴赫金全集》第六卷，李兆林、夏忠宪等译，河北教育出版社2009年版，第228—229页。

狂欢化文学暂时性和未完成性主题的体现。血液、死亡、尸体如深埋在泥土中的种子，随后又以新生命的形式逐渐从大地里萌发，这是最古老的母题之一。狂欢节中对于"死亡"的理解正是源于这一母题的意蕴。这种"死亡—新生"的独特形象被移植到巴别尔短篇小说创作中，以一种狂欢化风格呈现出来。

巴别尔对葬礼场面进行了别开生面的叙述。死亡、葬礼成为巴别尔艺术世界中嬉笑谐谑、插科打诨的开端。对于莫尔达万卡人来说，死亡、葬礼更像是一场万众若狂，轰轰烈烈的大戏，甚至变为一出讽刺幽默剧。塔尔塔科夫斯基的账房约瑟夫·穆金什泰英被别尼亚·克里克的手下误杀致死，别尼亚前来与塔尔塔科夫斯基协商处理穆金什泰英的后事。他坐着一辆红色汽车，带着八音盒，在中央广场奏响了第一首进行曲，其取自歌剧《笑吧，小丑》。"汽车震响着轮胎，吐着白烟，铜光刺眼，油臭扑鼻，把喇叭按得像在奏咏叹调。"（第一卷，第39页）亮丽的汽车、滑稽欢快的乐曲、刺耳的汽车喇叭，声、色、光、味俱全，这四个方面的渲染把丧事变成了喜事。

穆金什泰英的葬礼办得声势浩大，场面壮观。诙谐、夸张的手法驱散了死亡严肃、庄重的气氛，原有的悲伤荡然无存。送葬队伍络绎不绝，气势宏大，简直不像是在哀悼死者，而分明是一场疯狂有趣的节日活动。丧礼中，无数人上上下下，老老少少，熙来攘往。在敖德萨人的记忆中，类似这样"隆重"的葬礼实属罕见：

像这样的大出丧敖德萨还从来没见到过，而世界也不会再看到了。这天警察都戴着线手套。各犹太教会堂里都装饰着绿油油的枝叶，大门洞开，亮着电灯。牵引灵车的白马头上都戴着乌黑的羽饰，摇来晃去。六十名唱诗班歌手为出丧行列开道。唱诗班歌手都是男孩，唱的却是女声。贩卖洁净禽类的商贩们的会堂长老们挽着佩西大婶走着。走在长老们身后的是犹太商会会员，走在犹太商会会员身后的是——律师、医师和助产士，走在佩西大婶一侧的是旧市场上卖鸡的女贩，走在另一侧的是来自布加耶夫卡的、受人尊敬的、出售奶制品的女商贩，她们一色都披着橙黄色的披巾，橐橐有声地齐步而行，活像节假日受检阅的宪兵。她们的肥臀冒出一股股海腥味和奶腥味。出丧行列由鲁维姆·塔尔塔科夫斯基的职工殿后。他们慢腾腾地走着，人数约一百人，或许两百人，或许两万人，一色穿着绸折领的斜襟外套，脚踏崭新的皮靴，生出吱吱的响声，那声音跟装在袋子里的小猪崽的叫声一模一样。(第一卷，第41页)

各种声音、各种色彩、各种人物一起粉墨登场。声音、色彩、气味与肢体汇成一部新鲜不断、刺激不停、特立独行的"嘉年华秀"，将小说的狂欢表演推向极致。原本沉重、悲伤的丧礼演变为一场万众欢腾的狂欢节盛大庆典。民众的行为与动机被赋予嘉年华会式的色彩。他们似乎早已把参加丧礼的本意抛之脑后。更有叙述者阿里耶-莱伊勃拉比对死者的戏谑，说穆金什泰英大概连做梦也没想到会给他举行这样的厚葬。无论是对穆金什泰英之死的调侃，还是悼念的夸张程度，都显示出狂欢节特有的仪式性和表演性。更为重要的是，快乐的葬礼使穆金什泰英的死亡转化为生命的另一种存在方式，获得了另一种生命再生的意义。巴别尔的写作跨越了生与死的界限，对于存在的终极性，对于"死亡"给予了重新定义，揭示了死亡的真正意义：死亡不是终结，而是开始。死亡绝非生命的结束，而是生命的起点。在狂欢化的世界中，一切都是暂时的、变动的、未完成的，永远无始无终。

在短篇小说《父亲》中，一群从麦加朝圣归来，途经敖德萨的穆斯林被置于狂欢化语境中。狂欢式的嘲笑和捉弄全然针对

"苦难的和濒死的'外人'",[1] 即信仰伊斯兰教的异教徒:

> 守门人叶夫泽利等她[2]进店后一边关上门,一边朝正巧路过这里的弗罗伊姆·格拉奇招手。
>
> "格拉奇,向您致敬,"他说,"要是您想见识见识世界之大,无奇不有,那就上我们院子里来,会叫您笑掉大牙的……"
>
> 于是他把格拉奇领到围墙边,那里坐着好些昨晚来住店的朝圣者。有个上了年纪的土耳其人裹着绿色的缠头,肤色发绿,身子单薄,活像一片树叶躺在草地上。他冒出珍珠般的汗珠,困难地呼吸着,转动着眼珠子。
>
> ……"您看,这就是活报剧《土耳其病夫》中的一幕。他,这个小老头儿,快要咽气了,可是不能替他请医生,因为谁在朝觐真主穆罕默德后回家途中死掉,那么在他们土耳其就被视为天字第一号的幸运儿,富甲天下……喂,哈尔瓦什,"叶夫泽利大声喊濒死的老人,笑着打趣说,"瞧,医生来给你治病了……"
>
> 那个土耳其人怀着稚童般的惊恐,恨恨地瞪了看门人一眼,扭过了头去。叶夫泽利因自己能这样捉弄人而大为得意,领着格拉奇去院子对面设在地下室内的酒馆。(第一卷,第52—53页)

这种狂欢式场景与别尼亚对"外人"——警察段长的愚弄和讥笑如出一辙。随后,小说在"自己人"与"外人"的对立中插入了毛拉之死的片段,进一步营构出民间文化特有的诙谐和狂欢化

---

[1] Есаулов И. А., "《Одесские рассказы》Исаака Бабеля: логика цикла", Москва, 2004, № 1, C. 207.

[2] 指柳布卡。

语境:

> 柳布卡的酒馆已经打烊，醉汉横七竖八地横倒在院子里，像是一些散了架的家具。那个裹绿缠头的年事已高的毛拉半夜前断气了。(第一卷，第55页)

小说中像是"散了架的家具"一般卧在院子里的醉汉与同妓女卡秋莎寻欢作乐的别尼亚并置在一起，掩盖了死亡的气息，肯定了由图利钦来的芭辛卡亲眼目睹的"富饶的福地莫尔达万卡的生活"更替交换，循环往复，生生不息。

死亡与再生贯穿《敖德萨故事》的始终，被写得大张旗鼓和优游嬉戏，传达出作家作为一个生命个体对探究死亡的浓厚兴趣与生命执念的矛盾统一，反映了巴别尔别具一格的审美趣尚。在诸种叙事动机的推动下，巴别尔的死亡叙事呈现出一种狂欢节式的亵神表演。加冕与脱冕、生与死、得与失、新与旧，一切都处于动态转化之中。死亡并不是完结，而总是孕育着新生的开始。可以说，巴别尔对死亡的理性与非理性、悲悯与好奇的展示，对于死亡叙事的某种矛盾性悖谬的呈现，构成了巴别尔小说的鲜明特色和最引人入胜的艺术魅力所在。

第三节 狂欢化人物与怪诞形象

怪诞源自欧洲中世纪民间诙谐文化，是最普遍、最常见的审美形态之一，由丑恶和滑稽两种成分构成。巴赫金认为，怪诞风格的最主要特征之一是夸张、过分和过度。[1] 怪诞形象，特别是

---

[1] [苏]巴赫金：《巴赫金全集》第六卷，李兆林、夏忠宪等译，河北教育出版社2009年版，第346页。

具备夸张和戏剧性的怪诞人物、怪诞物质以及怪诞人体形象是必不可少的狂欢元素。巴别尔在短篇小说中创造了大量怪诞形象，其怪诞描写不仅数量多，而且品位也达到了很高的水平。

一

一般而言，巴别尔短篇小说中的主要人物往往是一些被排斥在主流历史之外、与正统文化历史观念相抵牾的非正常人物，即广场人物形象，这些人物多以身份卑微、外貌丑怪，以及性情乖戾、言语行为粗鄙的形象示人，充分体现出夸张性和怪诞感。正是在这些粗鲁、愚顽的人身上，巴别尔发现了强大的生命力。从正统文明观念角度审视，他们是处于历史"边缘"的人物。他们的种种行为极大地逾越了既定文明秩序。在巴别尔的文学世界里，在一个个富有传奇色彩的故事中，怪诞、丑恶、肮脏、极具原始生命力的人物尽情地释放出来。这些人物身上无一例外都带有鲜明的狂欢化元素。其中最有代表性的人物是犹太智者、强人、哥萨克战士以及诸多女性形象。他们特异的行为，僭越礼法的言语，冒犯规矩的动作，冲破了一种阉割的文化束缚，以最极端的一面呈现出一个完全背离现实的，原始、自然、平等的狂欢化世界。

广场人物即喧闹的狂欢舞台上必不可少的主角——骗子、傻瓜、小丑和疯子，他们往往表现出惊人的机智，遵循狂欢节自由的生存法则，在美酒和音乐的刺激下，他们全然忘却等级贵贱之分，恣意享乐，尽情表演，以各自的方式对传统道德进行颠覆和反抗，对官方话语、官方"真理"的片面严肃性进行欢快的戏仿、讽刺和瓦解，彰显出浓烈的生命气息。巴别尔笔下的人物有意无意间戴上了这些广场人物的面具。诡计多端的骗子、愚蠢呆笨的傻瓜、嬉笑怒骂的小丑、举止乖戾、口无遮拦的疯子——这些被官方文化贬低的、站在现实社会边缘的特殊人物被置于巴别尔建构的狂欢空间里。他们在作品的叙事结构、情节发展中发挥着特殊的作用。

根据巴赫金的观点,理解和认识小丑、骗子、傻瓜等具有双重特征的人,最恰当的方式便是将他们放到边缘情境中。莫尔达万卡狂欢世界的主宰者别尼亚·克里克、弗罗伊姆·格拉奇和柳布卡堪称《敖德萨故事》中最具魅力的超级"骗子"角色。其中,杀人越货、横行无忌、神出鬼没的强徒之首、狂欢节的"国王"别尼亚最为典型,这是一个善与恶交织的怪诞形象。在一种反常态的强烈震撼和冲击之下,这一形象给读者带来独特的审美愉悦感。俄罗斯文学中的"别尼亚式"狂欢化人物源于16—17世纪西欧"流浪汉小说"(пикарескный роман)。在俄罗斯文艺学中常代之以"骗子小说"(плутовской роман)这一术语。① 这类小说在俄罗斯出现的时间为18世纪至19世纪初。② 20世纪20—30年代,"骗子小说"成为一种重要的俄罗斯小说体裁。爱伦堡的长篇讽刺作品《胡里奥·胡列尼托及其门徒的奇遇》(Необычайные похождения Хулио Хуренито, 1922),阿列克谢·尼古拉耶维奇·托尔斯泰的《涅夫佐罗夫或伊比库斯的奇遇》(Похождения Невзорова, или Ибикус, 1924),卡塔耶夫的《营私舞弊者》(Растратчики, 1926),伊里夫和彼得罗夫的《十二把椅子》(Двенадцать стульев, 1928)、《金牛犊》(Золотой телёнок, 1931),以及巴别尔的《敖德萨故事》,等等均继承和发展了这一主题。

骗子通常头脑灵活、谈吐风趣幽默,狡黠阴险。为了愚弄他人,他们虚张声势,变幻莫测,吹嘘编造种种谎言。《国王》和《父亲》讲述了神奇的"民间英雄""骗子"别尼亚的传奇故事,

---

① 俄罗斯中世纪研究家、文艺理论家鲍里斯·伊萨科维奇·雅尔霍(Борис Исаакович Ярхо, 1889—1942)认为,欧洲文学史上最早的一部"骗子小说"为公元1世纪罗马尼禄时代的执政官盖厄斯·佩特罗尼乌斯·阿尔比特(Гай Петроний Арбитр, ?—66)所作讽刺小说《萨蒂利孔》(Сатирикон)。(Мелетинский Е. М., Введение в историческую поэтику эпоса и романа, М.: Наука, 1986, С. 136)

② Штридтер Ю., Плутовской роман в России. К истории русского романа до Гоголя, СПб.: Издательство «Алетейя», 1961, С. 8.

属于地道的"骗子小说"。这两篇作品将神话、传说（легенда）和行传（житие）等多种体裁诗学和狂欢化写作姿态融为一体。《国王》一开始在对特沃伊拉的婚宴场景进行了简要交代之后，立刻转入"正题"：开宴前，一个陌生的年轻人挤入别尼亚·克里克家院场，他"有两句话"要跟后者讲——就警察段新段长的搜捕计划前来通风报信。在这里，巴别尔的对话设计诡异精巧，让人叹为观止："于是他，那个年轻人走了。别尼亚的三个哥们儿跟在他身后。他们说半小时后回来。果然，半小时后就回来了。这事到此了结。"（第一卷，第 24 页）的确，小说所述事件"就此了结"，别尼亚以火烧警察段"解除"了警察段长对地下黑帮施行"一网打尽"的威胁。在千钧一发、一触即发的重要时刻别尼亚沉着镇定，其漫不经心、满不在乎的样子将微妙的紧张感传达得极其刺激。通常，别尼亚话很少，而且讲得很客气，"这反而镇得住人，从来没有人敢反问他一句"。（第一卷，第 68 页）"国王"别尼亚的世界是一个充满"狂欢真实"的、"回归自我"的友善世界。而另一世界的"国王"——警察段长的形象则是对社会话语权威进行的脱冕与解构的戏仿。在解构的同时，狂欢使现存的权力结构显得异化和独断。别尼亚与警察局长的较量表现了上述两种力量之间的角力。紧接着，在莫尔达万卡地下黑帮集体"登台亮相"的婚宴上，面对警察段长这一强大对手，黑道枭雄别尼亚始终泰然自若、波澜不惊。他面不改色地安抚"出了名的凶神恶煞"、醉意朦胧的父亲"别管这些个鸡毛蒜皮的事儿……"（第一卷，第 29 页）当强徒们惊慌失色，不知所措之时，只有别尼亚一人表现出若无其事的姿态。他一边训斥黑帮女头目玛妮娅，要她冷静镇定，一边请求吃喜酒的客人原地就座，自己"带了两个哥们儿"跑去观火。"台上台下""台前幕后"，别尼亚轻而易举地将莫尔达万卡世界掌控于指尖，用一只看不见的手亲自导演了一出精彩的"脱冕"大戏。

第五章 巴别尔短篇小说的"复调性"与"狂欢化"诗学风格

《国王》中关于大搜捕的悬念贯穿整部小说,吊足了读者的胃口。"短篇小说《国王》中的一切对我们来说都是陌生的。不仅人物及其行为的动机如此,而且出人意料的情境、不为人知的日常生活、锋利巧妙、鲜明生动的对话也是如此。这篇小说中的生活画面完全是怪诞不经的。"① "国王"的岳丈、"来历不凡"的山德尔·埃赫巴乌姆的身世、别尼亚成为富有的埃赫巴乌姆的"堂前娇客""乘龙快婿"的经过、特沃伊拉的婚宴场景等一系列匪夷所思、荒诞不羁的事件有如巴赫金叙述下的狂欢,被巴别尔亦庄亦谐的笔触层层喜剧化,变成一幕幕引人发笑的闹剧。从传统叙事性散文的角度看,这篇小说似乎属于无冲突、无情节的作品。显然,《国王》是比较典型的单一情节小说,通篇只是一个具体事件——搜捕与反搜捕的艺术展开。在巴别尔的短篇小说中,"情节的发展"依赖词语联想来实现,在这些联想中词语和形象如多米诺骨牌一般被堆放在一起。② 作品正是以"骗子"别尼亚的形象为本位,用细碎的"小"情节拼贴出"盛大的"狂欢游戏。别尼亚是故事的导火线,更是情节发展的助推器。巴别尔巧妙地将别尼亚这个手段高明的骗子的大小游戏贯穿整部小说。实际上,巴别尔在一个故事——火烧警察段,给警察段长"脱冕"这个表层结构下面还隐含着一个双重世界结构,即以官方现实生活和充满传奇色彩的敖德萨地下社会生态构成的"人"和"神人"两界。这两个世界分别由警察段长和别尼亚为代表,各自为政,又相互关联,巴别尔将它们组合在一起,构建了多侧面、多层次的艺术世界。

别尼亚的"骗术"之高由其与埃赫巴乌姆之女齐莉娅的婚约

---

① Пирожкова А.Н., Юргенева Н.Н., *Воспоминания о Бабеле*, М.: Книжная палата, 1989, С. 11—12.

② Степанов Н.Л., "Новелла Бабеля", Сборник под редакцией Б.В.Казанского и Ю. Н. Тынянова, *Мастера современной литературы. И. Э. Бабель. Статьи и материалы*, Л.: Academia, 1928, С. 34.

可见一斑。这场婚姻源于一次勒索劫掠：别尼亚对埃赫巴乌姆"连下三书"，索要巨额现金，但杳无回音。于是别尼亚"动手了"：群贼持刀，夜闯牛棚。"九条汉子""九颗燃烧的星星""浸满鲜血的大地上燃烧着的火把"……从"正规""理性""整齐""文雅"的书面恐吓、暴力施压到花言巧语、威逼利诱，写尽了别尼亚的足智多谋、神机妙算、慷慨豁达。他周旋人情世故，经营自己的一方田地，把黑白两道玩弄于股掌之上，在个性鲜明、刀枪不入的强徒中间如鱼得水、游刃有余。

在穆金什泰英的葬礼上，别尼亚更摇身一变，华丽转身，尽显高贵优雅、气度非凡。他的"致辞"饱蘸真情，寓意深刻，富含哲理：

> 人分两类，一类已经注定要死，一类还没有开始生活。这不，一颗子弹飞向命中要吃子弹的胸脯，把一生什么福也没享过的约瑟夫打了个正着。有会喝酒的人，也有不会喝酒而又不得不喝的人。于是前者享用着苦与乐的快感，而后者则为所有不会喝酒却喝酒的人受难。（第一卷，第43页）

在这一段中，巴别尔将自己驾轻就熟的敖德萨黑帮黑话、街头俚语搁在一边，用理性客观的笔触和异常缜密的逻辑将一个与现实原型相去甚远、充满传奇色彩的人物，以及巴别尔理想中的犹太强人形象清晰又通透地呈现在读者面前。巴别尔在尽情展示别尼亚"演说家"风姿的同时，依然不忘用他那标志性的幽默手段时时提醒读者，他确确实实是别尼亚的创造者。巴别尔站在一个更高的角度，以超乎常规的经验和感觉来把握世界，淋漓尽致地渲染了敖德萨犹太世界的神奇不凡，在嬉笑讽刺之间将以"骗子"别尼亚为首的敖德萨的"罗宾汉"们威猛强悍、居功自恃、劫富济贫赋予了诗意化的气质。他们厌恶陈规，追求自由，不认同自己的社会角色，渴望超越平淡无奇、一成不变的生活与世界。他们甚至有一套自己的"诚实"生存法则，因为"胀鼓鼓的钱袋的衬里是用泪水缝成的"。正如法国文学不能没有"达拉斯贡城的达达兰"①一样，在某种意义上，没有巴别尔的别尼亚·克里克，20世纪的俄罗斯文学将是无法想象的。

很多研究者认为，《敖德萨故事》与《骑兵军》中的主人公具有类型学（typology）意义上的相似性。《骑兵军》中的哥萨克与《敖德萨故事》中的犹太强徒都是力的化身。② 如果说"在别尼亚·克里克身上巴别尔试图塑造一个自己理想中被解放了的人物"③，一个酷似哥萨克的强人，那么在《敖德萨故事》的女主人公形象上，巴别尔将无法实现的理想再次变成为"现实"。《哥萨克小娘子》的女主人公、小大卫的母亲柳布卡无疑是巴别尔笔下最具狂欢化特征的"疯女"之一。巴别尔借助"哥萨克小娘子"这一题目，为小说的狂欢化美学风格进行了定位。柳布卡集哥萨克文化与犹太文化双重特征于一身，浑身上下散发出一股强烈的狂欢气息。其一出场便怡然自得地骑着匹杂色、灰毛、长鬃的高头大马。柳布卡的一系列语言和动作怪诞无稽，尽显野性与彪悍，带有浓厚的狂欢色彩。甚至其身为人母却任情放纵，不具备母性特征，也毫无母性自觉。当柳布卡奶水枯竭时，巴别尔恶作剧式的创作构思让楚杰奇基斯"把瘦骨嶙峋的脏兮兮的胳膊肘塞到柳布卡的嘴里"。后者的举动完全是狂欢节上人们不拘礼节、尽情欢乐的表现。

---

① 《达拉斯贡城的达达兰》（1872—1890）为19世纪法国著名现实主义小说家阿尔丰斯·都德（Alphonse Daudet, 1840—1897）的长篇小说代表作之一。主人公达拉斯贡城的达达兰至今仍在世界各国脍炙人口，成为一个爱吹牛、好夸口、乱撒谎，而又胆小如鼠的典型形象。

② Ли Су Ен, Исаак Бабель. "Конармия" и "Одесские рассказы". Поэтика циклов, М.: Мир, 2005, С. 9.

③ Falen J., *Isaac Babel：Russian Master of the Sport Story*, Knoxvil: University of Tennessee Press, 1974, p. 112.

在《骑兵军》中，革命与战争将巴别尔笔下的主人公推向了极端的边缘性情境，把他们带到紧张的生死体验中。巴别尔的小说并没有过多地描写苏波战争的正面战场，也不同于表现国内战争的诸多宏大叙事作品，而是借极端环境，把视角切入主人公的心理世界，充分展露他们的思想，将永恒的价值置于极端情境下接受考验。在巴别尔的小说中始终带有这种狂欢化世界感受的元素。巴别尔更多地表现了战争中面对死亡，人对待个体生命所呈现的不同态度，以及战时状态下人们濒于崩溃的生活。小说人物身上那种过分滑稽的表演成分颠覆了主流话语与中心权威下精心铸造而成的光辉的英雄形象。巴别尔切近普通哥萨克的真实生活，用一种亲密的态度和他们拉近距离，专注于人物的本真，以一个局外人的身份和平等的视角席位打量他笔下的人物，转述关于他们的故事，不议褒贬，不置可否，直接用狂欢化话语方式，以生动的文学表达多维度诠释骑兵军普通一兵。无论是小说次要人物，还是主人公柳托夫本人，他们身上都带有强烈的悲剧色彩。他们的性格是矛盾的，他们的行为是出乎意料的。巴别尔力图展现出一个无限多样的现实世界：一个人可能既是残酷的，同时又是善良的；既是高尚的，又是低俗的。如在《家书》《战马后备处主任》《意大利的太阳》《马特韦·罗季奥内奇·巴甫利钦柯传略》《盐》等小说中，参与一次次英勇战斗的主角们既是名满天下、高高在上的"国王"，也是一群由小丑、演员、骗子等拼凑起来的乌合之众。他们鱼龙混杂，粗鲁顽愚，放荡不羁，干尽鸡鸣狗盗、强奸抢劫之事。他们是未被文明改造、驯化的野蛮族群。在他们身上蕴含着一股无以名之的原始蛮力、一种破坏性生命力，冲决一切、摧毁一切。巴别尔赋予这种破坏性和生命强力以精神性，将其升华为一种"哥萨克精神"。这种由物质向精神的转换透显出哥萨克文化中所隐含的永恒不灭的生命渴求和强悍有力的生命意志。

第五章　巴别尔短篇小说的"复调性"与"狂欢化"诗学风格

对于俄罗斯民间笑文化来说，喜剧中的小丑和傻瓜之类人物最为典型。"圣愚"（Юродивый Христа ради）与"傻瓜"存在着一定的共性，是"笑世界"（смеховой мир）的一个充满悲剧色彩的变体。"圣愚"往往衣衫褴褛，行为癫狂，举止怪异。在《骑兵军》中，巴别尔笔下的"圣愚"多表现为犹太人形象：无忧无虑、玩世不恭、怀里抱着白鼠、兜里揣着画笔，终日醉貌咕咚，走东村串西村的圣像画师阿波廖克；《拉比》中衣衫褴褛、眼皮上翻在外、"身材只有十岁的男童那么高"的驼背老头儿、"侍从小丑"穆尔德海；甚至《潘·阿波廖克》中"满脸一绺绺黑胡子的农村二流子"、改宗基督教的"犹太佬瘸子"雅涅克；等等。

阿波廖克是一个瘦弱、矮小的流浪画家。他四处漂泊，卖艺为生，天生具有搞笑的才能，擅长制造各种幽默场景。巴别尔如此描述潘·阿波廖克第一次出场时的情景：

> 画家解开脖子上的围巾，那围巾长得好似集市上的魔术师变出来的带子，怎么也见不到头。后来他走到院子里，脱光衣服，把冰凉的水泼到自己粉红色的又干又瘦的身体上。（第二卷，第22页）

阿波廖克在作画时动作幅度小、频率快，"打着玫瑰红的蝴蝶结、穿着玫瑰红的磨损了的裤子，……活像一头驯良而又气度文雅的野兽"。（第二卷，第27页）他喜欢无拘无束的生活，喜欢天马行空地神吹海聊：从"富有浪漫气息的小贵族时代""娘们儿的宗教狂热"，到"能工巧匠路加·德尔·拉比奥"和"伯利恒的木匠①一家"……他甚至编造出耶稣娶妻生子的荒谬故事。阿波廖克用圣像画装饰新落成的天主教堂和粗陋的农舍。但最荒诞无

---

① "伯利恒的木匠"指耶稣的养父约瑟。——译注

稽、违逆常理的是，他把圣像画的主人公换成了四郊的农民、穷人和妓女，圣母像、圣母一家的合家欢、《最后的晚餐》……他无所不画，无所不能。只要外加一些钱，就可以把购画人的亲属都画进去，甚至把购画人的仇家画成加略的犹大也完全不是什么难事。在出逃的天主教教士家里，墙上高挂着这位"疯画家"亵渎神灵的作品——《施洗者之死》的圣像画。

在巴别尔的短篇小说中不乏渎神的文字，从早期的《偷窥》(В щёлочку, 1917)、《耶稣之罪》，到《普里绍帕》《夜》和《在圣瓦伦廷教堂》等足以见得巴别尔对于神圣的亵渎毫不逊色于拉伯雷。然而，在《潘·阿波廖克》中，主人公大胆出格的创意所导致的放肆和荒唐举动达到了登峰造极的程度。阿波廖克奇特的衣着、古怪的行为、疯癫的性情与俄罗斯文化传统中的"圣愚"形象如出一辙。这种明显异于常人、常态的存在方式与狂欢节上极尽戏谑和贬低之能事的疯子别无二致。作为圣像画家，潘·阿波廖克的创作背离了教会的传统，遭到天主教会的指责与非难。自由自在、无拘无束的阿波廖克与教会进行了持续30年的斗争，几近被推上新的邪教创始人的位置。值得注意的是，阿波廖克为教会所不容，却深得民心，买他画的人络绎不绝，趋之若鹜。原因是，阿波廖克的画满足了人们的自豪感。借叙述者之口，巴别尔对阿波廖克"这个使城郊的村镇住满天使，使犹太佬瘸子雅涅克跻身于使徒行列的画家"是否"果真是疯子"的问题发出了质疑。

事实上，阿波廖克是一个毕业于慕尼黑美术学院、以"阴郁的构思"取胜、技法高超的画家。其精湛的画艺从下一段描述中可见一斑："阿波廖克废寝忘食地画着，一个月还不到，新的殿堂里已满是羊群咩咩的叫声，尘埃点点的金色落霞和乳牛麦秆色的乳头。"（第二卷，第23页）阿波廖克追求身心自由，他的圣像画把神圣与庸俗、崇高与卑微、精神与物质随意搅拌在一起，体现出游戏性和娱乐性，更像是一种自娱自乐的狂欢。在阿波廖克笔下，人人都可以被"加冕"为王——各色人等摇身一变成为备受尊崇的圣徒，而神圣的上帝形象惨遭"脱冕"，宗教的庄严化被嘲弄、被颠覆，代之以诙谐、荒诞的狂欢化气氛。阿波廖克采用这种降格的方式将宗教权威拉下神坛，对基督的神圣性进行消解，使之由精神的层面落到凡俗的层面。由此，阿波廖克绘制圣像画的整个过程成为一场充满讽刺与哲思的喜剧狂欢和令人开心的降格游戏。无知无识的百姓疯狂地爱上了这种把神圣化为笑谈、把崇高降格为游戏，用喜剧冲淡悲剧、用笑料对抗沉重的"圣像画"。在画中，他们宣泄着对现实的种种不满，在反抗理性秩序的禁锢中产生一种自由的快感，享受自己变成画作上宗教名人的兴奋与欣喜，进行着一场自我陶醉的精神放大的狂欢。小说对宗教的戏谑和讽刺，对与神圣性相关的概念——"虔诚""庄严""永恒""绝对"等进行降格，使人物形象本身乃至作品获得了强烈的狂欢化色彩。与此相应，小说中的景物描写充满隐喻性。夜色"像是立着根乌黑的塔柱"，"百合花的香味洁净而又馥郁，犹如酒香"。巴别尔将百合的馨香比作"清新的毒气"，它"扼住了炉灶油腻的、滋滋发响的呼吸，驱散了洒在厨房各处的云杉枝满含树脂的闷气"。（第二卷，第27页）诗意的背景、诗意的赞美与充满血腥、丑恶和混乱的现实相比照：教士外逃，抛弃教民。"哥萨克的汛水"留下一片腥风血雨和破败不堪的景象。戏谑是画家阿波廖克的一种自我表现方式，也是其诙谐幽默恣意人生、摆脱现实生活困境、让生存变得些许轻松和明朗的捷径。正如在短篇小说《拉比》中被一群穿得活像花里胡哨的鸟一般的狂欢化人物——狂人和骗子围在中央的穆泰雷拉比所言，"胡狼饥饿的时候就要嚎叫，每个愚人都有足够的愚蠢唉声叹气，只有智者才会用笑声撕开生活的帷幕……"（第二卷，第46页）潘·阿波廖克活得尽情尽性、无哀无忧。他把自己的每一幅画都看成一个单独的游戏,而他本人正是每一场游戏的"玩主",是他所构建的狂欢化世界的"无冕之王"。因此,在小说第一段中,巴别尔便对阿波廖克极尽赞美之词:"潘·阿波廖克美不胜收、充满智慧的生活,好似陈年佳酿令我醉倒。……我发誓要以潘·阿波廖克为楷模,把像蜜一样甜的想象中的仇恨,对于像猪狗一样的人的痛心的蔑视,默默的、快慰的复仇之火,奉献给我新的誓愿。"(第二卷,第20页)正如巴赫金所言,中世纪的戏仿文学之所以洋溢着节日的自由精神,原因在于节日期间可以随意把神圣之物变为令人开心的降格游戏和众人嘲讽的对象。

值得强调的是,与柳托夫迥然不同的世界观使哥萨克们视前者的行为"愚蠢"至极。因此,在某种意义上,犹太人柳托夫也是一个圣愚式人物。他是一个身在哥萨克队伍中间,却在对待生与死的问题上与后者格格不入,被视为"魔鬼附体"的"圣愚":他既不奋勇杀敌(《战斗之后》),也不擅长骑马(《千里马》),更不能在濒死的伤员身上"花掉"一颗子弹(《多尔古绍夫之死》)。

小丑也是狂欢节上最活跃、最常见、最典型的人物之一。一般认为,小丑是傻瓜和骗子两种形象合二为一的混合体,是"戴着傻瓜面具的骗子"。巴赫金认为,小丑和傻瓜是狂欢节之外大众日常生活中那种固定的狂欢因素的体现。《国王》中的"新婚夫妇"——年届四十的特沃伊拉和埃赫巴乌姆买来的"孱弱的大男孩"正如被丢在狂欢广场上的一对小丑,虽然他们"戏份"不多,却起到贯穿全剧的举足轻重的作用。在小说结尾,他们滑稽的动作、引人发笑的"表演"带热了全文的气氛。如果说别尼亚的婚礼象征着爱情与幸福,那么特洛伊拉的婚礼则是对爱情的伪装和拙劣的模仿:

席罢客散,乐师们把头埋在大提琴的把手上打瞌睡。只有特沃伊拉一个人不打算睡觉。她用双手把胆战心惊的新郎推向他俩洞房的门口,锡着一双春意荡漾的眼睛睨视着他,那模样活像一只把老鼠叼在嘴里,用牙齿轻轻地咬住品味的雌猫。(第一卷,第31页)

按照巴赫金的观点,傻瓜是用另类的眼光看待世界,被官方世界贬斥的傻瓜角色却更具有反面的智慧和真理。因而,巴别尔利用这些形象独有的特点和特权,使其成为自己的代言人。

巴别尔的小说颠覆了传统的叙事方式与审美标准,彰显出独特的狂欢化特征。这种风格体现在小说的怪诞角色身上。庄严与滑稽、智慧与蠢笨、高贵与卑贱——亦正亦邪,粗、野、狂的性格使其小说主人公自然地展现出复杂性、多元性和立体感,呈现出最原始、最质朴、最有生命力的一面。巴别尔塑造人物的方法给人一种真实感。其笔下的人物追求个性自由,潜藏着旺盛的创造欲望,希求依照自己的价值观和精神信条生活。面对强大而残酷的现实世界,他们把自己扮成傻瓜或小丑,做出种种让人好笑的滑稽举动,用一种游离于严肃之外的快活而近乎戏谑的方式游戏自己,也戏谑了人生命运,以此获得生存空间。通过特别的人物形象将对周围世界的感受和认识进行深化,这正是巴别尔小说中"狂欢化"人物的特殊作用。

二

如果说以陀思妥耶夫斯基为代表的"彼得堡小说"在内容上呈现出某种阴郁性特征,那么巴别尔的作品,他的整个艺术从无阴霾,而是充满了拉伯雷式欢快愉悦的狂欢空间和人类丰沛恣肆的"物质—肉体"形象。怪诞物质和怪诞人体形象,即生活的物质—肉体因素,如身体本身、吃喝拉撒睡、打嗝放屁、男欢女爱、流汗、流血、打呼噜、暴揍打人。这些形象在巴别尔的作品中随处可见，且往往以极度夸大、夸张化的方式出现。

巴别尔小说的主人公常常具有怪诞人物形象必不可少的特质：特殊相貌或特殊习性。他们身材高大，外表怪异，且不修边幅，行为乖张，标新立异，却具有超常的智慧和创造力，他们处在一个失去了上帝和秩序的现实世界，一个异乎寻常的狂欢世界。在他们的肌肉下澎湃着时刻想要爆射而出的激情，喷薄欲出的欲望。对于常人而言，《敖德萨故事》中的塔尔塔科夫斯基就是这样一个夸张怪异的人物。其别出心裁的绰号"双料犹太人"散发着迥异于正统的狂欢化色彩：因为"他的狠心和金钱是犹太人一个人的体积所容纳不了的。他比敖德萨最高的警察还要高，比最胖的犹太婆娘还要沉"。（第一卷，第34页）在敖德萨黑帮中呼风唤雨的"巨人"弗罗伊姆·格拉奇"高如楼房，火红头发，一只眼睛戴着眼罩，一边的面颊因受过伤而变成畸形"。（第一卷，第92页）按小说中的描写，在弗罗伊姆·格拉奇身上蕴含着无尽的生命力："简直是头熊，……力气大得没说的……他一连吃了十颗子弹，可他还在爬……"巴赫金指出，"脱冕"和"降格"是怪诞现实主义的主要特点。人类生来便具有一种将一切世界秩序、观念和权威，一切崇高的、精神性的、理想的、抽象之物贬低化、世俗化、肉体化，对其进行脱冕和降格的欲望。巴别尔的作品随处可见夸张、降格的怪诞人体形象和人体元素，凸显出肉体生命在人的生活中的重要位置。从某种意义上讲，《敖德萨故事》中所描述的绝非敖德萨本身，而是竭力超越地理文化边界、取代整个敖德萨的莫尔达万卡犹太区。

滑稽膨体是巴别尔笔下怪诞物质和人体形象的鲜明特色之一。一个个体积庞大的巨型怪物占据了莫尔达万卡的全部空间。在巴别尔的小说中，人体与自然界的一切物质似乎同时被抛入一个巨大的混沌世界里，一切都在努力挣脱束缚，一切都在渴望离开自己的位置，"破壳而出"，一切都无形无貌，无序无态，如

"像血一样红、像疯狗的唾沫一样红的汗水"淌满了"发出一股人肉甜腻腻的酸臭味的向四面八方蔓延开去的胸脯"。(《国王》,第一卷,第23页);"月亮破窗而入"(《哥萨克小娘子》,第一卷,第64页)。巴别尔以昂扬激越的浪漫主义、怪诞的夸张、变形与降格使莫尔达万卡变成为一个异化的世界,一个接近拉伯雷的、现实的物质化世界。这里的一切都是物质的,全部空间都被物质填满,世界只是一个物质向另一个物质的相互转化。

巴赫金认为,在怪诞现实主义中一切肉体的东西都硕大无朋、夸张过甚和不可估量。这种夸张具有深刻的积极因素和肯定的性质。与拉伯雷笔下体型庞大的主人公们相同,巴别尔小说中的人物往往身体或身体的某一部位庞大无比,与其他部位明显不成比例:"身重五普特外加几俄磅"的芭辛卡(《父亲》,第一卷,第47页)、柳布卡"大得出奇的乳头"(《哥萨克小娘子》,第一卷,第61页)、加利奇人"长得出奇的躯干""小得出奇的脑袋"、大得跟身材不相称的犹太女人的乳房(《骑兵连长特隆诺夫》,第二卷,第122页)、孩子的"两只脚掌大得就像成年庄稼汉的脚"[《歌谣》(Песня),第二卷,第170页]等。"在怪诞人体中发挥最重要作用的是其生长业已超出自身、业已超越自身界限,新的(第二)个体开始发端的那些部分和部位,即肚子和男根。在怪诞人体形象中,它们起着主导作用。而受到正面夸张即夸大最多的,也正是它们。它们甚至可以从人体中分离出来,过独立的生活,因为它们往往将其他人体作为某种次要的东西给遮蔽起来了(连鼻子有时也可以从人体中分离)。"① 巴别尔以"特写镜头"的方式,用近距离写真的手法,把人或物的局部加以放大、强调,创造出戏剧性的意外与惊奇,形成强烈的怪诞效果:莫尔达万卡贵族们"肥胖的腿都快把天蓝色的皮靴撑破了,

---

① [苏]巴赫金:《巴赫金全集》第六卷,李兆林、夏忠宪等译,河北教育出版社2009年版,第362页。

强徒们一个个挺直身子,腆出肚皮"(《国王》,第一卷,第 29 页);"卡普伦腆着肚子仰卧在桌子上晒太阳,而阳光一点儿也伤不了他"(《父亲》,第一卷,第 49 页);旅长马斯拉克的"肚子好似一匹肥硕的雄猫躺在包银的鞍桥上"(《阿弗尼卡·比达》,第二卷,第 107 页)。在巴别尔的艺术世界里,人体与自然之间以独立的主体物质形式相互作用。"肚子"变为具有生命特征的物体,它从人体中分离出来,向外部或相邻的空间位移,挤占其他物体的存在空间和生存资源。于是,与"太阳"一样,"肚子"成为一个独立存在的个体。此外,在巴别尔的小说中有很多"鼓突的眼睛"形象:《国王》中特沃伊拉"因病而畸形了的粗脖子、鼓眼珠"、《家书》中库尔丘科夫两兄弟"身材高大得出奇,呆头呆脑,大脸盘,暴眼珠"(第一卷,第 115 页)、《我的第一只鹅》中女房东半瞎的眼睛、"暴眼珠"等。"怪诞只与凸起的眼睛有关,因为它只对正在脱落、正在鼓凸、正在从人体中直立起来的一切,对力求挣脱人体范围的一切感兴趣。任何凸起部位和分肢,一切延续着人体,并把人体与其他人体或非人体世界联系起来的东西,在怪诞中都具有特殊的意义。除此之外,怪诞之所以对鼓突的眼睛感兴趣,是因为它们是纯肉体紧张的表征。"[①]

《父亲》中有一段表达物质丰足、狂欢与生命再生意义的描写,充满了肉体下半身的暴露和躯体功能的张扬,冲破禁忌,与正统、官方的堂皇正大的严肃性相对立:

> 她坐在长凳上,给自己缝嫁衣。几个孕妇跟她并肩而坐;一堆麻布在她支棱八翘的硕大的双膝上移动;孕妇把各种各样的吃食灌入她们的腹内,一如母牛在牧场上把春天玫瑰红的乳汁灌入它们的乳房。就在这时,她们的丈夫一个个

[①] [苏] 巴赫金:《巴赫金全集》第六卷,李兆林、夏忠宪等译,河北教育出版社 2009 年版,第 361 页。

第五章 巴别尔短篇小说的"复调性"与"狂欢化"诗学风格

放工回家了。喜好骂架的女人们的丈夫在水龙头下把他们乱蓬蓬的络腮胡子洗净擦干后,将地方让给弯腰曲背的老婆子们。老婆子们在洗衣盆里给胖嘟嘟的小不点儿洗澡,拍打着孙儿白嫩的屁股蛋,然后用她们的旧裙子将他们包裹好。由图利钦来的芭辛卡亲眼目睹了生养我们的富饶的福地莫尔达万卡的生活——在这种生活里随处可见吃奶的婴儿、晾晒的尿布和以大兵式的不知疲倦的耐力忙着男欢女爱的其味无穷的城郊之夜。(第一卷,第48页)

在莫尔达万卡人的身体里盛满了激情和欲望。"欲火如炽""欲火席卷"浪漫的莫尔达万卡世界。《敖德萨故事》中包含大量的上述描写。狂欢是生命的本能。吃吃喝喝、骂骂咧咧、男欢女爱、打情骂俏,这种公开的身体展露足以让拉伯雷式的"下半身写作"汗颜,与中世纪以来基督教传统中严格的禁欲主义构成了鲜明的对立。"这对遵循自上而下价值观的社会意识来说无疑是一种直接的文化颠覆。这种颠覆推动了人文主义观照下新的价值体系的重新建立"[1],将人与人之间的关系复原到物质甚至肉体的层面。在巴别尔笔下,莫尔达万卡成为粗陋蛮荒、充满赤裸生命欲望的时空代码。在这个远离现实秩序中心的边缘世界中,统治阶层的权威和道德传统失去了束缚人心的规约力量,狂欢化成为巴别尔借以揶揄、戏拟官方主导意识形态的有力手段。

在《骑兵军》的文本中同样可以找到许多这类例证:

后来几个哥萨克走了进来。他们嘻嘻哈哈地笑着,抓住萨什卡的一条手臂,猛地将她摔倒在堆得像小山似的衣料和

---

[1] 周泉根、秦勇:《从巴赫金的躯体理论看近年来的"躯体写作"》,《广西师范大学学报》(哲学社会科学版)2007年第4期。

书本上。萨什卡春意盎然的胴体裸露出来，散发出一股体臭，活像新宰杀的牛肉的那种气味。裙子被撩了起来，女骑兵结实得像铁柱一般而又匀称有致的大腿赫然在目。一个叫库尔丘科夫①的傻头傻脑的小伙子骑到她身上，像在马鞍上那么颠着，做出一副欲火中烧的样子。她一把推开他，冲出了门去，直到这时，我们才穿过祭坛，走进教堂。(《在圣瓦伦廷教堂》，第二卷，第 116 页)

这段场景带有"大众狂欢"的意味，充分展示了源自民间题材的诙谐、讽拟以及物质—肉体因素。在祭坛旁的"小广场"上，"几个哥萨克"、萨什卡与库尔丘科夫在一起进行了一场令人瞠目结舌的"狂欢"。

在巴别尔的作品中存在不少侮辱强奸、做爱、粪、尿、排泄、生殖器等的描写，这些对人的肉体因素的再现甚至达到了令人难以容忍的地步：

> 然而卡秋莎，做事一丝不苟的卡秋莎，仍在为别尼亚·克里克而孜孜不倦地给她那美艳如画、潮红灼人的俄罗斯乐土加热升温。她隔着堵墙哼哼唧唧地呻吟着，夹杂着格格的浪笑。(《父亲》，第一卷，第 55 页)

> 你的心是软弱而又残忍的，就像猫的心，看清了你那个主的伤口，从那儿流出的是精液，是让处女醉倒的芬芳的毒液。[《诺沃格拉德的天主教堂》(*Костёл в Новограде*)，第二卷，第 6 页]

> 血打我体内一小滴一小滴往外淌，我的战马在我前边

---

① 译文略有修改。

撒尿……总之各流各的。[《政委康金》（Конки），第二卷，第 87 页]

日积月累，这里生活垃圾和畜粪堆积如山。刺鼻的秽气和粪便酸腐的恶臭使这类暗道的氛围阴森可怖。

别列斯捷奇科直到今天仍然笼罩在臭气中，人人身上都有一股腐烂的鲱鱼的气味。这个小城镇散发着臭气，等待着新时代的到来，……(《小城别列斯捷奇科》，第二卷，第 94 页)

老头儿仰天倒下，两只脚乱踹着，红似珊瑚的鲜血冒着气泡从他喉咙里像河水般涌出。(《骑兵连长特隆诺夫》，第二卷，第 124 页)

这是一种真正意义上的血色的生命狂欢。这些对鲜血、恶臭、屎尿的描写曾被一些评论家诟病，认为巴别尔是在有意炫丑晒恶，显然是一种病态的表现。事实上，传统语言中的禁忌被反复书写，这样的文字渗透着一种对意识形态的颠覆意义，表明了巴别尔对于生命与大地之间亲密关系的确认。愚昧、粗野、狂放、原生性的民间蔑视道德伦理秩序。自由自在、率性不羁的生存方式是真正的民间生命形态。人的爱恨生死，肉体欲望，昭示着一种真实、强劲、蓬勃旺盛和不可遏制的生命力。粪便作为一种排泄物，同饮食一样，是人类与周围世界之间建立联系的一种方式。排泄物被大地接受，重新加入物质循环的行列。作为最天然的肥料，它滋养大地，为作物提供营养，孕育新生。虽然粪便属于肉体低下部位，但它与饮食一道归为同一个物质循环——生命的诞生与消亡的范畴，而美恰恰存在于这一无限发展演变过程中，存在于大自然这种生生不息的生命法则之中。关注肉体欲望，把精神与肉体相连，让人与土地靠近，把对人体高贵的上半身的关注转移到下半身，这就是巴赫金在评价狂欢节的广场话语时所提出的语言上注重"卑贱化"和"肉体的物质化"原则。虽然在官方话语中充满物质—肉体因素的世界的物质下部是被绝对排斥的，但它们构成了整个世界的基础。巴赫金认为，在拉伯雷的怪诞现实主义艺术风格中物质—肉体因素具有全民性、节庆性和乌托邦性特点。"在这里，宇宙、社会和肉体是在不可分离的统一体中展现出来，作为一个不可分割的活生生的整体。而这个整体是一个欢快和安乐的整体。"① 巴别尔在他的文字中对土地，对人与自然的交流（土地、排泄物）表现出深切的关注。巴别尔写肉体、爱欲、死亡、饮食、排泄、物质，凭借这些形象自然地创造出一个全新的、鲜活的民间世界，进而构筑起自己独特的话语体系。

狂欢式世界感受在巴别尔短篇小说中得到了酣畅淋漓的体现。巴别尔"下半身写作"的形而上建构意图充分体现出哥萨克种种粗野不驯的个性与行为之特色：在肆意践踏权威的荒谬闹剧中得乐且乐、乐以忘忧。巴别尔的"生与死都是在场的，即物的，到肉的。他是对整个生命的强有力的拥抱"②。巴别尔抛弃了古典美学原则，通过颠覆语言规范、消解传统权力话语，对肉体和欲望作寓言性的书写，进而实现对文化的颠覆与重构。在巴别尔笔下，人类文明和语言文字中讳莫如深的禁忌、羞于表达的禁区被大加铺陈、大肆渲染，以一种决然的姿态对貌似庄严、神圣与崇高的官方文化和高雅文学语言进行降格和贬低。

第四节　庄谐与复调：文体狂欢化与语言的杂糅

"文体"（style）是文学批评中一个非常重要，又十分复杂的

---

① ［苏］巴赫金：《巴赫金全集》第六卷，李兆林、夏忠宪等译，河北教育出版社2009年版，第22页。
② 江弱水：《天地不仁巴别尔》，《读书》2008年第12期。

概念。长期以来,对于"文体"这一术语的界定始终是国内外学界争论不休的难题之一。然而,无论从语言还是形式层面来阐释"文体"的意义,都不能忽视"文体"的本质内涵:"相对实际所写或所说的内容,文体是指写或说的方式,更重要的是,'文体'一词还含有强烈的动作性,指一种有意识的精心设计和制作,本质上是一种与客观自然物对立的人为性。"① 由此,"文体是文学作品中作为人造物的一部分,它规定作品的艺术特质,与作家的认知方式和现实世界存在一种对应关系"②。"文学狂欢化问题,是历史诗学,主要是体裁诗学的非常重要的课题之一。"③ 苏格拉底对话体和梅尼普讽刺体的庄谐、拉伯雷小说的怪诞和陀思妥耶夫斯基小说的"复调"或称"多声部性"是狂欢化文学典型的体裁与风格特征。巴别尔小说文体风格的精神根源与狂欢化文体的内在特性贯通一致。

庄谐体是一种古老的体裁,包括"庄重"与"诙谐"两个部分,形成于希腊罗马文化末期。这是一种既严肃又诙谐,既庄重又轻松的混杂体式。真中有诞,庄中见谐,庄谐相济,互为补充。庄谐体的突出特征之一是具有杂体性和多声部性。庄谐体表现在文体上就是镶嵌体裁、风格模拟和讽刺性模拟的运用。镶嵌体裁是小说引进和组织杂语的一个最基本最重要的形式。④ 巴别尔常常在小说正文之中自由地容纳各种文体的插入。很多不同体裁,无论文学类体裁,还是非文学类实用体裁的文字,如信件、民歌、祷文、生平传记等被独立完整地移植到巴别尔的文本中。在这些体裁内嵌过程中常常伴随对崇高文体的讽刺性模仿。这些

---

① 晏杰雄:《新世纪长篇小说文体研究》,作家出版社2013年版,第36—37页。
② 晏杰雄:《新世纪长篇小说文体研究》,作家出版社2013年版,第37页。
③ [苏]巴赫金:《巴赫金全集》第五卷,白春仁、顾亚铃译,河北教育出版社2009年版,第138页。
④ [苏]巴赫金:《巴赫金全集》第三卷,白春仁、晓河译,河北教育出版社2009年版,第103页。

体裁的出现打破了现实叙述的层次，引入了现实中的多种声音和价值观，赋予现实社会中被压制的民间思想以充分的话语权。不同思想之间的对话与冲突使巴别尔的短篇小说成为文体的狂欢广场，不仅为作品带来更加丰富的杂语性，而且起着重要的架构作用。

书信是《骑兵军》中最常见的镶嵌体裁之一。在 1926 年《骑兵军》第一版收录的 34 篇小说中，《家书》《意大利的太阳》《盐》《一匹马的故事续篇》（*Продолжение истории одной лошади*）和《叛变》5 篇作品巧妙地融入了书信体式。《家书》堪称"小说中的小说"，是《骑兵军》最重要的篇什之一，也是巴别尔作品中，最具特色的书信体小说。在这篇作品中，巴别尔将讲述体作为贯穿全篇的叙事手段，让小说中的人物站到"前台"直面读者讲述故事。主人公—讲述人的"述"是小说叙事的核心，而小说作者—叙述者的身份降为听者。《家书》的主体部分是讲述人、小说主要人物男孩库尔丘科夫向叙述者柳托夫口授，由后者代写的一封给他母亲的信。库尔丘科夫的"家书"几乎构成了作品的全部内容。一般而言，讲述体小说中的讲述人通常以参与交谈——回答或评价交谈对象的提问或意见的方式出场。但与此不同，《家书》一开篇便采用了简单明快的叙事手法，叙述者"我"用三言两语交代了"家书"的来历，直接引出了讲述人库尔丘科夫。同时叙述者"我"刻意强调"家书"具有绝对真实性和完整性，这是一段没有作任何加工的口头讲述实录："我全文抄录了下来，一字未改，完全保留了本来面目……全文从第二段起照抄不误。"（第二卷，第 10 页）紧接着，叙述者柳托夫将故事的组织和控制权完全交给讲述人，库尔丘科夫在行为和语言上获得了一种独立自主和自由选择的权利，开始回忆和追述自己的生活经历和亲自见证的家庭悲剧。讲述人库尔丘科夫以第一人称的方式主导叙事，全部事件自始至终都由其一人叙述，同时他也是所述事件的参与者。形式上，叙述者柳托夫对小说情节发展没有起到推波助澜的作用，其与听众"合二为一"，放弃了介入与评价的主动权，在文中居于次要地位，只以一名单纯的"听者"身份被动地存在。尽管如此，小说中仍然可以"传出"多种不同的声音。"叙述者越自限，叙述越精彩。"[1] 虽然只是在全部"家书"嵌入完毕后，插进了叙述者向讲述人提出的两个问题，形式上叙述者公开现身，与讲述人直接对话是为了将故事的全貌补充完整。事实上，在以骑兵军战士的语气写成的这篇小说中，自然而然地凸显出犹太知识分子柳托夫的传统伦理道德观与依赖内心本能冲动和肉体激情完成个体生存的野性哥萨克之生存哲学的矛盾对立。

"戏谑化"是一种否定性的美学原则。它是巴别尔创造众声喧哗的景观世界，构建小说狂欢化风格的另一个主要特征。"戏仿"是实现"戏谑化"否定性的主要方式。对严肃的制度化话语进行戏谑性模仿，成为巴别尔作品中经典的标志性风格特质。在《骑兵军》中很多篇目属于这样的"戏仿"文本。库尔丘科夫的"家书"便是对官样文体的"戏仿"。从讲述人、小战士库尔丘科夫的嘴里极为自然地流出与其年龄完全不符的词语。他以一名意志坚定的成熟革命者的口吻，刻意模仿官方话语方式，生搬硬套政治语汇，将带有强烈革命和斗争色彩的时代流行语置于不适宜的"家书"的语境中。巴别尔利用"儿童视角"，通过戏仿使被模仿对象变得滑稽可笑，呈现出一个在血雨腥风中长大的、极具狂欢化意味的特殊"娃娃兵"形象，进而消解冠冕堂皇的革命神圣，达到给官方话语降格，对其进行讽刺和颠覆的目的。

小说《盐》通篇是哥萨克战士尼基塔·巴尔马绍夫以书信形式代表全排写给《红色骑兵军报》主编的"报告"。巴尔马绍夫怀着一种至高无上的情感和完成神圣使命后的释然，理直气壮地

---

[1] 赵宝明：《叙述者越自限，叙述越精彩》，《中国比较文学》2016 年第 2 期。

讲述了自己以正当而高尚的理由，大义凛然地处决一名女盐贩的经过。小说把崇高话语植入一种荒唐的语境，对权威话语进行了戏仿和解构。庄重严实的公文语体、背得滚瓜烂熟的、格式化的官方语言、用极度夸大的道理来描述事实，把所有问题提到重大原则和阶级斗争的高度来分析——巴尔马绍夫的文字显示出鲜明的时代特色与那个年代"活学活用"的思维特征，貌似正统，实则满含作者对当时政治文化的讽喻和不满。巴别尔故意暴露普通战士对政治语言的蹩脚甚至畸形的模仿，收到了特定情形中消解"神圣"与"崇高"的奇特喜剧效果，从而深刻揭示出官方话语的贫乏、无趣，以及人在疯狂的"话语圈"影响下所呈现出的思维方式和精神状态的双重畸形，真实地透露出特定历史时期的社会心理和人物的情绪感受，让读者在咀嚼回味之余，啼笑皆非，获得一种奇特的审美快感。

在反映革命中人的僵化，发现、还原革命的荒诞、滑稽、可笑方面，短篇小说《叛变》与巴别尔的其他作品相互照应。《叛变》是以哥萨克战士巴尔马绍夫的口吻所写的另一封信，内容是向侦察员汇报军医院里发生的一起"严重的""突发"事件——"叛变"。小说记录了革命中的荒唐世事，读来令人捧腹：

> 我持有2400号党证，……一九一四年以前，我一直在家帮助父母种田，一九一四年以后我不再种田，转到了帝国主义者的行列，……我就此做了牵线木偶，替他们卖命，直到列宁同志拨正了我凶残的刺刀的方向，指明我的刺刀应该扎进什么样的肠子，什么样的肠网膜，我的刺刀这才长了眼睛，在刀尖上刻着2400这个号码……（第二卷，第151页）

小说一开篇巴别尔便以充满调侃、挖苦的笔触亵渎革命的神圣性，活灵活现地勾勒出一个疾恶如仇，时刻绷紧意识形态斗争这根弦，实际上逞其主观谬想，行事鲁莽冒失，荒唐错乱的大兵形象。"革命"的喜剧与荒诞剧意味，渐渐清晰了起来。巴尔马绍夫对革命事业无限忠诚，能吃苦，对一切反革命分子抱有极强烈甚至极可笑的警惕性。最为可怕的是，在去革委会报告"叛变事件"未果后，为了宣泄自己对革命的一腔热血和满腹激情，他与两名同伴竟然故意制造恶性事故，开枪杀人，打坏军医院的玻璃。小说《叛变》深刻地展现了认真与愚钝、滑稽与豪情、狂热与阴险的沆瀣一气。

在某种意义上，革命与战争是大悲剧，也是大喜剧。身份意识对于语言的选择会产生相应的影响，主人公的言语往往成为展示、表达其意识内容的一个断面。小说《叛变》以骑兵军战士特有的"革命语言"写成，风格诙谐。巴尔马绍夫对一切变化敏感多疑，时时如惊弓之鸟，草木皆兵，这一点在词汇层面上体现得尤为突出。当巴尔马绍夫谈论自己和自己的同志时，以这样充满激情的方式来表达："长了眼睛的"刺刀、"三个红骑兵……受尽了侮辱""短暂、鲜红的一生""时时刻刻都担心发生叛变"。显然，巴尔马绍夫时刻在"加工制造"阶级斗争，可笑亦复可哀。按照巴尔马绍夫的观点，战争还远远没有结束，"因为敌人还在离小镇十五俄里的地方走来走去，因为《红色骑兵报》上还登着我们的国际形势十分险恶，地平线上乌云密布"。（第二卷，第153页）但军医院里呈现出一派与战火硝烟的前线截然不同的、浓浓的和平生活气息，无论如何这里看不出一丝一毫战争的影子：病房里步兵战士轻松惬意地下着跳棋，几个女护士站在一旁饶有兴趣地观战。在巴尔马绍夫看来，这暴露出严重的政治不纯和思想不纯问题，无疑是彻头彻尾的"反革命"的表现。因此，在提及军医院里这些"反革命"分子时，巴尔马绍夫使用的完全是另一些词汇。试图换下伤员身上血衣的护士被认为"又玩起非党群众嘲弄人的把戏来"，她们被指责"心狠手辣"。医生亚维英

"是头野兽而不是人"。步兵伤员们则被描述为"把肚子吃得像鼓那么大,晚上放起屁来像打机关枪"。(第二卷,第154页)

短篇小说《在地下室里》采用了另一种特殊的"镶嵌"文体类型,即把莎士比亚的悲剧《裘力斯·凯撒》巧妙地穿插于整个故事情节中。主人公"我"出生在一个贫寒、复杂、纷乱的家庭,是一个嗜书如命、手不释卷,常常"夜里钻到台布垂地的桌子底下看书"的少年书迷。书本上读到的一切激发了"我"无穷的创造力和想象力。与伙伴们坐在一处,海阔天空、信马由缰、神吹海聊,绘声绘色地编织出各种花样翻新的故事,成为"我"此生最大的乐趣。他们一个个张大嘴巴凝神谛听的样子给"我"带来了莫大的满足和存在感。于是,"我"沉醉于自我幻想的世界里,以此方式获得同伴的认同,远离外界纷扰,逃避真实生存。在受邀拜访了富家子弟、同学鲍尔格曼家奢华的别墅之后,想象与现实的差距给"我"造成了强烈的心理落差,由此,"我"需要用更多的掩饰和奇妙的说法来使谎言逐步"升级",以便在鲍尔格曼面前保持"故事大王"的地位。

在后来的交往中,"我"不得不对鲍尔格曼编织一个又一个美丽的故事,且一发不可收。在"我"的满嘴胡诌中,"我"的家世背景被吹嘘得光鲜亮丽,完美无缺。当"我"在家中心旌摇荡、如醉如痴地为前来做客的鲍尔格曼高声朗诵"此生最喜爱的诗章"——莎士比亚悲剧《裘力斯·凯撒》中凯撒被刺一段时,残酷的现实陡然让"我"从美丽的幻梦中惊醒,建立于一个巨大谎言之上的泡沫大厦顷刻间轰然倒塌,真相乍现、原形毕露:邋里邋遢的叔叔突然破门而入,大吵大嚷,患有精神病的、疯癫的祖父也丑态百出,杀将而来,每天必演的家庭闹剧鸣锣开场!打雷似的嗓音、震耳欲聋的谩骂声和响如喇叭的喊叫声……各种各样的声音掺杂在一起,汇成了一首此起彼伏的"交响乐"。世界被出人意料地还原成了原本的模样。"我"用各种奇思妙想精心演绎的引人入胜的故事不过是一场注定悲哀的闹剧。然而,"我"并未就此停止诵读。为了平息自己心中的惊恐,"我"扯开嗓门较劲地喊着,声嘶力竭地念着莎士比亚的诗句,誓与这不堪一击的世界决一雌雄:"随着我死命高声朗读,以期压倒世上一切的恶,他①在我眼中已成叠影。我濒死前的绝望同已完成死亡的凯撒合二为一了。我已死去,于是我大喊大叫。嘶叫声由我心底发出。"(第一卷,第162页)莎士比亚悲剧《裘力斯·凯撒》缠绕在小说故事里,将小说推向了狂欢化世界之中。

现实中,主人公"我"的谎言被戳穿,"我"的家——简陋的地下室已经变为一个激情狂欢的广场。"我"苦心经营的诗歌王国就在这一刻彻底破灭,我被卸下了"故事大王"的桂冠,沦为现实世界里一个遍体鳞伤的小丑。"我"用激昂高亢的朗读极力掩饰着现实的丑陋,同时展露出"我"对自我尊严的捍卫。

《马特韦·罗季奥内奇·巴甫利钦柯传略》是一篇传记,记述了出身牧童的红军将领巴甫利钦柯的生平故事。革命前他只能被碾作泥,屈辱地活着。而当鲁莽的革命脚步步步逼近,闯入他的生活时,他的命运出现了戏剧性转机:从被侮辱与被损害的奴隶到翻身做主人,他变得疯狂,不顾他人的死活,只为让那些给他带来不幸的人为自己的罪孽去死。于是,他对尼基京斯基老爷恶言相向,拳脚相加。小说以滑稽、嘲讽、幽默的语言为基调,生动展现了在革命和战争的特殊环境中获得了空前解放的主人公如鱼得水的生命体验。这篇小说的突出特点是采用两个叙事角度观照叙事内容,内外两种视角切换,加上叙事主体的更换,文本呈现出一种众声喧哗的图景,为狂欢化叙事的进行提供了可能。在构置传记文本时,巴别尔克服了不同视角的局限性,他人记述("他传")和自述生平("自传")紧密结合,第一

---

① 指鲍尔格曼。

人称与第三人称交替出现。一般而言，在小说创作中类似的叙述视角转换方式并不多见，但在巴别尔的《骑兵军》里这样的叙述为数不少。

纪实性、客观性和真实性是传记文体的基本要求。小说第一段采用了第三人称外视角，巴别尔以为他人立传的叙述人身份从外部描绘小说的内容。叙述人虽然本身不在情节之内，但作为"传记作者"，他是小说创作的主体，是全知全能的"上帝"。外视角的优势是叙述人对作品中每个人物的命运、每一事件的经过都一清二楚，了如指掌，可以不受空间、时间、生理、心理等条件的限制，灵活自由地把各种人与事、人物的外部世界和心理世界直接地展现出来。但外视角缺乏真实、亲切之感。小说第一段采用第三人称叙述，热情地赞颂巴甫利钦柯，讲述了这名红军将领走上革命之路的苦难历程，带有明显的夸张意味。从第二段开始直到结尾，小说"由外而内"的观察转为"由内向外"，以"传主"巴甫利钦柯的语气进行叙述，即"传主"本人为自己写传。在这种"内视角"下，为了逼真性表达效果的需要，小说作者并不现身，他附体于小说人物巴甫利钦柯，使其充当场景和故事情节的目击者和叙述者，由巴甫利钦柯的眼光来观察世界、透视生活。作为叙述者，巴甫利钦柯本身并未出离情节之外，而是身在情节之中，成为构筑情节不可或缺的要素之一。"内视角"给人以绘声绘色之感，具有浓郁的抒情气息。但"内视角"在全面描述人物的外部世界和内心世界时受到极大的限制。叙述视角的变化直接关涉传记文体本身的性质。随着小说文体转成"自传"形式，小说开头那种对典型的革命战士成长之路的官方正面宣传，转换为以个体"自我"为中心的世界感受。于是，不切实际的自我吹嘘、传主对自己的大肆赞美充斥文中。

巴别尔把"将军"巴甫利钦柯还原为与《家书》中"傻头傻脑的小伙子"库尔丘科夫一样平平常常的普通人，甚至具有人格缺陷的人。① 他阴错阳差地走上了革命道路，成为打碎旧世界的革命队伍成员之一。他按照自己的本性去生活，也以自己的方式理解阶级斗争。阶级斗争的本质正是他无法参透的。巴别尔将笔触直接伸向主人公的心灵深处，深入人性层面，借此嘲笑一切主流话语范式，这恰好契合了传记文体本身要求最大程度地逼近真实、准确表现人的精神样貌的特质。以巴甫利钦柯为代表的一系列血肉丰满、性格鲜明的哥萨克形象成为巴别尔笔下狂欢化世界的主要角色。他们在巴别尔构建的狂欢广场上尽情表演，自由生活。巴别尔塑造这些形象的意义在于，展现精神挤压之下延续人类生存理所当然的品行，揭示人的生存危机是促发精神革命的原因之一。

在不同层次上构建各种语言共生的现象是巴别尔短篇小说的文体特征之一。除书信、传记外，哥萨克民间口头创作体裁——谚语、俗语、神话传说、哀歌等各种类型的语言形式也被巴别尔巧妙地"编织"在文本中间。《家书》中库尔丘科夫的讲述采用了哥萨克民间口头创作中的开场白和谚语，带有叙述型口头独白的特点。这些文学样式凸显了哥萨克这一独特群体鲜明的文化特征，给库尔丘科夫贴上了明显的"农民—哥萨克"标签："我向您深深地鞠躬，而且是一躬到底，……"（第二卷，第10页）；"我在他那里受的罪，跟救世主耶稣基督受的罪一模一样"（第二卷，第12页）；"可纸总是包不住火的"（第二卷，第13页）；等等。在库尔丘科夫的言语中还采用了民间口头创作的夸张手法："后来我们开始追歼邓尼金将军，杀死了他成千上万的人，把他的部队逼入黑海，……"（第二卷，第13页）在其他小说中各种谚语和俗语随处可见，如"真理能让不管什么样的鼻孔通气，……"（《我的第一只鹅》，第二卷，第44页）；"行呀，我

---

① Подшивалова Е. А., "Жанровая теория Н. Л. Лейдермана для прочтения «Конармии» И.Э.Бабеля", Филологический класс, 2015, № 3, С. 50.

的大人，我这就叫你两腿一伸，嗝儿屁着凉……"(《政委康金》，第二卷，第 88 页)；"把自个儿的命看得比什么都值钱"(《两个叫伊凡的人》，第二卷，第 130 页)；等等。神话传说，如"我相信您不会忽略一个名叫法斯托夫的民风刁恶的火车站，这个火车站位于某个遥远的国度的某个鲜为人知的地方"(《盐》，第二卷，第 96 页)。哀歌，如"别了，斯捷潘，……没了你，叫我怎么回到咱们平静的村镇去……叫我把你身上的绣花鞍子搁到哪里去？"(《阿弗尼卡·比达》，第二卷，第 109 页) 等。在《骑兵军》中，巴别尔还将《圣经》故事和传说、犹太民间口头创作体裁插入俄语中，以此构建各民族之间的对话：为波兰和布罗德所作的哀歌、以《圣经》题材为基础创造的耶稣和吉波力成婚的故事、在《战斗之后》和《拉比之子》中对《圣经·启示录》的仿写等。有时，巴别尔还将带有不同文化标记的词语并置在一起。如海德堡①的乐曲声在犹太酒店里回旋 (《潘·阿波廖克》，第二卷，第 22 页)；"主教本人吻了图津凯维奇的额头，称他为别列斯捷奇科之父。Pater Berestechka"② (《在圣瓦伦廷教堂》，第二卷，第 114 页)；《小城列别斯捷奇科》中叙述者"我"偶然拾到了法文信件；等等。

　　巴别尔短篇小说独一无二的标志性招牌就是他创造的那种狂欢化风格的语言。狂欢化的语言具有三个特点：粗鄙化、戏谑性和褒贬双重性。根据巴赫金的理论，狂欢式世界感受包括四个范畴。在狂欢节进行期间，非狂欢生活中的各种规矩、秩序和法令等被取消，人与人之间实现了"零距离"接触，随便而又亲昵。这是狂欢式世界感受中极为重要的一点。它决定了狂欢式具有自由随意的姿态，狂欢具有坦率的语言。插科打诨是与"随便而亲昵的接触"有机相连的第二个狂欢式世界感受。在狂欢中，人们

---

① 德国地名。——译注
② 拉丁文，意即"别列斯捷奇科之父"。——译注

摆脱了平日不可逾越的种种等级束缚,表现出在非狂欢式生活中的种种不得体。而此前被等级制度孤立、禁止、排斥的一切在狂欢节期间重新复活、回归。这就是狂欢式世界感受中的第三个范畴——俯就。粗鄙是狂欢式世界感受的第四个范畴。它是指充满狂欢化色彩的亵渎和歪曲,一系列贬低、降格和均质化处理方式,不堪入耳的下流之言和粗俗龌龊的不敬之语,对高雅语言的讽刺性模拟,等等。在激情狂欢的广场上人声鼎沸、众语喧哗——吹嘘赌咒、吆喝辱骂、谑浪笑傲——鄙俗不堪、猥琐肮脏。大胆的骂辞,顺溜的民歌,方言、俚语的调侃,众声齐鸣的狂欢化语言模式在巴别尔短篇小说中俯拾即是。在同一个层面上,巴别尔使用谐谑、欢快的口吻将活生生的民间大众语言、以散在的碎片形式存在的话语相互嵌入、相互加持,将语言表达功能极致化,构成一个大"杂烩",诠释了狂欢化语境下语言的多元共通。在丰富的民间创作形式中,巴别尔看到了蓬勃的生命力和无穷的创造力,同时发现了精英文化中的异质性存在,以及颠覆革命话语的表达。这种渗透着狂欢精神的巴别尔短篇小说强调平等对话,其中的追求和旨趣不言自明。

狂欢节上相应而生的狂欢语言推翻了一切崇高、保守、僵化、腐朽的文化价值,流露出民间语言源于生命生存本真状态、生生不息、充满活力的形态。巴别尔正是借助这种狂欢化的语言形象,成功地显露出被意识形态遮掩的民间底层之原初本相。巴别尔的整个小说文本仿佛就是一个热闹的民间广场。在巴别尔笔下,不同语言、不同风格、不同文体有意混杂在一起。平民小人物变身为傻瓜、骗子、小丑等特殊形式。在巴别尔的小说中很容易能够找到赌咒、发誓和肆意的漫骂这些不拘形迹、不登大雅之堂的民间广场语言。疲于征战、困顿不堪的哥萨克战士在渡河时"死命地咒骂着圣母";《家书》中的父亲用极恶毒、极具侮辱性的语言对亲生儿子破口大骂;为了一己私欲、满足报复心理而走上革命道路的巴甫利钦柯在自述身世经历时，言语中夹杂着大量色情露骨、下流猥琐的词汇；不忍向奄奄一息的多尔古绍夫"下手"的"我"遭到阿弗尼卡的污言秽语一顿痛骂；"我"对拒绝杀鹅的女房东不停地放狠话、骂娘；《两个叫伊凡的人》中被科罗特科夫猥琐下流的话语激怒的女护士高声叫嚷着"我用刀把你们全阉了"……各种语言、形式、物质主义的描写相互碰撞，打破了传统文学语言的审美原则，讽刺模拟一切高级语言、风格、体裁，充满游戏性，形成了独特的审美趣味，成为产生戏谑效果的基本手段。巴赫金指出，戏谑化的话语将意义降到生命的本源、肉体生活的基底。因此，在否定的同时，戏谑中蕴含着肯定的意义。处于狂欢状态的哥萨克骑兵摆脱了一切权利语言的束缚，发出自己的声音。在他们口中与肉体物质下部相连的鄙俗语言，携带着自由原始的生活气息，打破了言语禁忌，降格神圣事物，最有力地冲击了保守正统的官方话语体系，同时带有热烈的广场气息。

此外，用各种诙谐幽默、极富个性化特征的绰号为小说人物命名，是巴别尔狂欢化语言的又一特征。巴赫金指出，与名字相反，绰号偏重于语言中的责骂诅咒。与骂人话相同，真正的绰号具有双重属性和两级特性。巴别尔常常打破传统语言规则的束缚，使能指与所指之间随意对应，语义无限延伸，用最简短的文字直接涵盖人物的核心特征，或者是某一部分特征，一两个绰号即点亮一部作品。巴别尔的文学审美理想在一群来自民间的鲜活的绰号人物身上得到了突出的体现。其小说中的绰号不仅在人物刻画中起到重要的艺术作用，还在文学接受角度，最大程度上切中了读者的阅读心理：梅毒患者萨什卡只因为人和善而被取绰号为救世主"耶稣"；"基大利"本是被原犹太国王的族人实玛利所害、受人尊敬的古犹太省长，巴别尔小说的主人公"基大利"则是一个集市上的小店老板，一位民间智者；"哥萨克小娘子"非但全无哥萨克基因,其实是一个犹太女房东,只因其行为举止酷似哥萨克女人,因此得名。类似的绰号还有强徒之首、"国王"别尼亚、"双料犹太人"或者"九进宫"塔尔塔科夫斯基等。戏仿下的狂欢化语言叙述和反讽下的"拧巴式"修辞表达,成为最能体现巴别尔狂欢化文学风格的形式之一。巴别尔的绰号叙事艺术常常采用翻转的逻辑,表现出一种浓郁的"滑稽"和"幽默"的审美情趣,明显带有广场语言的褒贬两重特性。

巴别尔庄谐体小说内部的各种插入性体裁并未改变自身结构、语言形式和修辞特色,一方面,政治语言、俗语谚语任意拼接、交杂。各种"镶嵌体裁"将自己的语言带到小说中,使作品构成了一个多种体裁混融的样貌,一个杂而不冗的开放性文本语汇模式。另一方面,放纵恣肆的语言表达了异样的声音,深化了小说的杂语性,分解了小说的语言统一。在话语层面,语言的杂糅特征同样在语言的内部制造出多种声音并存和结构开放的状态,形成了巨大的反讽力量。"镶嵌"的组织方式讽刺、解构和消解了"镶嵌体裁"本身的严肃性,使小说语言的自由性得到最大程度的发挥,同时形成了一个多元的语境场,显示出不同语言交汇下文本的张力。这也是巴别尔短篇小说成功的妙处所在。

第五节 时空体艺术结构下众声喧哗的审美狂欢

《泅渡兹勃鲁契河》始于一个固定"长镜头"——秋日的田野大全景中。巴别尔以大写意手法和极简括而冷峻的诗化的笔调,将色彩绚丽的大自然与战争的残酷无情形成的巨大反差油画般地勾勒于纸上:

六师师长电告,诺沃格拉德-沃伦斯克市已于今日拂晓攻克。师部当即由克拉毕夫诺开拔，向该市进发。我们辎重车队殿后，沿着尼古拉一世用庄稼汉的白骨由布列斯特铺至华沙的公路，一字儿排开，喧声辚辚地向前驶去。

我们四周的田野里，盛开着紫红色的罂粟花，下午的熏风拂弄着日见黄熟的黑麦，而荞麦则宛若处子，伫立天陲，像是远方修道院的粉墙。静静的沃伦逶迤西行，离开我们，朝白桦林珍珠般亮闪闪的雾霭而去，随后又爬上野花似锦的山冈，将困乏的双手胡乱地伸进啤酒草的草丛。橙黄色的太阳浮游天际，活像一颗被砍下的头颅，云缝中闪耀着柔和的夕晖，落霞好似一面面军旗，在我们头顶猎猎飘拂。在傍晚的凉意中，昨天血战的腥味和死马的尸臭滴滴答答地落下来。黑下来的兹勃鲁契河水声滔滔，正在将它的一道道急流和石滩的浪花之结扎紧。桥梁都已毁坏，我们只得泅渡过河。庄严的朗月横卧于波涛之上。马匹下到河里，水一直没至胸口，哗哗的水流从数以百计的马腿间奔腾而过。有人眼看要没顶了，死命地咒骂着圣母。河里满是黑乎乎的大车，在金蛇一般的月影和闪亮的浪谷之上，喧声、口哨声和歌声混作一团。（第一卷，第3页）

这是《骑兵军》的开篇，也是最能体现巴别尔语言风格，是确定《骑兵军》全篇狂欢化基调的段落。巴别尔借此奏响了其"战地交响乐"的第一"乐章"，也是其狂欢化诗学的第一"诗节"。浩浩荡荡、车水马龙，声影光色味组成了电影画面般的视觉效果，天地相通，水天相连。简洁洗练又瑰丽多姿的语言使多条线索立体交叉，将发生在同一时空内的人、事、物、景一齐托出，并赋予不同的意象，一个多层次、多样化、多声部复调的矛盾的世界、一个庄严神圣，又残酷无情的世界展现在读者面前，既让读者觉得场面雄阔，气度恢宏，又感到这千头万绪之间互有关系。通过紧张混乱的军车渡河场面与喧声、口哨声和歌声的"多声部平行"、交叉与合唱,自然造成了叙述节奏的急促与舒缓,紧凑有力。感官形象的视觉与听觉的对比产生了崇高与滑稽、沉重与欢快的组合。这个开头着实给人一种非同凡响的新鲜感,形成了艺术上的巨大戏剧性张力,带有一种大手笔的独特气势,为巴别尔接下来的闪转腾挪、纵横捭阖提供了无限的表现空间。

随即文本结构出现了"大断层":优美绚丽的自然景色、雄浑壮阔的军车辎重渡河场景、阳刚之气与动感意境的精准结合被陡然切换到一个窄小的空间——一个刚刚被洗劫一空的犹太人家。就此,小说被"拦腰"截断,呈现为迥然不同的两个并列的部分,它们相互之间形成了强烈对比与巨大反差。前后两个画面之间缺少自然的衔接过渡。巴别尔运用跨时空的人为拼贴剪辑手法,将两种叙事格调完全不同的画面并置在一起,创造出简单叙述和孤立场景难以实现的、张力十足的视觉效果,进而将作者对血腥暴力的批判态度展现无遗。

巴别尔作品的狂欢化风格特征之一——正是把南辕北辙、风马牛不相及的若干事物联系在一起,揉成一团,剪不断,理还乱:

> 尸体旁撂着一本笔记本和毕苏斯基告民众书的碎片。波兰人的笔记本内记有零用花销的账目、克拉科夫话剧院的剧目场次,以及一个名叫玛丽娅-露易莎的女子的生日。(《两个叫伊凡的人》,第二卷,第 133 页)

> 这是些五花八门、互不搭界的东西,有鼓动员的委任书和犹太诗人的纪念像,有列宁的金属浮雕头像和织在没有光泽的绸缎上的迈豪尼德绣像,而且两人的像并放在一起。第六次党代会的决议汇编中夹有一绺女人的发丝,而在党的传

单的页边密密麻麻、歪歪曲曲地写满了犹太古诗。几页《雅歌》竟然和几发左轮枪子弹搁在一起。这些东西好比稀稀落落的愁雨打在我身上。(《拉比之子》，第二卷，第174页)

《在圣瓦伦廷教堂》中巴别尔让骑兵军战士的生活充满了各种声响和气味：

> 管风琴声传至我们耳际，时而呆滞，时而急促。其声举步维艰，余音似在诉苦，拖得很久。老婆子用她焦黄的头发抹去泪水，坐到地上，吻我膝盖下边的靴筒。管风琴声停息了一会儿，忽又用低音哈哈大笑起来。我抓住老婆子的一只手，回头望了一眼。文书们在嗒嗒有声地打字，勤务兵的鼾声越来越响。他们的马刺在蹭破天鹅绒沙发套下面的呢子沙发面。老婆子像抱婴儿似的抱住我的皮靴，满含温情地吻着。我把她拖到门外，锁上身后的门。天主教堂光耀夺目地耸立在我们面前，像是舞台布景。教堂侧门洞开，在波兰军官们的坟墓上乱扔着马的颅骨。(第二卷，第115页)

教堂里管风琴的余音、打字声、鼾声、马刺声——来自四面八方的各种混杂复调声音、交响成片，一连串破碎、杂乱的生活场景看似偶然，却意外拼接成了哥萨克骑兵日常生活"多声齐鸣"的狂欢场景。紧接着，小说的环境空间场景迅速发生了变更与转换，由"声音的世界"过渡到"气味的世界"里：

> 我们跑进院子，穿过昏暗的走廊，走进一间附筑在祭坛旁的四四方方的房间。第三十一团的女护士萨什卡正在那里忙碌。她在翻检一大堆不知谁撂在地上的丝绸。那堆撂在地上的丝绸，以及花朵和屋内的霉味，交融在一起，散发出死

气沉沉的香味，钻进她颤动的鼻孔，毒化着她，弄得她鼻子里痒痒的。……萨什卡春意盎然的胴体裸露了出来，散发出一股体臭，活像新宰杀的牛肉的那种气味。(第二卷，第116页)

场景化、碎片化形态是上述两段叙事的突出特质。两个段落之间并不存在确定的逻辑关联，出现了明显的时间断裂，叙述者用一些零散的生活片段作为材料搭建起故事情节。这是巴别尔特有的时间处理方式——以狂欢化思维方式来颠覆理性化思维结构。巴别尔的小说结构看似随心所欲、杂乱无章，只有细品之后才会发现其匠心独运，自有章法。

"并置"是构建小说空间形式最常用的手法。在散乱、庞杂的表层文本背后，巴别尔运用同类和异类并列、组合的方式，将不同事件、人物心理、过去和现在进行相互对照。叙事者视角的变化、零碎的生活场景的转换在文本结构中呈现为空间化的叙事结构。巴别尔的小说是兼具时间与空间的艺术，即时空体 (хронотоп) 小说。"时空体"是巴赫金在对拉伯雷、歌德和陀思妥耶夫斯基小说进行研究的基础上提出的一个重要概念。这是一个形式与内容并举的文学术语，指在文学中通过艺术手段将时间关系和空间关系联系在一起的形式。巴赫金认为，时间本身就是空间化的，就像空间本身是时间化的一样。传统小说以时间为主导推进故事发展，但材料取舍常常受制于因果关系的前后联系。在空间叙事结构中，场景的设置和事件的发展没有必然的时间顺序，它们随叙述主体主观意志的变化而发生改变，不存在严格的因果和逻辑关系，材料取舍更加自由。在拉伯雷小说中，巴赫金发现了这种把时间空间化，用时间的延展性即所谓的长远时间来对抗空间上等级化的特点。最完美地展现时间空间化的场所就是能够使代表不同思想、不同信仰和不同意识形态的人平等对话、自由共处的广场。在同一篇作品、同一部小说集中，巴别尔将犹太人、犹太黑帮、哥萨克等不同身份、不同文化的个体并置在一起，将他们放入指向未来的长远时间之中，使其意义相对化。借助多角度时空交错式结构，巴别尔突破了依现实时空的自然顺序展开叙事的传统规则，而这恰是现代主义小说叙事空间化的反映。因此，巴别尔的小说不是相互独立的，而是相互关联，处于一个共时性的空间中。

纵观《骑兵军》全文，通过采用共时性的空间叙述方式，巴别尔将诸多感官记忆所接受的原始印象和感官中离散的意识碎片重新进行提炼和拼接，制造出一片片历史中断裂的投影，构建了自己独特的战争场域。在战时的哥萨克生活中稳定不变的、线性单一的时间处于断断续续的、不确定的动态变化之中。众多人物事件、散乱的行为与心理将《骑兵军》全书的主体情节"措置""分割""切碎"，各篇之间以及各篇内部前后段落之间没有一定的依赖关系，呈现出一种参差交错的时空景观和时空并存的立体叙事模式。其中，线性时间的戏剧化展开和时间的因果关系不再作为情节发展的主导和叙述的动力，单一的时间维度转向空间化的叙事，后者超越了前者的地位，标志着传统叙事文学结构向现代小说结构的转变。情节直线推进的时间性特征变成整体性的空间化扩展。与以情节模式占主导地位，具有明确时间标志的传统小说不同，横向时间与纵向空间并置使巴别尔小说的意蕴更加丰富。革命与战争的大环境将孤立的个体融入一个特殊的时空"场域"中。这个"场域"是巴别尔审视革命与战争的出发点，同时也是他建构革命与战争复调文本的基础。巴别尔对战争中人的感知、印象和经验的关注，决定了他流动的、碎片式的写作风格。犹太区是巴别尔笔下国内战争的场域。借助破碎的万花筒折射出的经验碎片，巴别尔巧妙地制造出自上而下俯视宏观全景的"上帝视角"。这些感观印象的表达足以全面客观地涵盖战争的整个

"场域"，巴别尔将对国内战争这一特殊时期所怀有的严肃、切实的历史感紧密地编织到小说中，夹杂在饱含丰富情感的意识片段之中。值得注意的是，巴别尔所展现的绝非政治地理和文化意义上的地域空间，而是战时人对周围环境的感知与心理特征。战时杂乱无章，损毁严重却意义丰富的犹太区显然是给巴别尔带来最大审美愉悦的"奇特世界"。它们被巴别尔快照般敏捷地拍摄，后又被撕碎。碎片化文本在共时性和同在性逻辑关系的支撑下达到了意义上的整体性和统一性。

在《家书》的结尾，"我"展示了一张"老照片"——库尔丘科夫一家的"合家欢"。此刻"我"与库尔丘科夫的对话将过去与现在联系在一起。库尔丘科夫的两个哥哥，费奥多尔和谢苗，一个为父亲所杀，一个为另一个复仇杀死了父亲。巴别尔将不同政治立场、不同阵营的人物、五味杂陈的现实同时呈现在同一时空内，让人觉得不真实，又让人觉得过于真实。事实上，"并置"的目的在于凸显空间的共时性和同在性。由此，在空间关系中蕴含着整篇小说叙述的逻辑统一。巴别尔小说的情节片段以共时性、离散性的方式取代了历时性和完整性。其最突出的特点之一就是情节并置，叙事的平面化和"非情节化"。在他的小说中，事件的发生无时间先后，也并不互为因果。但在这些事件中，巴别尔却成功地将普通人物的命运和生与死的主题一一呈现出来。而将这些没有直接因果关系的事件拼接在一起的并非"事连"，而是"意连"。在巴别尔的叙事中空间艺术也体现在这几个方面。当叙事不再受到时间的约束，因果关系变得弱化时，场景的不断变化便显得自然而然。巴别尔的作品打碎了时间的自然进程，在介绍战时环境，描写自然景物，描绘风俗节日场面时追求空间的延伸和拓展。时间的弱化、空间场景的随意切换使巴别尔小说呈现出开放式结构，不受时间的规约，更为自由。

《小城别列斯捷奇科》汉译文只有2000余字，但多个场景、不同画面被运用蒙太奇手法拼贴剪辑在一起，一个众生芸芸、众相无常、众声喧哗的狂欢化世界展现在读者面前：进入小城的哥萨克队伍与残酷的现实环境、小城昔日的辉煌与今日的破败不堪、废弃的城堡和喧闹的街市、遍体鳞伤的家园、遍地瓦砾的荒凉……紧接着"我"转述了关于精神失常的伯爵夫人用马鞭抽打自己未生育的儿子的故事。在广场上召开的群众大会上维诺格拉多夫激情亢奋，大声讲着共产国际第二次代表大会的精神，马刺声与讲话声震天动地。在废墟中，"我"追寻着被人忽略的文明的碎片，随即"我"在地上捡到一张撕剩一半的信笺："别列斯捷奇科，1820年。保罗，我的心爱的，据说拿破仑皇帝死了，这是真的吗？分娩很轻松，我们的小英雄要满7周了……"（第二卷，第95页）上述场景表面看似并无逻辑和因果关系，各自独立，画面杂乱无章地散落在文本各处，但实际上相互有着密切的联系，它们之间形成了一种独特的交互关系，一个极富意蕴的组织结构，直指同一个主题，使小说散发出强烈的狂欢气息。狂欢节上的一切形式和象征都带有新旧交替和更新的激情，体现为消逝和新生的双重存在。伯爵夫人抽打不能生育的儿子本身便带有摧毁与助其新生的狂欢化逻辑。借助这一传说，巴别尔把过去的时间引进狂欢化世界中。小说中，"我"无意中拾得的便笺别有一番寓意：地点相同，时间却穿越到百年前的1820年。它使一维的时间在现实世界无限地延展开来。拿破仑之死标志着一个英雄时代的终结，而刚刚出生的小生命则代表了未来与希望，象征着又一个英雄时代的来临。这张信笺看似得来偶然，实则通过空间的时间化，将过去、现在和未来串联在一起，使小说时间驶入恒久变化的、指向未来的狂欢化时间轨道上，而其最终指向则是个体的生命价值与自由。

在巴别尔的艺术世界中，善与恶、胜与败、正义与非正义之间失去了严格的界限，一切都没有局限在文本的当下时间，一切都被放在更为广阔的历史时空之中从思辨的视角加以审察。面向不断变换、新生、进化的未来,一切具有永恒价值的绝对声音都是相对的。

第六节 音乐的"复调"与电影"蒙太奇"

在巴别尔的创作中,短篇小说《莫泊桑》之独特性不仅体现在作品主题蕴含的深刻性和故事结构的精湛上,更为重要的是,巴别尔打破了短篇小说的时空限制和惯常的外部结构,在小说形式上大胆创新,同时利用音乐中的复调结构和对位法技巧,以及电影艺术中的"蒙太奇"手法对整部作品进行谋篇布局,将不同时空的故事打碎糅合措置,情节设计跌宕起伏,促使小说文本产生出新的意义。

"对位法"是复调音乐中一个主要的表现手法,也是音乐史上历史最为悠久的写作技艺之一。在"对位法"中存在各自独立的多条旋律,它们同时发声,并处于相互融洽、和谐的状态。"多声部复调"是巴别尔小说的一种重要叙事模式。在小说《莫泊桑》中,"多声部复调"体现为每一部分叙述者都以自己的声调讲述各自的故事。莫泊桑的3篇作品、爱德华·德米尼埃尔的《吉·德·莫泊桑的生平和创作》与小说《莫泊桑》本身所讲述的故事如同音乐中的五个声部。它们既互相独立,又互相呼应,互相渗透,互为补充。在《莫泊桑》中,五个部分的叙述声音是相互平等的,每个声音和意识都是主体,具有同样重要的地位和价值。它们不受作者统一意识的控制,各自发声,各抒己见。读者须凭借自己的理解能力、情感体会和审美经验,才能从支离破碎的语言片段中推测出小说所述故事的来龙去脉。将纵横两方面结合起来,能够明显体察出作品的复调性质。从横向看,这五个部分的时间关系、题材内容以及表现手法等与复调音乐中各声部的节奏、终止起讫及旋律线的起伏等构成了一一对应关系。从纵向看,以"和声"为基础对上述各"声部"进行分析,则可以发现,它们之间呈现出协和与不协和关系。

《莫泊桑》的男女主人公选取了莫泊桑的3个短篇作为翻译对象绝非偶然。这3篇小说按照发表的先后顺序依次出现,它们与《莫泊桑》的情节似多条相互独立的旋律,同时发声,并且彼此融洽。通过形象间相辅相成的关系,《莫泊桑》与莫泊桑的3篇小说巧妙地组接起来,有机地串联在一起,进而产生呼应、对比、暗示、联想等作用。小说《莫泊桑》行文活跃,自然跳脱,神奇地幻化出一种紧紧摄住人心的力量,推动这种力量的,正是看不见的对位法。巴别尔恰如其分地利用"对位法"逐步加剧了小说所述现实生活的紧张感,大大加重了故事的悲剧气氛。①

小说中,"我"被"讲授俄罗斯语言学的教师"卡赞采夫举荐参加《莫泊桑文集》的翻译工作,于是"我"去宾杰尔斯基律师家与律师的妻子莱萨——一个"犹太世家淑女"、一位酷爱莫泊桑的女性会面。乌黑的头发、粉红色的眼睛、丰盈的乳房、圆润的双肩……巴别尔采用了小说人物"自出"式出场方式,将莫泊桑的"哈丽特小姐"与"令人陶然欲醉的"莱萨同时直接推送到读者面前。后者以自己独特的外形、语言和动作等作"自我表演",由内而外散发出一种勾魂摄魄的、令人窒息的魅力。

哈丽特小姐的故事是贯穿小说《莫泊桑》始终的一个潜在的灾难前兆,它是散落于整篇文本之中,却被主人公"我"轻巧放过的诸多预示之一。② 它好像一双无形的手缓缓地伸向小说《莫

---

① Carden P., *The Art of Isaac Babel*, Ithaca and London: Cornell UP, 1972, p. 209.

② Carden P., *The Art of Isaac Babel*, Ithaca and London: Cornell UP, 1972, p. 209.

泊桑》的字里行间，紧紧地扼住了"我"命运的喉咙。巴别尔以其一以贯之的或避而不谈，或半吞半吐的行文方式将《哈丽特小姐》(Мисс Гарриэт, 1883) 的内容不动声色地"植入"自己的小说中：英国小姐哈丽特年老富有、笃信上帝，说一口带口音的法语。她痴迷于年轻的画家舍纳尔，崇拜他的画作，聆听他对于风景画的高论。哈丽特渴望赢得舍纳尔的爱慕回报，却被后者拒之千里。当哈丽特目睹了舍纳尔与女仆的调情后，她陷入了彻底的绝望之中，最后投井自尽……《哈丽特小姐》与《莫泊桑》两部作品之间有许多惊人的巧合：画家舍纳尔的自述与"我"叙说的"真实"故事、艺术天才与富有的天才崇拜者、哈丽特不纯正的法语与莱萨"蹩脚"的俄语、《哈丽特小姐》中女仆丰腴的身体与《莫泊桑》中女佣"直勾勾地透出一股荡意的眼睛"……在《莫泊桑》中，叙述者"我"将小说《哈丽特小姐》作为一个典型的翻译案例进行分析，男女主人公一起"谈了风格，谈了词汇大军，谈了在这支大军中有各类武器行进"。(第一卷，第202页) 但在《莫泊桑》中，与《哈丽特小姐》这篇作品"相关"的地方只有一处，即后者只以译稿标题的形式被提及了一次。对于莫泊桑这篇小说的具体情节，巴别尔没有留下只言片语，更不消说将其与《莫泊桑》中所述事件进行回忆对比，完全交由读者自身来完成。

然而，与《哈丽特小姐》相比，对于莫泊桑的第二篇小说《田园诗》(Идиллия, 1884) 的故事巴别尔却采取了另一种叙事方式。三言两语，寥寥几句，却充斥着满满的不可描述和层出不穷的信息：

> 大家都记得在这篇小说中，一个饥肠辘辘的年轻木匠怎样吸光了使胖奶娘胀得难受的奶水。这件事发生在由尼斯开往马赛的列车上，发生在溽暑蒸人的中午，发生在玫瑰之

都，玫瑰之乡，在那里玫瑰园鳞次栉比，直抵海边……（第一卷，第203页）

虽然，按照叙述者的说法，"大家都记得"这篇小说的内容。但是，巴别尔仍然"极其详细地"转述了《田园诗》的故事情节，时间、地点、人物、事件交代得清清楚楚。更重要的是，这篇小说中的故事随后便在读者的眼前变成了活生生的现实，而且现实比小说更精彩、更离奇。确切地说，现实中"我"的生活随着莫泊桑3篇小说出现的时间和情节发展而逐渐变化，"步步升级"。直到主人公从律师宾杰尔斯基家里走出，回归现实生活之后，这个过程彻底结束。莫泊桑的材料在小说文本中被有效地相互剪贴，与巴别尔的材料有机地结合在一起。虽然这些场景时间跨度大，但读起来并不突兀。它们如同自然切换的镜头，连贯流畅，各自独立，又浑然一体。发生在不同年代、不同空间里的故事被有序地拼贴在同一个场域中。

"叠化"是电影"蒙太奇"中画面剪辑的一个最常用的手法，属于视频切换的一种技巧性转场特技。"叠化"具体体现为，在上一个镜头消失之前，下一个镜头已逐渐显露，使一个镜头融入另一个镜头，前后两个画面有若干秒重叠的部分。在文学创作中，"叠化"是分隔时间的一种方法。"叠化"的目的是实现不同时空之间的融合过渡。不同时空的叙事内容交叠在一起，形成一种断续性的时间观。"叠化"的方法使镜头切换的过程"变软"，更加柔和自然。通常，"叠化"呈现为两种方式：一种是前一画面叠化后一画面；另一种是主体画面内叠加其他画面，最后再落回到主体画面上。"叠化"方式不同，其表现功能也不尽相同。将蒙太奇手法首次运用于电影艺术中的俄国电影大师爱森斯坦认为，将对列镜头衔接在一起时，其效果不是两数之和，而是两数之积。在有限的范围内创造无限的艺术空间正是巴别尔作品的美学价值和艺术旨趣所在。其很多作品与其说与电影产生了互文关系，不如说等同于电影本身。

小说《莫泊桑》并未采用传统的线性叙事方式，而是用叙述者本身的心态和逻辑组织全文，以缓慢的"镜头"节奏来深化主题。其中，莫泊桑的小说《田园诗》出现时先后用了三次电影艺术中"叠化"的方法。具体表现为小说《田园诗》充当主体画面，将其他画面叠加其中，最后再返回主体画面。丰沛鲜盈的正午的阳光，列车上非同寻常的"爱情场景"，立刻使读者回忆起《田园诗》中的种种情节。紧接着，在这一画面的基础上呈现出一幅似乎与前者毫不相关的场景——"我"得到稿酬，离开宾杰尔斯基家后喝得酩酊大醉。在梦里，"我"与洗衣妇卡嘉极限的欢爱与《田园诗》中"饥肠辘辘的年轻木匠……吸光了使胖奶娘胀得难受的奶水"，两者在内容上取得了相似，它们因此被密切地缝合在一起。在下一个场景中"早餐""咸鲱鱼""巧克力饮料"，精致的美食舒缓地推展开来，与上一个场景之间的承接流畅而连贯，产生了精彩的过渡效果。事实上，当"我"与莱萨发生暧昧情愫的时候，《莫泊桑》与《田园诗》便有了密切的关联，"我"正在经历着莫泊桑小说中男主人公所经历的一切。随之，男女主人公——两个饕餮之徒，一拍即合，倾盖如故。待精美佳肴的背景整个推移过去，《田园诗》中"饮食男女"的形象在画面上"滞留"了一段时间后才逐渐隐退：莱萨在把"我"介绍给她丈夫时，作出"一副羞答答的样子"。而我由于年轻，一周后才领悟到她的用意所在。此处，小说通过"年轻"的"我"与莱萨暧昧的画面与《田园诗》中"年轻木匠"与"胖奶娘"交往的画面彼此叠加，时空从当下的俄罗斯自然而然地过渡到多年前的法国，暗喻了"年轻"的"我"与"年轻木匠"共同的宿命。这种分层形式的"叠化"并无突兀之感，提供了无尽的戏剧可能性，此处的"转场"技巧犹如承上启下的关键词一般重要且自然。巴别尔这样的"无痕"处理使读者全身心投入小说的情节中,也给予了读者更大的思考空间。

从叙述者"我"去莱萨家里送《招认》(*Признание*,1884)的译稿,到陶醉在酒香美景之中飘飘欲仙的男女主人公的对话,小说《招认》在《莫泊桑》情节发展中的主导作用非常明显:

"亲爱的,我醉了……今天我俩干什么?"
"今天我俩 l'aveu① 吧……"
"好吧,就《招认》吧。"(第一卷,第 206 页)

接着,小说利用一整段的篇幅将《招认》的故事以主人公朗读译稿的方式和盘托出,使其与现实中男女主人公的一举一动、一言一行相互穿插交叠,不紧不慢,互为倒影。事实上,早在特写《敖德萨》中,巴别尔就已经显露出对小说《招认》的"情有独钟"。在《敖德萨》有限的文字中,巴别尔甚至不惜花费一整段的篇幅来转述《招认》的内容:

而莫泊桑对这一切也许浑然不知,也许洞若观火;一辆公共马车隆隆地驶在被溽暑烤得滚烫的路上。公共马车里有两个乘客,一个是胖胖的狡黠的小伙子波利特,一个是粗手粗脚的健康的农家姑娘。他俩在马车里做什么,为什么要做——这是他俩的事,与我们无涉。天是酷热的,地是酷热的。波利特和农家姑娘都大汗淋漓,而马车则隆隆地行使在被溽暑烤得滚烫的阳光普照的路上,一切尽在于此。(第一卷,第 7—8 页)

《莫泊桑》中,"我命运的白色驽马一步步朝前走去"与小说

---

① l'aveu,法语,意为"招认"。——译注

《招认》中的一段话遥相呼应：

　　　　公共马车套的是一匹白色的驽马。白色的驽马由于年纪已老嘴唇变成了玫瑰红的颜色，它一步步朝前走去。法兰西欢快的太阳团团围住了这辆用褪成棕红色的遮阳板挡住世人耳目的轿式马车。小伙子和大姑娘，不就成了……（第一卷，第 207 页）

"白色的驽马"成为《莫泊桑》中所述场景与小说《招认》中的场景相互转换的唯一物件条件。巴别尔借助完全相同的物件把出现在不同时空的场景衔接在一起，使情节紧凑，故事流畅，避免出现那种根据时间推移，地点和空间转换以及事情发生、发展和结局的次序按部就班地叙述所带来的节奏上的延宕。相应的，在《莫泊桑》的情节中，"我命运的白色驽马一步步朝前走去"一句被赋予了另外一种含义，起着至关重要的作用。与《招认》不同，在此"白色驽马"的形象具有高度的概括性和寓意性。它标志着主人公"我"在现实生活中成功地演绎了莫泊桑笔下的故事。同时，它象征着"我"对于个体命运的思索。

短篇小说《莫泊桑》借助男女主人公对莫泊桑 3 篇小说的翻译工作，将阳光、金钱、美酒、性和把生活"艺术化"、把艺术"生活化"这一核心主题凝结在一起。《莫泊桑》的魅力首先来自"多声部"，它的主干由五个故事缠绕而成。《哈丽特小姐》《田园诗》《招认》《吉·德·莫泊桑的生平和创作》与小说《莫泊桑》五种不同的声音组合起来构成了一个相互关联的有机整体，一部完整统一的作品。《莫泊桑》整篇作品没有采用快切的手段，而是运用慢切和缓慢"叠化"连接，营造出舒缓的蒙太奇节奏，使整篇作品的叙事看上去温馨而伤感。小说中的每一个词都好似镶嵌在其他四个文本之间不同母题变奏中流转的音符。运用"叠化"法进行画面的转换,省去了只是在结构上具有一定的过渡作用,而对塑造人物、突出作者创作意图无关紧要的文字,使原本篇幅不大,字字珠玑的短篇小说显得更加充实紧凑。同时,巴别尔拨开时光,将过去、现在集于一篇,让过去、现在自如交替,在更大程度上发挥读者的想象力,给读者留下更加广阔的思维空间。

* * *

巴别尔以狂欢化的眼光挖掘底层民间所蕴含的狂欢精神和非理性特质,将粗鄙的民间语言与官方的独白式语言并置、混杂,选取生活在官方文化边缘之处、被官方世界贬低的人物为主人公,使其短篇小说从艺术思维、人物设置到语言风格都具有狂欢化风格的先锋色彩。巴别尔的短篇小说致力于颠覆种种窠臼和桎梏,从废墟中创造新生。作为狂欢化世界感受的核心,颠覆精神、快乐的相对性、双重性和交替变更的精神引领着巴别尔短篇小说中人物的生活主题和追求方向。巴别尔短篇小说狂欢化气质的重要特征在于,它不仅在内容上,同时在形式上实现了狂欢演绎。各种文体风格并陈,各种语言杂糅狂欢,将巴别尔短篇小说的开放性和包容性展现得淋漓尽致。"巴别尔的创作目的,就内容而言或许就是通过对充满矛盾统一的生活场景的描写来表达对那个时代的嘲讽(也包括自嘲),就形式而言或许就是通过时代和现实所提供的狂欢化素材,来实现文学上、审美上甚至文字上的狂欢,这也正是巴别尔在二十世纪俄国文学中的独特价值和意义之所在。"[1]

---

[1] 刘文飞:《巴别尔的"双重身份":〈敖德萨故事〉》,《大公报》(香港版)2007年9月23日第8版。

第六章　双重文化情结对巴别尔短篇小说创作的影响

在心理学上,"情结"指"一簇或一串具有情绪色彩的观念和组合"①,或指隐藏在人的心理状态中的一种强烈而无意识的冲动。一般而言,每个作家在创作时都或隐或显,或自觉或不自觉地显露自己的民族文化情结,展现自己的文化基因,这是写作不能摆脱的宿命。无论其怎样创新,这种"生理性"特征永久潜伏在其文本中。这是一种无法摆脱的文化 DNA,它使一个作家的不同文本之间具有了某种神奇的关联,也使具体的写作获得了丰富的个性特质。这些鲜明的个性,加之文本在叙事和美学方面的突出创造和建树,往往形成标志性的创作风格。

相较于一般俄罗斯作家,巴别尔有一个非常明显的个人风格差异——他的语言极其丰富,同时精通俄语、犹太语、乌克兰语和法语。在他的创作中表现出强烈的犹太伦理取向。②犹太文化之于巴别尔,正如俄罗斯文化之于托尔斯泰。巴别尔的犹太家庭、其从小接受的犹太传统文化教育和犹太身份对他的创作产生了巨大的影响。他自觉地缔造自己的犹太文学,将犹太民族的苦难经历、丰富的犹太教文化遗传密码以及其对犹太性的运思以艺

---

① 黄希庭主编:《简明心理学辞典》,安徽人民出版社 2004 年版,第 286 页。
② Либерман Я., *Исаак Бабель глазами еврея*, Екатеринбург: Изд-во Урал.гос. ун-та, 1996, С.610.

术化的方式呈现在作品中。

犹太人和哥萨克人分属两个截然不同的文化谱系，一个喜文，一个尚武，一个曲谨，一个疏狂。"如果说哥萨克人一会走路就能骑马，一会骑马就能射击；那么犹太人一会说话就要读书，一开始读书就要考试。"① 在历史上，哥萨克与犹太人一向不共戴天，势如水火。虽然在俄罗斯哥萨克与犹太人同属少数群体，同样缺乏国家认同感，但在生活习俗与价值观方面的巨大差异，导致哥萨克成为沙俄发动反犹暴行的主要力量。因此，后者也顺乎自然地堪称"犹太人的天敌"。

许多学者指出，"双重性"（амбивалентность）是巴别尔小说创作诗学的基本特征之一。② 生长在敖德萨、死于莫斯科监狱的巴别尔，经历了反犹屠杀、十月革命、国内战争，作为20世纪初所有可以形容的和无法形容的历史性时刻的亲历者，巴别尔在创作中，一方面致力于阐释犹太民族的受难精神，书写犹太民族的流浪史程和民族心理深处的集体无意识；另一方面准确细腻地传达了其对哥萨克精神气质的极度崇尚与膜拜。同时巴别尔将自己在犹太文化与哥萨克文化之间身份选择与坚守的两难处境，以及由此产生的强烈思想震荡和巨大精神磨难如实记录于笔端。此外，巴别尔对于自己追寻精神与文化归宿的复杂而煎熬的心路历程，其灵魂深处犹太文化与哥萨克文化情结对抗、拉扯、争斗，进而左右其思维与行动的过程进行了详尽的刻写。

第一节　童年叙事：犹太性与民族苦难记忆

在犹太文学中，"犹太性"主要指"创作主体在其创作过程

---

① ［俄］伊萨克·巴别尔：《骑兵军》，戴骢译，人民文学出版社2004年版，第5页。

② Жолковский А.К., Ямпольский М.Б., *Бабель/Babel*, М.：" Carte Blanche"，1994，C. 309.

中对各种犹太要素和犹太资源进行特定的加工运用从而在其文学作品中综合显示出的犹太气质，是一种有别于异质文化的犹太文化品性"①。具体而言，"犹太性"体现在宗教和文化两个层面。对于巴别尔创作的特质，许多研究者将注意力转向其思想与创作中的"犹太性"问题，以此打开了认识巴别尔艺术世界的一个新的窗口。

"犹太性"是犹太民族文化在巴别尔创作中的演绎与阐发。作为犹太裔作家，巴别尔在文化心理深处固存着强烈的民族意识，他不仅写人类共同的悲剧，更为关注自己四处逃亡、无家可归的、不幸的犹太民族。在巴别尔的作品中，自觉或不自觉地融入了各种具有核心意义的犹太要素和犹太资源，使之显现出十分浓郁的犹太性。"他对故乡'俄国的耶路撒冷'敖德萨的文学描写，他对俄国犹太人悲剧命运的文学再现，与他作品中的犹太人用语、与他对犹太文学传统的迷恋相互呼应，使他被视为20世纪俄语文学中犹太主题的最突出代表。"②

一

自走上文学创作之路起，犹太宗教文化背景和犹太历史经验就成为巴别尔所有作品抹不掉的一层底色。他的每一部作品都精心地呵护着自己的文化记忆和文化心理，清晰地传达着自己对犹太身份的坚守，在正式发表的第一篇小说《老施莱梅》中，巴别尔怀着对民族宗教传统的敬畏之情，讲述了犹太老人施莱梅无法抛弃祖先的信仰，不能永远地离开自己的上帝，最终自缢身亡的凄惨而悲凉的故事。一方面，巴别尔对其主人公在特定历史环境下的生存困境和精神危机给予深切的同情；另一方面，在这篇作品中巴别尔考察了犹太人的"同化"问题，表述了对"同化"的

---

① 刘洪一：《犹太文化要义》，商务印书馆2006年版，第387—388页。
② 刘文飞：《巴别尔的生活和创作》，《中国俄语教学》2016年第1期。

看法，并对自己的犹太身份做出了回答：同化就意味着民族的灭亡。只有在遭受异质文化冲击的过程中始终保持犹太传统的犹太人才是真正意义上的犹太人。

长期的民族灾难使犹太人被迫离开故土，流亡漂泊。犹太人失去国家之后，传统犹太家庭成为犹太人获得身份认同的主要场所和传承犹太民族文化的起点。巴别尔强烈的犹太意识和犹太情绪，以及他对犹太教的情感并不是与生俱来的。巴别尔从小接受的犹太教育和犹太家庭氛围的熏陶，对其人生道路的选择以及人生观、伦理价值观的形成都起到了极为深刻的制约作用。巴别尔出生于忠实恪守犹太传统文化的家庭，《圣经》、意第绪语和伊夫里特语①在其父母的家里备受尊重。早在童年时期，虔诚守教的祖母便以严厉刻板的"犹太式"教育从文化上建构巴别尔对民族身份的认同。巴别尔从小遵从犹太礼仪，苦读犹太经书，将犹太教典籍《塔木德》倒背如流。用意第绪语写作的肖洛姆·阿莱汉姆是巴别尔最喜爱的犹太作家。巴别尔对意第绪语的使用驾轻就熟。他曾编辑肖洛姆·阿莱汉姆文集的俄译本，将犹太剧作家大卫·拉法伊洛维奇·贝尔格尔松（Давид Рафаилович Бергельсон，1884—1952）②的小说译成俄语。至于伊夫里特语，他更是熟稔至极。回忆童年，特别是洋溢着浓郁犹太宗教和文化气息的童年生活，成为敢于坚持自己犹太身份的作家巴别尔重要而又迫切的题材之一。

二

短篇小说《童年·与祖母相处的日子》（以下简称《童年》）是巴别尔"童年故事"系列中至关重要的一篇。小说以作

---

① 现代希伯来语，以色列国的官方语言。
② 1952年大卫·拉法伊洛维奇·贝尔格尔松因犹太人反法西斯委员会案被处决，1955年恢复名誉。

家本人在 20 世纪初的敖德萨度过的童年岁月为主体，以那一年代孩子的眼光和心灵体会感悟当时的犹太世界，用舒缓、平和的笔调细致地刻画了一位犹太男孩童年的真趣、独有的心态和情感，再现了犹太传统文化、家风教育和价值观培养。与以塑造主人公性格为主的传统小说不同，这篇作品将创作重点放在人物身上所蕴含的特定文化意义和张力上。小说中，犹太文化要义坚定的继承人和捍卫者——祖母成为巴别尔笔下最具代表性的犹太文化符号。

作为巴别尔个体的童年回忆性书写，《童年》始终充溢着一种诗意的温情的气息。在《童年》中，巴别尔完美构筑了年少记忆的精神家园。祖母是一个以家庭生活为重心、恪守犹太民族特性的典型犹太妇女。犹太民族固有的宗教化家庭模式是民族文化传统得以完整地流传至今的基础。在家庭这个特定的环境里，祖母每时每刻都在苦心营造着特定的犹太文化氛围。基于信仰与得救基础上的"犹太精神"充盈了主人公"我"的整个童年生活。《圣经》和《塔木德》的教义和诫命沁入"我"童年的每个角落，使"我"自始至终沐浴在犹太传统风俗之下。每逢礼拜六是"我""按规定"与祖母一起度过的日子。祖母总是特地为"我"准备好各种丰盛美味的犹太佳肴，专供"我"一人尽情享用。色彩诱人的犹太美馔顷刻间被"我"送入胃里，正值生命最敏感、最可塑时期的"我"，立时不由自主地、奇迹般地对犹太教产生了一股巨大的激情。祖母更是见缝插针、不厌其烦地对"我"讲劝："古时候人都信教，活在世上要容易得多。"（第一卷，第149页）对犹太文化最初的感性认知，为"我"成人后始终如一地执着维系自己的犹太民族身份和坚守对《旧约》的信仰奠定了基础。

崇尚智慧和视书如命一向是犹太民族有别于其他民族的重要标志之一。犹太人的崇智观念突出地反映在犹太文化典籍《圣经》和《塔木德》中。《圣经》以大量篇幅赞颂智慧,详尽地论说了智慧的属性、赢得智慧的重要性和追求智慧的途径等。《塔木德》中明确指出,"学习是一种至高的善,是敬神的一部分,学习应是犹太人日常生活中不可缺少的内容"[①]。在犹太民族数千年的文明史上,崇智主义为其提供了丰富的精神内核。读书、学习被视为每个犹太人应当具备的美德之一,同时也被看成一种与民族生死存亡紧密相关的使命和责任,以学习得生存、求发展的思想是犹太民族精神的一个重要组成部分。[②] 犹太民族独特的崇智观念和犹太人强烈的崇智传统清晰地投射在祖母的崇智行为上。祖母热衷于对"我"施行早期的"犹太式"读书教育,激励和发展"我"对知识的嗜爱,渴望把"我"塑造成一个"以智慧立地"的强人。她常常对"我"的前途和命运忧心忡忡,殚精竭虑,甚至她的眼睛一刻没有离开过"我"。对外人祖母一向凛若冰霜,横眉怒目。她总是默默地注视着家庭教师的每一个动作,悉心倾听她们的每一句话。在祖母眼中,这些"外人"所做的一切不过是在履行应该履行的教师职责而已。尽管后者竭尽全力给"我"授课,却得不到祖母的一句赞赏。

犹太人对智慧的膜拜到了令人难以想象的地步,它们同金钱的高度同构关系更是犹太民族的标志性特征。按照犹太人的思维方式和生存哲学,智慧与金钱是统一的。智慧只有变为金钱,才是活的智慧。钱只有化入智慧之后,才成为活的钱。祖母崇尚科学,将富人称为"勇士",坚信凭借"我"的才智,"我"注定将会成为这样的"勇士"。钱在犹太人生活与生存中占有特殊地位。犹太人的精明、睿智,他们对金钱的占有欲之强烈,用"爱财如命"来形容并不为过。在《论犹太人问题》一文中,马克思写道,在俗世生活中犹太人的理想是做生意,而他们的世俗上帝

[①] 刘洪一:《犹太文化要义》,商务印书馆2006年版,第271页。
[②] 刘洪一:《犹太文化要义》,商务印书馆2006年版,第280页。

正是金钱。① 在《圣经》中，对于钱以及与此相关的许多经济学观点都有详细的阐释。犹太人视金钱为真正的上帝。在犹太人看来，钱的多少不仅直接关涉生活水平的高低，而且与生活的本质问题，即生存权利问题紧密连在一起。因为金钱能够为犹太人提供安全保障。金钱也是他们遭受驱逐和迫害时获得心理平衡和用以征服对手的有力手段。从这个意义上讲，钱是犹太人的唯一保护神，犹太人将钱视为决定生死的一个根本性保障。于是，不遗余力地创造财富，想方设法寻找填满钱囊的妙方成为犹太人毕生奋斗的目标。在祖母对"我"的教诲中充分透显出犹太人对钱的深刻认识：只有发奋学习才能在未来的商业竞争中取胜，才能成为《旧约》里那种勇往直前的斗士。犹太民族的为人处世之道和安身立命之本，他们世代相传的生活哲学和人生信条化为祖母的严厉教导，一字一句直抵"我"的内心深处，根植于"我"童年的记忆中，永远地、重重地压在了"我""稚嫩的、弱不禁风"的双肩上。

在祖母的形象上，巴别尔赋予了特定的犹太文化意义。"回忆不仅位于历史和统治的中心，而且在建构个人和集体身份认同时都是秘密发挥作用的力量。"② 巴别尔对于祖母与童年故事的回忆正是对其刻骨铭心的犹太世界观以及犹太人独特生存智慧的追念。在名篇《敖德萨》中，巴别尔曾写道："犹太人是一种能把不少非常简单的东西牢记于心的民族。"（第一卷，第3页）巴别尔在此暗藏了深意。"简单的东西"恰是犹太民族有别于其他民族的那些"并不简单的"独特生存之道和处世哲学。对于巴别尔本人来说，使其谙熟于心的"简单的东西"则是自幼受惠于祖母

---

① ［德］马克思：《论犹太人问题》，载《马克思恩格斯全集》（第一卷），中共中央马克思恩格斯列宁斯大林著作编译局编译，人民出版社1956年版，第446页。

② ［德］阿莱达·阿斯曼：《回忆空间：文化记忆的形式和变迁》，潘璐译，北京大学出版社2016年版，第63页。

犹太传统教育的智慧、哲理和思想方法。

三

童年对一个人一生的影响是巨大的，对作家和艺术家而言尤其如此。从童年起，传统的犹太价值观在巴别尔身上逐渐内化为一种集体无意识，对他的世界观产生了决定性的影响。然而，巴别尔的犹太情结并非全部源自其从小接受的正统犹太教育，而是在他经历中的一个年龄段上逐渐发展起来的。1905年少年巴别尔亲眼目睹了哥萨克骑兵配合沙俄对犹太人实施屠犹计划的暴行。这是巴别尔与反犹浪潮的初次遭遇。叫喊、哭泣、四散逃离的人群、"白色的弹道"、无所不为、杀戮成性的哥萨克骑兵，某种可怕又无法参透的特质全部集结在一片狼藉、空无一人的敖德萨街区，在巴别尔10岁时进入的这个世界。正是从这时开始，巴别尔对犹太民族跨越纪元前后三四千年漂泊流离、屈辱受难的历史，对处境悲惨的犹太人的命运，对自己的"犹太"身份有了最真切的感受。在反犹主义阴霾的笼罩下，犹太教和犹太文化自然是给巴别尔带来强烈认同感和归属感的精神资源。巴别尔正是从这里找到了精神上的"护身符"。童年的创伤成为巴别尔创作的心理背景，直接或间接地制约了其创作题材的选择、主题意蕴和风格特征。

如果说在《敖德萨故事》中融汇了一种理想性，对莫尔达万卡犹太区进行了浪漫化的文学想象，那么随后巴别尔在讲述自己的出生之地莫尔达万卡的故事时，那种浪漫化的情感和诗意描绘已经荡然无存。《我的鸽子窝的故事》、《初恋》（Первая любовь）和《醒悟》整体呈现出一股悲伤、压抑、痛苦和绝望的基调。[①]《我的鸽子窝的故事》和《初恋》两篇小说纯然以巴别尔童年的

---

① Скарлыгина Е.Ю., *И. Бабель. Избранное*, М.: Изд-во Всесоюзного заочного политехнического университета, 1989, C. 3—9.

第六章　双重文化情结对巴别尔短篇小说创作的影响　　239

所见所闻,以"我"苦涩而又悲伤的童年最后一天为对象,分别描写了"我"对于鸽子窝的美好幻想和"我"纯真的初恋理想伴随犹太屠杀暴行而瞬间破灭的故事,还原了"我"父母的家族在敖德萨的历史,以及在 20 世纪初欧洲历史文化语境下遭遇的现实困境,反映了在残酷的世界里"我"作为一个独立完整的个体对于精神慰藉的极度渴望,展示了屠犹暴力事件对主人公造成的心灵损伤及其由此引起的一系列心理变化历程。在叙述者形象、时空①、人物和诗学特质等方面的重合使两部作品之间构成了独特的自传体"两部曲"。

"我在童年时代朝思暮想盼着拥有一个鸽子窝,我一生中没有比这更强烈的愿望了。"(第一卷,第 121 页)小说一开始便直入正题,由"我"的这一小小"愿望"在实现过程中遇到的一道道阻碍,引出犹太人在俄罗斯近代反犹史中所遭受的苦难和不公平待遇:

　　投考我们中学,犹太学童的录取率定得很低,总共只有百分之五。每四十名考入预备班的孩子中,犹太孩子的名额仅两名。教师对犹太孩子的提问十分刁钻,他们对谁的提问都不会像对我们提的那么难。(第一卷,第 121 页)

犹太人一直生活在反犹主义气氛浓烈的大环境中。他们不同的信仰和生活习惯招致异教的恶少们的鄙视、羞辱甚至伤害。小说中的主人公没能逃脱这一命中注定的反感或仇恨:"一群俄罗斯孩子在我周围嬉闹,……俄罗斯孩子从四面八方悄悄朝我围过来。他们想殴打我,或者只是想跟我闹着玩,……"(第一卷,第 123 页)肮脏、邪恶是当时社会上流传的对犹太人的看法。当坐在轮

---

① 《我的鸽子窝的故事》中所述事件发生于 1905 年 10 月 20 日的前半天,《初恋》的故事则发生在后半天。

椅上兜售香烟的残疾马卡连科气急败坏地从"我"的怀里抢过鸽子，用抓着鸽子的手把"我"仰面朝天打倒在地的一瞬间，马卡连科的妻子不停地谩骂着犹太人，几近深恶痛绝："他们的种就该灭掉，……我看到他们的种就恼火，他们的男人有一股臭气……"（第一卷，第131页）顷刻间"我"从喜得鸽子的极度亢奋、从希望的巅峰跌入绝望的谷底。随后，巴别尔用大段篇幅详细记录了残酷的反犹暴行给年幼的"我"带来的无助、痛苦和恐惧心理：

> 关于我们的种，她还骂骂咧咧地说了好些，可我已经什么都听不见了。我倒在地上，给砸成肉泥的鸽子的内脏从我太阳穴上往下淌去。内脏曲曲弯弯地顺着面颊淌着，喷出血水，迷糊住了我的一只眼睛。鸽子细软的肠子在我额上滑动，于是我合上另一只没被糊住的眼睛，免得看到展现在我面前的世界。这个世界又小又可怕。……我的世界又小又可怕。我合上眼睛，免得看到这个世界，……在这片土地的远处，灾难正骑着高头大马驰骋，然而马蹄声越来越弱，终于静息，这种静息，痛苦的静息，有时反使孩子产生大难临头的惊恐感，……土地散发出它潮湿的内部、坟墓和花朵的气息。我闻着这种气息，无所畏惧地哭泣了。……我哭得那么伤心、尽情和幸福，好像我此生再也没有机会哭泣了。……（第二卷，第131—132页）

狂热的反犹主义者横行逆施，毒打犹太人，捣毁店铺，抢劫财物，迫使犹太人有家不能归。"我"的堂祖父绍伊尔在大屠杀中被活活打死。"我"的父母为逃避灾祸躲到了税务警察家里。

反犹、屠犹偏见致使基督徒与犹太人之间的隔阂逐步升级，俄罗斯社会对犹太人的仇恨相应地慢慢衍化成犹太人对俄罗斯人普遍抱有一种厌恶、非理性、谬见等类似的心理状态。小说中，"我"的母亲"认为所有俄罗斯男人都是疯子，她不明白，女人嫁给俄罗斯男人后，这日子怎么过得下去"。（第一卷，第127页）失去鸽子的"我"最难过的不是身体上的屈辱，而是心理上挥之不去的刻骨伤痛。在古老的面相学中，驼背、跛足和身体歪斜正是邪恶人格的外在表征。在巴别尔笔下对"我"造成致命伤害的马卡连科恰是一个心理与肢体皆不健全的瘸腿。在马卡连科与妻子疯狂地哄抢犹太人财物的场景中，"他那张由红色的脂肪、皱纹和铁三者拼合成的粗糙的脸透出了亮光，他焦急得在轮椅上坐也不是，站也不是"。（第一卷，第130页）这些描述无不带有鄙弃和憎恶俄罗斯人的色彩。

作为《我的鸽子窝的故事》之续篇，《初恋》几乎全部移植了前者所描绘事件的整体轮廓，并将前者的情节合理地进行了延展。两部小说在对屠犹场景的描述方面多处细节之间交叉叠合，同时彼此互为补充。在《初恋》中，以反犹暴行的幸存者——10岁的儿童、叙述者"我"的视角和口吻，凭借对一个家族惨痛经历的描述，巴别尔用"现实真实"再现了同一天内发生的排犹事件之"历史真实"。"我"的家族史演变成欧洲犹太民族的历史，而且是欧洲反犹主义的历史。

居住环境恶化、遭遇反犹冲击、个人或家庭生活发生变故、生活难以为继——《初恋》以冷静的笔触展现了"我"和家人被压抑、被虐待、被迫害的苦难历程和现实遭遇：暴徒砸毁了我父亲的店铺，伤心欲绝的父亲踽踽独行于阒无一人的大街上。他没了帽子，衣冠不整，头发凌乱。然而，他却不得不忍受衣着破烂不堪、醉态百出的工人弗拉索夫的挖苦、揶揄和攻击，后者绝望地痛骂只怜惜犹太人的旧教徒上帝。就在这一刻，迎面而来的一列哥萨克骑兵将父亲之前的恐惧和沮丧换成激动和渴望。父亲欣喜若狂，宛如抓住了最后一根救命稻草，他压着心头的屈辱，一边畏畏缩缩地轻声唤着"大尉",一边"双手抱住头跪倒在肮脏的地上",恳求后者主持公道:"他们正在抢劫我的血汗钱,这是为什么……"令人始料未及的是,骑在高头大马上的哥萨克大尉面不改色,若无其事地扬鞭而去。小说表达了一种无力左右个人命运、苟活于乱世的卑微和渺小。手无寸铁的父亲隐忍克制、屈辱下跪,全副武装的哥萨克骑兵高高在上、耀武扬威,此情此景给"我"带来了强烈的精神刺激,"我"的内心立时竖起了一道无法逾越的心理障碍,难以走出由此带来的阴影。从《我的鸽子窝的故事》到《初恋》,从"我""魂牵梦萦"的鸽子被活活打死在"我"的太阳穴上、绍伊尔惨遭残杀,到年仅10岁的"我"遭遇巨大的家庭变故,加上对于卢勃佐娃痛苦、热烈而又无望的"爱"——一天之内的大起大落、大喜大悲,使被血色的恐惧俘虏的"我"几至精神失常:夜间"我"的嗝儿打得愈加严重了。从前"那个傻乎乎的半大小子"已经变为"一团痉挛的气体"。此刻的"我"走到了童年的终点,不再"试图抑制住打嗝儿","即使能够忍住,我也不忍了,因为我不再感到羞耻……"(第一卷,第143页)从最初的害怕、紧张、逃避到后来的果敢与担当,"我"经历了情绪压抑、精神恍惚等各种心理状态,从稚嫩到成熟。如果说《我的鸽子窝的故事》对于全面地展示作家的艺术世界具有特殊的意义,[①]那么作为其"姊妹篇",《初恋》在结构上则呈现为被表现对象的逐渐缩小——从一幅20世纪初俄罗斯社会现实的全景图微缩到一个未成年孩子的内心世界,以成年的叙述者"我"的视角回望、审视了童年的"我"的经验世界。孩童的目力所及,在某种程度上使犹太民族的处境、情感与关系更为清晰可见,并被巴别尔用文字推到了极致。

在短篇小说《此人是怎样在敖德萨起家的》中,巴别尔借主

[①] Юровская Л.А.,"Дилогия И.Бабеля(《История моей голубятни》,《Первая любовь》):опыт анализа", Культура и текст, 2005, № 9, С.100.

人公之口对俄罗斯犹太人的前途和命运进行了回答：

> 让犹太人居住在俄罗斯，使他们像在地狱里一般受苦受难，从上帝那方面来说，难道没有错？要是让犹太人居住在瑞士，有第一流的湖泊，有崇山峻岭的空气，上哪儿都是法国人，这该有多好？人人都会犯错，连上帝也不例外。（第一卷，第 40 页）

面对种种歧视、侮辱、迫害乃至屠杀，逃离还是坚守？巴别尔既是一位执着书写犹太故事、叙说悲壮的犹太民族苦难史的小说家，又是一个在作品中思考犹太性的作家。其凭借丰厚的生活体验和客观的创作技巧在童年系列作品中对反犹暴行本身进行描述的同时，用鲜活的艺术形象和生动的故事凸显了被侮辱与被损害的犹太人在苦难中挣扎、自救这一主题，真实地展现了 20 世纪初敖德萨犹太人的社会生活画卷。

第二节 《敖德萨故事》：理想的犹太神话世界

"犹太人的基本圣训是活着并活下来。"[①] 在短篇小说《莫泊桑》中，巴别尔就乐天知命的犹太民族以及他们对待苦难的辩证达观态度如是写道："我头脑里装有我祖先的智慧：我们生下来是为了享受劳动、打仗和谈情说爱的欢乐，我们是为此而生的，其余皆非我族类。"（第一卷，第 200 页）短篇特写《敖德萨》的第一段更对敖德萨犹太人的文化特质溢满赞美之词：

---

① Гачев Г., *Национальные образы мира*: Курс лекций, М.: Academia, 1998, С. 36.

他们结婚是为了不致孤单，他们酷爱钻研是为了流芳百世，他们积存钱财是为了置宅、送给妻子卡拉库尔羊羔皮袄，他们看重传宗接代，因而钟爱子女被视为人父人母不可或缺的美德。省长们和各种通令把敖德萨可怜的犹太人折腾得晕头转向，无所措手足。然而要改变他们的看法却非易事，因为这些看法是自古以来的传统，他们是不会转向的。许多人向之学习，得益匪浅。笼罩于敖德萨的轻松和光明的氛围，很大程度上是靠了他们的努力才得以构成的。

敖德萨的男性大不同于彼得堡的男性。这几已成为定律：敖德萨的男人在彼得堡无不生活得如鱼得水。他们既能挣钱，又是黑发男子，彼得堡淡黄头发的虚胖的太太总是对他们一见倾心。所以敖德萨人来到彼得堡后有个倾向，总是落户于卡缅诺奥斯特罗夫斯克大街。人们讲，这话乃说笑而已。不，不然。事情要涉及较为深层的东西。即这些黑发男士随身带来了些许阳光和轻松。（第一卷，第3—4页）

巴别尔的创作深深扎根于他从小耳闻目染的敖德萨犹太传统社区中。沙俄反犹浪潮给巴别尔打上了自我认识犹太性的烙印，铸就了他在创作时避免不了的幼年时代的原型记忆。面对敖德萨这样一个熟悉而又陌生、缺少温度的现实世界，巴别尔努力为恢复本民族的文化自信寻找支点。在《我的鸽子窝的故事》中，"我"在中学入学考试中"战胜了我所有的敌人"，金榜题名，那种犹太人的乐观自信，甚至高傲，溢于言表："正如古代犹太王战胜了歌利亚，我也战胜了歌利亚，我们犹太人民就是这样用自己智慧的力量战胜包围我们、渴望喝我们血的敌人。"（第一卷，第126页）巴别尔醉心于现实世界苦难的描摹，同时具备营造理想天国的潜能。在《敖德萨故事》中，巴别尔再造了一个理想中的神话世界，让温情和冷酷达成了适度的平衡，同时表达了对犹太民族文化价值的充分肯定和对犹太文化生命力的坚定信念。

一

在短篇小说《此人是怎样在敖德萨起家的》中，拉比阿里耶-莱伊勃对叙述者"我"讲过这样一段话：

您暂时给我忘掉您鼻梁上架着眼镜，而心灵已经入秋。您别坐在书桌后面跟人斗嘴，而面对面就结结巴巴地说不上话了。您不妨设想一下，您到广场上去跟人针锋相对，而理呢，在纸上结结巴巴地去说吧。

设想一下，您是头老虎，是头狮子，是只猫。（第一卷，第33页）

"鼻梁上架着眼镜，而心灵已经入秋"，惧怕面对现实世界和现实中的人——这就是巴别尔对革命前犹太人知识分子的文学想象。巴别尔在犹太区"底层"社会，在强徒和妓女身上发现了与犹太知识分子完全相悖的诸多性格特征。[1]

在《敖德萨故事》中，巴别尔以敖德萨"地下世界"的主宰、犹太黑帮人物的奇闻逸事作为描写对象，首次将俄语小说主人公设置为普通犹太人。与革命前犹太作家笔下的人物迥然不同，这部颇具"异国情调"的作品选取了革命前莫尔达万卡强徒米什卡·亚蓬奇克（Мишка Япончик，1891—1919）的团伙为原型，刻画了别尼亚·克里克、弗罗伊姆·格拉奇和"哥萨克小娘子"柳布卡等在改朝换代的动乱社会中善于"自我保护"、个性鲜明的理想犹太人形象。《敖德萨故事》中的强徒们操着一口地道粗野的敖德萨黑话，欺行霸市、横行一方，却不乏良知、正义

---

[1] Розенсон Давид, *Бабель: человек и парадокс*, М.: Книжники, 2015, С. 155.

感与犹太人特有的诙谐与幽默。其中每一篇作品都让读者呼吸到一股浪漫、强烈的雄性气息。在巴别尔笔下，敖德萨犹太民间世界就是天性释放，无拘无束的所在，犹太民间精神就是义无反顾、顶天立地的民族精神。巴别尔赞美那些曾经活跃在敖德萨土地上，敢作敢为、敢生敢死、敢爱敢恨的先人们。在他们身上，巴别尔找到了些许安慰、理想和希望。这些都是巴别尔从小憧憬向往的生命魅力所在。

在巴别尔眼中，隐藏于日光之下的莫尔达万卡犹太"硬汉"个个雄奇无比，机敏过人，不分伯仲。短篇小说《此人是怎样在敖德萨起家的》以叙述者"我"试图深入探究别尼亚一跃成为敖德萨数万强徒之首的"发迹"史开篇。紧接着，历数了笼罩在"我"眼前叱咤风云的"三个阴影"："弗罗伊姆·格拉奇是其中之一。他的举止坚韧如钢，难道这钢经不起跟国王的手腕较量？再拿科利卡·帕科夫斯基来说。此人的疯狂使其拥有称王称霸所需的一切。还有哈伊姆·德龙格，难道他竟然也没有发现新星的光芒？"（第一卷，第32页）在《弗罗伊姆·格拉奇》中，侦查员鲍罗沃伊向莫斯科来的契卡主席西缅不无自豪地夸赞着只身一人前来要求释放手下人的"孤胆英雄"、黑帮头领弗罗伊姆："这个汉子是个巨人，……这下整个敖德萨来到您面前了……"随后鲍罗沃伊又将侦查员们和莫斯科来的政治委员召集到一起，如此评价名震寰宇、威慑四方的弗罗伊姆："他是一部史诗，绝无仅有……"作为一位以肃清"反革命"和打击黑帮为己任的契卡人员，鲍罗沃伊的语气之中对眼前这个"十恶不赦"的"敌人"却表露出无比崇拜和钦佩之情。"在巴别尔的笔下，敖德萨的故事，敖德萨犹太人的故事，尤其是敖德萨犹太强人的故事，构成了一部奇特斑斓的史诗。"①

"巴别尔的每一个故事和小说从不重复，阅读每一篇都是一

---

① 刘文飞：《巴别尔的生活和创作》，《中国俄语教学》2016年第1期。

个新的发现。"① 在《敖德萨故事》这部史诗中,除了仗义豪爽的铁汉,不乏独立刚烈的女强徒。在刻画犹太女性人物时,巴别尔并未囿于某一特定的形象和类型。《哥萨克小娘子》中的女主人公柳布卡便是其中之一。柳布卡是在莫尔达万卡坐拥多家产业的犹太女富商,堪称黑帮"女老大"。对于犹太人来说,生活在这个世界上赚钱是头等大事。犹太人的金钱观本能地渗透到商人柳布卡的每一个细胞中。她唯利是图,贪得无厌,意欲将整个世界尽收囊中。另外,柳布卡与传统犹太女性之间有天壤之别。她言行大胆,举止出格,放荡不羁:她扔下"哭得上气不接下气"、嗷嗷待哺的婴儿,骑上马在外面闲逛兜风,"跟犹太汉子泡在一块儿喝茶,在港口买走私货,……"小说中,厨娘彼茜霞-明德尔抱怨柳布卡的一段话使尚未"现身"的女主人公大有"人未到,气已出。形未到,意如奇"之感,比刻画一个"身体在场"的柳布卡更有意味。

弗罗伊姆·格拉奇的女儿芭辛卡是《敖德萨故事》中仅次于柳布卡的"第二号"女性人物。20岁的芭辛卡一出场就是天下无敌:"庞然大物一般的女人。……臀部肥大,脸色红如砖头。……嗓门又粗又沙,响若洪钟。"(第一卷,第46页)芭辛卡的穿衣戴帽、身体特征和性格言行阳刚味十足,具有明显的男性化特点:一双穿着男式系带皮靴的大脚、雷鸣般的嗓音、"身重五普特外加几俄磅"。因此,她着迷于南货店老板之子所罗门契克·卡普伦那双"长得跟洋娃娃的一样的""小腿","恨不得"把它"捏碎"。别尼亚的姐姐特沃伊拉同样表现出男性独有的特征。她的鼓眼珠诡异、乖戾、可怕,她用双手把胆战心惊的新郎推向他俩洞房的门口。在《德·葛拉索》中,倒票团伙头目科里亚的妻子"身体之状,适宜于当掷弹兵,身躯之硕大,好比

---

① 《巴别尔的小说是一座座冰山》,《东方早报》2007年2月6日,http://news.sohu.com/20070206/n248064215.shtml,最后访问日期:2007年2月10日。

草原",一双男人般的大脚在地上拖行,以整条街都听得见的大嗓门喝令丈夫把"我的"金表还给了"我"。巴别尔在具体的场景叙述中运用富有视觉冲击力的语言将具有强力意志的人物角色展现得更加丰满。这些男女强徒形象既呈现了敖德萨犹太人生活的原生态,又凸显出一种令人震撼的理性的艺术升华,与现实生活中安分守己,一味忍让顺从,靠传统过活而与世无争的犹太人形成了强烈的对比。这是巴别尔深刻的个性化体验的一种展示,也是其艺术风格最具魅力之处。

《敖德萨故事》带有浪漫主义和理想主义的神话色彩。在巴别尔看来,这种神话是敖德萨犹太文化与文明的基石。《敖德萨故事》在想象与真实之间书写了作为巴别尔艺术理想的敖德萨强人形象。犹太民间文化和犹太文学的共同影响决定了巴别尔看待世界的独特审美视角和形象地反映世界的独特方式,即对敖德萨犹太人生活的一种不乏理想化的承认和欣赏,进而对犹太地下英雄进行浪漫化的描写。如果说浪漫主义是对客观世界的诗意化表达,那么巴别尔极力用文字创造自己诗意化的神话世界。巴别尔背负着民族的屈辱历史和永久不能忘却的伤痛,乐观看待犹太人的傲然自立及其对独立与自信的追求与渴望。《敖德萨故事》中的不同篇章以不同"版本"形式折射出犹太人在历史潮流和社会现实中能动的日常生活,呈现了他们如何摆脱在"莫尔达万卡"世界既定角色的挣扎,是巴别尔对同时代犹太社会的一种抗争性观察和对生活冲突的理想解决路径。巴别尔把昔日的敖德萨人浪漫化,表达了对逝去的犹太生活的惋惜和哀叹。

在敖德萨所有人都是与别尼亚一样"起家的"。因此,荒诞的、不可抑止的暴力狂欢和极端化的复仇似乎已是敖德萨地下世界的一种合理的准则,更成为一种习惯和常态。但在《敖德萨故事》中,强徒及其对手之间既是一对宿世冤家,又是相互理解的"朋友"。因为所有人出自同一血缘,所有人都是"自己人"。由此,甚至果敢坚定的别尼亚在向塔尔塔科夫斯基勒索财物时,每每采取提前正式"下书"的方式,唯一的原因在于后者属于"自己人":"塔尔塔科夫斯基虽说是吃人的凶手,可他是我们的同胞。他出自我们中间,他身上流着跟我们相同的血。他跟我们骨肉相连,如同一母所生。"(第一卷,第 34—35 页)别尼亚给塔尔塔科夫斯基的信函格式总是千篇一律,开头结尾用词礼貌得体。信中将成破利害讲得一清二楚。而塔尔塔科夫斯基的回复更是"有理有据":自己"手头不宽裕",请求别尼亚设身处地,理解为先。巴别尔的行文不免带有戏谑的游戏感,同时也将敖德萨犹太世界写得无比诗化。显然,他有意识地过滤记忆,选择性地描写那些被他视为美好的、有益人心的故事,甚至是他想象中的人格与格局。巴别尔成功地揭示了作为犹太人的主人公们身上所具有的"哥萨克气质",他们的野性和生活情趣,呈现了原始生命力面对现实和命运压迫的坚韧与选择。当岁月动荡、祸患和突变频袭之时,巴别尔并没有为了某些主义而束缚自己的创作思想,而是将眼光投向民间社会的亮点,理性地、艺术地用文字搭建了一个美好的文学世界。

二

在俄罗斯历史上,哥萨克的出现始于 15 世纪。此时,随着蒙古汗国的衰落,俄罗斯帝国的逐步崛起,哥萨克也悄然出现。从词源角度看,"哥萨克"一词并非来自俄语或斯拉夫语,而是源于突厥语,该词最早出现在《蒙古秘史》[①] 中,意为"自由自在的人"或"勇敢的人"。在人种学上,哥萨克属于蒙古人、土耳其人和东西斯拉夫人等多个人种的浑融体。他们延续了蒙古人

---

① 《蒙古秘史》是一部记述蒙古民族形成、发展、壮大之历程的历史典籍,是蒙古民族现存最早的历史文学长卷,也是珍贵的世界文化遗产。成书于 1240 年,作者佚名。

身上那种剽悍尚武的北方游牧民族性格特点。从 16 世纪中期开始至 20 世纪 20 年代，几百年来哥萨克骑兵参加了沙皇指挥的历次战争，成为沙皇对内镇压敌对力量、对外不断扩展疆土的开路先锋。从普希金的抒情诗《哥萨克》（*Казак*，1814）、托尔斯泰的中篇小说《哥萨克》、果戈理的《塔拉斯·布尔巴》，到肖洛霍夫的《静静的顿河》、巴别尔的《骑兵军》、富尔曼诺夫的《恰巴耶夫》、绥拉菲莫维奇的《铁流》，以及列宾的名画《扎波罗热的哥萨克给土耳其苏丹的回信》（*Письмо запорожцев турецкому султану*，1880—1891），众多文学艺术作品形象地展现了俄罗斯人对于强横勇猛、傲视群雄的"骑在马背上的部落"——哥萨克的集体记忆。

果戈理描写乌克兰哥萨克英勇抗击波兰人的名作《塔拉斯·布尔巴》一直是最受巴别尔推崇的经典篇目。但是，"巴别尔热爱的不只是果戈理在乌克兰时期的明丽文风，也向往充满生命和鲜血的原始风范"①。巴别尔的"身份、经历和创作风格都体现出了某种意味深长的'双重人格'"。②首先，儿少时期亲历过的屠犹事件给巴别尔留下了不可磨灭的心灵创伤，成为其无法摆脱的梦魇。这样的童年经验对其日后思想和个性形成产生了至关重要的影响。一方面，这段痛苦的记忆早已刻入骨髓，使巴别尔时刻关注犹太人的命运，在创作中书写犹太人的故事，将寻找"犹太人"的主体身份作为创作的核心内容。另一方面，巴别尔在对当年亲身经历的屠犹事件耿耿于怀的同时，也对它念念不忘。与果戈理一样，生在乌克兰、长在乌克兰的巴别尔对于哥萨克的历史文化特征有切身体察。"当他目睹骑在马上、面无表情地血洗犹太区的哥萨克时，就像那种处于极度恐惧中的孩子一样，真想

---

① ［俄］伊萨克·巴别尔：《骑兵军》，戴骢译，人民文学出版社 2004 年版，第 7 页。

② 潘少平：《巴别尔的"双重人格"》，《出版广角》2007 年第 7 期。

从自己的躯壳里逃逸出来，变成另外一个人，对屠夫们既充满恐惧，又暗自崇拜。"① 威风凛凛、无畏生死的哥萨克骑兵策马扬鞭，绝尘而去，犹太平民心有余悸，惊魂未定——这凄怆可怕的一幕定格为永恒，铸成巴别尔生命中永不消逝的烙印。这种狂放不羁依稀使他感受到哥萨克传统文化中的风度。哥萨克骑兵浑身满溢的那种强烈的男性荷尔蒙气息令巴别尔心醉神迷，灵魂震颤。"在俄罗斯文化传统中，哥萨克从来就不仅仅是冷酷的杀手、野蛮的屠夫。他们还代表了力与美，代表了不同于文明时代的古老的纯真岁月。"② "那个目击对犹太人的大屠杀的孩子，早就已经洞悉了饱学的心灵在强悍的肉体面前的无能；也许，他已经彻悟了激情暴力比有理有节更接近生命的本质，从而，也确定了未来生活和艺术追求的倾向。"③ 在灾难和噩运面前，在无助、绝望和无奈中，巴别尔体悟到生命的孤弱和渺小。对血腥、暴力和死亡的恐惧，在巴别尔身上幻化为对酣畅雄健的阳刚之美和对哥萨克骑兵身上奔腾的野性热血的渴慕。在无尽生活的未知里，巴别尔始终保持着对哥萨克足够的敬畏。在他的意识中跃然马背，大刀阔斧横扫犹太区的哥萨克是原始生命力的象征。巴别尔内心世界里对美好而狂暴的哥萨克世界之想象和热切向往油然而生。他幻想能够成为自由狂放，具有神人般非凡胆魄和勇力的哥萨克队伍中的一员。

其次，虽然巴别尔从小生活在犹太社区，深受来自家庭与犹太文化的浸染，但犹太教律法的种种戒规、禁条与指示令他感到枯燥无味。从少年时起，巴别尔便渴望挣脱传统犹太宗教思想束

---

① [俄]伊萨克·巴别尔：《骑兵军》，戴骢译，人民文学出版社 2004 年版，第 8 页。
② [俄]伊萨克·巴别尔：《骑兵军》，戴骢译，人民文学出版社 2004 年版，第 7 页。
③ [俄]伊萨克·巴别尔：《骑兵军》，戴骢译，人民文学出版社 2004 年版，第 8—9 页。

缚，走出犹太社区自我封闭的环境，逃向广阔无边的外部世界。在《童年·与祖母相处的日子》中，巴别尔对代代相传的基因——犹太民族信仰、犹太精神和文化传统表现出复杂而又矛盾的态度。在笃信宗教的祖母家中一种撕心裂肺的、奇异的痛楚在"我"心中油然而生，"那一瞬间，一切对我而言都不可思议，我真想逃离这一切，而同时又想永留其间"。（第一卷，第147页）与此同时，整体而言，"敖德萨犹太人具有自身独特的文化特质。他们与俄罗斯其他地区的犹太人之间最明显的区别在于敖德萨犹太区传统犹太生活的弱化。……当然，在敖德萨有很多正统犹太人，但他们对犹太社区的影响微乎其微"[1]。犹太社区内部淡化甚或远离犹太文化传统的大背景，以及犹太社区之外敖德萨开放的、多样的文化氛围给巴别尔迷惘与失衡的精神空间提供了出口。巴别尔很早就穿行于敖德萨不同肤色、不同种族的文化圈中，接受多种文化的洗礼，同时从犹太民族文化空间的内部和外部，以犹太人和非犹太人的不同视角去体察世界。

此外，对于少年巴别尔来说，"犹太—哥萨克"双重文化情结是痛苦的，也是美好的。"哥萨克情结"是巴别尔基于犹太人与哥萨克的特殊关系而生成的心理印象丛。作为内化了的创作驱动力，"哥萨克情结"在其作品文本中或隐藏或凸显，直接影响着作家的创作实践，发挥了激活情感、寄托理想的作用。

在《哥萨克小娘子》中，巴别尔将对敖德萨强徒的理想化和浪漫化描写与哥萨克情结紧密地联系在一起。小说题目本身已经恰到好处地说明了这一点。主人公柳布卡的绰号"哥萨克小娘子"源于她的身上那种"犹太性"与"哥萨克性"并存的"双性合体"特征。巴别尔用"哥萨克小娘子"这个题目奠定了整篇

---

[1] Альманах «Морія», №10, 2008, Одесса, Цит. по: Ярмолинец В., "Одесский узел Шкловского", Волга, 2011, № 1, https://magazines.gorky.media/volga/2011/1/odesskij-uzel-shklovskogo.html? ysclid=lp15sr7bji437258570.

的"调性"。而小说开头的风格则凸显出巴别尔着力把整部小说"调性"立住的意图。柳布卡形象的感染力和诱惑力也正在于其全身上下、从内而外透溢出的那股雄强劲健的"哥萨克性"。它统摄全文,引导并把控着全篇情节的发展。在剧本《日薄西山》(1928)中,巴别尔曾言:"骑上马的犹太人已经不再是犹太人。"(第四卷,第64页)小说开篇,女主角柳布卡便尽显彪悍与霸气,不掩饰、不隐晦的放荡不羁、随心所欲和恣意妄为顷刻间被和盘托出:她神气活现、扬扬得意地坐在一匹长鬃飞扬、膘肥体壮的驽马之上,那雄武气概,活脱一个傲然灭世的"准哥萨克人"。紧接着,柳布卡的"哥萨克性"在其脱离犹太传统文化常轨的一系列语言和动作之间来回摆动:大笑、大骂、叫嚣,用石头和酒瓶与管事、"江湖骗子"楚杰奇基斯大打出手,从"落满灰尘的"上衣里掏出"大得出奇的乳头"喂起孩子,干净利落地将酒至半酣的走私贩子、行为不轨的马来人一拳打翻在地……事实上,在《哥萨克小娘子》的前一篇小说《父亲》中,"野性"柳布卡便有过一段精彩火爆的"表演":

  只见柳布卡·什奈魏斯腰挎钱包,在打一个喝醉了酒的庄稼汉。她一边打,一边把他往马路上推。她捏紧一只拳头,像捶鼓一般捶着那人的脸,另一只手则抓住他,不让他把头往后昂。那人牙缝间和耳根旁流出了血水,若有所思地望着柳布卡,仿佛从来未曾见过她。后来,他倒在石路上睡着了。这时柳布卡踢了他一脚,返身回店。(第一卷,第52页)

如果说伟大的艺术也书写无常、描绘暴力,但其最终落脚点在于理想主义,给人信仰与希望,那么《敖德萨故事》正是巴别尔为了抵抗现实世界荒凉的日常,追寻"哥萨克精神"而构建的一个理想的犹太神话世界。虽然"哥萨克"一词只在《哥萨克小娘子》中正式出现过一次,但哥萨克之魂、"哥萨克性"却被打碎,揉进《敖德萨故事》的筋骨,哥萨克的精神影响镂刻在《敖德萨故事》的每一处。

第三节 《骑兵军》与巴别尔的双重文化情结

巴别尔是一位犹太裔作家,但他用官方语言俄语写作。尽管如此,"他从小就明白,无论他能多么流利地背诵普希金,俄罗斯人还是俄罗斯人,犹太人仍是犹太人,仍是外人"[①]。与《敖德萨故事》相比,小说《骑兵军》将对犹太人生存状态与命运遭际的关注纳入更为广阔的创作视野中。整部小说自始至终都在描写两个世界的故事:犹太教世界和哥萨克世界。作品的主人公、叙述者柳托夫不得不在两个对立世界复杂融合的过程中生存并进行自我发展。同时,在《骑兵军》中,巴别尔深刻而成功地书写了犹太人、哥萨克和波兰人之间艰难复杂的跨民族、跨语言多元文化"对话"。

一

《骑兵军》写国内战争,也写乌克兰犹太人在战争中饱经苦难的历程。沿循巴别尔的思路,不难看出,日托米尔、别列斯捷奇科、索卡尔、札莫希奇和契斯尼基等犹太区成为贯穿全书始末的事件发生地点。国内战争使犹太城镇在人口、资源、生态和价值方面遭到了断崖式的破败。如果说《敖德萨故事》书写了犹太强人在敖德萨地下世界中释放出的亮色与生命力,那么在《骑兵

[①] [俄]伊萨克·巴别尔:《敖德萨故事》,戴骢译,人民文学出版社2007年版,第8页。

军》中犹太区携带着沦亡与消逝的种种隐喻，暗示了终极毁灭的悲剧宿命。小说一开篇便以新颖奇特的叙事技巧和文体风格对被战争摧毁的犹太居住区作了触目惊心的描写——满目疮痍，混乱不堪，腐朽糜烂的气息，罹难的家族魂灵……在小城别列斯捷奇科一座座千年古墓里横七竖八地躺着狰狞的尸体，小镇沃伦四处弥漫着诡异的沉寂和死亡的气息，即便自由自在、无忧无虑的蜜蜂也是在劫难逃：

  我为蜜蜂伤心欲泪。它们毁于敌我双方的军队。在沃伦地区蜜蜂绝迹了。
  我们玷污了蜜蜂。我们用硫磺烧蜂巢，用火药炸蜂巢。在蜜蜂神圣的共和国内，碎布片冒着浓烟，散发出恶臭。垂死的蜜蜂乏乏地飞着，其营营之声微弱得几乎听不见。我们没有口粮可吃，便用马刀割蜂蜜而食。沃伦地区再也没有蜜蜂了。（第二卷，第49页）

巴别尔从自己的切身经历出发，从普通人在战时犹太区的所见所闻出发，绘制战争中的城市荒漠：破旧低矮、歪歪斜斜、没有窗户的房子，骨瘦如柴、衣衫褴褛的犹太人，"没有脂肪，没有血液温情的搏动"。（第二卷，第55页）哈西德派教徒们在"像停尸房"般空荡荡的房子里做着祈祷。集市里寻不到一丝生命的迹象，"货摊上都上了锁，路面洁无一物，活像死人的秃顶"。（第二卷，第36页）小城别列斯捷奇科宛如一座巨大的垃圾场，携带着沦亡与消逝的种种隐喻，加速着犹太区的鬼气森森。在《骑兵军》中还有巴别尔从小生活的那个仇视犹太人的险恶环境：

  庄稼汉硬要我跟他对火抽支烟。
  "犹太佬把人都得罪光了，把两边的人都得罪了。等打完仗他们就剩不下多少人啦。世界上总共有多少犹太佬？"

"一千万。"我回答说，动手给马戴上嚼子。

"那至多剩下两万人。"庄稼汉大声说。(《札莫希奇市》, Замостье）（第二卷，第148页）

在《泗渡兹勃鲁契河》中，巴别尔将犹太家庭悲剧置于整个民族世代相传的悲剧语境中，通过战争给犹太家庭带来的悲剧展现了遭受战争重创的犹太世界的末日图景。这里充斥着战争的残虐，没有一丝鲜活的气息。在这篇小说中，巴别尔构建了生命的死亡和生命的基础——信仰的死亡。他将读者的视线与思维从事件本身拉到其背后的象征意义上。历史的悲剧与现实中诺沃格拉德-沃伦斯克的犹太家庭悲剧暗喻着犹太区的死亡。犹太老人被害的场景隐含着特定的犹太典故。在犹太历史和《圣经·旧约》里有许多父母亲眼目睹子女被害的故事，或者反之。如犹大王国的末代君主西底家目睹儿子们——被巴比伦王残酷地处死、《圣经·旧约》中约伯的10个儿女悲惨遇难等（《约伯记》第1章第19节）。深夜里，在滞重的空气中犹太女人发自内心深处的绝望嘶吼声振寰宇。她用尽了所有的力气，挣出一种悲恸，足以刺激读者的思维器官，撼动读者的寻常生活经验和情感。犹太女人突如其来的、撕心裂肺的放声号哭负载了犹太民族在恒定的生存压力之下一种不屈的抗争，哭尽了犹太人在苏波战争中遭受的折磨和蹂躏。与此同时，犹太女人的哀号也准确传达了巴别尔灵魂深处对屈辱不幸的犹太民族的彻骨哀痛。犹太女性的灾难已不仅是她及其家人的个体悲剧，而是饱尝生命苦难的全体犹太人命运悲剧的缩影。犹太女人凄厉苍凉的喊声揭开了《骑兵军》中犹太人所遭遇的一个又一个磨难的序幕。

二

尽管犹太人区变成了一个充斥着不幸与灾难的灰色世界，但是一切散发着犹太文化气息的事物似乎在柳托夫周围形成了一种巨大的、无形的、独具魅力的艺术"磁场"。它强烈地吸引着柳托夫去找寻辐射于全篇每一处角落里的"犹太性"元素。在一些情况下,柳托夫指引读者直接去参阅犹太文化的现实:"主赐圣餐了,……,从万民中特别挑选了我们的以色列的主,赐圣餐了……"(第二卷,第 48 页)"犹太人围绕喀巴拉争得面红耳赤,在争论中一再提到比利亚地区的加昂,哈西德派的镇压者伊里亚的名字……"(第二卷,第 121 页)"礼拜六到了。基大利——这位空想共产国际的创始人,去犹太教会堂做祷告了"(第二卷,第 39 页)等。此外,柳托夫还来到科齐纳古墓,寻根谒祖。他甚至走入拥挤的哈西德派人群,跟着他们大喊大叫,相互推搡。

尽管如此,在《骑兵军》中,巴别尔从未有意识地确切给出自己对犹太问题的观点和见解,但是"在小说的叙述中,我们可以发现始终有一个'悲悯'的眼光。这种眼光不是托尔斯泰那种贵族式的,也不是帕斯捷尔纳克那种多余人式的,而是犹太人的眼光。这种眼光虽然与前两位作家有同样的宗教意味,但明显带着'受虐'民族独特的个体经验。这种经验因无助的历史处境而显得格外尖锐、透彻和刺骨,同时又因有意将尖锐处理得舒缓,而渐渐散落到了小说几乎所有的细节,成为难以察觉的一声深长的咏叹"[①]。巴别尔将这种对生命痛楚的审察和温暖的悲悯情怀毫无保留地呈献给了充满悲剧色彩的犹太民族。

在《骑兵军》中,柳托夫并不是唯一的知识分子。小说中所描述的大多数犹太人都是民族文化的忠实传承者。短篇小说《基大利》的主人公就是一位才智卓越、自觉恪守犹太传统的哲人。基大利与"我"的对话道出了巴别尔对于战争与革命给犹太人带来的巨大危害和深重灾难所进行的省思。通过基大利之口鲜明地

[①] 王丽丽:《战争伦理与人性伦理的双重书写——读伊萨克·巴别尔的战争奇书〈骑兵军〉》,《人文杂志》2006 年第 5 期。

传达了哈西德派的教义和主张，倾诉了巴别尔心底最隐秘的痛楚。无论如何，基大利都无法理解和肯定革命的本质、认定革命的合理性。革命夺走了基大利的留声机，孤独、富于幻想、"蓄着先知式的大胡子，凹陷的胸前裹着受难节穿的破衣烂衫的犹太老人"基大利只能被迫在集市里出售粉笔、蓝靛粉、灯捻……他清楚地知道，夺走他人财物或生命者绝非好人。因为"革命——应该是好人办的好事。然而好人是不杀人的。可见闹革命的是恶人"。（第二卷，第38页）显然，这里与《圣经》中"坏人不明白公义"（《旧约·箴言》第28章第5节）的思想存在明显的内在联系。柳托夫试图站在革命的骑兵军战士的立场与基大利进行论辩，但以失败告终。同基大利一样，柳托夫向往普遍价值，寻求普通的人间温暖，但是，基大利证明，正是革命毁灭了一切美好的事物。小说中最后一个问题为相互对峙的两个犹太人之间的争论画上了句号："基大利，今儿是礼拜五，已经到晚上了。您上哪儿去弄一块犹太人的蜜饼儿和一杯犹太人的茶来，再在茶杯里稍稍加点儿那位已经退位的神？……"（第二卷，第39页）《骑兵军》充分地彰显出隐藏于柳托夫灵魂深处，无疑也是嵌入在巴别尔身上，渗透在其骨髓里的强烈的民族悲剧意识。它好似一根剪不断的文化脐带，将整部作品连为一体，同时将犹太精神资源源源不断地传递给每一篇文字里孤独中的柳托夫。

　　巴别尔还常常借用《圣经》中人类的罪恶和堕落的母题，将犹太民间口头创作元素植入俄语文本，但并非直接引进圣经故事或人物姓名，而是将其渗透到故事情节中。《两个叫伊凡的人》和《泅渡兹勃鲁契河》的情节明显地与《圣经》中所描绘的景象相符合："神观看世界，见是败坏了；凡有血气的人，在地上都败坏了行为。"（《创世纪》第6章第12节）《札莫希奇市》和《千里马》的内容与《圣经》记载的洪水神话和世界末日母题相近：

第六章　双重文化情结对巴别尔短篇小说创作的影响

哗哗地下着雨。夜风和夜暗在湿漉漉的大地上飞翔。星星全被吸饱墨汁的乌云压熄了。筋疲力尽的马匹在黑暗中叹着气，抖着身子。没有马料可以喂它们。我把马缰绳拴在我腿上，裹上雨衣，躺到一个积满雨水的坑里。被雨水泡得涨鼓鼓的大地向我伸展开了坟墓令人慰藉的怀抱。（第二卷，第146页）

狂风，骤雨，和随着倾泻而下的黑黢黢的水流劈向世界的巨雷，成了波兰人的掩护。（第二卷，第180页）

在《旧约·创世纪》中，上帝耶和华为了惩罚人类的罪恶，用大洪水毁灭所有生灵及世间万物。其中的寓意是：人若犯罪，神必惩罚。几乎在《骑兵军》的每一篇中，巴别尔都记录下了亵渎神圣殿堂、亵渎神明的行为：被砸得粉碎的逾越节圣物（《泅渡兹勃鲁契河》）、一个又一个被分成两半的圣像（《诺沃格拉德的天主教堂》）和教堂里"被砸坏的尸骨匣"（《在圣瓦伦廷教堂》）等。柳托夫认为，在小城别列斯捷奇科，哥萨克对犹太人犯下的兽行导致其节节败退。因此，"征途上血迹斑斑"（《歌谣》，第二卷，第169页）的所指意义与《圣经》的内容相暗合："凡贪恋财利的，所行之路都是如此。这贪恋之心乃夺去得财者之命。"（《圣经·箴言》第1章第19节）。《圣经》母题的引入大大丰富了作品的意蕴，将犹太区惨遭屠戮的苦难境遇放大到整个犹太民族的悲剧，将混乱的当下纳入世界历史进程中。

三

相比于萧瑟凄然、死寂沉沉的犹太世界，这个世界里一个个怯弱、麻木、顺从的犹太灵魂，英勇无畏、豪放粗犷的哥萨克群体那种充满原始野性、激情真实、痛快淋漓的生活令犹太青年柳托夫欣喜，使他着魔。《骑兵军》堪称一部惊天动地的英雄史诗，巴别尔赋予哥萨克至高的精神文化价值。在柳托夫身上演绎了巴别尔独有的双重文化情结。柳托夫仰慕居功自傲、不可一世的哥萨克骑兵。他暗地里留心观察着他们的举手投足、一言一行。他打量哥萨克世界无不带有一个怯懦的犹太知识分子微妙的羡慕心理。鞑靼可汗般镇定自若地跨在马背上的旅长科列斯尼科夫，体魄强壮、个性跳脱飞扬的师长萨维茨基都令他着迷、仰慕和折服。萨维茨基甚至成为柳托夫心中完美哥萨克的化身。其浑身上下、由里及外透出的那股天然的王者之气深深地吸引着柳托夫。在《我的第一只鹅》开头第一段中，巴别尔的用笔处处充盈着对萨维茨基的溢美之词，满纸跳跃着哥萨克旺盛蓬勃的激情和生命力。在萨维茨基身上甚至能够感受到一种无法遏制的强烈的狂欢冲动。巴别尔运用"特写镜头"将盛气逼人、雄姿英发的六师师长萨维茨基塑成了一尊经典的哥萨克蜡像：

> 六师师长萨维茨基远远望见我，便站了起来，他身躯魁伟健美得令我惊叹。他站起身后，他紫红色的马裤、歪戴着的紫红色小帽和别在胸前的一大堆勋章，把农家小屋隔成了两半，就像军旗把天空隔成两半一样。他身上散发出一股香水味和肥皂凉爽发甜的气味。他两条修长的腿包在紧箍至膝弯的锃亮的高筒靴内，美如姑娘家的玉腿。（第二卷，第40页）

柳托夫与犹太世界渐行渐远，奔向革命的哥萨克群体中。这一点甚至体现在柳托夫的民族身份自我认同中。他对自己终于成为哥萨克骑兵的"同道中人"、成为"我们"中的一员而感到无比荣耀，与骑兵军相关的一切都被"我"亲切地称为"我们的"："我们的习惯"，（第二卷，第52页）"我们布琼尼的正规骑兵部

队"。(第二卷,第53页)

马是哥萨克生命不可分割的重要组成部分。"哥萨克的魅力几乎胜过了《水浒》,也胜过007,因为一骑马,二爱女人,三杀人不眨眼,四在大空间即草原或谷地上活动,五是真的,有历史为证。"① 对于哥萨克人而言,"世界是五月的牧场,是由女人和马匹在那儿走动的牧场"。(第二卷,第86页)他们"永远为马而疯狂,战马是他们生命中的另一半,没有马匹就没有第一骑兵军"②。对马的热爱已沁入哥萨克的骨髓之中。巴别尔同样对马情有独钟。在养马场与公马、母马和刚刚长大的一些小马驹儿在一起待上几天的时间被其视为生活中最大的乐趣之一。(第五卷,第427页)而与朋友们一道观看赛马,一齐交流赛马信息更是其不可或缺的重要生活内容。(第五卷,第173、413页)"如果一位作家对应一种动物的话……福楼拜对应的是蜥蜴,……卡夫卡对应的是甲壳虫,……那么,巴别尔对应的动物无疑是马。"③ 在《骑兵军日记》中,巴别尔写下了行军路上其与马之间的真挚情感:"伟大的同志情谊:对马的亲近与爱,占去每天的四分之一,没完没了地更换和谈论。马的角色和生活。"(第二卷,第248页)巴别尔与马的深厚友谊与其强烈的哥萨克情结不无关联。在《骑兵军》的30余个短篇中,有4篇小说取"马"为题,围绕哥萨克与马的故事展开叙事,而其他篇目的内容也都无一例外地或多或少关涉战马的话题。主人公柳托夫深知,为了立足以哥萨克为核心力量的骑兵军,做一个出色的骑手无异于赢得了一张哥萨克群体的"准入证"。1937年发表的《骑兵军》的最后一篇小说《千里马》即讲述了主人公柳托夫一心想要掌握复杂的哥萨克骑术的故事。从这篇作品中可以十分鲜明地解读出一个潜台词:狂

---

① 王蒙、王天兵:《关于巴别尔的〈骑兵军〉》,《书屋》2005年第3期。
② 育邦:《巴别尔:世界是"五月的草地"》,《山花》2013年第3期。
③ 育邦:《巴别尔:世界是"五月的草地"》,《山花》2013年第3期。

放不羁、充满原始激情的哥萨克们像磁石一样强烈地吸引着柳托夫。对于柳托夫而言，哥萨克与犹太文化同样充满了致命的诱惑力。小说结尾犹太人柳托夫昂首挺胸、稳稳地落坐在马背上的那一刻，在一定程度上标志着其"哥萨克化"的开始。

在《小城别列斯捷奇科》中，年轻的哥萨克徒手杀死犹太老人的场景为巴别尔的哥萨克情结做了最完美的注释。哥萨克"鬈毛"漫不经心地"结果掉"犹太老人的全过程触目惊心，令人发指。柳托夫自始至终一直在场，目睹施暴行为在眼前发生，却不动声色地立于一旁，选择置身事外，听之任之，没有作为。刽子手更是旁若无人，肆无忌惮，随后从柳托夫跟前大摇大摆，从容离开。那种千钧一发、命悬一线的惊险在巴别尔笔下顷刻归于平静，化为乌有。巴别尔运用电影艺术中的"快切镜头"转场特效，将血腥与暴力瞬间弱化、消解，营造了绝佳的恐惧体验。毋庸置疑，柳托夫有足够的可能上前阻止悲剧的发生，从哥萨克屠刀下把犹太老人解救出来。然而，柳托夫选择了漠然视之。他气定神闲，从容不迫，心安理得地随着哥萨克们转身而去。相比海明威的作品，巴别尔笔下的人物"总在考验自己能否尊严地赴死，而前者总在祈求自己能平静地杀人"[①]。在《战斗之后》中，柳托夫抑制不住内心对哥萨克"平静地杀人"的仰慕之情，甚至"央求着命运赐予"自己这个对于哥萨克来说易如反掌的、"最简单的本领"。显然，柳托夫决然离去的唯一解释只能是：对暴力美学的崇尚严重压制了柳托夫的犹太本性。此刻在柳托夫心中哥萨克情结高居犹太情结之上。后者的耐受力远远超过了爆发力。

四

"太多的作家由于某种人生遭际的至深或致命，因着某种重

[①] ［俄］伊萨克·巴别尔：《敖德萨故事》，戴骢译，人民文学出版社2007年，第8页。

要或特殊的经历，而把自己打进一个根本走不出也永远解不开的'结'。这个结，不可救药地与她/他的生命绞合编织在一起，在其创作中所起到的巨大动力作用俨如心理学家所称的'情结'。……一个作家一旦有了'情结'，几乎不可能从根本上解除或改变这种非常独特和自我的人生关注方式，更难以使个人独有的那份'样态'彻底置换。对于创作主体而言，情结的动力作用之大，可能大到等于天命。"① 抛却种族身份，加入骑兵军或变身为敖德萨地下强徒——无论如何，在"鼻梁上依然架着副眼镜"，"心灵中依然秋风肃杀"的柳托夫的内心世界中，都时刻隐藏着对"同化"的渴望与恐惧双重心理。对于柳托夫来说，从加入骑兵军的那一刻起，从现实世界进入幻想的哥萨克世界，对哥萨克的本质进行零距离深度观察和残酷挖掘成为可能。然而，在这里，他虽然获得了创作灵感，却必须忍受痛苦。他同时受制于哥萨克和犹太文化两种异质引力的牵绊，举棋不定，犹豫不决，不断在两者之间发生"位移"，始终在找寻着平衡点。柳托夫的精神世界被囚禁在一个融合了现实与想象的因素，由两种文化的对立与冲突构成的充满叙事张力的"异度空间"里，致使他找不到自我治疗和自我救赎之路。对这个心灵的"异度空间"的描绘与展示，构成了《骑兵军》的重要内容。与哥萨克合流，还是保持自己独特的民族文化性格，对柳托夫来说始终是一个沉重的、永远无法解决的悖论。

为了完全融入哥萨克世界，获得哥萨克的认同，让"哥萨克们不再在我身后不以为然地望着我和我的马"，(《千里马》，第二卷，第182页) 柳托夫甚至不得不去宰掉一只在院场里悠然散步的"端庄的"鹅。事后，他对这只无辜枉死的鹅一直感到惶恐不安，心有余悸。《我的第一只鹅》"仿佛浓缩了巴别尔全部的犹太

---

① 王绯：《作家与情结》，《当代作家评论》2003年第3期。

情结、全部的哥萨克情结"①。在这个不可调和的、分裂的世界里，波兰人是哥萨克的天敌，柳托夫是骑兵军战士眼中格格不入的异类，犹太人则是所有人不共戴天的仇敌。柳托夫深知，在哥萨克群体中无论他付出怎样的努力，都无济于事。因此，哥萨克的挑拨性言语宛若"魔咒"，刹那间激起了柳托夫强烈的化学反应。当"一边踱着方步，一边安详地梳理着羽毛"的鹅跃入他的眼帘时，渴望获得认同的"魔怔"从他体内彻底爆发，杀鹅成为柳托夫进入哥萨克世界最简单、最现实、最可行的办法。在拒绝与主动之间，柳托夫并未耗费多少时间去思忖何去何从。他当机立断，一跃而起，以杀鹅的方式抒发焦灼，领受被认同的快感。在哥萨克眼中，干净利落地杀死鹅的柳托夫完成了从"外人"到"自己人"的"质变"。哥萨克的决绝杀戮冷酷凶残，手段毒辣，毫不留情。柳托夫在理解了简单的哥萨克哲学之后，"履行"了具有象征意义的杀生"仪式"。柳托夫因终于得以进入渴盼已久的强悍群体而欣喜若狂。当晚柳托夫的梦意味着其向有"女人和马"的哥萨克世界迈出了第一步。然而，实际上这只是读者期待下小说叙事貌似合理的归宿。为了真正融入与犹太文化完全相悖的、异质的哥萨克群体，知识分子柳托夫甚至背离了犹太教"不许杀生"的训诫。随即，在柳托夫的头脑中被哥萨克接纳的喜悦很快消散，另一种古远长久的情绪却不期而至：自责。他心绪不宁、寝食难安、饱受煎熬，沉浸在内疚和悔恨的精神状态里不能自拔。"踩碎鹅头的同时，柳托夫心里某种东西也被踩碎了。这种通过鲜血、暴力被接纳的仪式使柳托夫心中充满了疼痛感。这篇小说写尽了巴别尔全部的痛苦、全部的矛盾。犹太情结与哥萨

---

① 王天兵：《我们为什么要读巴别尔》，《小说界》2005年第5期。

克情结纠缠在一起，不能和解，也不能释怀。"① 这种无法消融的对立和冲突永远盘桓于巴别尔的灵魂深处，灌注于作品的字里行间，使整部文本获得了特殊的意蕴内涵，在紧张与舒缓、平淡与深刻之间，形成强大的艺术审美张力。

《拉比之子》是《骑兵军》中最具意味的篇目之一，放在1926年《骑兵军》第一版的34篇小说末尾，作为压轴之作。在结构上，它是对全书的一个总结。作品的主要人物是穆泰雷拉比的儿子勃拉茨拉夫斯基。他抛却家庭，告别自己的出身，为了革命信念，坚定地站到哥萨克队伍中，离世时却衣不遮体，惨不忍睹。在战火纷乱的颠沛流离、重重危机之中，柳托夫与勃拉茨拉夫斯基的邂逅是一个悲伤的隐喻，是柳托夫在真正进入哥萨克世界前最后一次对于犹太文化记忆的重温。散落一地的物品让柳托夫看到了与自己情感相连、思想互通的同路人。在勃拉茨拉夫斯基背包中并列放置的一些互不相关的物件中，几件犹太人的圣物激起了柳托夫的犹太文化认同和情结感受：鼓动员的委任书与犹太诗人的纪念像、列宁头像与迈豪尼德绣像、党代会的决议汇编与一绺女人的发丝、党的传单与犹太古诗、《雅歌》与左轮枪子弹。

柳托夫与勃拉茨拉夫斯基走上了一条完全相同的人生之路：隐匿犹太身份，放弃阶层与归属参加到革命战争中来。勃拉茨拉夫斯基的衣物深深地触痛了柳托夫的灵魂，使他重新回味了犹太文化。他精心呵护着自己的文化记忆和文化心理，将前者散乱的物品放进箱子，以一种爱怜的心情轻轻擦拭着这些记忆。巴别尔借柳托夫之口，一语惊人：我"将我的兄弟撒手人寰时吐出的最后一口气吸入体内"。这句话堪称整部小说的题旨所在。"叙述者

---

① 左娟：《〈骑兵军〉的整体性艺术世界——论〈骑兵军〉的表层张力与深层张力》，《时代文学》（理论学术版）2007年第6期。

柳托夫对于自己的犹太出身充满了强烈的矛盾。他与犹太种族、信仰和旧世界的风俗紧密相连,这一切使他无法成为一个革命先锋和他崇拜的红色哥萨克,但他却极力渴望成为其中的一员。"①通过努力,柳托夫成为众多哥萨克骑兵的"同志",然而真正与柳托夫情同手足、血脉相连,可以称之为"兄弟"的却只有来自犹太区的勃拉茨拉夫斯基一人。

《拉比之子》给《骑兵军》画上了一个完美的句号。它进一步凸显出整部作品的犹太主题,强化了巴别尔的犹太情结。勃拉茨拉夫斯基的出现代表着柳托夫犹太文化记忆的复现,也代表着柳托夫痛苦的安放。《骑兵军》从主人公柳托夫偶遇犹太老人的遗体,没有公开犹太身份开始,到柳托夫面对拉比之子的尸体,明确自己与勃拉茨拉夫斯基之间深刻的民族血亲关系,直称后者为"兄弟"结尾。从《泅渡兹勃鲁契河》到《拉比之子》,从隐蔽犹太身份到再认犹太文化记忆,封闭的完整连贯与开放的循环往复,在犹太基因上,《骑兵军》构成了一个完整的统一体,体现的是一种悖谬与统一。

古老犹太教精神、《圣经》的基本戒律早已深深扎根于柳托夫的思想意识深处,难以撼动。犹太血统使柳托夫自身始终生活在受屈辱和被征服的状态中。对于柳托夫来说,所有被侮辱与被损害的人、一切暴力之下的受虐者皆"兄弟"。在柳托夫的意识中,无论战死沙场的士兵,还是暂时安然无恙的自己,都是革命的狂欢化、兄弟相残的战争的牺牲品。柳托夫这种深广而辽远的悲悯,正是来自他痛切的感同身受。"这种浸透着深长咏叹的心灵悲悯不仅赠送给了可怜的犹太民族,也毫无保留地赠送给了哥

---

① Rosenshield Gary, *The Ridiculous Jew : The Exploitation and Transformation of a Stereotype in Gogol, Turgenev, and Dostoevsky*, Stanford, C.A.: Stanford University Press, 2008, p. 200.

萨人、波兰人,以及所有的人。"① 在《骑兵军》中,巴别尔不仅还原了苏波战争的真实样貌,同时还表现出对波兰人民难以言说的深切同情和与生俱来的巨大悲悯。在《两个叫伊凡的人》中,当"我"看到地上被自己尿湿了的波兰人的尸体时,"我"用总司令毕苏斯基元帅的《告民众书》擦去了"这位不相识的弟兄"头上的尿液。

*　　*　　*

"20世纪30年代巴别尔已经是对犹太宗教文化谙熟于心,而非道听途说的一位经验丰富的成熟作家。"② 作为20世纪世界文学史上最重要的犹太作家之一,独特的民族文化身份和人生经历决定了巴别尔的小说在本质上迥异于同时代其他作家的作品。巴别尔的创作定格了一个时代,一个真实的敖德萨犹太区和哥萨克骑兵的战场。其短篇小说纳入了20世纪犹太历史中具有普遍性的苦难记忆及其精神内容,融进了其对犹太问题的心灵感受、情感体验和独立思考。可以说,《敖德萨故事》与《骑兵军》是犹太作家巴别尔的心灵突围史,两部作品互为穿插,有如正反两面,虚实对映,让读者比并而阅。身为犹太人,巴别尔极度渴望成为哥萨克群体中的一员。其作品关注在犹太文化和哥萨克文化的双重夹击下犹太人的犹疑、悲伤、欣喜、突围、拯救的心理。犹太文化"符号"与哥萨克文化符号的相互角力、碰撞与交融,两种文化的引诱与克制构成了小说独具特色的艺术张力。从《国王》到《哥萨克小娘子》,从《我的第一只鹅》到《千里马》,犹太基因天然决定了巴别尔不可能成为名副其实的哥萨克,而对

---

① 王丽丽:《战争伦理与人性伦理的双重书写——读伊萨克·巴别尔的战争奇书〈骑兵军〉》,《人文杂志》2006年第5期。

② Гензелева Рита, *Пути еврейского самосознания*, М.:"Мосты культуры", Иерусалим:"Гешарим", 1999, С. 112.

哥萨克豪壮勇武的阳刚之气的崇尚又注定使他成为犹太文化的背叛者。对于自己的文化心理究竟向哪一边倾斜的问题,巴别尔在两部小说中无疑留下了一个问号,给予世人无限的解读空间,也使《敖德萨故事》和《骑兵军》成为名扬天下的传世佳作,在世界短篇小说领域具有无与伦比的艺术价值。

第七章　巴别尔短篇小说创作思维的内核

　　文学创作是一个复杂的过程。现实世界留给作家的鲜活而深刻的印象总是不由自主地与牢固地储存在其记忆中的人类的文学经验紧密地联系在一起。艺术作品正是一种自觉的、有意识的活动同根植于无意识深处的创作冲动和激情相互影响、相互作用的结果。

　　在20世纪俄罗斯文学史上，巴别尔是一个特殊的存在。这种"特殊"的原因之一是批评界普遍认为，巴别尔的创作与西方文学之间存在种种渊源关系。尽管如此，早在20世纪20年代，俄罗斯学界即已论证了巴别尔短篇小说的创作思维和审美意识对于俄罗斯作家果戈理、列斯科夫和契诃夫传统的继承问题，确定了巴别尔的作品与俄罗斯文学、文化的直接联系。高尔基和爱伦堡尤其强调指出，巴别尔与《塔拉斯·布尔巴》的作者果戈理的创作在某些方面具有一定的相似性。与此同时，对于巴别尔创作的本土文化之源这一问题也存在其他不同的说法。比如，一些人认为柯罗连科和契诃夫对巴别尔的精神气质带来了深刻的影响，另一些人认为巴别尔的创作与格列布·伊万诺维奇·乌斯宾斯基（Глеб Иванович Успенский，1843—1902）[①]、亚历山大·伊万诺

[①] 格列布·伊万诺维奇·乌斯宾斯基——俄罗斯19世纪60年代民主派文学的代表。

维奇·列维托夫（Александр Иванович Левитов，1835—1877）①和亚历山大·尼古拉耶维奇·奥斯特洛夫斯基（Александр Николаевич Островский，1823—1886）②之间具有一定的联系。值得注意的是，很多欧美研究者充分肯定了俄罗斯经典文学是激发巴别尔创作潜能的活力之源。他们常常在托尔斯泰和契诃夫的作品中探寻巴别尔的俄罗斯文学基因，或在分析俄罗斯心理小说的发展时，将弗谢沃洛德·米哈伊洛维奇·加尔申（Всеволод Михайлович Гаршин，1855—1888）③、列昂尼德·尼古拉耶维奇·安德烈耶夫（Леонид Николаевич Андреев，1871—1919）④与巴别尔的作品进行比较，讨论莱蒙托夫、陀思妥耶夫斯基同巴别尔文化心理构成之间的深层关系，以及《骑兵军》对托尔斯泰战争小说的传承等问题。⑤

不可否认，巴别尔在创作上吸收了法国文学的表现手法和艺术技巧。但毋庸置疑，每一个作家的成长与特定的历史气氛和精神文化环境之间存在着不可分割的内在联系。虽然每一部重要的艺术作品"都具有其自身的价值和意义，且与创作者的个性气质紧密相关，但它首先是本民族文学漫长发展过程中一个有机的环节，其次是人类文学活动不可或缺的组成部分"⑥。巴别尔的创作心理不可避免地受到俄罗斯文学的浸染，俄罗斯文学中富有内在生命力的核心要素自然而然地渗透到巴别尔的艺术世界中。

---

① 亚历山大·伊万诺维奇·列维托夫——俄罗斯作家，"民粹派"成员。
② 亚历山大·尼古拉耶维奇·奥斯特洛夫斯基——俄罗斯剧作家。
③ 弗谢沃洛德·米哈伊洛维奇·加尔申——俄罗斯作家、诗人、艺术批评家。
④ 列昂尼德·尼古拉耶维奇·安德烈耶夫——俄国白银时代小说家、戏剧家、戏剧理论家。
⑤ Смирин И. А., *И. Э. Бабель в литературном контексте: сборник статей*, Пермь: Перм.гос.пед.у-нт, 2005, C. 178—179.
⑥ Благой Д. Д., *От Кантемира до наших дней. Т. 1*, М.: Издательство "Художественная литература", 1972, C. 245.

第一节 巴别尔短篇小说中的果戈理传统

俄语中有一句经典韵语,环环相扣,读起来十分绕口,却意在言外,耐人寻味:"不要将果戈理与黑格尔、黑格尔与倍倍尔①、倍倍尔与巴别尔混为一谈。"② 这句话常被人引用,借以说明一个有文化修养的人在知识结构方面所应达到的最低水平。在这里,将巴别尔与果戈理相提并论绝非偶然。除两者的姓名在读音和写法上极其相似外,在某种程度上,要将果戈理与巴别尔区分开来的确不是件容易的事情。

一 《骑兵军》与《塔拉斯·布尔巴》:充满浪漫主义激情的哥萨克英雄群像

短篇特写《敖德萨》是巴别尔初入文坛的文学宣言,也是他文学主张的告白。在《敖德萨》中,巴别尔以独特的视角对俄罗斯文学传统进行了深邃的思考,对俄罗斯文学的历史、现状与未来作了深入分析,进而从浪漫主义原则出发阐述了自己的创作信条,用满怀激情的语言表达了对诸多俄罗斯伟大作家创作经验的排斥,但同时坦言唯有果戈理是他最为喜爱的、与其心灵最接近的作家。在巴别尔看来,果戈理早期创作中那种独特的"滋养万物的"明媚阳光和绚烂色彩,以及《狄康卡近乡夜话》和《塔拉斯·布尔巴》的浪漫主义基调极尽其妙,带给他一种阅读陌生化的新鲜感,读来令其心动不已,欲罢不能。同年,巴别尔在特写

---

① 费迪南德·奥古斯特·倍倍尔(Ferdinand August Bebel,1840—1913)——德国和国际工人运动著名活动家,德国社会民主党和第二国际的领袖和创始人之一。
② 俄语原文为"Не путайте Гоголя с Гегелем, Гегеля с Бебелем, Бебеля с Бабелем."

《公共图书馆》（*Публичная библиотека*）中再次表达了对果戈理文学天赋的崇拜和敬仰。在逐一介绍了彼得堡公共图书馆中的各色人等之后，巴别尔不禁发出如此感叹："要是果戈理能拿起笔来描绘一下他们就好了！"（第一卷，第 238 页）几年后，巴别尔怀着对美的热烈渴望，将果戈理的浪漫主义精神用全新的表现手法付诸文学实践，推出了闻名世界的《骑兵军》。

  20 世纪初，历史、社会和现实生活各个领域所发生的一系列前所未有的激变，使俄罗斯文学难以对现实世界及时做出整体性的描述。此时的俄罗斯文学明显滞后于时代发展，处于与生活脱节的状态。由此，许多作家努力开拓自己的写作路径，力求在文学艺术形式和表现手法上探索创新，构建新的审美空间。他们试图从 19 世纪俄罗斯经典文学中汲取养料，找寻创作的灵感和源泉以及风格上的突破。与绥拉菲莫维奇、法捷耶夫、马雅可夫斯基、维亚切斯拉夫·伊万诺维奇·伊万诺夫（Вячеслав Иванович Иванов，1866—1949）[①] 等同时代作家一样，巴别尔渴望对"人民与革命"的问题进行美学上的尝试性探讨。然而，这一问题大大突破了革命前文学所能表象的范畴，远远超出了传统文艺手段所能达到的极致。早在特写《敖德萨》中，巴别尔就曾对许多同时代作家热衷于描述平淡的、缺乏浪漫色彩的日常生活的做法表现出反对态度：

> 近一段时间来，一窝蜂地写奥洛涅茨、沃洛格达，或者比方说阿尔汉格尔斯克诸省的人是怎样生活、恋爱、杀人和选举乡长的。……看来，在那里人们生活在寒冷之中，有许多荒唐事。其实历来如此，都老掉牙了。不消多久，读者就会讨厌读这种老掉牙的东西。事实上已经讨厌了。（第一卷，第 8 页）

[①] 维亚切斯拉夫·伊万诺维奇·伊万诺夫——白银时代俄罗斯象征主义诗人、哲学家、翻译家、剧作家、文学批评家。

巴别尔认为，阴冷的彼得堡毁灭了来自南方乌克兰的小说天才果戈理。只要回溯一下果戈理的创作历程便可见一斑。在果戈理后来的作品中，"彼得堡战胜了波尔塔瓦地区，阿卡基·阿卡基耶维奇谦虚地，然而以令人恐骇的权势排挤掉了格里茨科，而神父马特维结束了塔拉斯开创的事业"。（第一卷，第7页）

巴别尔极度推崇果戈理在乌克兰时期创作的经典作品。一些研究者在《骑兵军》中捕捉到了巴别尔有意识地承袭和模仿果戈理创作的痕迹。高尔基曾不止一次地论及《骑兵军》与果戈理之间的联系。在1928年高尔基给罗曼·罗兰的信中如此写道："《骑兵军》是以尚未创作《钦差大臣》和《死魂灵》的《塔拉斯·布尔巴》的作者、浪漫主义作家果戈理的风格写成的一系列短篇作品。"① 换言之，高尔基认为，巴别尔与作为浪漫主义作家而非讽刺作家的果戈理更为接近。诚然，仅从表面上比较《骑兵军》和《塔拉斯·布尔巴》两部作品，即可发现两者之间存在着许多相似之处。布琼尼骑兵军对波兰的远征极易唤起读者对扎波罗热哥萨克与波兰贵族进行斗争的记忆。在《小城别列斯捷奇科》中，"一座座哥萨克人的古墓"和"波格丹·赫梅利尼茨基的塔楼"，以及弹班杜拉琴的老人赞美哥萨克人昔日荣光的歌谣无不传达着17世纪发生在乌克兰基辅平原上那场哥萨克战争的回响。"一座座古墓"见证了赫梅利尼茨基领导的哥萨克起义，也见证了布琼尼骑兵军征战四方的步伐。

巴别尔的《骑兵军》不仅有着与《塔拉斯·布尔巴》的"形似"，两者还具有一定的"神似"之处，即《骑兵军》对后者中"伙伴精神"的沿袭。"伙伴精神"是《塔拉斯·布尔巴》的思想内核，也是《骑兵军》中，红色哥萨克的典型特征。在《骑兵军》中，一些描写和评价哥萨克战斗集体的原则，甚至在

---

① Горький А.М.，"А.М.Горький-Ромену Роллану"，*Неделя*，1966，№ 37.

这些原则所决定的写作方式中处处可以感受到果戈理早期创作的影响。巴别尔处在一个"人民自己把握自己的命运、人民的积极性高涨、人民在革命运动中显示出强大威力"① 的重大历史转折时刻。人民大众获得了空前的解放,成为俄罗斯社会转型的历史主体。他们虽然已经沉睡得太久,然而一旦醒来,便如决堤狂流,拥有席卷一切的气势。人民的"新生活"给文学提供了新天地。新文学让被时代裹挟的普罗大众爆发出蓄积已久的巨大能量,巴别尔对革命的叙事遵循着其伟大的前辈作家对历史巨变时刻"俄罗斯人民"的描写方法。其创作切入时代肌体,为时代造像,描绘广阔的社会生活画卷,深刻体认那一辉煌而又颓败、艰难嬗变中的伟大时代。值得注意的是,中篇小说《塔拉斯·布尔巴》所讲述的既是一个人的故事,同时也是一群人的故事。虽然果戈理以主要人物的名字作为《塔拉斯·布尔巴》的题目,实际上,全书的主人公绝非仅仅为塔拉斯·布尔巴和他的两个儿子,而是所有哥萨克,即全体俄罗斯人。正义性、革命性和群众性是战争的基本属性。国内战争得到了普通人,特别是生活在社会底层的哥萨克,以及普通知识分子的积极响应和高度认同,激发了他们对于社会严重不公的愤慨和对于平等正义的热情。他们自始至终怀有追求美好生活的渴望,革命给他们带来了诸多新鲜和刺激,令他们欢欣鼓舞,吸引他们走出日常生活的世界。《骑兵军》是第一篇将普通骑兵军战士以特写镜头的方式呈现给读者的作品。燃烧的热血、沸腾的精神,巴尔马绍夫、康金、特隆诺夫、多尔古绍夫等人物身上表现出的强烈英雄主义色彩也是布琼尼战斗集体每一个成员的本质特征。无论是在扎波罗热哥萨克中间,还是在骑兵军身上,几乎找不到那种在表现功能上与作品的主要

---

① Драгомирецкая Н. В., "Принципы создания характеров в творчестве М. Шолохова и классические традиции", Цит. по: *Социалистический реализм и классическое наследие* (*Проблема характера*), Под общей редакцией Н. К. Гея и Я. Е. Эльсберга, М.: Гослитиздат, 1960, С. 295.

思想和艺术观念不相符合的"辅助性"的"次要人物"形象。正因如此，在两部作品中列举扎波罗热哥萨克和骑兵军普通一兵姓名的方式如出一辙：

> 库库边科陷入了包围圈，他的整个涅扎迈科夫分队只剩下了七个人，……
>
> ……
>
> 那边，梅捷雷齐亚已经被敌人用长矛挑起。另一个佩萨伦科的脑袋滚落在地，可他仍圆睁着双眼。奥赫里姆·古斯卡连中数刀，瘫软下来，扑通一声倒在地上。①（《塔拉斯·布尔巴》）
>
> 分队长涅维雷奇基战死了，扎多罗日尼战死了，切列维琴科战死了。②（《塔拉斯·布尔巴》）
>
> 塔尔迪阵亡了，卢赫马尼科夫阵亡了，雷科申柯阵亡了，古列沃伊阵亡了，特隆诺夫阵亡了，……（《一匹马的故事续篇》，第二卷，第139页）

《骑兵军》没有统一的情节，也没有一个非此不可的中心人物。整部作品如同一幅图画，把一个个人物展览进去，将一个个情节镶嵌在一起。其中每篇故事均以个体为焦点，围绕单一核心事件叙事。同一人物常常在多个篇章中反复出现，彼此相互关联，构成一种长篇小说的连贯和震撼。事实上，《骑兵军》的题目已准确指明了作品的主人公，确定了小说所描写的对象是置身于历史巨变之中的"俄罗斯人民"。与《塔拉斯·布尔巴》相同，《骑兵军》讲述的是一群人的故事。由此决定了后者必然采用多线叙

---

① ［俄］果戈理：《米尔戈罗德》，《果戈理全集》第二卷，陈建华译，安徽文艺出版社1999年版，第160—161页。

② ［俄］果戈理：《米尔戈罗德》，《果戈理全集》第二卷，陈建华译，安徽文艺出版社1999年版，第165页。

事手法和群像式的人物塑造方式。但是，巴别尔笔下的主人公们绝不是一些没有自身个性特点的"大众化形象"。他们是无坚不摧的勇士和生死无畏的战士。他们身份、性格不同，却有同样强烈的艺术感染力。普里绍帕挥舞大刀飞身跃起的狂放场景，或者骑兵连长特隆诺夫置生死于不顾投身战场的决绝，仿佛化身战争英雄交响曲的指挥，荷尔蒙迅速上升的男性较量，英雄主义的史诗性被推到了极致。

此外，果戈理往往只用几个精粹的字眼，便瞬间勾勒出生动的人物形象，将小说中任一角色的性格特点和本质特征等和盘托出。如在塔拉斯·布尔巴与两个儿子来到谢奇①的场景中，果戈理如此描写了狂热地、兴奋地跳着舞蹈，沉迷在欢乐里的扎波罗热哥萨克形象：

>有一个人比在场的任何人都喊得起劲，他跟在别人后面飞快地跳着舞。他的额发随风扬起，结实的胸膛完全敞露着，两只手臂上却还套着一件冬天穿的暖和的羊皮袄，他汗流如注。"脱下羊皮袄吧！"塔拉斯终于开口说道，"瞧你，浑身直冒热气哪！""不行，"那扎波罗什人喊道。"为什么？""不行！我的脾气是：脱下它，就得将它换酒喝。"这个年轻人确实早已头上没了帽子，外套上没了腰带，也没有了绣花的围巾，一切都去了应该去的地方。②

上文中年轻的哥萨克完全属于一个走过场的配角。但果戈理不仅把这一人物写得活灵活现，他的一舞一动也使哥萨克群体的心理与行为特征外显而又张扬。同样的，在《骑兵军》中许多无足轻

---

① "谢奇"是哥萨克的军事营地。
② [俄]果戈理：《米尔戈罗德》，《果戈理全集》第二卷，陈建华译，安徽文艺出版社1999年版，第74页。

重的配角都起着与此相同的作用。在《我的第一只鹅》中，"蓄有亚麻色垂发，长有一张漂亮的梁赞人脸庞"的小伙子走到柳托夫的箱子前，一把提起箱子，扔出院外，然后掉过身子，把屁股冲着柳托夫，"放出一串臊人的响声"。这类角色还有《多尔古绍夫之死》中的团长维嘉卡伊钦科、《政委康金》中冲着骑兵旅政委嚷着要"结果"波兰将军性命的"哥萨克小兵"斯比里卡·扎布蒂、《小城别列斯捷奇科》中处死犹太老人的哥萨克"鬈毛"等。只是寥寥数笔，但神形俱似，将普罗大众心理与新道德理念的承载者——骑兵军战士典型的外部特征和内在气质完整地表现出来。对个性的张扬原是巴别尔的强项，将之移植到战争小说中，显然并不违和。

在果戈理创作《塔拉斯·布尔巴》的时代，上述刻画典型化人物方法的使用十分普遍。但在巴别尔构思和创作《骑兵军》之时，许多作家尚不能将革命群体和个体清晰地区分开来。多数作家往往将革命者视为一个统一的整体，在他们笔下革命者通常只有一张面孔，具有同一性的"脸谱化"特征。高尔基认为，巴别尔与此不同，他"美化了战士的内心"，并使后者获得了一种独特的浪漫主义色彩。在《骑兵军》中，巴别尔展现了一幅为了美好的明天而战的哥萨克英雄群像，作品具有史诗般令人震撼的审美效果。在巴别尔笔下，英勇无畏、不怕牺牲的哥萨克壮士被罩上了一层神圣的光环。他们对敌人无比仇恨、对革命事业无限忠诚，他们的精神世界无比崇高。他们个个优点突出，但缺点同样明显。他们不碍道德约束，是一种贪得无厌、残暴不仁、怀有强烈复仇心理的群体性存在。巴别尔呈现了一幅色彩鲜明、对比强烈的画面。与此同时，他不但没有贬低或削弱主人公们的英雄形象，没有破坏作品整体色调的和谐，相反的，最大化地渲染出一种高亢和激情的氛围，建构了宏大的战争场面。除《塔拉斯·布尔巴》之外，在任何一部俄罗斯经典文学作品中都未曾有过类似的描述。对此，俄罗斯诗人、翻译家和文艺学家瓦西里·瓦西里耶维奇·吉皮乌斯（Василий Васильевич Гиппиус，1890—1942）曾写道："他①情不自禁地将哥萨克骑兵的战斗力用最残酷和最狂放不羁的形式呈现出来。"② 诚然，果戈理笔下的扎波罗热人野蛮、残酷、狂饮烂醉、纵欲无度。然而尽管如此，他们仍不失为令人追慕和崇拜的英雄人物。他们之所以成为英雄并不在于他们的个性品质，而是源于哥萨克独特的社会生活方式和"谢奇"赖以存在的道德基础。果戈理认为，它正是那一时代最崇高的社会理想：为民族独立和俄罗斯国家的荣誉而战，为捍卫东正教信仰和"伙伴精神"牺牲自我。公共利益高于一切，为此甘愿献出生命的哥萨克精神正是果戈理创作《塔拉斯·布尔巴》这部英雄史诗的基础和最根本的出发点。

从创作动机来看，在《骑兵军》中清晰可见果戈理的影子。《骑兵军》中主人公的形象与果戈理笔下的人物具有高度相似性。这也正是理解巴别尔笔下骑兵军形象的关键所在。骑兵军战士之所以成为英雄式的人物，并不在于他们各自个性上的优点，而是源于他们是革命群体中的一员。他们的个性品质各不相同：战马后备处主任奇亚科夫满口谎言，多尔古绍夫刚毅英武、视死如归，阿弗尼卡·比达心狠手辣、凶残暴戾，萨什卡·耶稣忠厚老实、心性平和，赫列勃尼科夫心胸狭隘、敏感脆弱，巴甫利钦柯和普里绍帕暴力复仇、血腥杀戮。但是，他们团结一致，共同实现了那一时代的最高理想，完成了具有世界历史意义的伟大任务——对现实生活进行革命性变革。他们以亢奋的状态表现出对伟大革命事业的忠贞，同时又野蛮凶残，粗俗鄙陋，令人畏

---

① 指果戈理。
② Гиппиус В.В., *От Пушкина до Блока*, М.；Л.：Наука，1966，С.94.

惧。格里戈里·亚历山德罗维奇·古科夫斯基（Григорий Александрович Гуковский，1902—1950）① 对于《塔拉斯·布尔巴》的一段评论完全适用于巴别尔的《骑兵军》："《塔拉斯·布尔巴》的主人公们无论是行善，还是造恶，甚至在野蛮残暴的罪恶行径中（安德烈）无不呈现为勇猛强悍、卓尔不群的独特形象。他们充满无限激情的原生态生活和饱含异域情调的魅力风尚构成了作品的思想基础。"②

在人的身上，善与恶、美与丑、高尚与低俗并存——在画家潘·阿波廖克的"圣像画"中，巴别尔这种关于"人"的认知与观念展露得一览无余：阿波廖克撕掉了"无知无识的老百姓"、普通农民身上庸俗的外衣，将最原始、最纯洁的人的本性神圣化——把"不遵守教规的人""私酒酿造者""贪婪的放债人""伪秤的制造者""出卖亲生女儿童贞的无耻之徒"全部画成了圣徒。客观上，巴别尔与果戈理对于"人"的观念十分接近，后者形象地体现在《密尔格拉德》中："……在恶劣的社会历史条件下人是丑恶的，确切地说，人是在粗鄙地活着，但是粗鄙地活着的人存在的基础、他的本质特性即使深深地潜藏于内心之中，它也依然是美好的。"③

值得注意的是，《骑兵军》创作的时代与《塔拉斯·布尔巴》完全不同。"果戈理是为了现在而写过去，巴别尔则是为了未来而写当下。"④ 巴别尔所记述的是他亲身经历的同时代的真实故事，而《塔拉斯·布尔巴》的历史真实性是不完全可靠的，"果

---

① 格里戈里·亚历山德罗维奇·古科夫斯基——苏联文艺学家、语文学家、批评家、著名的18世纪俄罗斯文学研究专家。

② Гуковский Г., *Реализм Гоголя*, М.；Л.：Государственное издательство художественной литературы，1959，С. 129.

③ Гуковский Г., *Реализм Гоголя*, М.；Л.：Государственное издательство художественной литературы，1959，С. 102—103.

④ Смирин И. А., *И. Э. Бабель в литературном контексте：сборник статей*, Пермь：Перм.гос.пед.у-нт，2005，С. 187.

戈理的谢奇比真实的历史具有更加理想化的乌托邦色彩"①。果戈理作品中那些夸张的描写不仅是作家的艺术风格使然，而且源于其看待现实世界所持的浪漫主义视角。高尔基指出，用枪尖穿透敌人，挑起，完全是不可思议的事情。"不可能有这样的扎波罗热人，果戈理关于扎波罗热人的小说不过是'美丽的谎言'而已。"② 夸张的细节使果戈理笔下的人物与其说是有血有肉、活生生的人，不如说更像俄罗斯民间壮士歌中的勇士。历史上，塔拉斯·布尔巴的故事并没有相关文字记载，因此，《塔拉斯·布尔巴》中所展现的时代生活画面、战事情况是否真实地保留了历史的原貌，主人公的语言、行动、情感是否具有真实性、可能性与合理性，均有待考证。虽然在刻画人物方面巴别尔同样表现出"浪漫化"的倾向，但由于《骑兵军》没有打破事件发生、发展中空间与时间的连贯性，所以其具有无可置疑的真实性。此外，虽然对写作素材的挖掘与运用不免带有巴别尔的主观见解，但小说中对积极投身革命事业的骑兵军战士的刻画完全符合时代特征。他们性格复杂、多元，充满立体感，在一定程度上全息地反映了历史本然之真。就此高尔基写道，巴别尔"完美地补充了我对历史上第一支深知为什么而战和将要为何而战的军队之英雄主义精神的认识"③。可以说，巴别尔的骑兵军战士高于现实，但并未远离现实，因此，高尔基认为，"巴别尔美化了布琼尼的战士的内心，……要比果戈理对扎波罗热人的美化更出色、更真实"④。

　　面临相似的历史时刻，巴别尔和果戈理关于"俄罗斯人民"

---

① Гуковский Г., *Реализм Гоголя*, М.; Л.: Государственное издательство художественной литературы，1959，С. 142.

② Горький М., *О литературе*, М.: Советский писатель，1953，С. 312.

③ Горький А.М., "Ответ С.Будённому"，*Правда*，27 ноября 1928.

④ Горький А.М., *Собрание сочинений*.Т.24，М.: Государственное издательство художественной литературы，1949—1955，С. 473.

的集体写生，关于哥萨克的故事内核、作品情节与浪漫主义诗学形成照应。尽管浪漫主义在构建《塔拉斯·布尔巴》和《骑兵军》的艺术体系、解决审美与意识形态方面的各种问题中发挥着不同的作用，但在塑造哥萨克英雄群像时，果戈理和巴别尔都不约而同地转向了同一种艺术手法——浪漫主义手法，这显然是不无原因的。

二 《骑兵军》与《塔拉斯·布尔巴》情节与细节的同质性

崇高的理想信念和道德品格是果戈理和巴别尔在《塔拉斯·布尔巴》和《骑兵军》中用来衡量主人公心理和行为的共同标准。其决定了小说中相互对立的力量之间充满强烈的戏剧性矛盾冲突。由此，两部作品在具体情节排布和细节设计上构成了显著的相似性和关联性。

塔拉斯·布尔巴将追求自由、维护祖国的荣誉和利益、捍卫哥萨克的"伙伴精神"视为高于一切的神圣事业：

> 没有什么东西比伙伴精神更神圣的了！父亲爱自己的孩子，母亲爱自己的孩子，孩子爱自己的父亲和母亲。可是，弟兄们，野兽也爱自己的孩子，我们的伙伴精神不同于这一点。只有人才能够在精神上而不是在血统上亲人般地联系在一起。①

塔拉斯在哥萨克们面前所讲的这番话与其随后沙场"弑子"相互映照：任何人胆敢触犯神圣庄严的"伙伴精神"，概予严惩，即使对自己的亲生骨肉安德烈也不例外。塔拉斯的次子安德烈情感

---

① [俄]果戈理：《米尔戈罗德》，《果戈理全集》第二卷，陈建华译，安徽文艺出版社1999年版，第149页。

丰富、心智机敏，激情满怀。他痴迷于波兰总督之女，投奔波兰军营。当安德烈被哥萨克们引诱到树林里时，他一眼认出了父亲，"他那疯狂劲儿一下子平息了，无谓的愤怒也没有踪影。……怒火刹那间消失了，……他眼前只有年老的父亲"[①]。塔拉斯的目光逼视着儿子的眼睛："行了，说说现在我们应该怎么办吧？"安德烈无言以对，一双眼睛盯着地面，不敢直视前方，骑着马站在原地不动。紧接着，塔拉斯怒不可遏地质问："怎么，儿子，你的波兰主子给了你什么好处？……你就这样叛变投敌了吗？出卖了信仰？出卖了自己人？滚下马来！站好了。"安德烈顺从地下了马，一言不发，只是默默地、心甘情愿地听任父亲的发落：

"站好了，不许动！我生了你，我也要打死你！"塔拉斯说，他退后一步，取下了肩上的枪。

安德烈的脸色像白布一样苍白；……塔拉斯开枪了。

就像是一株被镰刀割断了的谷穗，一只被致命的匕首捅进了心窝的羔羊，安德烈垂下了头，一句话也没说就倒在了草地上。[②]

在巴别尔的短篇小说《家书》中，骑兵军战士费奥多尔被在邓尼金手下当连长的父亲季莫菲伊奇·罗奇翁奈奇亲手杀害。后来，另一个儿子、红军团长谢苗搜遍了所有阵地，捉拿他的父亲。在迈伊科普市他与不肯交出父亲的犹太人"争得脸红脖子粗"，声称：谁要是胆敢替他父亲狡辩，"不把人交出来，他就把谁一刀砍死，有一个砍一个"。谢苗最终抓获了父亲，并亲手将其杀死。

[①] [俄] 果戈理：《米尔戈罗德》，《果戈理全集》第二卷，陈建华译，安徽文艺出版社1999年版，第163页。

[②] [俄] 果戈理：《米尔戈罗德》，《果戈理全集》第二卷，陈建华译，安徽文艺出版社1999年版，第163页。

《塔拉斯·布尔巴》与《家书》中"弑子"与"杀父"的场景绝非仅限于陈述事实，其中主人公之间的对话简洁有力，尽显壮烈的英雄主义激情。

塔拉斯非凡的气魄、坚定的意志突出表现在其英勇就义的场景中。在生命的最后关头他仍然想着与他一起出生入死的哥萨克们，对祖国的忠诚与热爱成为他唯一的生命动力。"他一心一意地瞧着哥萨克们抗击着追兵的那个方向：他居高临下，所有的情况都一目了然。"他竭尽全力，扯开嗓子，高声喊道："小伙子们，快占领小山头，……"[①] 将《骑兵军》与《塔拉斯·布尔巴》进行比照，不难发现，前者中红军战士在生命即将结束时所表现出的英勇无畏、从容镇定和坚强的意志力，他们作出的惊人选择与塔拉斯面对死亡时的表现如出一辙：多尔古绍夫请求"我""花一颗子弹"在他身上，只是为了不做波兰人的俘虏。团长舍弗列夫弥留之际还在正式下达命令："……战马阿勃拉姆卡，我送给我们团，送给我们团，作为对我亡灵的追荐……"（第二卷，第142页）骑兵连长特隆诺夫在准备与敌机决一死战前，平静地将自己的决定写入了最后一份战事报告中："我今天将拼死一战，我有义务用两挺机枪尽力打下敌机，为此将连队指挥权交予谢苗·戈洛夫排长……"（第二卷，第127页）

扎波罗热的哥萨克为荣誉而生，为荣誉而战，也为荣誉而死。他们严格恪守古老的哥萨克道德准则："如果一个哥萨克做了贼，偷了一点小东西，那将被视为全体哥萨克的耻辱：这个可耻的人被绑在柱子上示众，一根木棍放在他的身边，每个过路的人都得拿起棍子揍他，直到把他打死为止。"[②] 在《盐》中，尼基塔·巴尔马绍夫对骗取自己同情心的女盐贩子实施了最严厉

[①] ［俄］果戈理：《米尔戈罗德》，《果戈理全集》第二卷，陈建华译，安徽文艺出版社1999年版，第194页。

[②] ［俄］果戈理：《米尔戈罗德》，《果戈理全集》第二卷，陈建华译，安徽文艺出版社1999年版，第78页。

的、最高的惩罚。虽然"罪者当罚",但在这里似乎"罪不当死"。然而,对于巴尔马绍夫这样一个极端革命者,甚至对于任何扎波罗热哥萨克而言,革命事业不分大小,任何最微小的欺骗和愚弄都是亵渎神明的行为,都要立刻就地正法。骑兵连长特隆诺夫准备枪毙战友安德柳什卡·谢米列托夫,因为后者乘人不备,公然抢夺俘虏的衣物。在《叛变》中,时刻处于战备状态的骑兵军战士与后方医院的管理制度格格不入,他们就此断定医院里发生了反革命"叛变"。他们按照自己的理解,拿起武器对抗"叛变"……虽然这些红军战士的形象通过令人啼笑皆非而又引人深思的种种戏剧性场景展现出来,但从整体上并未削弱他们身上英雄主义的本质特征与审美价值。

《塔拉斯·布尔巴》的结尾同样充满戏剧性。关于主人公被俘的一段描写耐人寻味。在哥萨克们即将杀出重围之时,疾驰中的塔拉斯·布尔巴突然勒住马大声喊道:"我的烟斗掉了,我可不想让波兰仇人得到这只烟斗!"[1] 就在他弯下身子,在草丛中寻找烟斗之时,波兰人迅速冲了上来……"一念之差"使塔拉斯·布尔巴"因小失大",这只"无论是在海上还是陆地,远征还是居家"一直陪伴着塔拉斯·布尔巴的烟斗,是其落入敌人包围圈的"罪魁祸首",最终令其葬身火海。从某种程度上说,为了一件无足轻重之物而身陷囹圄,塔拉斯·布尔巴做了毫无意义的牺牲。但是,对于塔拉斯·布尔巴而言,荣誉高于生命。无论如何,他那颗高傲不屈的灵魂都不能忍受哪怕是自己的一个烟斗落入信奉天主教的波兰人手中这种莫大的耻辱。

在果戈理和巴别尔的艺术世界中,一切都是"非同寻常""无与伦比"的,甚至"空前绝后""绝无仅有"。在他们笔下随

---

[1] [俄]果戈理:《米尔戈罗德》,《果戈理全集》第二卷,陈建华译,安徽文艺出版社1999年版,第193页。

处可见带有夸张性质的词语，其中一些词语的构成方式十分相似，甚至如出一辙。如在《塔拉斯·布尔巴》中有"漫无涯际的波浪""与二十二岁的年龄几乎不相称的那种沉着冷静的态度"等。在《骑兵军》中这样的描写有："那天空中祥云缭绕，紫气腾腾，真是见所未见"（《在圣瓦伦廷教堂》，第二卷，第114页）、"史无前例的政权"（《契斯尼基村》，第二卷，第158页）、"数不尽的鸟群""鱼多到了难以形容的地步"（《歌谣》，第二卷，第169页）等。

三 "两个伊万"的故事

"伊万"是俄罗斯男性最常见的名字，也是《神苹果和神水的故事》（Сказка о молодильных яблоках и живой воде）、《农民的儿子伊万和怪物》（Иван-крестьянский сын и Чудо-Юдо）、《母牛之子伊万》（Иван-коровий сын）等许多俄罗斯民间故事中的主角。"伊万"这一名字源于古犹太语，意为"上帝宽恕的人"。在俄罗斯民间口头创作中，貌似蠢笨、弱小、无能，实则大智若愚、藏而不露的"傻瓜伊万"的形象屡见不鲜。列夫·托尔斯泰曾写有童话故事《关于傻瓜伊万和他的两个兄弟的故事》（Сказка об Иване-дураке и его двух братьях，1886），高尔基也写过《傻瓜伊万努什卡故事》（Сказка про Иванушку-дурачка，1916）。果戈理则借中篇小说的体裁形式，以现实人物为基础创作了《伊万·伊万诺维奇与伊万·尼基福罗维奇吵架的故事》（Повесть о том, как поссорился Иван Иванович с Иваном Никифоровичем，1834）（以下简称《两个伊万吵架的故事》）。

（一）

根据当代西方互文性理论，"一切文本都是二级文本，都是在另一个文本之后产生的，一切文学肯定都具有互文性"①。简言之，任何文本都是在前人作品的遗迹或记忆的基础上诞生的。每一部新作都或多或少受到前文本的影响。由此，新作品与其前文本构成了一种对话关系。《骑兵军》中的经典篇目《两个叫伊万的人》与果戈理的中篇小说《两个伊万吵架的故事》之间存在很多相互关联的写作方式。对比分析两个文本间的叙事模式与互文性关系，可以从中解读出巴别尔小说的多层话语内涵，进而深刻认识巴别尔在 20 世纪俄罗斯文学叙事方面的贡献。

在《两个伊万吵架的故事》中，果戈理用幽默的笔调展现了两个地主庸常、无聊、空虚、卑琐的生活："两个罕见的人，两个罕见的朋友"——两个伊万"生活在令人感动的友谊之中"。②他们的友情甚至令周围人称羡不已。然而，有一天伊万·尼基福罗维奇因一件小事骂了伊万·伊万诺维奇一句"公鹅"，这对"尽人皆知的形影不离的""一对世上少有的好朋友"便开始了激烈的争吵。双方据理力争，互不相让，发展到反目成仇的地步，并因此最终对簿公堂，直到他们年华垂暮，耗尽家产，恩恩怨怨十几年，无果而终。《两个伊万吵架的故事》与小说《塔拉斯·布尔巴》一同被果戈理收入中篇小说集《米尔戈罗德》（*Миргород*，1834—1936）中。虽然，这篇小说发表的时间早于《米尔戈罗德》中的其他几部作品，但《两个伊万吵架的故事》被放在这部文集中最具分量、最受关注的末尾位置。这种安排显然是果戈理有意为之。

在这篇小说问世之前，已有瓦西里·特罗菲莫维奇·纳列日内（Василий Трофимович Нарежный，1780—1825）的长篇小说《两个伊万，抑或诉讼癖》（*Два Ивана，или Страсть к*

---

① [法] 蒂费纳·萨莫瓦约：《互文性研究》，邵炜译，天津人民出版社 2003 年版，第 115 页。
② [俄] 果戈理：《米尔戈罗德》，《果戈理全集》第二卷，陈建华译，安徽文艺出版社 1999 年版，第 331 页。

т яжбам，1825）发表。这部作品所描述的也是外省地主无所事事、慵懒无为的生活画面，写了两个叫"伊万"的朋友之间无休止的纷争，进而陷入一场旷日持久的官司的故事。果戈理的《两个伊万吵架的故事》与这部长篇小说的主题、题目与情节基本一致。但果戈理更加着眼于人物形象的塑造和故事结构高度的艺术概括力。通过幽默感构成深刻的讽刺力量，使作品饱含更深的哲理思索和理性的启迪。

巴别尔的《两个叫伊万的人》与果戈理的《两个伊万吵架的故事》具有显在的或直接的互文关系。在特写《敖德萨》中，巴别尔曾特别指出：生于乌克兰的果戈理为俄罗斯文学带来了滋养万物的明亮阳光。（第一卷，第7页）巴别尔虽然未必对果戈理作品多么激赏，但可以肯定他认真读过《两个伊万吵架的故事》这篇小说，并对该作品给予充分肯定的评价。这篇小说激发了巴别尔的创作灵感，使其有了"重写""两个伊万的故事"，并将故事进一步深化的创作欲望。《两个叫伊万的人》与《两个伊万吵架的故事》题材的相似性和主题的相关性正是巴别尔有意拟写果戈理的小说，以及两篇作品之间呈现互文关系的证明。二者的近似之处是：题目类似，均以两个主人公吵架为核心展开故事情节；两个伊万的性格迥异；叙述者均存在于小说的故事之中。

（二）

从主题内涵、情节模式到人物形象，《两个叫伊万的人》与《两个伊万吵架的故事》之间鲜明地体现出直接互文本或显性互文本的关系。《两个叫伊万的人》写的也是"两个伊万吵架的故事"。但与果戈理的小说不同的是，在《两个叫伊万的人》中主人公之间的关系发生了改变，主题也变得更加丰富。《两个叫伊万的人》讲述了在战场上昔日的一对好友彻底决裂、势成水火的故事，充满戏剧性色彩。助祭伊万·阿格夫和另一个"伊万"——马车夫伊万·阿金菲耶夫本是生死相依的两个战友。伊万·阿格夫贪生怕死，临阵脱逃，被遣送至惩戒团，后被派往波兰前线，他又谎称自己耳聋，在待命出击的情况下故意畏缩、企图逃离战斗岗位。伊万·阿金菲耶夫奉命押送其到军事法庭接受审查。不料一路上伊万·阿金菲耶夫寻找各种时机故意捉弄和惩罚眼前这个屡教不改的逃兵，在后者的耳朵上方朝天放枪，试探他的耳聋是真是假，准备随时对他进行处决。无休止的折磨使伊万·阿格夫最终意识到自己时日无多，他"浑身打战，大口吸着气"，哀求柳托夫替他写封家信，让自己的妻子为自己哭丧。此刻，伊万·阿金菲耶夫蹿来蹿去，挥舞着双手，扯下自己的衣领，倒在地上，癫痫病发作了。他发狂地喊道："唉，你是我的心肝宝贝！……唉，你是我苦命的心肝宝贝，你是我的苏维埃政权……"（第二卷，第135页）两个同名主人公之间的关系建立在一种荒诞的爱恨交织的基础之上。其中一个胆小、懦弱，不幸当了逃兵；另一个则是狂妄极端、强悍骄横的哥萨克，一个残酷暴戾的物种。用小说中医士巴尔苏茨基的话说，伊万·阿金菲耶夫"是一只野兽，心狠毒辣"。两个伊万的命运被战争连在了一起，正如《两个伊万吵架的故事》中的一个人物在描述两个主人公"是一对世上少有的好朋友"时所言："魔鬼用绳子将伊万·尼基福罗维奇和伊万·伊万诺维奇拴在了一起，一个上哪儿，另一个也会跟到哪儿。"[①] 战争塑造了伊万·阿金菲耶夫的凶狠无情，也令他变得不念友情。他的灵魂陷进了一场荒诞不羁的游戏之中。他时刻用充满警惕和敌意的眼睛紧盯着伊万·阿格夫，想方设法虐待他。后者不堪忍受他的百般刁难、凌辱和威吓，请求枪毙自己。此时，小说另一人物科罗特科夫对伊万·阿格夫所说的一番话令人不寒而栗："你要明白，你碰到了一个多么好的人。

[①] [俄] 果戈理：《米尔戈罗德》，《果戈理全集》第二卷，陈建华译，安徽文艺出版社1999年版，第271页。

换了别人,早把你像只鸭子似的宰了,让你连嘎嘎地叫一声都来不及,而他这样做,是在弄清你的真相,是在教育你,让你还俗……"(第二卷,第 135 页)

在《两个伊万吵架的故事》中,果戈理首先交代了两位主人公之间"很少有相似的地方":"伊万·伊万诺维奇有非常出色的极富魅力的口才。天哪,他是多么能说会道啊!"① 但是"伊万·尼基福罗维奇则刚好相反,少言寡语,不过一旦他迸出一个词儿来,那就够你受的:那锋利劲儿什么剃刀都比不上。……"② 如果说,果戈理将俄罗斯文化中"伊万"性格的矛盾性分别寄予在其笔下不同的两个伊万身上,那么巴别尔作品中的"两个伊万"则呈现了俄罗斯人截然不同的两副面孔:伊万·阿金菲耶夫残暴冷血的兽性的一面和伊万·阿格夫善良温顺的一面。在短篇小说《两个叫伊万的人》中展现了可怕的、无所不在的社会分裂:尽管他们同名,尽管他们来自同一个战壕,尽管他们曾是"自己人",但此刻他们没有了任何共同语言,没有共同的革命立场。他们已经变成了"外人"或"熟悉的陌生人"。这篇小说暗含着整个《骑兵军》的深层寓意之一:俄罗斯已经变为一个人与人之间格格不入,彼此矛盾,互为异己,相互对立的世界。

(三)

"叙述者是作品中的故事讲述者","是真实作者想象的产物,是叙事文本中的话语。"③《两个伊万吵架的故事》和《两个叫伊万的人》的叙述者都具有人格化特征,他们同时是故事中的人

---

① [俄] 果戈理:《米尔戈罗德》,《果戈理全集》第二卷,陈建华译,安徽文艺出版社 1999 年版,第 272 页。
② [俄] 果戈理:《米尔戈罗德》,《果戈理全集》第二卷,陈建华译,安徽文艺出版社 1999 年版,第 272 页。
③ 胡亚敏:《叙事学》,华中师范大学出版社 1994 年版,第 37 页。

物,均属于"故事内叙述者"(intradiegetic narrator),^① 但他们所述之事都是与己无关的他人的事情,他们仅仅是所述事件的见证人或旁观者。在两部作品中,叙述者的形象具有独立的审美价值和认识价值,是作者的一个创造。

在《两个伊万吵架的故事》中,叙述者"我"在 12 年后重回米尔戈罗德:"那时是秋天,天气阴郁潮湿,雾蒙蒙的,泥泞一片。令人烦闷的、绵绵不断的雨水使旷野和田垄淡淡地蒙上的那层绿色显得很不自然,……这种天气对我产生了很大的影响,阴郁的天气使我的心情也变得烦闷起来。"[②] 但"在这阴晦的、更恰当地说是病态的日子里",只有"我"对"两个伊万"的境况念念不忘,内心一直在纠缠于此。"当我的车子驶近米尔戈罗德城时,我感觉到我的心在剧烈地跳动。"[③] 叙述者"我"特地赶到教堂去,实在是因这"心跳"太折磨人。可以说,这个"我"是全篇唯一的亮色。"我"在作品中的作用,是以"我"对主人公"两个伊万"的"关注"来反衬周围人的"冷漠"。"我"既与作品中的人物在一起,又站出来,同读者说话。似乎除"眼睛"外,叙述者还具有了头脑和嘴,他发表议论,谈他自己的观点,仿佛和读者在一起,走进了读者的世界之中:"在我看来,没有一幢房子比得上法院。"[④] "在我看来,描写伊万·尼基福罗维奇怎样穿上裤子,别人怎样给他打好领带,……是完全没有必要的。这里只要作如下交代就够了……"[⑤] 在小说结尾"我更深

---

① 申丹、王丽亚编著:《西方叙事学:经典与后经典》,北京大学出版社 2010 年版,第 79 页。
② [俄] 果戈理:《米尔戈罗德》,《果戈理全集》第二卷,陈建华译,安徽文艺出版社 1999 年版,第 330—331 页。
③ [俄] 果戈理:《米尔戈罗德》,《果戈理全集》第二卷,陈建华译,安徽文艺出版社 1999 年版,第 331 页。
④ [俄] 果戈理:《米尔戈罗德》,《果戈理全集》第二卷,陈建华译,安徽文艺出版社 1999 年版,第 298 页。
⑤ [俄] 果戈理:《米尔戈罗德》,《果戈理全集》第二卷,陈建华译,安徽文艺出版社 1999 年版,第 325 页。

地叹了一口气",之后的哀叹更表现出"我"对未来的深深忧虑:"又是那一片旷野——有的地方是暗沉沉的坑洼,有的地方呈现着绿色,又是那湿漉漉的寒鸦和老鸹,绵绵不断的雨,灰蒙蒙的哭泣的天。——这世上可真是沉闷啊,诸位!"① 在叙述者的这些"声音",即叙述者的"评论干预"背后隐藏着诸多价值因素,这正是作为前文本的《两个伊万吵架的故事》的深刻内涵。

同《两个伊万吵架的故事》中的叙述者一样,在《两个叫伊万的人》中,叙述者柳托夫也是一个对"两个伊万的故事"十分熟悉的知情者。但与《两个伊万吵架的故事》中的叙述者"我"不同,柳托夫是与"两个伊万"直接打过交道的一个人物。他在战斗结束后偶遇"两个伊万"的马车。随后亲眼目睹了"两个伊万吵架"的过程。但他只是如同摄像机一般,跟随人物一道行动,没有自己的话语,对两个伊万之间的"吵架"不发表任何评论,这样的文字恰好与巴别尔冷峻的文风相互吻合。

巴别尔的叙事有一种奇妙的冷静,没有褒义贬义,没有肯定否定。小说《两个叫伊万的人》的叙事耐性不能不让人感到震撼。作品用零度判断和中性叙事话语讲述骑兵军的红色故事,这种"以少胜多"、简到极致的叙事策略给读者留出了最大限度的空间,让读者以自己的审美想象和审美判断去填补。显然,小说《两个叫伊万的人》内在审美驱动的一个重要来源即罗兰·巴特所提出的"零度叙事"。

在普希金之后,果戈理的出现使俄罗斯文学发生了重要转向。19世纪的俄罗斯文学开始沿着"非普希金"的、"果戈理的"道路发展。果戈理将俄罗斯文学带进了一个色彩斑斓、充满异国情调的世界。如果说乌克兰之于俄罗斯文学,正如普罗旺斯之于法国文学,那么果戈理的《狄康卡近乡夜话》之于俄罗斯文

---

① [俄]果戈理:《米尔戈罗德》,《果戈理全集》第二卷,陈建华译,安徽文艺出版社1999年版,第332页。

学，正如都德的《达拉斯贡城的达达兰》之于法国文学。在 20 世纪俄罗斯文学中，巴别尔是受果戈理的创作影响至大、影响程度最深的作家之一。除《骑兵军》外，"《敖德萨故事》中的游戏性和浓厚的口语色彩正是果戈理的创作，特别是其早期乌克兰作品的回响"[①]。因此，陀思妥耶夫斯基的名言"我们都是从果戈理的《外套》中走出来的"完全可以表述为"巴别尔是从果戈理的'乌克兰小说'中走出来的"。

第二节　巴别尔短篇小说中的屠格涅夫传统

在巴别尔的创作进入成熟阶段之后，他曾不止一次地谈到对果戈理、屠格涅夫、托尔斯泰、契诃夫和肖洛霍夫等俄罗斯经典作家的极大兴趣。同时他建议初学写作者更多地阅读和研究俄罗斯经典文学，寄望年轻作家努力做艺术的革新者。巴别尔强调，对文学经典创作方法的借鉴，并不是一种简单的模仿与拙劣的照搬："不能往旧皮囊里灌新酒。无产阶级革命的思想，新人的思想穿着巴兰采维奇、雷什科夫、波塔别科的敞胸女式短上衣，会显得窄小而憋闷。"[②]（第三卷，第 177 页）巴别尔喜爱莫泊桑，也对后者的挚友屠格涅夫推崇备至。这似乎是个巧合，却又不只是巧合。除果戈理外，在俄罗斯文学大师中，屠格涅夫是巴别尔最喜爱的作家之一。在特写《敖德萨》中，巴别尔将屠格涅夫比肩果戈理、陀思妥耶夫斯基，认为屠格涅夫是"赞美过披满露珠的清晨和宁静的夜"的最有才华的俄罗斯文学大师之一。（第一卷，第 6 页）在《童年》发表数年之后，20 世纪 30 年代在短篇

---

① Milton Ehre, *Isaac Babel*, Boston: G.K.Hall & Co, 1986, p.46.
② 巴兰采维奇（1851—1927）、雷什科夫（1862—1924）、波塔别科（1856—1929），均为擅长描写日常生活的俄国作家，他们对 19、20 世纪之交俄国的生活图景进行自然主义的刻画，这里的"敞胸女式短上衣"是一种比喻。——译注

小说《醒悟》中，巴别尔曾再次忆起自己儿时如何"在练习小提琴时，把屠格涅夫或者大仲马的小说放在谱架上，一边叽叽嘎嘎拉着提琴，一边狼吞虎咽地看着一页页小说"的情景，（第一卷，第167页）并在《德·葛拉索》中借赞美悲剧演员德·葛拉索在屠格涅夫的剧本《食客》(Нахлебник, 1848) 中的高超演技，表达了对屠格涅夫及其作品的极度尊崇。

　　巴别尔在短篇小说体裁结构的尝试和探索方面吸取和借鉴了屠格涅夫的艺术之长。在屠格涅夫的作品中，真情抒写普通俄罗斯人生活命运的《猎人笔记》和带有自传体痕迹的名篇《初恋》(Первая любовь, 1860) 对巴别尔的创作产生了至深至远的影响。

一　《骑兵军》与《猎人笔记》：从俄罗斯民族性格到体裁结构

　　《骑兵军》与《猎人笔记》讲述了在不同时间、不同空间里，不同俄罗斯人的命运故事。两部作品的内容相去甚远。但有一点需要注意的是，两部作品的体裁结构具有惊人的相似性：它们都是短篇故事集，内容涵盖广，篇幅较长，体制较大。《猎人笔记》收录有25篇短篇小说和特写，《骑兵军》则共计38篇。表面上看，似乎两部作品集内的短篇小说之间缺少一定的关联性。但是，按照屠格涅夫的观点，《猎人笔记》中的小说虽然缺乏"外在的联系"，但其内在意蕴是有机统一的。《骑兵军》与《猎人笔记》的叙事核心之一都是被作者有意客体化的叙述者。叙述者作为故事中的一个人物，亲身经历了很多与主要情节相关的事件。他既是事件的参与者和见证者，也以旁观者的身份审视他人的故事，站在客观的角度向读者讲述自己的所见所闻。有时叙述者将叙事功能"让位"于故事中的其他人物。在屠格涅夫笔下，"叙述者"是猎人彼得·彼得洛维奇，在《骑兵军》中"叙述者"则是法律副博士基里尔·瓦西里耶维奇·柳托夫。两个身处不同时代的作家选择了同一种叙事形式，这是偶然的巧合，还是其中蕴含着某种必然的规律？抑或是两位作家一种不约而同的艺术自觉？

19世纪40年代末，屠格涅夫开始把创作视野转向对"俄罗斯人民"这一主题的探索与反思，绝非偶然。彼时在西方的革命情绪、革命思想以及俄罗斯民族解放运动的直接影响下，俄罗斯知识分子参与政治和社会批判的热情空前高涨起来。与此相应，"生理"特写（физиологический очерк）① 作为表现俄罗斯人的日常生活、内在精神世界和社会地位等主题的文学体裁开始广泛流行起来。40年代的"生理"特写常常注重描写现实中的各种情境，将俄罗斯人的生活细致地划分为不同的层面。这是当时渴望全面认识现实生活矛盾的俄罗斯作家之典型创作特点。年轻的屠格涅夫便是其中之一。屠格涅夫以"生理"特写为体裁创作了一系列记述19世纪中叶俄罗斯农村生活的短篇作品，这些作品后来结集为享誉世界的《猎人笔记》。借助艺术手段探究社会日常生活领域中的各种问题，决定了《猎人笔记》的内容和形式特征。"什么是俄罗斯人民，特别是大多数俄罗斯人民——农民？俄罗斯国家未来发展的支柱——农民的精神资源何在？"② ——这是屠格涅夫在《猎人笔记》中试图探寻的主要问题。屠格涅夫最终找到了这一问题的答案："在俄罗斯人民身上蕴含着未来的伟大事业、俄罗斯民族伟大发展的萌芽，后者正在逐步走向成熟。"③

---

① "生理"意为"自然""真实"。19世纪30年代"生理特写"体裁广泛流行于英国和法国，19世纪40年代成为俄罗斯"自然派"文学的典型体裁。与记述日常生活样貌和社会风俗的普通特写不同，"生理特写"作家借鉴自然科学的研究方法，运用艺术手段对所选对象进行"研究"，对现实事物不作粉饰，不刻意美化，以科学的精神和最详尽的细节再现真实的生活。

② Голубов В., *Художественное мастерство Тургенева*, М.：«Учпедгиз», 1955, С. 21.

③ Тургенев И.С., *Собрание сочинений.Т.11*, М.：Гослитиздат, 1956, С. 102.

革命成为"未来的伟大事业、俄罗斯民族伟大发展"的时代特征。20世纪20年代复杂的革命现实促使许多俄罗斯作家苦苦追索关于革命的主要力量"俄罗斯人民"的一系列问题：俄罗斯人民在历史危急时刻所显现的民族精神、俄罗斯民族性格的本质、俄罗斯人民的心理特点、俄罗斯人民取得革命胜利的原因等。绥拉菲莫维奇、富尔曼诺夫、康斯坦丁·亚历山德罗维奇·费定等均采用特写的形式对上述问题作出了回答。巴别尔则借助《骑兵军》表达了自己对革命现实的思考。在《骑兵军日记》中，巴别尔提出了"我们的哥萨克是些什么人"的问题，而小说《骑兵军》自始至终都在寻找着这一问题的答案。

对俄罗斯民族的文化心理、俄罗斯民族性格中的英雄主义情结、普通人道德之美的诗意表达是俄罗斯文学一个永恒的主题，也是《骑兵军》着力表现的最重要内容之一。巴别尔和屠格涅夫从不同方面呈现了不畏生死、不屈不挠的英雄勇士形象。与此同时，虽然屠格涅夫的精神世界中含有人道主义和民主主义的因素，但他并不赞同那种对俄罗斯人民一味崇尚和近乎宗教式虔诚信仰的做法。屠格涅夫不仅看到了普通俄罗斯人身上令人心灵震撼的精神力量，也对农奴制度下的畸形产物——人性的自私、冷漠、残忍、堕落、奴颜婢膝等具有深刻独到的体察。

在《美丽的梅恰河畔的卡西扬》（*Касьян с Красивой Мечи*）中，屠格涅夫展现了"不愿意老呆在一个地方"、四处探寻真理的典型的俄罗斯农民、"圣愚式"怪人卡西扬的形象。身材矮小的卡西扬说起话来曼声曼气，嗓音显得惊人的甜美，带有青春气息，近乎女性的温柔。他见过许许多多的人，许许多多善良的庄稼人，向往人人都活得很满意、很公正的土地。卡西扬滔滔不绝地道出的哲理性话语——"血是神圣的东西！血不能见天上的太阳，血是避光的……让血见光是大罪过，是大罪过和可怕的事……"① 令叙述者"我"惊诧不已:"他的话不像是庄稼人说的话,普通的老百姓说不了这样的话,嘴巧的人也说不了这样的话。这种话是经过思索的,是严肃而奇怪的……我没有听说过这类的话。"② 在《骑兵军》中,巴别尔继承了俄罗斯文学中,特别是屠格涅夫笔下描写"真理探索者"的传统。卡西扬反对血腥和杀戮,尊重生命的态度与"参加进攻,却不装子弹"的知识分子柳托夫更为接近。然而,《骑兵军》中那些追求革命真理的恐怖的复仇者与虔信上帝、固守"做人应当正直"之基本生存法则的卡西扬无异于天壤之别。农民对地主、剥削者的强烈憎恨、对压迫者的反抗复仇不仅可以在巴别尔的主人公普里绍帕和巴甫利钦柯的"赫赫战功"中一览无遗,也可以在屠格涅夫未完成的短篇小说《食地兽》(Землеед)中找到体现。③ 后者讲述了贫苦绝望的农民暴动造反的故事。他们强迫夺走他们土地的地主吃下八普特黑土,然后对其进行处决。正是屠格涅夫对于俄罗斯人存在的本质的真实把握与理性认知深刻影响了《骑兵军》的样貌。巴别尔将屠格涅夫捕捉到的俄罗斯人社会心理的反差推向了极致,使《骑兵军》泥沙俱下、粗鲁凌厉,产生了强大的艺术冲击力。

《骑兵军》和《猎人笔记》追求结构的宏伟布局和缜密营造,目的是聚焦凸显别具一格的人物形象。两部作品中的许多小说以主人公的名字命名便充分印证了这一点。如《猎人笔记》中的《霍尔和卡里内奇》(Хорь и Калиныч)、《美丽的梅恰河畔的卡西扬》、《叶尔莫莱和磨坊主妇》(Ермолай и мельничиха)、《独院地主奥夫夏尼科夫》(Однодворец Овсянников)等9个短篇;《骑兵军》中的《骑兵连长特隆诺夫》《政委康金》《阿弗尼卡·比

---

① [俄]屠格涅夫:《猎人笔记》,张耳译,译林出版社1997年版,第116页。
② [俄]屠格涅夫:《猎人笔记》,张耳译,译林出版社1997年版,第116页。
③ Сахаров В.И., "Народ: от поэзии к правде. Ещё о 'Записках охотника' И. С. Тургенева", Литература, 2002, № 4, С. 2—3.

达》《普里绍帕》等 11 篇。巴别尔和屠格涅夫根据真实事件，以真实人物为原型，将人物置于特定的历史背景中进行解读和评价，凸显时代环境对人物性格产生的潜移默化影响，强调俄罗斯民族性格的多面性和复杂性。

一般认为，"特写"属于一种介乎研究性论文和短篇小说之间的体裁样式。在一定程度上，"特写"需要保证内容的真实性。《猎人笔记》和《骑兵军》中的许多篇什均采用真实地理名称、以"空间"和"具象"作为标题充分体现了真实性的要求。如《猎人笔记》中的《里果夫村》(*Льгов*)、《列别江》(*Лебедянь*)、《莓泉》(*Малиновая вода*)、《白净草原》(*Бежин луг*)，《骑兵军》中的《小城别列斯捷奇科》《扎莫希奇市》《契斯尼基村》《通往布罗德之路》等。为增强作品的可读性，使小说呈现出戏剧性的品质，巴别尔采用了各种不同的叙事方式，其中包括屠格涅夫那种不靠情节取胜，立意谋篇旨在创造戏剧性效果的"无情节"小说和"有情节"事件相互交替的表现手法。如《科齐纳的墓葬地》(*Кладбище в Козине*)中的文字与屠格涅夫的《猎人笔记》和一些"散文诗"中节奏明快、抒情优美的景物描写十分接近。

《猎人笔记》和《骑兵军》都呈现出体裁的不确定性特点，特写的真实性和小说的虚构性相互交织，在章与章之间甚至在同一作品之间切换自如。1924 年在给《十月》杂志编辑部的信中，巴别尔写道："在创作过程中我很快放弃了应注重史料的可靠性和历史真实性的想法，决定采用纯文学的方式来表达我的思想。在我的特写中只有一些真实的姓名保留了最初的创作构想。"（第五卷，第 9 页）显然，那些远远超出"最初创作构想"的内容要求采用更具概括性的表现形式，每一次打猎的所见所闻、感想感悟，或对骑兵军远征波兰的回忆都不能完全满足这一要求。

"讲述体"是俄罗斯文学独有的一种体裁。[①] 在俄罗斯语文学界最早从理论上对"讲述体"进行阐发,并将该理论具体应用于文本分析的当属 20 世纪俄罗斯著名文论家、形式主义学派的代表之一鲍里斯·米哈依洛维奇·艾亨鲍姆。随后,苏联文艺学家维克多·弗拉基米罗维奇·维诺格拉多夫(Виктор Владимирович Виноградов,1895—1969)在形式主义学说的基础上,对"讲述体"进行了更加清晰的界定和深入的理论阐述。"讲述体是以讲述人的独白言语为指向而展开的一种叙述形式。讲述人的这种独白言语无论是叙述格调,还是它所反映出来的思想情志,都与作者的言语迥然相异。"[②] "讲述体"小说与传统意义上的现实主义作品有极其密切的联系,然而,它同时具有自身独特的美学意义。"小说叙述人的叙事结构最为复杂的形式,莫过于讲述体。"[③] 在《猎人笔记》中,始终活跃着一个以次要人物或超越于故事进程之外的旁观者身份出现的、鲜明的叙述者形象。这个叙述者以第一人称"我"来进行叙事,并交代整个故事。叙述者所熟知的故事情节大多以"讲述"的方式整体呈现出来。这种客体化的叙述者对于《猎人笔记》的作者具有根本性的意义:

> 虽然屠格涅夫的叙述者参与事件的进程,但他永远不会成为作品的主要人物,不会改变自己观察者的身份。他用于衬托其他主人公的形象,但他自身只是一个旁观者。他的作用极其重大;他确定作品的结构,推动情节发展。那种无所不在、无所不知的作者是不存在的。一个人所看到的一切是

[①] 王加兴:《讲述体理论初探》,《外语与外语教学》1996 年第 2 期。
[②] 王加兴:《试析讲述体的语层结构》,《外语与外语教学》1999 年第 1 期。
[③] 王加兴:《试析讲述体的语层结构》,《外语与外语教学》1999 年第 1 期。

完全有限的，一切都是凭借他自己的主观推断……①

"讲述体"也是《骑兵军》中最普遍采用的文体形式和叙事形态之一。巴别尔在写大多数短篇小说时所采用的"讲述体"形式不仅让作为叙述者的哥萨克发言，如《马特韦·罗季奥内奇·巴甫利钦柯传略》《政委康金》《盐》《叛变》，而且将柳托夫和哥萨克这两个视角结合在一起，如《意大利的太阳》《家书》《普里绍帕》《一匹马的故事》《骑兵连长特隆诺夫》等。在塑造主人公形象时，巴别尔积极利用"讲述体"来传达有别于叙述者柳托夫语言的具体人物的口语特点。"讲述体"使巴别尔笔下的人物富有立体美，准确地将人物的心理面貌传递给读者。叙述者的变换和叙述者不同的立场观点构建出一个独特的哥萨克世界，更加完整地展现了犹太人柳托夫"进入"这个世界的全过程。②

"讲述体"使巴别尔能够最大程度地再现那个时代的历史真相。但正如屠格涅夫所言，任何写作者都注定不可能全知全能。即使在今天，历史上仍存在诸多未曾解开的苏波战争之谜，更何况彼时巴别尔正置身其中。国内战争真正的动因何在？——这始终是令巴别尔困惑不解的一个问题。在《骑兵军日记》中，巴别尔不禁发出了这样的感叹："我感到厌倦，孤独感突如其来，生命离我而逝，而它的意义何在？"（第二卷，第 218 页）"我感到忧伤，需要仔细思考这一切，既包括加里西亚，又包括世界大战，以及个人的命运。"（第二卷，第 271 页）

综上可见，《猎人笔记》是巴别尔构架《骑兵军》的蓝本之一。在运用艺术手段探索并理解宏大社会问题时，巴别尔继承了

---

① Рыбникова М., *Избранные труды*, М.: Изд-во Акад. пед. наук РСФСР, 1958, С. 211—212.

② Подобрий А.В., ""Диалог" национально-культурных традиций и принципы построения образа поликультурного мира в новеллах «Конармии» И. Бабеля", *Вестник ЧГПУ*, 2008, № 6, С. 225.

以屠格涅夫作品为代表的俄罗斯文学中"特写"体裁的创作传统。与同时代作家注重对俄罗斯人的日常生活、俄罗斯民族风俗的描写,用讽刺手法或从社会学角度反映现实世界相比,屠格涅夫作品中那种鲜明生动的形象性、富有表现力的抒情文字,特别是在对"谜一样的"俄罗斯灵魂理解的广度与深度方面与巴别尔更为接近。

二 屠格涅夫的《初恋》与巴别尔的"文学初恋"

《初恋》是屠格涅夫的作品中最具自传性、最出色的小说之一,也是俄罗斯文学中以"初恋"为题的作品中最著名的一篇。"小说抒情与诗意相糅合,兼具细腻真实的心理描写,把人类最美好的感情用最如诗如画的艺术形式完美表现,故而成了俄罗斯文学描写初恋的绝唱之作,影响乃至框定了日后'初恋'小说的模式。"①《初恋》的故事并不复杂:16 岁的"我"与父亲同时对公爵小姐齐娜依达产生了爱恋之情。初恋的隐情给懵懂稚嫩的少年主人公"我"带来令人心潮澎湃的激情动力,也使"我"陷入苦痛与忧伤中无法自拔。"我"的心中对公爵小姐齐娜依达萌发的情感是那般真挚、纯粹而美好。可是,后者追求着真实却注定带给她无尽痛苦的爱情,而给她带来切骨之痛的始作俑者正是"我"的父亲。

巴别尔的自传体短篇小说《童年·与祖母相处的日子》(以下简称《童年》)采用第一人称叙述视角,讲述了屠格涅夫的《初恋》给少年"我"带来的那种新鲜、殊异、强烈的情感体验。在《童年》的开头,巴别尔表达了对自己生命开始的地方——故乡敖德萨最鲜明的印象和最亲切的感受。一幅布满春意和温馨、蔓延着自然气息的南方城市的画面首先映入读者的眼帘:

---

① 王立业:《少年识尽愁滋味——读俄罗斯"初恋"小说》,《俄罗斯文艺》2003 年第 3 期。

我打算讲述的那个礼拜六正逢开春季节。在那个时节，在我们这儿，可不像俄罗斯腹地那样，在缓缓而流的小河上空，在谦逊的山谷上空，空气中荡漾着的是甜丝丝的宁静的柔情。笼罩在我们这儿的是美不胜收的淡淡凉意，是浅浅的凉飕轻拂的激情。（第一卷，第145页）

随后，作者对庸常的童年生活的描写不无讽刺意味：营养丰富的、"油汪汪的美味的"犹太午餐，"胃口很大"的"我"，音乐课、犹太语课、法语课、俄语、波兰语、犹太语的声音，卖力授课的可怜的音乐老师、"严厉的、对谁都冷酷无情的"外祖母以及与她"言语不通"的密友——温和、聪明、小巧、漂亮的哈巴狗米姆卡……不同的人、不同的声音、不同的事物和印象交杂在一起，沉重得让人透不过气。在这种混沌氛围的烘托下，小说最核心的"兴奋点"是耽于幻想、时刻想冲到室外"自由自在的天地间去的""胖嘟嘟的孩子"、中学生"我"在外祖母"目不转睛的监视之下"朗读屠格涅夫的中篇小说《初恋》的情景：

……那段时间，我朗读的是屠格涅夫的《初恋》。这部小说我无一处不爱，文句、描绘、对白无不清晰动人，可弗拉基米尔的父亲用鞭子抽打齐娜伊达腮帮子的那个伤口却令我浑身打战。我听到了鞭子的嗖嗖声，柔韧的皮鞭刹那间抽入我的肉身，我感到一阵锋利的剧痛。我整个人被撕心裂肺的激动所主宰。每读至此，我势必停止朗读，在屋内打着转。而奶奶却一动不动地坐着，甚至连热得叫人昏昏欲睡的空气也纹丝不动，仿佛知道我这是在做功课，不得妨碍我。屋内的温度越来越高。米姆卡开始打鼾。而在此之前，屋内静静的，非常之静，没有一息声音。那一瞬间，一切对我而言都不可思议，我真想逃离这一切，而同时又想永留其间。

渐渐昏暗下来的屋子，奶奶褐色的眼睛，她裹着披巾、伛偻着腰、默默地坐在屋犄角里的身躯、闷热的空气、关闭的房门，以及鞭子的抽打和那尖利的嗖嗖声——我直到现在才理解，是多么的奇妙，对我来说意义是多么的重大。（第一卷，第 147—148 页）

屠格涅夫的《初恋》故事让人悸动，充满了诱惑力。"作品以一种甜丝丝的柔情，苦涩涩的惆怅，哀怨怨的失落，凄惶惶的孤独，把一个十五六岁的男孩沃洛佳情感的第一次萌动，以及随之而来的跃跃欲试，却又因羽翼未丰而败下阵来写得出神入化，挠得人心既痛又痒，亦苦且甜。"[1]《初恋》之所以令"我""无一处不爱"，文句、描绘、对白无一处不清晰动人，是因为这部小说与处于青春期的"我"非同寻常的情绪体验和敏感脆弱的心理特质高度契合。从这一段描写可以看出，巴别尔的童年记忆与文学味蕾之间极其重要的对应关系。没有任何一个经典作家能像屠格涅夫那样令童年时期的巴别尔如此痴迷，如此牢牢地控制着他的文学想象力。

在这里有一个非常有趣的问题。俄美艺术和文化史学家、理论家米哈伊尔·别尼阿米诺维奇·亚波利斯基（Михаил Бениаминович Ямпольский，1949—）最先注意到了巴别尔在转述《初恋》中男主人公沃洛佳的父亲与齐娜伊达会面的场景时存在"失实"之处。[2] 屠格涅夫的原文如下：

齐娜伊达挺起身子，伸出她的手臂。忽然，在我眼前发生了一件叫人不能相信的事：父亲突然举起他那根正在抽长

---

[1] 王立业：《少年识尽愁滋味——读俄罗斯"初恋"小说》，《俄罗斯文艺》2003 年第 3 期。

[2] Жолковский А.К., Ямпольский М.Б., *Бабель/Babel*, М.: "Carte Blanche", 1994, С. 295.

礼服边上尘土的马鞭——我听到打在她那只露着肘拐的手臂上的刺耳的鞭声。我差一点忍不住要喊出声来了,可是齐娜伊达打了一个颤,默默地看了父亲一眼,慢慢地把手臂举到唇边,吻着手臂上发红的鞭痕。……我吓得连气都透不过来了,心里怀着一种不能理解的恐怖往回跑——跑出了巷子,回到岸边,……①

在屠格涅夫的小说中,沃洛佳的父亲鞭打了齐娜伊达"那只露着肘拐的手臂",而并不如《童年》中的"我"所述抽到了齐娜伊达的"腮帮子"。如此明显的错误似是巴别尔行文的无意疏漏,其实是有意为之。实际上,巴别尔对屠格涅夫《初恋》的情节进行了移花接木式的处理。虽然"抽打腮帮子"与屠格涅夫的原作有所偏差,但在此"换一种说法"所产生的实际效果,却与屠格涅夫的原作大不相同。首先,这样安排为小说制造了更大的"痛点",使小说中的矛盾冲突更加剧烈、解决的过程更加"痛快"。俄罗斯著名语言学家、莫斯科音位学派代表之一亚历山大·亚历山德罗维奇·列福尔马茨基(Александр Александрович Реформатский,1900—1978)十分准确地指出:"短篇小说的特点是情节的突转,短篇小说的关键之处通常是突然而至的、强而有力的短句。"② 在屠格涅夫《初恋》故事情节发展的最高潮,在释放悬念的关口,在揭示深意的紧要处,"抽打腮帮子"使故事的轴心陡然转折,给读者一个瞬间接近尾声的信号。由此可见,以屠格涅夫《初恋》的情节为基础,年轻的巴别尔着意锤炼文字,谋求短篇小说体裁特有的表现手法和创作风格,抓住了出人意外的"突转"手法,把小说情节推向最高潮。其次,与鞭打

---

① [俄]屠格涅夫:《初恋:屠格涅夫中短篇小说精选》,李永云等译,华文出版社 1995 年版,第 286—287 页。

② Реформатский А.А., *Опыт анализа новеллистической композиции*, М.: Изд. ОПОЯЗ, 1922, С. 11.

"那只露着肘拐的手臂"相比,"抽打腮帮子"给"我"带来的影响无疑是致命的。这个终极高潮使情节与叙述者"我"的联系升华到一个顶点,再回落至完结。这显然是一种极度"刺激"的短篇小说写法:"那个伤口却令我浑身打战""整个人被撕心裂肺的激动所主宰"。

在19世纪的俄罗斯文学中,屠格涅夫是一位擅长讲故事的语言大师,其驾驭语言的高超技巧在其作品中得到了完美的呈现。屠格涅夫也是第一个拥有欧洲乃至世界影响的俄罗斯小说家,福楼拜和莫泊桑都曾对屠格涅夫的散文发出由衷的赞叹。前者称《初恋》中的女主人公齐娜伊达是一位"激动人心的女性"。这里特别要提起注意的是,说此番话的时候福楼拜已年届四十,绝非处于花样年华的青涩少年,足可见《初恋》这篇小说的魅力之大,影响之巨。从某种意义上说,屠格涅夫堪称"俄罗斯'初恋'小说"的奠基人。"俄罗斯'初恋'小说的调子是由屠格涅夫事先定好了的,皆起笔于'稚恋'。"①

诚然,《童年》是年轻的巴别尔在初步掌握了短篇小说写作特点和创作方法后的一次试笔之作,《童年》尚不能称之为严格意义上的短篇小说。但是,在《童年》中短篇小说的一些特征已初见雏形。从这个意义上讲,屠格涅夫的《初恋》对巴别尔影响之深刻在于,它为巴别尔提供了探索短篇小说创作形式之奥秘的"文本资源"。《童年》成为巴别尔"文学初恋"的开始。在《童年》发表10年之后,巴别尔写成了自己的"初恋"小说。

巴别尔的《初恋》讲的是10岁男孩"我"喜欢和暗恋上"隔壁人家的妻子"——曾参加过日俄战争的军官卢勃佐夫之妻的故事。小说的第一句话简洁直白,耐人寻味,是整篇作品的神韵所在:"我呱呱坠地后十年,爱上了一个名叫加利娜·阿波罗

---

① 王立业:《少年识尽愁滋味——读俄罗斯"初恋"小说》,《俄罗斯文艺》2003年第3期。

诺芙娜的女人。"可以说，这篇作品是专门写给对屠格涅夫同名小说记忆犹新的读者的。在这篇小说中，巴别尔全部的美学追求在于，将屠格涅夫笔下"初恋"少年的细腻感受和情感波动不可思议地移植到大屠杀的牺牲品——一个犹太男孩的内心世界里。如果说布宁的《初恋》（Первая любовь，1890）中的戏剧性冲突使得作品中的哲理性思考和激情饱满的诗意表达与屠格涅夫的《初恋》之间存在着鲜明的共性特征，勃留索夫①的短篇小说《初恋》（Первая любовь，1903）在人物形象的塑造和叙事模式方面与屠格涅夫最为接近，那么巴别尔的《初恋》故事则更多地继承了屠格涅夫在"初恋"心理描写上直接剖析、展示人物隐秘内心活动的特点。这篇小说内在勾连着屠格涅夫的小说《初恋》对"初恋"心理的描摹：10岁的"我"的情感与其说是初恋，不如说是少不更事的稚态。巴别尔将儿时那种由性冲动和外在吸引而对异性产生的好奇心和敏感态度，那种天真的、单纯的爱慕和欣赏，"我"在表面不露声色的"暗恋"过程中愉快和痛苦并存的种种情绪体验，以及油然而生的朦胧而唯美的"初恋"情结展露无余，甚至包括妒忌加利娜与丈夫之间的亲密欢洽的举动："我从我的窗前看到他亲吻她的大腿。这使我好不痛苦，……我足足有两个礼拜没走到窗口去，处处回避她。"（第一卷，第136页）陷入暗恋中的"我"内心充满了矛盾，既渴望与"我"喜欢的加利娜接近，又害怕后者，害怕被父母发现："我害怕她的目光，只要与她目光相遇，我便扭开脸去，心里怦怦乱跳。"（第一卷，第136页）"初恋"，"男性意识觉醒，情欲抬头，燃烧起嫉妒的烈焰，巴别尔却写出了一种'童真的艳情'"②。

---

① 瓦列里·雅科夫列维奇·勃留索夫（Валерий Яковлевич Брюсов，1873—1924）——19世纪末20世纪初俄罗斯象征主义诗歌的领袖和杰出代表，诗人、小说家、剧作家、翻译家、文学评论家。

② 俞耕耘：《写作和情爱是他抵抗恐惧的解药》，《文汇报》2017年1月24日第9版。

巴别尔并非全盘"移植",而是将"初恋"故事置于真实历史背景下,丰富和发展了屠格涅夫的"初恋"小说。除在有限的篇幅内投入大量心理描写外,屠犹事件成为推动徘徊在"我"内心的"初恋"进一步"发展"的重要因素。1905年在尼古拉耶夫市和其他城市犹太区突然爆发的蹂躏犹太人的暴行"把我推到她身边,……卢勃佐夫家的栅栏门上用粉笔画了个十字,所以没有人来碰他们,他们把我父母藏在他们家"。(第一卷,第137页)作家以儿童的视角和口吻成功地复原了那一代犹太人在排犹环境碾压下艰难困窘的生活。

屠格涅夫的《初恋》是对童年巴别尔影响至深,促使其痴迷文学,进而走上写作之路的经典名篇之一。如果说巴别尔的《童年》写的是一个孩子独有而重要的童年时代的成长史——他的俄罗斯文学阅读史,那么《初恋》则记录了巴别尔内在精神世界成长的心路历程。在屠格涅夫细腻美妙、令人陶醉的"初恋"文字的吹拂下,巴别尔的"初恋"故事将屠格涅夫笔下主人公"沃洛佳式"的"初恋"心理展现无余,更重要的是,巴别尔的《初恋》叙写了亲历屠犹暴行的"我"对世界彻底绝望之后,在强烈的痛苦中获得的一种悲剧感。巴别尔以主人公的命运故事和心理意识的演进为基础,对于内心始终饱受煎熬的反犹主义问题,以及善与恶、美与丑、和谐与混沌这些永恒的问题进行了艰难的探索。

第八章　巴别尔短篇小说与西方文学

巴别尔的小说风格奇特，个性色彩极强。用"句句经典，段段精辟"来形容他的作品并不为过。"无论在艺术、文学，还是在生活中，任何事物都有起因，一切都不会无缘无故地产生。"①巴别尔作品的文学渊源极其复杂多样，他的创作所受的影响是多元的、综合的，而并不单纯。对于来自俄罗斯和西方文学的养分，他都加以充分吸收。在对巴别尔创作的最初评论中，什克洛夫斯基的观点无疑是最值得关注的一个。他认为，巴别尔"是以一个参加拿破仑军队的法国作家的视角在审视俄罗斯"②。继什克洛夫斯基之后，批评界逐渐形成了一个默认的共识：巴别尔的创作深受外国文学，尤其是法国文学的影响并得其真髓，他首先继承了福楼拜和莫泊桑的衣钵，其次还显示出对阿纳托尔·法朗士（Anatole France, 1844—1924）③、勒贡特·德·李勒（Charles Marie René Leconte de Lisle, 1818—1894）④、皮埃尔·儒尔·特奥菲尔·戈蒂埃（Pierre Jules Théophile Gautier, 1811—1872）⑤、

---

① Федин К.А., *Собрание сочинений*. Т.6, М.：Издательство：«Государственное издательство художественной литературы», 1954, С. 533.
② Шкловский В.И., "Бабель（критический романс）", *ЛЕФ*, 1924, № 2, С. 154.
③ 阿纳托尔·法朗士——法国作家、文学评论家、社会活动家。
④ 勒贡特·德·李勒——法国巴纳斯派诗人。
⑤ 皮埃尔·儒尔·特奥菲尔·戈蒂埃——法国19世纪重要的诗人、小说家、戏剧家和文艺批评家。

奥斯卡·王尔德（Oscar Wilde, 1854—1900）[①]、欧·亨利（O Henry, 1862—1910）[②]、保罗·克洛岱尔（Paul Claudel, 1868—1955）[③]、奥克塔夫·米尔博（Octave Mirbeau, 1848—1917）[④]、乔里-卡尔·于斯曼（Joris-Karl Huysmans, 1843—1907）[⑤]、夏尔·皮埃尔·波德莱尔（Charles Pierre Baudelaire, 1821—1867）[⑥]、托马斯·德·昆西（Thomas De Quincey, 1785—1859）[⑦]、海明威和约翰·斯坦贝克（John Steinbeck, 1902—1968）[⑧] 等诸多西方作家的偏爱。一些当代文学批评家甚至认为，巴别尔的短篇小说"俨然就是外国文学译本"。从文学谱系的承继与发展看，巴别尔的创作之源"无论如何都绕不过" 19 世纪末法国现实主义文学。[⑨] 而在法国文学中，巴别尔最喜爱的作家非莫泊桑莫属。

第一节 "俄国的莫泊桑"与短篇小说《莫泊桑》

从进入敖德萨尼古拉一世商业学校开始，在法语老师的影响下，巴别尔很快成为一个地地道道的法国迷，一名法国文学的忠实崇拜者。与普希金相同，巴别尔精通法语，其最初的作品是用

[①] 奥斯卡·王尔德——19 世纪英国最伟大的作家与艺术家之一，以其剧作、诗歌、童话和小说闻名。唯美主义代表人物，19 世纪 80 年代美学运动的主力和 90 年代颓废派运动的先驱。

[②] 欧·亨利——美国短篇小说家，美国现代短篇小说创始人。

[③] 保罗·克洛岱尔——法国著名诗人、剧作家和外交官。

[④] 奥克塔夫·米尔博——法国记者、艺术评论家、小说家、剧作家。

[⑤] 乔里-卡尔·于斯曼——法国小说家。其文学活动分两个时期，前期他是自然主义的拥护者，后期是现代派的先锋。

[⑥] 夏尔·皮埃尔·波德莱尔——法国 19 世纪最著名的现代派诗人，象征派诗歌先驱，代表作有《恶之花》。

[⑦] 托马斯·德·昆西——英国著名散文家和批评家，英国浪漫主义文学的代表，被誉为"少有的英语文体大师"。

[⑧] 约翰·斯坦贝克——20 世纪美国作家。1962 年获得诺贝尔文学奖。

[⑨] Макаров А., *Разговор по поводу*, М.: Сов.писатель, 1959, С. 216.

法语写就的。在自传中他曾写道:

> 这所学校①令我难忘,还因为该校的法语教师就是瓦东先生。他是布列塔尼②人,像所有法国人一样具有文学天赋。他教会我法语,我和他一起熟读法国经典作家,接近敖德萨的法国侨民,从十五岁起便用法语写小说。(第三卷,第133页)

对于巴别尔而言,法国文学是整个欧洲文学的典范。同自己的文学导师高尔基一样,巴别尔认为,必须向法国作家学习文学创作的技巧和方法。1937年在苏联作协举办的一次文学晚会上,谈及短篇小说的创作问题,巴别尔指出:"这一体裁在我们这里先前从未有过真正的繁荣,在这一领域,法国人走在了我们前面。"(第三卷,第224页)巴别尔一向对莫泊桑推崇备至,将自己视为俄罗斯文学中莫泊桑的忠实传承者。巴别尔断言:"我们敖德萨不会有自己的吉卜林。③我们是安宁的、热爱生命的人。但因此我们将会有我们自己的莫泊桑们。因为我们有许多大海、阳光、美女和许多适于思索的食物。我向您保证会出现莫泊桑。"④ 在特写《敖德萨》中,巴别尔对莫泊桑有过一段激情四溢、神采飞扬的著名颂词。巴别尔预言:"俄罗斯的南方,俄罗斯的敖德萨必将很快带来生气勃勃的有益的影响;敖德萨可能是

---

① 指敖德萨尼古拉一世商业学校。

② 布列塔尼是法国的一个大区,位于法国西北部的布列塔尼半岛,英吉利海峡和比斯开湾之间。

③ 约瑟夫·鲁德亚德·吉卜林(Joseph Rudyard Kipling,1865—1936)——英国著名作家、诗人。1907年获得诺贝尔文学奖,成为英国第一位获此奖项的作家,也是至今诺贝尔文学奖最年轻的获得者,被誉为"短篇小说艺术创新之人"。

④ Пирожкова А.Н., Юргенева Н.Н., *Воспоминания о Бабеле*, М.: Книжная палата, 1989, C. 11—12.

(qui sait?①)俄罗斯唯一一座能够养育出我们国家迫切需要的、土生土长的莫泊桑的城市。""这座城市率先具备,比方说,培育出莫泊桑式天才的物质条件。"(第一卷,第5页)在此,巴别尔将莫泊桑与知道自己为什么爱阳光,"为什么必须爱阳光"的高尔基形成了鲜明对比。同时,巴别尔坚信自己完全有能力胜任拯救俄罗斯文学的历史使命。② 他从莫泊桑身上汲取了创作灵感与能量,誓做新的俄罗斯的"文学弥赛亚",为俄罗斯文学"更新血液",把俄罗斯文学变为一道洒满阳光的风景。

对法国文学、对莫泊桑的热爱贯穿巴别尔一生。在形式上,巴别尔努力学习用西方短篇小说的极简取代冗长的俄罗斯长篇小说:"总的说来,我们的短篇小说写得很差,大都是冲着长篇去写的。"(第三卷,第224页)巴别尔将莫泊桑视为衡量自己写作水平的标尺。在巴别尔留下的有限文字中,著名的自传体短篇小说《莫泊桑》(*Гюи де Мопассан*,1932)就是明证。

第二节　从短篇小说《莫泊桑》看巴别尔的文学创作观

短篇小说《莫泊桑》讲的是叙述者"我"与出版社老板宾杰尔斯基律师的妻子莱萨共同翻译莫泊桑的《哈丽特小姐》《田园诗》和《招认》3部短篇小说的故事。"一九一六年冬,我凭一纸假身份证来到彼得堡,身上一文不名。有位讲授俄罗斯语言学的教师,名叫阿历克谢·卡赞采夫的,收留了我。"(第一卷,第199页)——小说的开头如此写道。事实上,在这里巴别尔的意

---

① 法语:"谁知道呢?"——编注
② Жолковский А.К., Ямпольский М.Б., *Бабель/Babel*, М.:"Carte Blanche",1994, С. 30.

图并不在于交代自己当时的真实生活状况。更重要的是,他将自己对文学翻译、文学创作技巧的独特见解,及其对莫泊桑作品艺术魅力的感悟渗透在小说的字里行间,并借主人公之口直接表述了出来①:"落笔成句,可好可坏。其秘诀在于改动不留斧凿之痕,主改的操纵杆必须牢握手中,使之常温,改动要一蹴而就,不可一改再改。"(第一卷,第202页)

虽然早在1920—1922年巴别尔即开始动笔创作小说《莫泊桑》,耐人寻味的是,这部技巧精湛、构思绝妙的作品问世的时间与其中所描述事件发生的时间间隔长达10年。在特写《敖德萨》(1916)发表16年后,巴别尔凭借短篇小说《莫泊桑》重新回到了莫泊桑这一主题。事实上,在巴别尔的文学生涯中,《莫泊桑》绝非创作和发表时间间隔较长的唯一作品。巴别尔认为这部小说只是自己的"一次试笔,一篇习作",②他并未将揭示莫泊桑创作的社会意义作为写作目的。1926—1927年"土地与工厂"出版社计划推出由巴别尔编辑的三卷本《莫泊桑文集》,其中包括巴别尔本人的3篇译稿《田园诗》《招认》和《安德烈的怪病》(Болезнь Андре)。这是革命后首次出版俄语版《莫泊桑文集》③。巴别尔亲自参加此次编辑工作使这套书的出版成为在苏联文学界具有深远意义的重大事件。《莫泊桑文集》筹备出版之际正值巴别尔写作速度放缓的时期。在这一时期,他重新审视自己作品的美学价值,总结创作经验。因此,此时着手翻译出版自己喜爱的作家莫泊桑的经典篇目自然是顺理成章的事情。同时,文集中所收录的篇目大部分为莫泊桑的短篇作品,而短篇小说正是

---

① Sicher E. *Babel' in Context:A Study in Cultural Identity*, Boston:Academic Studies Press, 2012, p. 155.

② Погорельская Е., "И. Э. Бабель - редактор и переводчик Ги де Мопассана. (Материалы к творческой биографии писателя)", *Вопросы литературы*, 2005, No 4.

③ 此前出版过莫泊桑作品单行本和短篇小说选集。

巴别尔熟习的体裁，巴别尔对此项工作得心应手。在锤炼文体和创作技巧的过程中，巴别尔不仅向莫泊桑这位伟大的法国作家效仿和学习，而且深受后者的影响，吸收了其行文风格及其作品的精神特质。

莫泊桑不止一次阐述过从自己的文学导师福楼拜那里接受的文学创作观："要少用名词、动词和形容词，它们的意义几乎难于把握。但要更多地使用节奏均匀、音韵优美、结构不同、互不相像的句子。"① 莫泊桑始终恪守对句子进行严格的艺术化"加工"的原则，力求"使句子能够表达句子本身不能直接表达的一切，使句子负载隐秘的、难于表达的语义"②。莫泊桑讲求炼句，注重选词，往往因一词之功而使句式鲜活明快，语意不凡。唯修辞至上是巴别尔偏爱短篇小说体裁的主要原因之一。在《莫泊桑》中，巴别尔对莫泊桑"那种好似行云流水、潇洒自如、蕴含着回肠荡气的激情的文风"进行了总体概括和精准描述，并借主人公"我"之口简明扼要地说出了自己的写作观："任何钢铁的武器都不能像一个恰到好处的句号那样令人胆寒地直刺人心。"（第一卷，第 202 页）

第三节　短篇小说《莫泊桑》与莫泊桑笔下的"商品交换"情节模式

"情节模式"指在文学作品中某些固定的、反复套用的情节设置方式。"商品交换"的情节模式源自莫泊桑对资产阶级实用主义的审视和洞察。女性的身体被异化和物化，把女性的身体当

---

① Мопассан Ги де, *Полн. собр. соч. в 13 тт. Т. 9*, М.: Государственное издательство художественной литературы, 1948, с.18.

② Мопассан Ги де, *Полн. собр. соч. в 13 тт. Т. 9*, М.: Государственное издательство художественной литературы, 1948, с.18.

作商品来交换是莫泊桑作品建构情节的常见方式之一。莫泊桑的成名作《羊脂球》所描绘的正是一篇关于用妓女的身体作交换的故事。小说以1870—1871年普法战争为背景，讲述了妓女"羊脂球"如何沦为那些"高贵的"、有身份的人向普鲁士人换取自由之筹码的故事。在莫泊桑的许多小说中，"商品交换"的情节模式常常使故事情节的转折显得流畅、自然，不留痕迹，成为解决其小说情节冲突的有效保障。

巴别尔小说的精彩很大程度上来源于其对情节的高度控制能力。巴别尔的全部小说，特别是早期作品充满了令人惊叹的情色描写。沙皇当局曾指控巴别尔在短篇小说《偷窥》中描写色情，后者甚至因此险些落难监狱。在曾被指控描写色情的小说中，巴别尔演绎出种种不同形式的爱情：

> 斯坦尼斯拉夫吻着姑娘。她把头靠在小枕头上，阖上眼睛。两人都烧着了。一会儿后，斯坦尼斯拉夫接二连三地吻着她，在房间里冲动地、凶巴巴地用难以满足的激情撼动着她瘦伶伶、热乎乎的身子。他扯破了她的短衫和束腰。里玛呶着干裂的唇，眼眶发黑，把脸挪近了吻他，挣出一副扭曲悲痛的怪模样来保护自己的贞洁。就在这时，有人敲了敲门。里玛在房间一蹿而起，用扯成碎条的布片遮住乳房。（《妈妈、里玛和阿拉》，第三卷，第13页）

莫泊桑善于针对不同小说中同一类型的"事故"以及由此产生的"意外"给出两种相互对立的"商品交换"方案：妓女拉歇乐杀死了战争狂人、普鲁士军官（《莴莴小姐》）；"羊脂球"为了大家的利益牺牲自我，惨遭普鲁士军官的蹂躏；被"灵魂画师"拒绝的哈丽特小姐自杀身亡；女模特儿因恋上艺术家，跳楼自杀，摔成残废，艺术家最终娶她为妻（《模特儿》）；农场女工罗斯被骗怀孕,她的勤劳吸引了农场主的注意,后者娶她为妻,并收养了她的孩子(《一个农场女工的故事》)。在《真实的故事》中,女主人公被当作一头母牛买卖,男主人公用她换取了一匹马。在这篇作品中,人被当作物品与"马"进行了物物交换。

《田园诗》和《招认》中的"商品交换"情节模式被巴别尔借用到短篇小说《莫泊桑》中。但巴别尔并非只是简单地复制了莫泊桑小说的情节。与莫泊桑有所不同,在巴别尔的短篇小说中,似乎物质的、莫泊桑式的"等价交换"总是夹杂着某种"精神性"色彩。[①] 巴别尔试图利用"商品交换"的情节模式把"唯物质主义"——肉体的、动物的、色情的、商业的与"唯精神主义"对立起来。在巴别尔的作品中常常可见某种"精神与物质"的交换,即"精神"的象征——思想、信仰、爱情、文学、艺术、美德等被以各种方式兑换成某种"物质"——食、色、性、金钱、健康等。在巴别尔笔下,上述"精神"的象征被衍变和异化,失去了传统意义上令人敬畏的崇高感。巴别尔作品中的"商品交换"带有极大的虚伪性和欺骗性色彩。一切沦为价值符号,一切都丧失了自身所固有的内在价值,一切都被转化为获利致用的工具。

在《莫泊桑》中,叙述者"我"与莱萨之间的关系具有双重含义。小说一开始,"我"向后者提供有偿的文学翻译服务,最终却是"我"凭借自己的文学天赋赢得了莱萨的肉体之爱。这种"升华"了的商品交换关系构成了小说《莫泊桑》情节的基础。它从被剪辑后的《招认》移植到《莫泊桑》的情节中。在"精神"与"物质"的交换过程中,男女主人公享用美味佳肴的快乐起到了过渡性的作用。从"我"每天在宾杰尔斯基家享用"免费"的早餐,到"莱萨两度带我去几个海岛",译者"我"与出

[①] Жолковский А.К., Ямпольский М.Б., *Бабель/Babel*, М.: "Carte Blanche", 1994, С.73.

版商之妻莱萨之间单纯的事务性关系变得错综复杂、扑朔迷离。巴别尔将重点放在展现男女主人公原始的欲望和狂热的激情上，其高超的剪辑技巧使"金钱"的问题变得极其隐晦：《田园诗》中木匠与奶娘互表谢意，感谢对方为自己提供了服务。似乎一切与金钱无关。事实上，木匠与奶娘之间不过是一场"田园诗般""美好的""无现金易货交易"：男女主人公两相情愿，各取所需，等价交换。与《田园诗》不同，巴别尔在对《招认》的转述中把金钱的问题放在了突出的位置：谢列斯塔认为，对她来说献身于车夫波利特比付车费更划算。巴别尔通过有选择性地转述原文的话语来为自己的创作意图服务。

　　事实上，从巴别尔短篇小说创作初期开始，"商品交换"时常与男女主人公"爱情"的萌生和发展同步出现，以此构成了巴别尔短篇小说情节的基础之一。在《埃利亚·伊萨科维奇与玛格丽塔·普罗科菲耶夫娜》中，身在奥廖尔的犹太商人格尔什科维奇面临被驱逐的风险，走投无路之际在街头偶遇妓女玛格丽塔，前者不断压低"买价"，后者总是抬高"卖价"，经过一番讨价还价，双方最终达成了交易。格尔什科维奇极力使玛格丽塔相信，"人很善良。有人教他们自认是坏蛋，他们也就认了"。在短短两天之内，他们之间开始了一段实实在在的、平淡无奇的爱情故事：

　　　　写完信，他让玛格丽塔坐到他的复写簿上。
　　　　……
　　　　格尔什科维奇笑眯眯地，眼镜片直闪，眼睛变小了，满盈着笑意。（第三卷，第11页）

就在格尔什科维奇即将启程离开奥廖尔的那一刻，在月台上，他发现"玛格丽塔手拿小包急步赶来。包里是馅饼，油腻的污迹透出了纸面"。(第三卷,第 11 页)这篇小说中标志着玛格丽塔最终倾心于男主人公的那句"你真有趣"几乎被直接复制到了《莫泊桑》中:"'您可真逗。'莱萨叫了一声。"(第一卷,第 208 页)

小说《偷窥》将色情与爱情两个主题结合在一起。男主人公、叙述者"我"在向克布奇克太太付过 5 卢布之后,爬上梯子,透过浴室的小窗窥视克布奇克的女儿、妓女玛鲁莎与客人约会的情景。不料,梯子突然倒塌,"我"的偷窥丑闻爆出。随后一切又重新上演,男主人公向克布奇克再付了 10 卢布,这一次他却看到了真挚感人的爱情画面:

> 玛鲁莎用纤手搂住客人,她慢慢地吻着他,泪盈于睫。
> "我亲爱的,"她絮絮地说,"我的上帝,我亲爱的。"她以挚爱的热情献身于他。她脸上的表情仿佛在显示,她世上惟一的保护者,就是细长条①。
> 细长条一副心满意足的样子。(第三卷,第 37 页)

这篇小说的引人之处在于,"我"的"偷窥"丑闻暴露之后,很快一切归于平静,仿佛一切都未曾发生。于是,"我"又一次搭上了梯子。只是"我"与克布奇克太太之间第二笔交易的价格上涨了两倍。实际上,他们之间的交易无异于发生在妓院里那种真正的性交易。相应的,第二次价格翻番的、"昂贵"的"性交易"也使"我"得以目睹到玛鲁莎与"细长条"之间的关系骤然升温,升华为"爱情"的场景。

十年后,"性交易+爱情"的情节模式再次出现在巴别尔的小说《勤快的女人》(*Старательная женщина*, 1928)中。在这篇作品中,三个哥萨克与妓女阿涅利亚为她的性服务商定谈妥,

---

① 指玛鲁莎的客人。

"她同意上这三个人,代价是两俄磅白糖"。(第三卷,第 80 页)随后,阿涅利亚对哥萨克心生爱意,用其中一个哥萨克的话说:"在我之后她上了两个人,十分顺利……更何况我束上腰带后,她看看我说,'感谢您赐予我的快乐时光'……"(第三卷,第 81 页)小说结尾阿涅利亚与她过去的"客人"开始了"无偿的""免费的"爱情约会:

……她有着淡黄头发女子那胖嘟嘟而轻盈的身子。格尼洛什库罗夫腆着肚子坐在长板凳上晒太阳。他在瞌睡,伫候,而女人急于要把货物出清,她的蓝眼睛和布满迟缓、温柔的红晕的脸面向着他。……(第三卷,第 83 页)

有趣的是,在莫泊桑笔下也常常出现妓女与"客人"之间关系无条件"升华"的类似情节。其短篇小说《一次郊游》(1881)中的情形与巴别尔的《勤快的女人》中所描绘的故事几乎完全相同。但唯一的区别是,巴别尔把超越妓女与"客人"这层关系,产生真正爱情的故事演绎成一个浪漫的开放式结局,莫泊桑则揭示了这种关系上升到爱情的高度注定是无法实现的。

巴别尔的短篇小说《沙波斯-纳哈穆》(Шабос-Нахаму,1918)的故事情节同样建立在奇妙的"商品交换"基础之上:心机灵巧、一贫如洗的犹太人格尔舍利"只会用话儿来养老婆"。(第三卷,第 39 页)在去见博卢赫尔拉比的路上,饥肠辘辘的格尔舍利来到一家小酒店,此刻"既高大又肥胖,既漂亮又年轻"的老板娘泽利达正焦急地期待着沙波斯-纳哈穆(安息日)的到来。于是,格尔舍利计上心头,"他的脑子里随即产生了比所罗门王的老婆还要多的主意"。(第三卷,第 41 页)格尔舍利宣称他就是沙波斯-纳哈穆,愚笨的泽利达立即信以为真。格尔舍利顺势假扮成"从那个世界来的"人。一顿酒足饭饱之后,他背着沉重的包袱——泽利达托他捎给在"那个世界"忍饥挨饿的亲人的物品和送给他的"一双靴子、一个大圆面包、一包油渣和一枚银币"匆匆离去。泽利达的丈夫很快追上了格尔舍利。后者早有准备,他把包袱埋在地里,脱了个一丝不挂,把自己扮成"从那个世界来的"、遭到抢劫的不幸之人。泽利达的丈夫对此深信不疑。他把自己的衣服和马全部交给了格尔舍利,自己留在原地等待后者去追赶窃贼……小说中先后两次涉及"商品交换"的情节,但这里的交换对象不是"性",而是衣物和食物,且只有交易双方的其中一方认为这笔交易是互利互惠的:在老板娘泽利达及其丈夫的美好想象中他们做成了一笔划算的交易。

在1937年的一次文学晚会上巴别尔曾如此阐述自己的创作原则:"我总是认为,一篇好的小说只应该读给一位非常聪明的女人听,因为出类拔萃的女性往往具有绝佳的趣味,就像许多人具有绝佳的听觉……我如果为自己选定了一位读者,那么我就要马上来思考,我该如何欺骗这位聪明的读者,让他目瞪口呆。"(第三卷,第226—227页)在《沙波斯-纳哈穆》中,格尔舍利用讲故事的才能为自己换得了面包。从这一意义上讲,显然,肥胖的老板娘泽利达扮演着格尔舍利的忠实"听者"的角色。格尔舍利凭空编造出自己在"那个世界"的卑微地位,骗取了泽利达的信任和怜悯。

在《沙波斯-纳哈穆》之后,巴别尔笔下的"商品交换"情节中逐渐加入了某种"性"的成分,而后者则越来越多地与艺术的神圣性主题结合在一起。以主人公的名字命名的3篇小说《潘·阿波廖克》《萨什卡·耶稣》(*Сашка Христос*, 1924)和《德·葛拉索》正是如此建构而成的。为了赚钱,圣像画师潘·阿波廖克不惜将所有购画人全部画入作品中,把他们一一绘成圣徒,将父母不明、自己又生有一大群流浪儿的犹太姑娘画成抹大拉的玛利亚。阿波廖克用给酒店老板娘的画像冲抵了酒饭钱,后者欣然接受，原因是阿波廖克的画给她带来一种圣洁的、与众不同的美感。萨什卡·耶稣以不向母亲说出他与继父二人在外面染上脏病之事为交换条件，迫使继父同意他去村社放牧。在《德·葛拉索》中，来自意大利西西里的悲剧演员德·葛拉索非同凡响的表演令倒票团伙"老大"科里亚之妻"泪痕斑斑"，随即她以死相逼，迫使科里亚把主人公"我"抵押给他的金表归还给了"我"。而科里亚妻子的仗义执言得到的回报是其在高雅艺术的熏陶下灵魂的升华。

短篇小说《说明》和《我的第一笔稿费》的情节内容如出一辙，两者堪称"姊妹篇"。这两部作品几乎融合了上述所有"巴别尔式"的"商品交换"情节：年轻作家"我"与妓女薇拉之间从"钱色交易"发展为无偿献爱与免费献身。同《沙波斯-纳哈穆》中的老板娘泽利达一样，女主人公薇拉扮演了忠实"听者"的角色。"我"凭借超乎寻常的想象力，大胆虚构出的动人故事在薇拉身上产生了异乎寻常的效果："我命中注定要使一个梯弗里斯的妓女成为我的第一名读者。"（第一卷，第194页）小说开篇在对薇拉形象的描写中有意强调了其身上散发出的神性光辉与圣洁之美：

> 她在女友们中间以做事干练著称：典当物品，卫护刚出道的人，在东方市场里与波斯人做生意。每天晚上她都会出门来到戈洛文大街，她身材高大，脸蛋白皙，浮游于人群前，好似圣母站在渔船的船尖上浮游河上一般。……我俩才住进旅馆，可在旅馆里，薇拉也有没完没了的闲事要管。有个什么老婆子在整理行装，要去阿尔玛维尔探望儿子。薇拉硬用双膝把老婆子的衣物压入她的箱子，把小馅饼包在油纸里。……（第一卷，第181—182页）

值得注意的是，与短篇小说《莫泊桑》相比，巴别尔的《说明》和《我的第一笔稿费》在情节上与莫泊桑的《田园诗》和《招认》之间有着更为惊人的相似之处。① 与莫泊桑的这两篇作品相同，在《说明》和《我的第一笔稿费》一开始，"金钱"的问题被置于突出的位置。然而，巴别尔巧妙地利用"商品交换"的方式最终消除了紧张激烈的矛盾冲突，给人一种清新自然的"田园气息"：

> 当我满头挂着像珍珠一般的汗水时，我把茶杯底儿朝天地翻了过来，把两枚五卢布的金币推至薇拉跟前。薇拉丰腴的大腿本来搁在我的腿上。她把金币推回到我跟前。
> "小姐妹，想分道扬镳了？……"
> 不，我不想分道扬镳。我们约定晚上重温鸳梦，于是我把两枚金币——我的第一笔稿费放回皮夹。（第一卷，第185—186页）

由此可见，虽然巴别尔短篇小说的情节遵循了莫泊桑笔下特定的"商品交换"模式，但在巴别尔作品中，从物到物的"商品交换"关系发生了本质性改变，被逐渐升华到艺术、爱情等一定的精神高度。

第四节　短篇小说《莫泊桑》与《吉·德·莫泊桑的生平和创作》

《莫泊桑》的第二部分从男女主人公纵酒狂欢切换到"我"

---

① 短篇小说《说明》与莫泊桑的短篇小说《莫兰这只猪》（*Ce cochon de Morin*, 1882）的情节同样极其相似。两部作品讲述了为诱惑女主人公，叙述者"我"编造出自己对其如何痴情的浪漫情节，进而达到目的的故事。（Жолковский А.К., *Поэтика за чайным столом и другие разборы*, М.: Новое литературное обозрение, 2014, С. 387.）

静谧夜读的场景：我"迈着醉步"，东摇西晃地踱回家中，拾起爱德华·德米尼埃尔的《吉·德·莫泊桑的生平和创作》读了起来。紧接着，巴别尔转述了爱德华·德米尼埃尔著作中关于莫泊桑生命最后岁月的写实故事。在各种文学体裁中，传记文学是最具史实性特点的文体。这段表面上看起来似乎是"非虚构的"莫泊桑个人历史记录与男女主人公在莱萨的客厅里改编的《招认》形成了对比，使短篇小说《莫泊桑》从诗意走向现实。将虚构的莫泊桑与历史上"真实的"莫泊桑进行对比，契合了《莫泊桑》这篇小说的纯文学性质，而把这位法国经典作家的文学作品及其生活和创作之路"翻译"为俄语的过程，则将《哈丽特小姐》《田园诗》和《招认》3个短篇与莫泊桑的生平故事之间有机地连缀起来。

早在青年时代，巴别尔即对英国小说家、诗人约瑟夫·鲁德亚德·吉卜林那种"确定不移的散文"赞叹不已，他发誓要使自己的语言必须像战况公报或银行支票一样准确无误。在分析巴别尔的短篇小说《国王》时，帕乌斯托夫斯基如此写道：

在每一处细节中都可以看到作家敏锐的目光。如同阳光突然射入窗内，某个精美优雅的片段或句子瞬间出现在文本中，像从法语翻译过来的文字，——抑扬顿挫，曲调优美，辞藻华丽、手法夸张。[1]

"准确性"与"辞藻华丽"、历史真实与写作的文学性之间的矛盾和冲突是巴别尔创作风格的核心问题。这一问题突出地反映在《说明》和《我的第一笔稿费》中。它也决定了小说《莫泊桑》故事结尾的精彩转折。《莫泊桑》的结尾看似极具文献性、真实

---

[1] Пирожкова А.Н., Юргенева Н.Н., *Воспоминания о Бабеле*, М.: Книжная палата, 1989, С.11-12.

性和现场感。实际上,出乎意料的"反转"并未完全摆脱虚构或想象的成分。这段文字的风格高亢激昂:

> 这天夜里,我从爱德华·德米尼埃尔的书里得知……莫泊桑二十五岁上,遗传性梅毒第一次对他发动突然袭击。他以天生的生殖力与乐天精神同疾病展开抗争。……他奋力与病魔搏斗,驾快艇狂驰于地中海,跑往突尼斯、摩洛哥、中非,而且夜以继日地写作。(第一卷,第209页)

在某种意义上,莫泊桑的这幅肖像画演绎了一幕"英雄壮举",充满了一种传奇色彩。这段话与托尔斯泰在《〈莫泊桑文集〉序》最后部分的几行文字十分相像:

> 莫泊桑活到了生命的这样一个悲剧时刻,那时生活中包围着他的谎言和他已认识到的真理之间的斗争已经开始,而他身上的精神新生之路也已开始……假如命运不是注定他在新生的痛苦中死去,而是在新生的痛苦中诞生,他本应会献出许多富有教益的伟大作品,不过就他在新生的过程中献给我们的已经很多。我们必将感谢这个强大而诚实的人,为了他献给我们的一切。[①]

虽然,巴别尔的文字带有浓厚的"吉卜林式"行文特点,语体风格平实得体、准确简明,与托尔斯泰记述莫泊桑生平的《〈莫泊桑文集〉序》十分类似,但在此,巴别尔还是将辞藻华丽的法语带入了俄语文本中。无论是在法语原文,还是俄语译稿中,"米尼埃尔"这个名字并不带有西欧贵族姓氏前极具标志性的单音节

---

① [俄]托尔斯泰:《托尔斯泰读书随笔》,王志耕、张福堂译,上海三联书店1999年版,第55—56页。

词"德",但巴别尔使"米尼埃尔"戴上了这个贵族的称号。

此外,尽管小说结尾几句如同百科辞典的词条一般,读来不免枯燥无味,缺乏鲜活的历史气息。但巴别尔始终如一地忠于自己的文学品位和审美情趣。悖逆于读者的思维,出其不意地制造起伏、制造亮点是巴别尔小说的典型特点之一:

> 他声誉日隆,于四十之年,自刎喉咙,血流如注,却活了下来。他被关入疯人院。他在疯人院内,用手足爬行……在他病历的最后一页上写着:
> "Monsieur de Maupassant va s'amimaliser。"(德·莫泊桑先生已变为畜类)他于四十二岁去世。他母亲比他活得长。(第一卷,第 209 页)

显然,对莫泊桑临终前饱受病痛折磨之惨状的描述,是小说第二部分的重点。在现实生活中鲜少体验过的这一场景令读者不寒而栗。巴别尔先是在有意无意中托出了莫泊桑身患遗传性梅毒的事实,毫不吝惜地将他的体悟呈现在读者面前,紧接着使用的一系列词语不断刺激着读者的神经:"梅毒"之后又加上"用手足爬行"的"畜类"。这个补充描写给读者造成格外强烈的视觉和心理冲击,而这恰是短篇小说叙事所需要的,是巴别尔刻意制造的一种特殊效果。一些学者指出,巴别尔在将法语"va s'amimaliser"译成俄语时犯下了一个最基本的错误。[①] 事实上,彼时莫泊桑只是正在接近精神错乱的边缘而已。然而,巴别尔却有意使用了完成体动词"变为",它与结尾往往直戳读者痛点的短篇小说体裁完美地缝合在一起。

虽然,巴别尔"如实"引述了法国传记作者的文字,但巴别

---

① Жолковский А.К., Ямпольский М.Б., *Бабель/Babel*, М.: "Carte Blanche", 1994, C. 65.

尔所描写的历史与真相无可避免地存在一定的偏差。莫泊桑"于四十之年，自刎喉咙"与史实并不完全相符。事实上，莫泊桑的自杀事件发生在 1892 年 1 月 1 日。彼时年过 42 岁的莫泊桑用裁纸刀割开喉咙，自杀未遂，5 天后被送入精神病院。米尼埃尔本人也对此有过详细记述。"记录的历史永远小于真实的历史。我们能够做的永远只是还原真实历史的一部分。……全面再现历史是不可能的。"[①] 事实上，小说《莫泊桑》所呈现的是巴别尔在米尼埃尔文献基础上重新书写的另一种不可靠的、虚构的"历史真相"。

小说最后一段，巴别尔给读者留下了一个不解之谜："我读完这本书后起床。大雾遮天蔽日，直涌至窗前。我的心抽紧了。我已感觉到真相的预兆。"（第一卷，第 209 页）这里的"真相"究竟是什么？小说到此戛然而止，却给读者创造了无尽的空间去思考和回味。

* * *

巴别尔与莫泊桑具有同样短暂而传奇的一生。莫泊桑 43 岁时盛年夭折，巴别尔年仅 47 岁被害而亡。他们用生命写作，骤得盛名又过早陨落。作为"世界三大短篇小说巨匠"之一，莫泊桑一生共创作了三百余部中短篇小说，为法国文学史上短篇小说创作数量最大、成就最高的作家。巴别尔凭借为数不多的精彩篇章赢得了"20 世纪最有才华的俄国小说家"的美誉。巴别尔的小说既可以看到俄罗斯文学的古典传统，又可以看到与法国文学的共生。对于巴别尔而言，莫泊桑的小说溢满了俄罗斯文学中罕见的阳光。巴别尔把从莫泊桑作品中汲取的阳光注入俄罗斯文学。但是，巴别尔继承

[①] 王立群：《记录的历史永远都是史学家选择后的记录》，2019 年 9 月 1 日，https://www.163.com/dy/article/EO02QSIQ0517RO3P.html，最后访问日期：2019 年 11 月 18 日。

了莫泊桑的文学衣钵，其实却自辟蹊径。事实上，巴别尔文学风格的形成既得助于其通过法语受到的法国文学的滋养，也同在接受影响之后，其自身的创作心理张力促发主动创新有着种种密切而复杂的联系。与莫泊桑相比，在短篇小说创作方面巴别尔走得更远。19世纪的法国文学构成了巴别尔的艺术典范，在20世纪巴别尔之前的任何俄罗斯作家都没有像巴别尔这样写作过，而这也正是巴别尔的伟大之处和其创作的意义和价值所在。

结　语

在中外文学史视域中，仅依靠一两部作品建立起牢固文学史地位的作家极少，巴别尔便是其中之一。在20世纪的俄罗斯文学坐标中，巴别尔无疑是一个不容忽视的亮点。虽然身为俄罗斯作家，巴别尔却几乎不具备他那个时代，乃至如今大众对俄罗斯文学的惯有认识。巴别尔有意识地建立自己的文体格局，构建了一种与同时代作家完全不一样的叙述方式，一种非同寻常的表达。他的作品让20世纪的俄罗斯文学史充满了个性与棱角，使其变得更加充盈与丰满。作为小说家，巴别尔甚至是无法归类的。"莎士比亚，加拉伯雷，加莫泊桑，加早期的高尔基，再加点海明威，就成就了这个巴别尔，所以这个人是天纵其才，独一无二。"[①] 巴别尔的小说很不易读。原因在于，其作品充满了多义性甚至无解性。通过对巴别尔短篇小说的深入分析，可以得出如下结论。

第一，巴别尔的作品在现代主义叙述手法中蕴藏着多重主题元素。

巴别尔运用现代主义技巧表现了现实主义文学着力探讨的诸多问题。其短篇小说所涉及的主题范围十分广泛，除"暴力""知识分子""人道主义"和"父与子"主题外，还有很多相关

---

① 江弱水：《莎士比亚+拉伯雷+莫泊桑+高尔基+海明威=巴别尔?》，《中华读书报》2008年8月6日。

的主题，如"人的基本价值""生与死的意义""宗教文化冲突"等。

第二，巴别尔短篇小说具有 20 世纪 20—30 年代俄罗斯文学样本式的分析价值。

巴别尔短篇小说是在新旧交替的特殊历史时期满足了读者期待视野的一个文学奇迹。其短篇小说中鲜明地体现出俄罗斯文学"传统"与"现代"的交融与平衡。从"传统"角度看，巴别尔短篇小说承袭了俄罗斯现实主义小说的形式，融汇了 19 世纪俄罗斯经典文学的诸种元素，实现了向俄罗斯经典文学传统的致敬。从"现代"角度出发，巴别尔的创作在"传统"中注入了现代精神意蕴，借助现代写作方式巧妙地使俄罗斯文学传统完成了转换和新生，使俄罗斯短篇小说实现了一次现代转型。同时，巴别尔在创作中努力寻求一种契合，使"传统"和"现代"处于一种最佳的动态审美平衡状态。

第三，巴别尔短篇小说的语言风格、体裁面具、杂语性、多声部叙述手法等暗合了巴赫金的"狂欢化"和"复调"叙事诗学，呈现出"狂欢化"美学品格，体现了高度"狂欢化"和"复调"小说的文学特征。

巴别尔短篇小说无论是在主题，还是在形式上都呈现出丰富性和复杂性的特点。对所谓"真实"的书写，巴别尔做出了先锋性尝试。在创作中，巴别尔摈弃了二元对立的价值判断。以"狂欢化"诗学来审视巴别尔的创作实践，可以发现，巴别尔短篇小说的背后矗立着一幅绚丽多彩的狂欢文化背景，由此，其作品成为表现生命价值多维的复调诗史。"狂欢化"是 20 世纪中后期后现代主义的基本特点。巴赫金的"复调"小说和"狂欢化"理论为解读巴别尔与现实主义、现代主义、后现代主义的关系提供了一种新的视角和理论依据。巴别尔短篇小说的一个文化贡献在于，它为从"复调"小说和"狂欢化"诗学理论出发阐释 20 世纪俄罗斯短篇小说美学准备了一个文本内涵极其丰富的资源。巴别尔对正统文学叙事的颠覆，在文本领域的革命性创新，无疑代表着一种另类的文学欲求。

第四，虽然巴别尔80年前含辱离世，但这位集现实主义、浪漫主义、现代主义，甚至后现代主义于一身的短篇小说大师对今天的中国读者来说依然是一位值得阅读的作家。

巴别尔作品熔俄罗斯文学传统与西方现代文学技巧于一炉，既包孕着对俄罗斯美学传统的体悟，也触及了孤独、生与死、存在与虚无等现代美学命题。在巴别尔的一系列短篇小说中大量运用现代派实验技法，消除时间界限，以空间的"共时性"取代时间的"顺序性"，现实与历史、当下与传统交错纠结。在看似冷漠、平淡的叙事背后常常蕴含着丰富的意象。这种风格使他的作品既有现代性的表现，又有传统的渊源，成就了巴别尔独一无二的现代性短篇小说风格。

在同时代作家中，巴别尔无疑是一位风格独异的短篇小说家，同时也是最能体现短篇小说先锋地位的一位作家。无论是在语言运用方面，还是在对叙事手法的探索上，巴别尔都表现出与传统写作模式和美学风格不同的特点。并置、杂交、戏仿、碎片化拼贴、多角度叙事等技巧为特征的空间形式的大量存在，使巴别尔的作品具有20世纪中后期后现代小说的典型特征。同时，非感情化、非价值评判的中性叙事策略鲜明地凸显出后现代先锋写作的境界。从这个意义上讲，巴别尔短篇小说丰富的审美品质及文化内涵已远远超出他所生活的特定时代，跨越国界，具有全人类共同期望的阅读价值。

第五，复杂的文化血液、多元的文化基因成就了独一无二的"作家巴别尔"，决定了其短篇小说丰富的美学思想具有多种渊源。

俄罗斯文学、法国文学、犹太文化的相互交融使巴别尔逐渐形成了自己特殊的审美偏好，其作品审美价值取向呈现出多种、多样、多变的特点。在多元文化架构下，巴别尔短篇小说有着极其厚重的历史内容，犹太文化、犹太黑帮械斗，从敖德萨犹太社会一直写到犹太与哥萨克两种文化的冲突。

独特的人生经历决定了巴别尔的小说在整体叙述基调上与同时代的其他俄罗斯文学作品具有本质的不同。巴别尔的短篇小说清晰准确地传达了其犹太文化与哥萨克文化双重情结。犹太文化符号与哥萨克文化符号的激烈碰撞与交错重叠赋予巴别尔的短篇小说丰厚的内在艺术力量。与此同时，尽管巴别尔充满激情的叙事艺术根植于犹太文化传统，但他的作品放弃了一己之悲欢，将目光放得更辽远。巴别尔绝非仅从某一民族和地域出发，而是将着眼点放在更广阔的、全人类经验的层面上，反映和描绘人类的普遍处境。

第六，巴别尔短篇小说以独立的、超现实的向度与俄罗斯文学传统之间呈现出一种既交叉，又平行的关系。此外，巴别尔与20世纪20—30年代俄罗斯新文学语境的关系主要不是对立，而是联系与交融。

巴别尔的文学修养和审美趣味与19世纪俄国文学传统具有明显不同。其短篇小说的狂欢色彩消解了俄罗斯北方文学严肃阴郁的色调，鲜活的、充满阳光的写作方式给20世纪20年代的俄国文坛注入了一股清新的活力和巨大的激情。巴别尔也因此被认为是20世纪俄罗斯文学史上离西方文学极近的一个作家。值得强调的是，虽然巴别尔在创作中充分展示了自己对于西方文学经典作品的致敬，展现过自己对于西方小说文体形式、叙事技巧的兴致，特别是其对于莫泊桑小说的语言特点、情节设置和表现手法更显露出一种迷恋和崇尚。但是，应该看到，尽管在巴别尔笔下难以寻觅到陀思妥耶夫斯基作品中那种灰暗沉闷的文风，但巴别尔作品的俄罗斯文学色彩并不淡薄。从人物形象、创作技法和体裁结构上可以看出，对巴别尔短篇小说影响最大的俄罗斯作家当数果戈理和屠格涅夫。

"虽然人们对巴别尔的小说及其命运遭际已经做出了一些透彻、精辟的评价，但巴别尔仍是最未被全面解读的现代俄罗斯文学大师之一"。① 值得注意的是，与西方和俄罗斯学界的"巴别尔学"研究现状相比，目前我国文学界对于本课题的研究刚刚起步，就巴别尔短篇小说的创作问题还存在较大的研究空间，具体如下。

其一，犹太人文文化和哥萨克人文精神在巴别尔短篇小说中的体现问题。

以宗教文化为主线，从犹太与哥萨克民族文化心理、民族精神文化内涵、犹太与哥萨克民间口头创作出发，解读巴别尔短篇小说中"道路""母亲""父亲"和"马"的形象之文化象征意义，有助于深入认知形成巴别尔双重文化情结的一些深层的、根本的原因，更恰当地把握其作品的艺术风格，更加透彻地理解其中的哲学、宗教内涵和审美价值。

其二，巴别尔短篇小说与俄罗斯文学传统的联系及其与白银时代文学和同时代文学的关系，以及对后世作家创作的影响问题。

巴别尔短篇小说创作在俄罗斯文学传统中有深厚的历史渊源。除果戈理、屠格涅夫之外，托尔斯泰是巴别尔文学创作之路上"永恒的旅伴"之一。② 巴别尔在青年时代便对托尔斯泰的创作表现出极大的兴趣，显示出巴别尔思想的早慧与深刻。在随后30年的文学之路中，巴别尔曾不止一次地表达出对于托尔斯泰的无上尊崇，不断探索托尔斯泰的哲学思想和艺术创作经验。19世

---

① Erlich V., *Modernism and Revolution: Russian Literature in Transition*. Cambridge, Massachusetts, London, England: Harvard University Press, 1994, p.145.

② Смирин И. А., *И. Э. Бабель в литературном контексте: сборник статей*, Пермь: Перм.гос.пед.у-нт, 2005, С. 199.

纪末20世纪初新旧交替时代契诃夫使短篇小说的艺术表现力得到了最大程度的提升。1913年巴别尔凭借自己的处女作小说与同时代年轻作家一道进入短篇小说创作领域。关于巴别尔作品中的托尔斯泰传统、巴别尔与契诃夫及其他作家创作之间的联系、巴别尔与白银时代文学和同时代文学之关系，以及巴别尔短篇小说对后世作家创作的影响问题都是值得深入探索的课题。

其三，巴别尔小说中的电影元素问题。

有效地融入各种电影语言，以增强作品的审美效力是巴别尔短篇小说的一大特色。特写镜头式的细节描写、戏剧化情境、视听化人物对白、蒙太奇式情节结构和色彩性语言创造了一种写意美学，使巴别尔短篇小说在叙事风格上表现出鲜明的电影化特征。电影化元素为小说注入了无限生机与活力，形成了独特的艺术张力。深入挖掘巴别尔小说文本中的电影元素，探讨其小说与电影艺术之间的共通之处，对于揭示巴别尔小说的独特魅力具有重要作用。

参考文献

中　文

《巴别尔的小说是一座座冰山》，《东方早报》2007年2月6日，http://news.sohu.com/20070206/n248064215.shtml.

《巴别尔：泣血的风景》，2014年7月16日，http://blog.sina.com.cn/s/blog_ 62b50a120102ux9r.html.

《不列颠百科全书》（国际中文版）（第12卷），中国大百科全书出版社1999年版。

曹靖华主编：《俄苏文学史》（第一卷），河南教育出版社1992年版。

陈方：《俄罗斯文学的"第二性"》，北京语言大学出版社2015年版。

段崇轩：《亮点与问题——2011年短篇小说述评》，《黄河文学》2012年第4期。

俄罗斯科学院高尔基世界文学研究所集体编写：《俄罗斯白银时代文学史》，谷羽、王亚民等译，敦煌文艺出版社2006年版。

傅星寰、刘丹：《俄罗斯文学知识分子题材形象集群及诗学范式初探》，《外语与外语教学》2010年第3期。

高玉、陈茜：《为什么短篇小说非常重要》，《文艺报》2015年7月29日。

胡亚敏：《叙事学》，华中师范大学出版社1994年版。

黄希庭主编：《简明心理学辞典》，安徽人民出版社2004年版。

江弱水：《莎士比亚+拉伯雷+莫泊桑+高尔基+海明威=巴别尔？》，《中华读书报》2008年8月6日。

江弱水：《天地不仁巴别尔》，《读书》2008年第12期。

江文琦：《苏联二十年代文学概论》，上海外语教育出版社1990年版。

《街上的面具：俄罗斯白银时代短篇小说选》，吴笛选译，河南大学出版社2014年版。

李毓榛主编：《20世纪俄罗斯文学史》，北京大学出版社2000年版。

刘洪一：《父与子：文化母题与文学主题——论美国犹太文学的一种主题模式》，《外国文学评论》1992年第3期。

刘洪一：《犹太文化要义》，商务印书馆2006年版。

刘文飞：《巴别尔的生活和创作》，《中国俄语教学》2016年第1期。

刘文飞：《巴别尔的"双重身份"：〈敖德萨故事〉》，《大公报》（香港版）2007年9月23日。

刘文飞：《瑰丽奇崛 韵味悠长——巴别尔创作之世界意义》，《人民日报》2016年11月27日。

鲁迅：《〈毁灭〉后记》（1931年1月），《鲁迅全集》（第十卷），人民文学出版社1980年版。

吕绍宗：《丹青千帧尽是情——读苏联20—30年代短篇小说》，《苏联文学联刊》1991年第6期。

莫言：《酒国》，上海文艺出版社2012年版。

潘少平：《巴别尔的"双重人格"》，《出版广角》2007年第7期。

彭克巽：《苏联小说史》，北京十月文艺出版社1988年版。

乔国强：《美国犹太文学》，商务印书馆2008年版。

秦秀白编著：《文体学概论》，湖南教育出版社1986年版。

任子峰：《俄国小说史》，北京大学出版社 2010 年版。

申丹、王丽亚编著：《西方叙事学：经典与后经典》，北京大学出版社 2010 年版。

《圣经》（新旧约全书），中国基督教协会 1998 年版。

《苏联作家自述》，孙用译，上海出版公司 1950 年版。

孙越：《用生命索取时代的秘密》，凤凰网博客，https：//weibo.com/ttarticle/p/show？id=2309404440648441790617。

王绯：《作家与情结》，《当代作家评论》2003 年第 3 期。

王加兴：《讲述体理论初探》，《外语与外语教学》1996 年第 2 期。

王加兴：《试析讲述体的语层结构》，《外语与外语教学》1999 年第 1 期。

王俊：《特立独行巴别尔》，2016 年 6 月 27 日，http：//www.gp-dywx.com/Dywx/ShowArticle。

王立群：《记录的历史永远都是史学家选择后的记录》，2019 年 9 月 1 日，https：//www.163.com/dy/article/EO02QSIQ0517RO3P.html。

王立业：《少年识尽愁滋味——读俄罗斯"初恋"小说》，《俄罗斯文艺》2003 年第 3 期。

王丽丽：《战争伦理与人性伦理的双重书写——读伊萨克·巴别尔的战争奇书〈骑兵军〉》，《人文杂志》2006 年第 5 期。

王蒙：《长篇小说与短篇小说》，《读书》1993 年第 9 期。

王蒙、王天兵：《关于巴别尔的〈骑兵军〉》，《书屋》2005 年第 3 期。

王培元：《巴别尔之谜》，《读书》2005 年第 3 期。

王天兵编著：《和巴别尔发生爱情》，凤凰出版社 2008 年版。

王天兵：《我们为什么要读巴别尔》，《小说界》2005 年第 5 期。

吴晓都：《俄苏文学经典与非琴先生的翻译》，《中华读书报》

2017年10月18日。

谢晓尧:《以创新来自我补偿和克服孤独》,《深圳特区报》2015年5月5日。

谢周:《从"多余"到"虚空"——俄罗斯文学中知识分子形象流变略述》,《俄罗斯文艺》2008年第3期。

晏杰雄:《新世纪长篇小说文体研究》,作家出版社2013年版。

杨育乔:《围绕巴别尔〈骑兵军〉的一场争论》,《苏联文学联刊》1991年第6期。

俞耕耘:《写作和情爱是他抵抗恐惧的解药》,《文汇报》2017年1月24日。

俞航:《空间的拼贴:巴别尔〈骑兵军〉叙述结构分析》,《宁波大学学报》(人文科学版)2015年第3期。

育邦:《巴别尔:世界是"五月的草地"》,《山花》2013年第3期。

张建华:《谈谈舒克申笔下的"怪人"和"外人"》,《苏联文学》1983年第2期。

张晓东:《苦闷的园丁——"现代性"体验与俄罗斯文学中的知识分子形象》,人民文学出版社2009年版。

赵宝明:《叙述者越自限,叙述越精彩》,《中国比较文学》2016年第2期。

周泉根、秦勇:《从巴赫金的躯体理论看近年来的"躯体写作"》,《广西师范大学学报》(哲学社会科学版)2007年第4期。

周思明:《作家的自我价值与"长篇焦虑症"》,河北新闻网,2015年4月3日,https://hebei.hebnews.cn/2015-04/03/content_ 4675107_ 2. htm.

朱宪生:《俄罗斯小说文体的演变与发展——19世纪三四十年代俄罗斯长篇小说》,《上海师范大学学报》(哲学社会科学版)

2004年第4期。

朱中原：《今天我们究竟需要什么样的文学语言?》，《文学报》2017年8月7日。

左娟：《〈骑兵军〉的整体性艺术世界——论〈骑兵军〉的表层张力与深层张力》，《时代文学》（理论学术版）2007年第6期。

［阿根廷］豪尔赫·路易斯·博尔赫斯：《伊萨克·巴别尔》，载博尔赫斯《文稿拾零》，陈泉、徐少军等译，上海译文出版社2017年版。

［德］阿莱达·阿斯曼：《回忆空间：文化记忆的形式和变迁》，潘璐译，北京大学出版社2016年版。

［德］本雅明：《讲故事的人：论尼古拉·列斯科夫》，载［美］汉娜·阿伦特编《启迪：本雅明文选》，张旭东、王斑译，生活·读书·新知三联书店2014年版。

［德］恩格斯：《反杜林论》，《马克思恩格斯选集》（第三卷），中共中央马克思恩格斯列宁斯大林著作编译局编译，人民出版社1995年版。

［美］汉娜·阿伦特：《论革命》，陈周旺译，译林出版社2011年版。

［德］汉斯·比德曼：《世界文化象征辞典》，刘玉红、谢世坚、蔡马兰译，漓江出版社2000年版。

［德］马克思：《论犹太人问题》，《马克思恩格斯全集》（第一卷），中共中央马克思恩格斯列宁斯大林著作编译局编译，人民出版社1956年版。

［德］马克思：《1848年至1850年的法兰西阶级斗争》，《马克思恩格斯选集》（第一卷），中共中央马克思恩格斯列宁斯大林著作编译局编译，人民出版社1995年版。

［俄］巴赫诺夫：《冷眼看人》，转引自孙超《二十世纪八、九十

年代俄罗斯中短篇小说研究》，人民文学出版社 2014 年版。

［俄］鲍格达诺娃：《当代俄罗斯文学语境下的后现代派文学（二十世纪六十至九十年代至二十一世纪初期）》，转引自孙超《二十世纪八、九十年代俄罗斯中短篇小说研究》，人民文学出版社 2014 年版。

［俄］符·维·阿格诺索夫主编：《20 世纪俄罗斯文学》，凌建侯等译，中国人民大学出版社 2001 年版。

［俄］果戈理：《米尔戈罗德》，《果戈理全集》第 2 卷，陈建华译，安徽文艺出版社 1999 年版。

［俄］普希金：《普希金小说戏剧选》，智量译，人民文学出版社 1994 年版。

［俄］屠格涅夫：《初恋：屠格涅夫中短篇小说精选》，李永云等译，华文出版社 1995 年版。

［俄］屠格涅夫：《猎人笔记》，张耳译，译林出版社 1997 年版。

［俄］托尔斯泰：《托尔斯泰读书随笔》，王志耕、张福堂等译，上海三联书店 1999 年版。

［俄］伊萨克·巴别尔：《敖德萨故事》，戴骢译，人民文学出版社 2007 年版。

［俄］伊萨克·巴别尔：《巴别尔全集》第 1 卷，戴骢、王若行、刘文飞译，漓江出版社 2016 年版。

［俄］伊萨克·巴别尔：《巴别尔全集》第 2 卷，戴骢、王若行译，漓江出版社 2016 年版。

［俄］伊萨克·巴别尔：《巴别尔全集》第 3 卷，马海甸、刘文飞、靳芳译，漓江出版社 2016 年版。

［俄］伊萨克·巴别尔：《巴别尔全集》第 4 卷，王树福、王宗琥、童宁译，漓江出版社 2016 年版。

［俄］伊萨克·巴别尔：《巴别尔全集》第 5 卷，谢春艳译，漓江出版社 2016 年版。

［俄］伊萨克·巴别尔：《骑兵军》，戴骢译，人民文学出版社2004年版。

［法］蒂费纳·萨莫瓦约：《互文性研究》，邵炜译，天津人民出版社2002年版。

［法］罗兰·巴尔特：《符号学原理》，李幼蒸译，生活·读书·新知三联书店1988年版。

［美］福克纳：《文章，谈话，访谈，书信》，转引自俄罗斯科学院高尔基世界文学研究所《俄罗斯白银时代文学史》I，谷羽、王亚民等译，敦煌文艺出版社2006年版。

［美］C.拉蒙特：《作为哲学的人道主义》，古洪等译，商务印书馆1963年版。

［美］马克·斯洛宁：《现代俄国文学史》，汤新楣译，人民文学出版社2001年版。

［苏］巴赫金：《巴赫金全集》第三卷，白春仁、晓河译，河北教育出版社2009年版。

［苏］巴赫金：《巴赫金全集》第五卷，白春仁、顾亚铃译，河北教育出版社2009年版。

［苏］巴赫金：《巴赫金全集》第六卷，李兆林、夏忠宪等译，河北教育出版社2009年版。

［苏］巴赫金：《巴赫金全集》第七卷，万海松、夏忠宪、周启超等译，河北教育出版社2009年版。

［苏］法捷耶夫：《毁灭》，磊然译，人民文学出版社2002年版。

［苏］列宁：《列宁全集》第九卷，中共中央马克思恩格斯列宁斯大林著作编译局编译，人民出版社1959年版。

［苏］尤·纳吉宾《前言》（《20—30年代苏联短篇小说》，真理报出版社，莫斯科，1990，第6页），转引自吕绍宗《丹青千帧尽是情——读苏联20—30年代短篇小说》，《苏联文学联刊》1991年第6期。

外　文

Алешка Т. В., *Русская литература первой половины XX века. 1920—1950-е годы*, Минск: БГУ, 2009.

Альманах «Morія», №10, 2008, Одесса, Цит. по: Ярмолинец В., "Одесский узел Шкловского", *Волга*, 2011, № 1, https://magazines.gorky.media/volga/2011/1/odesskij-uzel-shklovskogo.html?ysclid=lp15sr7bji437258570.

Аркадий Львов, *КАФТАНЫ И ЛАПСЕРДАКИ. Сыны и пасынки : писатели - евреи в русской литературе*, М.: Издательство «Книжники», 2015.

Берковский Н. Я., *Статьи о литературе.* М.; Л.: Гослитиздат. Ленингр. отд-ние, 1962.

Благой Д. Д., *От Кантемира до наших дней. Т. 1*, М.: Издательство "Художественная литература", 1972.

Гачев Г., *Национальные образы мира : Курс лекций*, М.: Academia, 1998.

Гензелева Рита, *Пути еврейского самосознания*, М.: "Мосты культуры", Иерусалим: "Гешарим", 1999.

Гиппиус В. В., *От Пушкина до Блока*, М.; Л.: Наука, 1966.

Голубов В., *Художественное мастерство Тургенева*, М.: «Учпедгиз», 1955.

Горький А. М., "А. М. Горький - Ромену Роллану", *Неделя*, 1966, № 37.

Горький А. М., "Ответ С. Будённому", *Правда*, 27 ноября 1928.

Горький А. М., *Собрание сочинений. Т. 24*, М.: Государственное издательство художественной литературы, 1949-1955.

Горький М., *О литературе*, М.: Советский писатель, 1953.

Гуковский Г., *Реализм Гоголя*, М.; Л.: Государственное издательство художественной литературы, 1959.

Давыдова Татьяна, Пронин Владислав, "Литературный словарь. Новелла, рассказ, очерк", *Литературная учёба*, 2002, № 6.

Драгомирецкая Н. В., "Принципы создания характеров в творчестве М. Шолохова и классические традиции", Цит. по: *Социалистический реализм и классическое наследие (Проблема характера)*, Под общей редакцией Н. К. Гея и Я. Е. Эльсберга, М.: Гослитиздат, 1960.

Дымшиц А., *В великом походе: Сб. статей*, М.: Сов. писатель, 1962.

"Единственно родное слово" (Интервью с Казаковым М. Стахановой и Е. Якович), *Лит. Газета*, 21 ноября, 1979.

Есаулов И. А., " «Одесские рассказы» Исаака Бабеля: логика цикла", *Москва*, 2004, № 1.

Жолковский А. К., *Поэтика за чайным столом и другие разборы*, М.: Новое литературное обозрение, 2014.

Жолковский А. К., Ямпольский М. Б., *Бабель/Babel*, М.: "Carte Blanche", 1994.

Кудряшёва А., "Рассказ как жанр", *Вопросы литературы*, 1970, № 11.

Лакшин В., *Голоса и лица*, М.: Гелеос, 2004.

Лейдерман Н. Л., Липовецкий М. Н., *Современная русская литература-1950-1990-е годы (В двух томах), Том1 (1953-1968)*, М.: Издательский центр «Академия», 2003.

Лейдерман Н. Л., *Теория жанра: Научное издание*,

Екатеринбург: Институт филологических исследований и образовательных стратегий «Словесник» УрО РАО; Урал. гос. пед. ун-т, 2010.

Либерман Я., *Исаак Бабель глазами еврея*, Екатеринбург: Изд-во Урал. гос. ун-та, 1996.

Ли Су Ен, *Исаак Бабель. "Конармия" и "Одесские рассказы". Поэтика циклов*, М.: Мир, 2005.

Локс К., "Рассказ", Под ред. Н. Бродского, А. Лаврецкого, Э. Лунина, В. Львова-Рогачевского, М. Розанова, В. Чешихина-Ветринского, *Литературная энциклопедия: Словарь литературных терминов: В 2-х т. Т. 2. П—Я*, М.; Л.: Изд-во Л. Д. Френкель, 1925.

Макаров А., *Разговор по поводу*, М.: Сов. писатель, 1959.

Маркиш Ш., *Бабель и другие*, М.: «Михаил Щиголь», 1997.

Мелетинский Е. М., *Введение в историческую поэтику эпоса и романа*, М.: Наука, 1986.

Мелетинский Е. М., *Историческая поэтика новеллы*, М.: Наука, 1990.

Мескин В. А., "Ф. Сологуб: искания в жанре рассказа", *Вестник РУДН, серия Литературоведение, Журналистика*, 2010.

Мескин В. А., *История русской литературы «серебряного века»*, М.: Издательство Юрайт, 2014.

Милых М. К., *Проблемы языка и стиля А. П. Чехова*, РнД: Изд-во Ростовского университета, 1983.

Минц З. Г., "О некоторых «неомифологических» текстах в творчестве русских символистов", *Поэтика русского символизма*, СПб.: «Искусство-СПБ», 2004.

Мирский Д. С., *История русской литературы с древнейших времен до 1925 года*, Пер. с англ. Р.Зерновой, London: Overseas Publications Interchange Ltd., 1992.

Мопассан Ги де, *Полн. собр. соч. в 13 тт. Т. 9*, М.: Государственное издательство художественной литературы, 1948.

Орлов В., "Разгадали Бабеля?", 26 июня, 2015, http://elegantnewyork.com/orlov-babel-bykov/.

Павловский А. И., "Русский характер (О герое рассказа М. Шолохова «Судьба человека»)", Под ред. Н. И. Пруцкова и В.В.Тимофеевой, *Проблема характера в современной советской литературе*, М.Л.: Изд-во АН СССР. (Ленингр.отд-ние), 1962.

Петровский М., "Повесть", Под ред. Н. Бродского, А. Лаврецкого, Э. Лунина, В. Львова-Рогачевского, М. Розанова, В. Чешихина-Ветринского, *Литературная энциклопедия: Словарь литературных терминов: В 2-х т. Т. 2. П—Я*, М.; Л.: Изд-во Л.Д.Френкель, 1925.

Петров С.М., *Творчество И. С. Тургенева. Сборник статей*, М.: Просвещение, 1959.

Пирожкова А.Н., Юргенева Н.Н., *Воспоминания о Бабеле*, М.: Книжная палата, 1989.

Поварцов С.Н., *Причина смерти-расстрел: хроника последних дней Исаака Бабеля*, М.: ТЕРРА, 1996.

Погорельская Е., "И. Э. Бабель-редактор и переводчик Ги де Мопассана. (Материалы к творческой биографии писателя)", *Вопросы литературы*, 2005, № 4.

Подобрий А.В., "«Диалог» национально-культурных традиций

и принципы построения образа поликультурного мира в новеллах «Конармии» И. Бабеля", *Вестник ЧГПУ*, 2008, № 6.

Подобрий А.В., "Образ Луны в «Конармии» Бабеля", *Вестник Челябинского государственного университета*, Серия 2, Филология, 1997, № 1.

Подшивалова Е. А., "Жанровая теория Н. Л. Лейдермана для прочтения «Конармии» И. Э. Бабеля", *Филологический класс*, 2015, № 3.

Пономарева Е. В., *Стратегия художественного синтеза в новеллистике 1920-х годов*, Челябинск: Б-ка А. Миллера, 2006.

Райнхард Крумм, *Исаак Бабель. Биография*, М.: Российская политическая энциклопедия (РОССПЭН), 2008.

Реформатский А. А., *Опыт анализа новеллистической композиции*, М.: Изд.ОПОЯЗ, 1922.

Розенсон Давид, *Бабель : человек и парадокс*, М.: Книжники, 2015.

Рыбникова М., *Избранные труды*, М.: Изд-во Акад. пед. наук РСФСР, 1958.

Сахаров В.И., "Народ: от поэзии к правде. Ещё о 'Записках охотника' И.С.Тургенева", *Литература*, 2002, № 4.

Сенчин Р.В., *Пламя искания. Антология критики. 1958-2009*, М.: Литературная Россия, 2009.

Скарлыгина Е. Ю., *И. Бабель. Избранное*, М.: Изд-во Всесоюзного заочного политехнического университета, 1989.

Скатов Н.Н., *Русская литература XX века. Прозаики, поэты, драматурги : биобибл.словарь: в 3 т.Т.1. А—Ж*, М.: ОЛМА-

ПРЕСС Инвест, 2005.

Словарь древнерусского языка (IX – XIV в): В 6 т., М.: АН СССР, Т. IV, М., 1982, Цит. По: Подобрий А. В., "Культурно – религиозная составляющая концептов «милосердие» и «жестокость» (на примере произведений И. Бабеля и Л.Леонова)", *Вестник ЧГПУ*, 2009, № 11.

Смирин И.А., *И.Э.Бабель в литературном контексте: сборник статей*, Пермь: Перм.гос.пед.у-нт., 2005.

Сорокина И., "Бабель и советская критика: самосохранение таланта",... *Я хочу Интернационала добрых людей. (Материалы научного семинара, посвященного 100-летию со дня рождения И. Бабеля)*, Екатеринбург: Уральский государственный университет, Учебно – научная лаборатория иудаики, 1994.

СтепановН.Л., "Новелла Бабеля", Сборник под редакцией Б.В. Казанского и Ю. Н. Тынянова, *Мастера современной литературы. И. Э. Бабель. Статьи и материалы*, Л.: Academia, 1928.

Томашевский Б.В., *Теория литературы: поэтика*, М: Аспект-пресс, 1996.

Тургенев И. С., *Собрание сочинений. Т. 11*, М.: Гослитиздат, 1956.

Федин К. А., *Собрание сочинений. Т. 6.*, М.: Издательство: «Государственное издательство художественной литературы», 1954.

Шкловский В. И., "Бабель (критический романс)", *ЛЕФ*, 1924, № 2.

Шкловский В. И., *Строение рассказа и романа*, https://www.

opojaz.ru/shklovsky/strojenie_ rasskaza.html.

Штридтер Ю., *Плутовской роман в России. К истории русского романа до Гоголя*, СПб.: Издательство «Алетейя», 1961.

Эренбург И., "Письмо с конгресса. Последнее заседание", *Известия*, 27 июня, 1935, № 149.

Юровская Л. А., "Дилогия И. Бабеля («История моей голубятни», «Первая любовь»): опыт анализа", *Культура и текст*, 2005, № 9.

Якименко Л., *Творчество М. Шолохова*, М.: Сов. писатель, 1977.

Яковлев А. Н., *Власть и художественная интеллигенция. Документы ЦК РКП (б) – ВКП (б), ВЧК – ОГПУ – НКВД о культурной политике. 1917 – 1953 гг.*, М.: МЕЖДУНАРОДНЫЙ ФОНД «ДЕМОКРАТИЯ», 1999.

Borges, Jorge Luis, *Conversations* (ed., Richard Burgin), University Press of Mississippi, 1998.

Carden, P., *The Art of Isaac Babel*, Ithaca and London: Cornell UP, 1972.

Jane, Stanton Rebecca, *Isaac Babel and the Self-Invention of Odessan Modernism*, Evanston, Ilinois: Northwestern University Press, 2012.

Ehre, Milton, *Isaac Babel*, Boston: G.K.Hall & Co, 1986.

Erlich, V., *Modernism and Revolution : Russian Literature in Transition*, Cambridge, Messachusetts, London, England: Harvard University Press, 1994.

Falen, J., *Isaac Babel : Russian Master of the Sport Story*, Knoxvil: University of Tennessee Press, 1974.

Gary, Rosenshield, *The Ridiculous Jew : The Exploitation and*

Transformation of a Stereotype in Gogol, *Turgenev*, *and Dostoevsky*, Stanford, C.A.: Stanford University Press, 2008.

Schreurs, M., *Procedures of Montage in I. Babel's "Red Cavalry"*, Rodopy, AmsterdamAtlanta, GA, 1989.

Sicher, E., *Style and Structure in the Prose of Isaak Babel*, Columbus Ohio: Slavica, 1986.

Sicher, E., *Babel' in Context : A Study in Cultural Identity*, Boston: Academic Studies Press, 2012.

后　记

本书在国家社科基金项目结项成果的基础上修改完成。

阅读巴别尔是我对俄罗斯文学的一次重新认知。

对巴别尔发生兴趣是在大约20年前。初读巴别尔小说，便被其与同时代作家大不一样，又与俄罗斯文学传统迥然不同的美学风格和新异的调性所吸引。于是，深入巴别尔的艺术世界，捕捉巴别尔短篇小说那种独一无二的气息和味道，成为近年来我的主要学术兴趣之一。

在巴别尔有限的生命里留下来的作品数量十分有限。因此，书信在巴别尔仅存的文字里更显弥足珍贵。在书稿写作期间我有幸参加了刘文飞教授主编的《巴别尔书信集》（《巴别尔全集》第五卷，漓江出版社，2016年）的翻译工作。这项工作使我受益良多。作为非虚构文学的一部分，巴别尔书信文本不仅为本书的写作提供了珍贵的史料，更令我从阅历、心性和偏好的美学方向等视角一窥巴别尔的内在精神气质，把握其文学观念。刘老师还将自己珍藏多年的关于巴别尔创作研究的书籍和资料无私地赠予我，在此谨向刘老师表示衷心的感谢！

书稿的写作离不开来自多方面的支持。

由衷地感谢刘锟教授、李志强教授和王盈副教授！在本书写作期间他们给予我莫大的帮助和鼓励。同时，感谢在论文资料收集阶段诸多学友同仁的倾力相助。他们在赴国外学习、访问和交流期间为我查找和复印了许多极富价值的外文书籍，没有他们的雪中送炭，书稿不会顺利地完成。

本书的出版得到哈尔滨工业大学外国语学院和科学与工业技术研究院的大力支持，在此致以真诚的谢意！同时特别感谢中国社会科学出版社责任编辑王丽媛老师，为本书的顺利出版付出了极大的辛劳！

　　最后，感谢我的家人在本书写作过程中为我提供了一切必须的保障，给予我无限包容、体谅和最大的理解与支持。

谢春艳
2025 年 1 月于哈尔滨